中国历史深处的人性探索

春雨◎著

华龄出版社
HUALING PRESS

责任编辑：高志红
责任印制：李未圻

图书在版编目（CIP）数据

中国历史深处的人性探索/ 春雨著. -- 北京: 华龄出版社, 2020.12
ISBN 978-7-5169-1796-1

Ⅰ. ①中… Ⅱ. ①春… Ⅲ. ①历史故事 - 作品集 - 中国 - 当代Ⅳ. ①I247.81

中国版本图书馆CIP数据核字(2020)第244805号

书　　名：中国历史深处的人性探索
作　　者：春雨 著

出版发行：华龄出版社
地　　址：北京市东城区安定门外大街甲57号　邮　编：100011
电　　话：010-58122246　传　真：010-84049572
网　　址：http://www.hualingpress.com

印　　刷：成都市天金浩印务有限公司
版　　次：2020年12月第1版　2021年3月第1次印刷
开　　本：710mm × 1000mm　1/16　印　张：23.5
字　　数：460千字
定　　价：82.00元

序：一部讲述“人性”故事的书

王明凯

是日，我正在重庆新诗学会2018年年会上，突然接到一个自称“何木匠”的陌生电话，嘱我为其新书作序，开始以为是“何氏三圆琴”发明人何夕瑞，莫名惊诧，一脸茫然。接着是一位朋友来电，说此何木匠非彼何木匠也，人家叫何文海，是地地道道的业余作者，万望你不要谦推。再接着就有工作人员送来了书稿，书名赫然醒目：《中国历史深处的人性探索》，作者：春雨。一个星期后，在海南岛的陋室翻读书稿，后悔不已，此书并非小说、诗歌、散文之类，哪有往时为人作序那么简单？加上书稿文白夹杂，诘聱难读，费时费劲不说，书中那些历史人物和历史事件，更让人如堕五里雾中，我等如何作得此序？但稿子已接，不便退回，只有硬着头皮苦读躬耕，勉为其难。可认真一读，却惊喜不小。原来，这是一部用讲故事的方法讲述人性“恶”的书；这是一部用思辨的方法论述关于人性与罪恶相互关系的书；这是一部用充分说理的方法警示人们找到弃恶扬善路径与方法的书，心中自是肃然起敬。

《中国历史深处的人性探索》，从三皇五帝到满清覆灭，讲述了一系列反映“恶”的故事，读来骇人听闻，眩目震耳。叙述最多的当属封建帝王，如夏王桀善性泯灭，“筑寝宫，饰瑶台，作琼室，立玉门”，荒淫无度，炮烙忠良，把一个传袭了470年的夏王朝拱手送给了成汤。秦始皇“奋六世之余烈”吞并六国，称“始皇帝”。但他兽行泛滥，残暴成性，焚书坑儒，活埋劳工，横征暴敛，骄奢淫逸，却不知“坑灰未冷山东乱，刘项原来不读书”，短命而亡不到三年，秦王朝就呜呼哀哉了。那个本是太子的隋炀帝，淫辱父亲宠妃，杀死病中的父皇而登位，弑兄诛弟，穷兵黩武，无休止地强征徭役、滥造行宫，坑害百姓无所不用其极，造成“黄河之北，则千里无烟，江淮之间，则鞠为茂草”，给人民带来无穷无尽的灾难，最后民心尽失，天下大乱，酿成宫廷政变，杀身亡国。除封建帝王外，《中国历史深处的人性探索》讲述的此类故事还有朝廷重臣、达官显贵、狂妄之徒、黎民庶士，三教九流、无名之辈竞相罗列，可谓朝野古今，无一不囊括其中。酷吏周兴和来俊臣，残暴凶狠，滥杀无辜，作恶多端，赃贿如山，一个被请君入瓮，以其人之道，还治其人之身，一个被皇上斩首，人头落地之时，万民争啖其肉，须臾而尽；严嵩权倾皇室，迫害忠良，败坏朝纲，祸国殃民，被削官还乡，无家可归，死时穷得连一块棺木都没有；巨贪和珅，恶贯满盈，富可敌国，被朝廷赐死，落得一条白练结束了性命。此外，还有诸如“垂帘听政”“包揽词讼”“恶仆害主”“淫贼杀人”……如此等等，不一而足。作者认为人性之中的恶是世间万恶之渊薮，封建帝王的草菅人命、朝廷奸佞的尔虞我诈、黎民庶士的自私自利、无耻之徒的男盗女娼，皆因此而生。其实，从古至今，人性善恶之辩一直是中国哲学的重大课题，从来没有停息。孟子主张性善论：他认为人生来就有天赋的善端，这是人异于禽兽、高于禽兽的本质特征。荀子主张性恶论：他认为人生来就是恶的，后天的教育可以由恶变善。告子主张无善无恶论，他认为人生来既不是善也不是恶，善与恶是社会环境所造成的。世硕主张亦善亦恶论：他认为善与恶是人生来就有的两种自然本性，要保持和发扬其本性，则在于后天的培养。应该说，四种观点各有其特点，各有其长短，都具有自圆其说的逻辑性，孰优孰劣，不是本文要解决的问题。我赞成《中国历史深处的人性探索》的观点：善与恶是矛盾的统一体，二者是可以互相转化的。

就是说，在一定的条件下，恶可以转化为善，善可以转化为恶，而我们的任务就是要促成其向好的方向转化，力阻其向坏的方向转化，提倡积德存善，止恶扬善。这符合唯物论，也符合辩证法。作者在文章中写道：数千年来，人性中善恶一直都在相争，似乎恶性一直存在，有时还是胜利者，但善性以其自身顽强的生命力，在腥风血雨、冰霜雪冻中生存了下来……总有一天，善性会是永远的胜利者。用什么途径和方法使善性成为永远的胜利者呢？作者认为，就是用“各美其美，美人之美，美美与共，天下大同”的优秀文化去教育和引导人们去恶向善，这是医治百病的良药。为此，作者开了三剂处方：礼治、德治、法治。礼治即尊师重教，德治即德行天下，法治即依法治国。上至朝政，下至黎民，长此以往，久久为功，人人从我做起，从现在做起，即能形成普遍共识，共建和谐社会，实现“天下为公，人类大同”的美好愿望与宏伟蓝图。

本书之作者春雨，本名何文海，人称“何木匠”，然而他既是企业家又是慈善家，退休前把重庆同发建筑安装公司和双泰房地产开发公司做得风生水起，退休后又把扶贫济困的慈善事业做得声名远扬，实属不易。岂知他命途多舛，自幼丧父失学，全靠在拜师学艺之隙和后来的企业文化建设实践中勤工苦读，埋头笔耕，写出诸如《家国春秋》《中国历史深处的人性探索》之类厚重之作，更是难得。至于对某些历史细节的准确考证和历史人物功过是非的辩证评价，可不是本书的使命和任务，留待历史学家和社会学家去研习和甄究吧。总之，《中国历史深处的人性探索》是一部有思想、有嚼头的用心用情之作，特此推荐给更多的读者与方家阅读、思考、评说，谨为序。

（王明凯：男，中国作家协会第七、第八届全委会委员；重庆市文联第二、第三届副主席；重庆市作协第二、第三届党组书记、常务副主席；现为中国民协理事、重庆市民协常务副主席、重庆市作协荣誉副主席。在《中国作家》《诗刊》《星星》《红岩》《四川文学》《山东文学》《中国文化报》《文艺报》《新华文摘》等30余家刊物发表小说、诗歌、散文、文艺评论等500余篇，出版有散文集《跋涉的力度》、诗集《蚁行的温度》《巴渝行吟》、小说集《陈谷子烂芝麻》、文艺评论集《让谶言放射光芒》、文化专著《城市群众文化导论》等书籍。作品曾获文化部群星奖、全国新故事创作一等奖、重庆市“五个一”工程奖、四川省和重庆市哲学社会科学成果奖）

前 言

大千世界，芸芸众生。
七情六欲，只顾自身。
贪官污吏，国之祸根。
功名利禄，恶性滋生。
抑恶扬善，日丽风清。
礼义廉耻，诚实虚心。
忠孝仁义，忠国孝亲。
社会和谐，传承爱心。

这是一部反映中国社会在不同的历史阶段，人性受到外部环境的影响，部分历史人物给人类社会带来无尽灾难以及由此引发对历史深处的人性进行探索的著述。本书立意新颖，人物繁多，古圣先贤、帝王将相、达官贵人、市井百姓纷纷囊括其中，内容繁而不冗、井然有序，是一部可读性较强、启迪性较深的作品。

我喜欢研读廿四史。它全面地记载了中国历史，但每读一次，心情就显得格外沉重。书中那一幕幕争权夺利、腥风血雨的情景，像电影一样在脑海里反复浮现，使我彻夜辗转，久久挥之不去，这正是我提笔撰写《中国历史深处的人性探索》的原因。

第一章到第二十六章讲述的大多是一些恶行故事。其中写封建帝王有十三章，诸如：

尧、舜、禹的“禅让”内幕；秦始皇“奋六世之余烈”吞并六国，称“始皇帝”，回报他的是十五年后亡国；刘邦称帝，要生父对他行臣子参拜大礼。他疑心功臣谋反，就实施大规模的“兔死狗烹”，得到的回报是五十岁崩逝；隋炀帝让父皇隋文帝“血溅御屏”，得到的回报是被宫廷侍卫逼杀，继而亡国；李渊“要吃奶时呼爹叫娘，为夺家业逼娘下堂”谋得皇位，得到的回报是次子李世民杀兄诛弟，“投杼逼宫”，自己黯然下台；赵匡胤欺孤凌寡，“黄袍加身”，五十岁那年得到其弟“烛影斧声”的回报而丧命，等等。

垂帘听政的慈禧太后，在八国联军入侵时摇尾乞怜，签订了有史以来最多的丧权辱国条约，让华夏儿女蒙羞。

记述朝廷重臣有四章，诸如：曹操践行了他的人生准则——“宁教我负天下人，休教天下人负我”；和珅敛财、富胜国库，最终被赐死、抄家灭族；来俊臣国之元恶，武皇下诏斩首于市；魏宦弄权，悬梁命尽；等等。

鞭挞那些得志便猖狂、祸国殃民的人，诸如：张献忠杀妻戮子，自号大西王，四十岁中箭丧生等。

反映为生活而挣扎的底层百姓、落第儒生害人害己的六章，如：“包揽词讼”“一鸟五命”“兄弟讼田”“淫贼杀人”“恶仆害主”“连环骗技”等。

本书引述大量的史料，给几千年来的历史进程画了一个粗略的线条。人的部分行为不过是在恶性驱使下的表象而已，所以很有必要探讨一下人性的善恶。

“人之初，性本善。性相近，习相远。”这是《三字经》的开篇语，多少年来唱诵不衰。这里“初”字的内涵是指初有人类之时，人性是善的。那时人性的共性即善性占着主导地位。“性相近”是说共性为主体，个性含量少。“习相远”后天养成的习性，互相之间差异甚大。古之圣贤有关人性的论述不可谓不多矣，试举一二：

管子：“民之利从，如水之走天下，于四方无择也。”

孔子：“性相近，习相远也。”

墨子：“自利自爱”。亦曰：“人性如染丝，染于苍则苍，染于黄则黄”。

孟子：“恻隐之心，羞恶之心，恭敬之心，是非之心，人皆有之，这是人生俱来的天性。”

庄子：“古之人，……人虽有知，无所用之，此之谓至一。当是时也，莫之为而常自然。”

告子：“性无善无不善也。”

荀子：“饥而欲食，寒而欲暖，劳而欲息，好利而恶害，是人之所生而有也。”

朱熹：“性只是理，万理之总名。此理亦只是天地间公共之理，禀得来便为我所有。”

人性由善、恶两大部分构成，它具有变易性，善可以变恶，恶也可以变善。正如诸葛亮所示：“勿以恶小而为之，勿以善小而不为。惟贤惟德，能服于人。”

遏制恶性泛滥，止恶行善，实现“天下为公，人类大同”，是第二十七至第三十三章探求的主旨。

中华民族传承了优秀的传统文化，其精神文化部分是古代先贤的思想体系经战国时期的“百家争鸣”，再经历长期的实践检验之后，潜移默化而形成的。后人给予精辟的总结：“各美其美，美人之美，美美与共，天下为公。”“美美与共”，就是中华优秀传统文化互相包容、互相学习的结果，最终展示出文化的多元性。

在传统的历史书籍中，历史是时间和事件的堆积；在传统的历史人物传记中，历史人物有着自己的道德定位。谁是君子，谁是小人，泾渭分明。我们仰视历史中的英雄，鄙视历史中的败类，站在道德的高度评定古人，仿佛历史与我们毫不相干。

但是，现实就是将来的历史，历史就是过去的现实。历史中的人物和我们是一样的，他们也都是一个个血肉之躯，都有自己的七情六欲，也有自己的理想抱负，更有自己难念的经。在历史的车轮下，个人是渺小的，他所处的环境决定了他的命运，受时代的限制，他只有那么几个选项，对待命运的方式各不相同，有的方式会导致更大的悲剧出现。

历史意味着过去，任何人都不可能在过往的时空点上却步，唯有在自新的时空点上奋进。

该书力求以优秀传统文化去教育人们去恶向善。从政治的角度看，就是“礼治”“德治”。一个人从接受亲长引导开始，逐渐接受学校和社会的教育，直到人生旅程的终点，去恶向善都是恒久不变的主题。

“性善论”与“性恶论”在一定程度上是对立统一的，有善才有恶。“善恶”本初差异并不大，而人性的发展只因在道路上有了分叉，才会导向不同的归宿。做好人难，做善人也难，做一个劝恶行善的善人更难，正因为有了这些挑战，人生才会更加绚丽多彩。

人性在本质上具有恒定性和变易性。在我们得出人性具有变易性的结论之后，应当探究人性变易的基本条件，即在什么情况下由善变恶，在什么情况下由恶变善。因此，本书例举大量的历史故事，试图启迪人们从历史深处去探索人性，相信读者朋友读完全书，掩卷沉思之余，定会在心中给出答案。

目录 CONTENTS

一 老聃评说 三皇五帝

辟地开天盘古王，祖猿进化扫八荒。
三皇始有氏族代，五帝延接怪物狂。
人兽相食凭力斗，炎黄鏖战俱名扬。
蚩尤枭首伏诛后，华夏殷饶拓土疆。

三皇五帝分别是谁？史书和传说的记载不完全一致。传说盘古开天辟地以后，最初出现原始人类。不知多少年后过渡到三皇及后来的五帝时期，迎来了氏族时代。现代考古发现这一时期大量的文化遗址，后人把他们奉为神明，以各种美丽的神话传说来宣扬先祖们的英雄业绩。所以人们把原始社会后期出现的为人类做出卓越贡献的首领称为三皇，分别指伏羲、燧人、神农氏，根据《史记·五帝本纪》载，把黄帝、颛顼、帝喾、唐尧、虞舜称为五帝。

三皇——伏羲、燧人、神农

伏羲

在人类起源的多种传说中，伏羲占有一定的位置。距今有多少年，至今尚无定论，至少有五千年。传说他教会人们捕捉、饲养一些动物，以作为初期人类生存的劳动补给和食物。他创立的八卦是运用大自然的阴阳变化平行组合，来推演宇宙空间、时间各类事物之间相互影响的关系，至今人们也无法完全精确地破解其中蕴含的超现代科学的奥秘。亦有史书记载把人类初期团队统称为“伏羲氏”。

燧人

继伏羲之后，传说是燧人氏发明了火种。燧人氏，后人对当时人类群团的统称。风姓，亦称燧人，尊称燧皇。几十万年以前的旧石器时代，燧人氏在今河南商丘一带钻木取火，成为华夏人工取火的发明者。教人熟食，结束了远古人类茹毛饮血的历史，开创了华夏文明，被奉为“火祖”。商丘因此被誉为华夏文明的发祥地，被中国文联授予“中国火文化之乡”称号。燧人氏死后葬商丘古城西南三里处的燧皇陵。华夏文明有文字记载的历史始于燧人氏。

《庄子·缮性》中提到燧人：“及燧人、伏羲始为天下，是故顺而不一。”意思是在燧人、伏羲时代，只能顺民之心而不能达到纯一的本初。

神农

神农史称炎帝，是中华民族用中草药治病的始祖。“神农皇把百草炼”流传至今，故名神农氏。历史进入神农时代，我国已有许多团群团队，史称部落。神农部落最先生活在黄河流域。在这些部落中，炎帝和黄帝两部落相邻，人口和地域都较多较大，他们各自拓展自己的疆土，各自与其他的小部落人群“结盟”，并使其“臣服”。在争夺土地财富的过程中，炎帝和黄帝产生了矛盾，由冲突发展成为一场人类最早、规模最大的残杀：炎黄大战。历经数年的三场恶战，双方死伤的人难以数计，最后炎帝战败，双方讲和，结成黄炎联盟，共同应对另一大部落——蚩尤部落。黄炎与蚩尤大战于涿鹿（今河北省涿鹿县东南）。在广阔的原野上，一直杀得天昏地暗，飞沙走石，死尸堆积成山，草木凋零，最后蚩尤战败被杀。黄炎联盟继续乘势不断融合邻近的部落，地域不断扩大。人类不断繁衍，形成华夏民族的主干，华夏民族即汉族的前身，这便是“我们同是炎黄子孙”的来历。

炎黄结盟后，炎帝徙居南方，继续不懈地尝百草为人们采药治病，教会了大批的人识别药草治病的方法。他因遍尝百草，曾无数次的中毒，最后死于采药途中，葬在今湖南省炎陵县鹿原坡。华夏儿女为纪念、缅怀这位人间药王始祖——神农大帝，常年谒陵、到洗药池去求药者络绎不绝。

后人以黄炎联盟为三皇历史阶段的结束期。传说中的三皇历史阶段，也是人性淳朴—质朴—德性衰退的演变时期。

五帝——黄帝、颛顼、帝喾、唐尧、虞舜

黄帝

距今大约4700年，传说黄帝姓姬，号轩辕。他在多年内取得一系列战争的胜利后，顺理成章成了部落联盟首领。相传他同嫘祖一起教会人们养蚕、制衣，这就是至今人们传颂的“轩辕黄帝制衣衫”。炎黄战胜蚩尤后，黄帝在北方的声望极高，中原大地所有部落一致公推他为领袖，大家都听他的召唤，服从调遣，呈现出天下一统、和平共处的局面。这就是老子说的“黄帝治，天下使民心归一”。（见《庄子·天运第十四》）黄帝在此期间发明了历法，即现在“黄历”的由来。他还教会人们造房、造原始人力车，制造用于狩猎的弓箭等。黄帝死后，葬在今陕西黄陵县桥山，千百年来，寻根祭祖、扫墓祭奠的炎黄子孙从未止息。

颛顼

颛顼：高阳氏。黄帝死后，颛顼成了部落首领。有关颛顼帝的传说不多，有传说他是黄帝的孙子。《淮南子·天文训》古代神话故事中写共工与颛顼争夺帝位，发生了大规模的残酷战争。在相持不下时，共工采用了同归于尽的战术：用头撞支撑天地平衡的擎天大柱不周山，致使天崩地塌，天下一片恐怖。“共工怒触不周之山，天柱折，地维缺。天倾西北，故日月星辰移焉；地不满东南，故水潦尘埃归焉。”这一仗的结果是使天的西北方低下，日月由东向西运转，地东南下陷，水向

东南流去成海。假如这段文字记载的是事实，那么颛顼成功的背后，不知有多少无辜百姓付出了生命的惨痛代价。

帝喾

帝喾：中国上古历史中的传说人物。五帝之一，姬姓，名俊，号高辛氏。殷人称夒，华夏上古时期一位著名的部落联盟首领。为“三皇五帝”中的第三位帝王，即黄帝的曾孙，前承炎黄，后启尧舜，奠定华夏根基，是华夏民族共同的人文始祖，被殷商族人认为是其第一位先祖。祖父玄嚣，是太祖黄帝正妃高皇后嫘祖的大儿子。父亲名蟜极，帝颛顼是其伯父。帝喾从小德行高尚，聪明能干。十五岁时，被帝颛顼选为助手，有功，被封于辛（今商丘市高辛镇）。帝喾系（含其祖玄嚣，也即今人所指少昊）和颛顼系（含其父昌意）成为黄帝家族著名的两大系属，中国当代汉族姓氏多数来自这两大系属。

有关帝喾上任、理政到死亡的传说见诸文字的极少。《史记》说帝喾是黄帝的第四代孙。在他执政期间，为了促进农牧业发展，他“夜观北斗，昼观日，作历弦、望、晦、朔、迎日推策”，或“观北斗四时指向，以定节气；观天干以定周天历度”。不懈探索天象、物候变化规律，划分四时节令，指导人们按照节令从事农畜活动，极大地促进了社会生产力的发展。华夏农业出现一次伟大的革命，使农耕文明走进了一个崭新的时代。传说帝喾有四妃，长妃叫姜嫄，生弃，弃被尊为后稷，成为周民族的祖先。次妃简狄，生契，契是商族的祖先。三妃庆都，生尧。四妃常仪，先生一女叫帝女，后生一子叫挚。挚与尧都继承了王位，做了部落首领。

唐尧

唐尧：陶唐氏，又称尧舜，是继帝喾之后的部落首领。帝喾之子，母为陈锋氏，十三岁辅佐兄长帝挚，封于陶地。十五岁改封于唐地，号为陶唐氏。十八岁，尧取代帝挚成为部落首领。

尧帝开创了禅让的先河，在位七十年，认为儿子丹朱不成器，决定从民间选用贤良之才，在诸侯首领的推荐下，舜进入考察人选，尧将自己的两个女儿娥皇和女英同时下嫁给舜，让两个女儿观察舜的德行，又派臣属观其行，在舜通过考察后授予其虞官之职，三年后将天子之位禅让给舜。

虞舜

舜，有虞氏，又称舜禹。传说中关于他的故事多与鲧、禹治水有关。他当首领后，首先惩罚奸佞，流放“四凶”：将掌管土木工程的共工氏流放到幽州，令其治化北狄；将权臣欢兜流放到南方的崇山，令其汉化南蛮；将三苗流放到西方的三危山，令其治理西戎；将鲧流放到东方的羽山，令其制服东夷。然后又修订刑法，以使上下归服。对外着手治理唐尧在位时就一直治而无果的特大洪水灾害。他命一名被派往禹山（今河南禹州一带）的华夏部落有崇氏酋长鲧全面负责治水，历时九年未见成效，虞舜将鲧斩杀于羽山。

鲧的儿子禹继承父业，负责治水，以根除洪涝灾害。至此，禹进入漫长而艰辛的治水历程，后终得成功。

“禹王疏通九河现”，两千多年来，尽人皆知。《史记·夏本纪》中写道："禹伤（悲伤之意）先人父鲧，功之不成受诛，乃劳身焦思，居外十三年，过家门不敢入。薄衣食，致孝于鬼神。"

禹本为司空官，又因治水成功，拯救苍生黎民于洪荒，深得各部落的拥戴，成了众望所归的首领接班人。舜仿效唐尧，生前指定禹为继承人。

关于尧舜禅让一事，《韩非子·说疑》中有这样一段话："古之所谓圣君明王者，非长幼弱也，及以次序也；以其构党羽，聚巷族，逼上弑君而求其利。"

《庄子·天运》中引用老子的话对三皇五帝时代有更精辟的论述：有一天，孔子的弟子子贡以孔子的名义去请教老聃（老子）。子贡曰："夫三皇五帝之治天下不同，其声名一也。而先生独以为非圣人，如何哉?"老聃在列举了实例后，回答子："三皇五帝之治天下，名曰治之，而乱莫甚焉！三皇之知，上悖日月之明，下睽山川之精，中堕四时之施。其知憯于蛎虿之尾，鲜规之兽，莫得安其性命之情者，而犹自以为圣人，不可耻乎?"这段论述用我们现在的话来说，就是子贡问老子："上古时代三皇五帝治理天下各有不同，但同样都有好名声。唯独先生不认为他们是圣人，为什么呢?"

老子回答说："三皇五帝的治理天下，名义上说是治理而实际上是弊乱，且没有什么弊端祸乱比这更大的了。三皇五帝的心智，对上而言，掩蔽了日月的光明；对下而言，违背了山川的精华；就中而言，破坏了四时的运转。他们的心智比蝎子尾端的剧毒还毒，就连小兽也得不到安定性命的情分，却还自以为是圣人，他们不可耻吗?"

西方哲学家认为，在人类亿万年的演化中，只有道德是维持普世运行的一种标准和法则，是法律之外的法律。所以他们提出“人性本恶”的人类哲学思想。他们认为，正因为人性本源中恶的存在，因此必须配之以“法律面前人人平等”的国家制度。持“人性本恶”这类哲学观点的不只是外国人，中国在春秋战国时代早已有之，代表人物便是诸子百家之一的荀子。

这正是：

伏羲八卦演阴阳，种火文明兴震旦。
黄帝参玄悟百经，神农采药尝千遍。
颛顼拓土起灾殃，鲧禹辟方治水患。
五帝三皇不世出，老聃妙语解迷乱。

人性本源之恶，在一定程度上成就了“善性”，我们在探索内心最深处“人性”之时，更易思考到“善性”，更多遵从善，更多行善。认识到三皇五帝之“恶性”，也会了解他们之“善行”，便于系统地看待历史和人物。

二　禹王开国　夏桀亡朝

治水绝知赴奇险，海清河晏众欢颜。

既接风雨尚能驭，虽统江山不解烦。

伯益岂宜图霸柄，皋陶何敢戴王冠。

巧施妙计安天下，父殁子承夏始延。

禹，又称大禹，他是夏族，以国为姓，故又称夏禹。名文命，是因治水被诛者鲧的儿子。禹娶妻涂山氏，生子启，称为夏启。

当帝尧之时，洪水滔天，泛滥成灾，致使天下百姓，无以得安。尧令鲧治水，经九年而未治。舜帝继位后，就把鲧杀了，令其儿子禹继承父亲治理洪水之大业。禹历经十三年，"三过家门不敢入"，改父亲修堤堵塞的治水之法，用开沟疏导，让水入沟，顺势入海的方略。在皋陶的大力协助下，终于在北方大地上疏理出了九条排水入黄河的大川（即九河），使得洪魔降服，天下安宁。在舜帝死后，禹成了众望所归的首领继承人。

禹继舜的部落联盟首领之位后，恩威并施，很快改变了五帝时期的“联盟议事”体制。由于九河疏通，天下太平，百姓讴歌，他乘势在浙江的会稽大会各部酋长，为暗示他有绝对权威，在这次大会中一是果断地诛杀了傲慢不羁、故意迟到的防风氏部落首领，震慑住各部落酋长；二是提出他的继承人由皋陶担任（皋陶是长期追随禹治水的谋士和功臣，二人关系甚密），这一招果然赢得各部落的认可，皆认为是赏罚分明。约公元前 2070 年，禹号令天下，改联盟体制为国。因禹属夏族（后来的汉族），所以国号为夏，他本人称王，就是夏禹王，标志着我国早期国家的产生，史称夏朝。

夏禹建立的夏朝是我国第一个国家政体的统一王朝。它象征着中国古代已由原始社会过渡到奴隶社会。

夏朝开始建立国家的军队，制定刑法，设置监狱，修筑城堡和宫殿。他修正历法，在黄帝后几经修改的基础上再修正了黄历，顺应天道运行和大自然的变化，为农耕和纪年，制定出了较为完备的周期历法沿袭至今。所以现在国历计时即称黄历，又称夏历、农历。夏禹王的继承人皋陶突然死亡，禹宣布皋陶的儿子伯益作为他的王位继承人。

这里暗藏玄机：禹上台防风氏因不服而被杀，皋陶虽是有功于王朝，其子伯益是否能服众呢？《史记》曰：“益之佐日浅，天下未洽。”就是说皋陶的儿子伯益辅佐禹的时间很短，谈何功业，各方的人员都不能融洽，说白了，没有功业就没有人拥戴他。禹王如此绝顶聪明的人，为什么不立其他名望高的人，而立此无功劳、无威信之人继承王位，他真的不知在他死后这个继承人不能服众吗？这就是玄机。禹王意在告诉天下：

皋陶是正常死亡，我夏禹王是为天下公，既然定皋陶为王位继承人，现在他不在了，他的儿子无论才德如何，继承他的王位也是合情理的。最根本用意是在暗示人们：我禹王是天下公认的国王，我的儿子做我的继承人，应该比皋陶尚未登位却由其儿子来继位更合理吧；幕前已亮台，幕后就不宜多说了。

《史记》写道："及禹崩，虽授益，诸侯皆去益而朝启，曰：'吾君帝禹之子也。'于是启遂即天子位，是为夏后帝启。"用我们现在的话来说就是：夏禹王死后，虽然他生前把帝位授给伯益，但诸侯皆离开伯益而去。用君臣礼到夏禹的儿子启那里去朝拜，大声三呼：我们现在的君王是先禹王的儿子，我们只听你启王的，于是夏启就坐天子之位，号为夏后帝。

夏禹王死后，葬在会稽县南十三里，庙在县东南十一里。

从此，中国几千年封建帝王史的王位世袭制取代了所谓的"禅让"制。夏启为巩固自己的地位，杀死了伯益，又出兵攻打生活在陕西户县（一说在今河南郑州以北新乡的原阳、原武一带）反对他的有扈氏部落，并把其部落的百姓贬为放养牲畜的奴隶。

夏朝由夏禹王开国建朝，共传14代，延续约470年。在公元前1600年左右，夏桀王执政时，为商汤所灭。夏朝作为中国帝王史的第一个王朝，拥有较高的历史地位，后人常以华夏自称，使之成为中国的代名词。

关于夏禹治天下，《庄子·天运》用老子的话做了总结："禹之治天下，使民心变，人有心而兵有顺，杀盗非杀人。自为种而'天下'耳。是以天下大骇，儒墨皆起。其作始有伦，而今乎妇女，何言哉！"我们把他说得好懂一点：夏禹治理天下，使百姓的心多变，大家各怀私心，以用兵为理所当然的事情，杀死盗贼不算是杀人（不犯罪）。由此人们各自结成团伙而奴役天下的人，所以天下大为震惊，后来儒、墨之争纷纷兴起。他们开始的时候还有伦理等次，可是时至今日已混乱得没有是非标准了，你如今被看作女人，还有什么话可说呢？

桀，一名履癸，是夏朝末代君主。《史记·夏本纪》以“帝桀之时，自孔甲以来而诸侯多畔夏，桀不务德而武伤百姓，百姓弗堪”不足三十字对其为王的一生作了评价。《殷本纪》也只用了“夏桀为虐政淫荒，而诸侯昆吾氏为乱。汤乃兴师率诸侯，伊尹从汤，汤自把钺以伐昆吾，遂伐桀。桀败于有娀之虚，桀奔于鸣条，夏师败绩。”这么几句话，就将夏桀王的结局包括其中。

美酒为池，淫声荡漾。据诸多文字记传，夏桀王的确是一个人表于外、兽心于内、施行于暴的残忍君王，他的恶行罄竹难书。首先，夏桀荒淫无度，在全国抢了很多女子，将她们收入自己后宫，以供玩乐。当初，施氏部落因为不堪夏桀的压榨，讨伐夏桀。夏桀为了稳固自己的统治，派兵降服了施氏，并让施氏首领将妺喜嫁予他为后。妺喜喜欢听绢帛撕裂的声音，夏桀便让宫女拿来大批的绢帛，撕给妺喜听。当时，绢帛十分贵重而罕见，为了博美人一笑，夏桀暴殄天物。妺喜有倾国姿色，夏桀得到妺喜之后更加荒淫无度，天天将妺喜抱在怀中，和妺喜共同饮酒。夏桀在宫殿之中，和宫女们玩乐，时常不上早朝。

夏桀王文武兼备，赤手可搏虎豹，空拳敢打豺狼，拉直铁弓，矢无虚发。他承袭祖辈之基业，登上王位。可他并没有用其聪明才智去治理国家，更不懂得让百姓安居乐业。他的本性由此暴露无遗，一味追求奢侈淫逸的生活，使得夏王室内政不修，外患不断，矛盾日趋尖锐，民不聊生，危机四伏。在他登位后不久，便将祖上营建的本已富丽堂皇的宫殿改建，以黄金为柱，白银作瓦，璧玉铺地，宝珠镶嵌，装点成天地间绝无仅有的王宫，在宫院内开凿出一个巨大的池塘，塘内灌满美酒。他乘坐在王舟之上，无数美女一丝不挂围绕王座，饮酒寻欢。池塘沿岸，宫娥如林，赤身裸体，千姿百态。舟行波起，淫声荡漾，酒香与脂粉交融，轻歌与曼舞交织，百官侍立于视野之内，心往神驰；彩女撒娇于胸怀之中，淫态万千。其景不堪入目，其声不堪入耳。据说有一个叫关龙逢的谏议大夫一次脱口而出："人乎！兽乎！"桀王暗探将此奏报。桀王震怒："吾兽也？虎为百兽尊，孰敢触其怒？你人也？"便叫下人将其传入宫中，受刑于铜柱之上。

滥施酷刑，炮烙忠良。夏桀王除酷好淫乐外，还喜欢对他人施以酷刑。他看着受刑人痛苦的表情而洋洋得意。他在刑室内设置了很多刑具来惩治那些对他暴行不满的人。他还发明了一种名叫"炮烙"的酷刑，就是在一根丈余长的铜柱上涂满油，下面堆起炭柴加热，令被他诛杀的人赤脚在铜柱上行走，被诛杀的人忍不过灼烫，掉入火堆，就会被活活烧死。据说夏桀发明这一刑罚是得自蚂蚁的启示，他见蚂蚁爬在热锅上，不忍灼烫，掉入火中而死。

桀王设此酷刑，一般是对他欲斩杀的官员使用。那个曾经私下说过夏王桀"人乎！兽乎！"的关龙逢被请到了刑室。夏桀指着烧红的铜柱问："在诸多刑具中，用此治犯人如何？"关龙逄答："长期用此刑法治国治人，其祸就不远了。"桀反问："是人离祸不远乎？是兽离祸不远乎？现在我听你说，说得对我就改正，说得不对我就对你施加此刑。"关龙逄说："我看君王头上悬着危石，脚下踏着春冰，头顶危石无不被石覆压，脚踏春冰无不下陷。"桀笑道："你是说国家灭亡，我要同国家一起灭亡。你只知我要灭亡，却不知你现在就要灭亡吗？"桀对关龙逄施以炮烙之刑，关龙逄赴火而死。文武百官敢怒不敢言，都各自与地方部落暗中联系，一股推翻夏王朝的暗流开始涌动。

暴君无道，众叛亲离。除此之外，夏桀疯狂压榨百姓，奴役人民。夏桀经常与一些贵族饮酒作乐，把人当坐骑。他甚至把老虎放在人多的地方，以目睹人们逃命取乐。他把自己比作太阳，他的凶残统治导致天下民不聊生，纷纷谴责夏桀暴行。《新序·刺奢》中有歌云："江水沛沛兮，舟楫败兮，我王废兮，趣归薄兮，薄亦大兮。"又曰："乐兮乐兮，四牡蹻兮，六辔沃兮，去不善而从善，何不乐兮？"

夏桀还重用奸臣，排挤贤臣。他重用一个叫赵梁的小人，此人专投桀之所好，教他如何享乐，如何勒索、残害百姓。夏桀继位后的第十七年，有人引见伊尹见夏桀。伊尹以尧、舜的仁政来劝说他，希望桀体谅百姓的疾苦，用心治理天下，桀听不进去，伊尹只得离去。太史令终古看到夏桀这样荒淫奢侈，便进宫向夏桀哭泣进谏说："自古帝王，都以爱惜人民，而得到人民的爱戴。不能把人民的血汗供给一人的娱乐，这样奢侈，只有亡国。"夏桀听了很不耐烦，斥责终古多管闲事，终古知道夏桀已不可救药，心里明白夏一定要灭亡，就投奔了商族部落。

成汤兴兵，灭夏建商。商族部落居住在黄河下游一带，夏朝建立后，商族成为了夏朝的附属国，每年要给夏朝进贡。商族游牧业发展得十分迅猛，渐渐发展成了一个强大的附属国，经济实力远远超过了夏朝。商族认为自己有能力抗衡夏朝，成汤为商族首领时，采取了措施。他先任用伊尹和仲虺担任要职，伊尹和仲虺足智多谋为灭夏提供计谋。除此之外，成汤启用了很多人才，只要有真才实学，都任用提拔。随后，成汤先后灭掉了葛、韦等夏朝的附属国家。此时的夏桀如同瓮中之鳖，只等人前来抓捕。成汤以不进贡为导火索，使夏桀为之震怒，率兵讨伐。成汤早已积蓄扩充兵力，联络各大诸侯。正当桀欲率兵征讨成汤时，夏桀却被部落和臣子们抛弃，各诸侯都不听夏桀的调遣。成汤乘势率兵直攻夏宫，灭掉了夏朝，建立了商王朝。夏桀逃奔到鸣条（今河南封丘东）被活捉，夏军彻底溃败后，被流放到南巢，最终死于亭山。

“桀不务德而武伤百姓”，恶性恶行，暴君成名，天人共愤，死有余辜。

传袭470年的夏朝之覆灭，从表象看是商部落首领成汤兴兵使之终结的。而夏亡之实质是夏桀王自己一手造成的。夏桀登位后，如果认真治理朝政，以除国家的内忧外患，薄赋安民，让百姓休养生息，各得其所就不会亡国。相反，他“筑寝宫，饰瑶台，作琼室，立玉门”，放纵淫乐。对百姓收重赋，以满足所滥耗之财力，对忠贤之臣施以酷刑，以堵塞逆耳之言；对馋臣奸吏信爱有加，以掩盖朝纲之乱。谏议大夫关龙逄在未被诛杀之前，曾多次哭谏：“天子谦恭且讲信义，任贤用能，让惠于民，则天下安定，国家稳固，而陛下奢侈无度，施酷刑而纵淫乐，朝野怨愤，民心尽失，其祸不远矣！”夏桀不听犹可，反把如此的忠贤之臣杀害，其善性泯灭，兽行泛滥，致使众叛亲离，成汤兴兵，夏朝灭亡。

历史不存在“如果”。夏桀王的本性决定了他的无道与残暴，拱手把夏王朝送给了成汤，给后世留下了一面亡国之镜。叹哉！这正是：

夏桀昏聩继龙廷，残暴荒淫炮烙刑。
夜夜行宫狎语荡，朝朝寝殿媚声哼。
骄奢岁月内忧紧，离乱山河外患兴。
所幸商汤举正义，庸君流放世清明。

夏桀纵容自己的“恶性”，败了王朝，夏禹却是充分利用“善”与“恶”的关系，建立了第一个统一的王朝——“夏”，还留下了“王位世袭制”的祖制。

在人性发展的历史上，“善性”或“恶性”从来都不是单独存在的。夏禹对于华夏民族来说，始终是一位不可或缺的历史人物，统一部落、建立王朝确实是他德泽天下的作为，虽然本质上是为了维护自己的统治地位而作，但我们并不能否认其带来的重大影响。故我们在看待人性时，当摒弃片面性，应该系统、全面地看待和评价。

三 败伦丧德 天怒人怨

商朝罔替乱纲常，怙恶不悛殷纣王。
开战围城添死士，寒饥掠阵恨娇娘。
昏君暴戾刑身烙，宫后善良挖目亡。
亵辱神灵渎圣母，媚谀妲己最猖狂。

成汤灭夏建立的商王朝几经迁都，约公元前14世纪，商王盘庚定都于殷（今河南安阳小屯村），故商朝也可称为殷，还可称为殷商，在当今民间多称商纣王为殷纣。

纣王帝辛，是袭其父帝乙的王位，为商朝第三十代君王，也是商朝的末代国君。《史记·殷本纪卷三》，是这样总结纣王的：“帝纣资辨捷疾，闻见甚敏；材力过人，手格猛兽；知足以距（拒）谏，言足以饰非；矜人臣以能，高天下以声，以为皆出己之下。好酒淫乐，嬖於妇人。爱妲己，妲己之言是从。于是使师涓作新淫声，北里之舞，靡靡之乐。厚赋税以实鹿台之钱，而盈钜桥之粟。益收狗马奇物，充仞宫室。益广沙丘苑台，多取野兽蜚鸟置其中。慢于鬼神。大聚乐戏於沙丘，以酒为池，悬肉为林，使男女裸体逐其间，为长夜之饮。”

商朝世袭三十一君，怙恶不悛殷纣王。大史学家司马迁惜墨如金，对夏桀王只用了二十几个字表述，而对纣王做总结用的文字是桀王的五倍，可见纣王应该是一个非同一般的国君。略举一例：一日，纣王去前人为纪念朝拜女娲圣母所建造的女娲宫庙游玩，其主殿供奉尊像为女娲。因为百姓对女娲补天的精神十分崇敬，塑像艺人技艺和心境交融，所塑圣像端庄美貌，栩栩如生，威严因慈祥掩映，有神的目光溢露出母爱之情。纣王环绕殿堂一周，从不同的角度观看女娲圣像，都觉得女娲的目光在注视着他，不禁淫性大发，挥笔在圣像之侧写诗一首：“女娲宫内一尊神，内是泥胎外是金，若留咽喉三分气，带回朕宫陪寡人。”题罢怏然而去。传说正是这首诗惹怒了众天神，当时守护女娲圣位和宫宇的护法神特别愤怒，纷纷请求圣母用法力教训纣王，所以才有了狐仙领命，幻化身形，开始实施对纣王的讨伐，这就是我们看到《封神演义》的原始资料来源。

围城大战尸遍野，只为苏氏美娇娘。纣王自女娲宫回到王宫，思念女娲容貌，每见三宫六院，真如陈饭土羹，食不甘味，何言理政，思之多日，郁郁不乐。一时邪念心上起，恶旨权中生。次日，早朝时对百官说：“即传朕旨意，颁行四镇诸侯，与朕每一镇地方拣选美女百名，不论富贵贫贱，只以容貌端庄，情性和婉，礼度娴淑，举止大方，以充后宫役使。”纣王传旨未毕，首相商容俯伏奏曰：“君有道则万民乐业，不令而从。况陛下后宫美女，不啻千人，嫔御而上，又有妃后。今劈空欲选美女，恐失民望。”

纣王见是三世老相之谏，不便发作，即罢朝回宫，思之再三：朕乃万乘之尊，尽天下之所有者，选美女入宫，方能解朕之郁闷，岂容他人弗朕之意。遂召费仲、尤浑二臣再议选美之事。费、尤都是佞媚之臣，于各侯伯则是贪赃之官。对性如烈火、刚强正直，从不给他们送礼的冀州侯苏护，早已怀恨在心。此时听得纣王让他们选美，眉头一皱，毒计随心，献出了一石三鸟之计：一、不得罪尚未失宠的三世老相商容；二、报复行端守正的苏护；三、献媚取宠于纣王。费、尤二人知纣王势必选美，当即俯首奏曰："陛下容纳首相忠言，停旨选美，此美德也。众庶共知，天下景仰。臣已密访四海，探得冀州侯苏护有一女，艳色天姿不在圣母之下，幽娴淑性当居后宫千美之上，何不选进宫闱，随侍左右。"纣王听言，不觉大悦："卿言极善!"即命随侍官传旨："宣苏护。"苏护面君，纣王对其说出要纳其女入宫之事。

苏护抗旨不遵，被逐出京城，盛怒之下，题诗于午门墙上："君坏臣纲，有败五常。冀州苏护，誓不朝商!"区区十六字，反罪毋庸置疑，商纣派出大军出征，将冀州侯苏护的侯都团团围住，双方几经大战，杀得人仰马翻，自相践踏，遍地横尸，受伤军士哀哀叫苦，中箭兵将咽咽悲声，愁云直上九重天，败兵逃命四边地。苏护之子统兵大将也当了商纣军的俘虏。苏护闭门于城中自思："我这冀州城正如一条已驶入漩涡的船，而我坐在马背之上，立于船舱之中，走投无路矣!"值此两军对垒，鹬蚌相争之时，渔翁出现了。

纣王的四大镇诸侯（每一镇诸侯，统管两百小诸侯）之一的西伯侯姬昌妙施连环计，结束了这场恶战。西伯侯姬昌早有反心，欲推翻纣王而号令天下。只因他对伏羲所造的易经八卦，研习颇精，深知时机未到，天意不可违，正践行着韬光养晦的策略，反纣之心不为人知。西伯侯姬昌施用连环计，首先修书一封，派人送往冀州侯苏护处，书中不乏息事宁人之词："今足下有女淑德，天子欲选入宫，自是美事。足下竟与天子相抗，是足下忤君。又题诗午门，已在不赦。且足下若进女王廷，实有三利：女受宫闱之宠，父享椒房之贵，官居国戚，食禄千钟，一利也；冀州永镇，满宅无惊，二利也；百姓无涂炭之苦，三军无杀戮之惨，三利也。公若执迷，三害目下至矣：冀州失守，宗社无存，一害也。骨肉有族灭之祸，二害也；军民遭兵燹之灾，三害也……"正是：舌辨悬河汇百川，化解双方枕戟眠。

苏护着道，遂罢兵将爱女苏妲己亲送朝歌。一日行至恩州时，天已垂暮，便入恩州驿馆歇息，驿丞告知苏护曰："老爷，此驿三年前出一妖精，之后过往老爷皆在驿外安息。"话未说完却遭苏护怒斥。是夜时近三鼓，忽然淅凛凛阴风扑面，清冷冷恶气侵人，灯灭夜暗，悲风影里侍女呼救，黑气丛中妲己换魂。待苏护掌灯提剑，进入女儿寝榻之前，一切已恢复平静。就在这熄灯复明之间，女娲圣母的使者"狐狸仙"的魂魄已潜入苏妲己体内，而苏妲己本身的魂魄已离体而去，只留下躯壳为狐仙作替身。这一招，为包括苏护在内的所有随行兵丁、侍女所不知。

苏护亲送爱女苏妲己入朝歌，纣王闻报传旨：宣见妲己。妲己觐见，口称万岁。纣王眼中淫光闪射，见妲己媚目勾魂，乌云迭鬓，杏脸桃腮，浅淡春山，娇柔柳腰，真似海棠醉日，梨花带雨，不亚九天仙女下瑶池，月里嫦娥离玉阙。妲己启朱唇似一点樱桃，舌尖上吐的是美滋滋一团和气，转秋波如双鸾凤目，眼角里送的是娇滴滴万种风情。直把纣王看得魂飞天外，魄散九霄，急不可耐地下旨：速送美人入寿仙宫，赦苏护满门无罪，官复原职，国戚新增，每月加俸两千担，筵席三日，荣归故里。

妲己入宫，纣王朝朝宴乐，夜夜欢娱，朝政慵堕，章奏混淆。自此，朝纲混乱，逐日升级。

荒淫无度残宫人。一日，一个名曰云中子的修士向纣王上书，说宫中有妖气，欲进宫除妖。云中子欲诛杀苏妲己未遂。妲己受惊，大病一场，云中子撤走，留下书信给太师杜元铣，意欲让杜元铣奏明大王，诛杀妲己。杜太师上奏与云中子所奏内容相同。纣王不忍妲己再次受惊，问妲己此事如何处置？妲己曰：“此是妖言乱国，致使不慌者自慌，不乱者自乱，凡言宫中有妖者，俱是同党，当诛。”

大夫梅伯在午门外，见杜太师绑缚受刑，急至寿仙宫叩见纣王，力保太师。奏道：“今斩杜元铣，实斩朝歌万民……”激怒了纣王，即令：“把梅伯拿下，用金瓜击顶”，并把杜太师枭首示众，以戒妖言。妲己曰：“慢，当用新刑，方能杜狡臣之渎奏，除邪言之乱正，否则这些奸猾之臣不知戒惧，应用‘炮烙’最佳。”纣王下令依美人之法，速造炮烙刑具，将梅伯打入大牢，以施用炮烙刑械。

首相商容眼见纣王无道，社稷丘墟，遂辞官回家为民，以保性命。纣王准奏。不一日，炮烙刑具监造完工，纣王命将其推至九间殿前视之：炮烙乃黄澄澄的圆铜柱，高二丈，周围八尺，中有三层大门，内放木炭，下有滚盘一对，便于推动。遂下令点燃炭火，把铜柱烧烫，从牢中把大夫梅伯押入九间殿内，令百官入殿旁观。纣王令人将梅伯衣服脱光，使他手抱铜柱，并用绳索将其身体与铜柱捆绑在一起，只听梅伯大骂一声，其气已绝。不多时肉体化为灰烬，百官见闻无不恐惧。此后不知多少忠臣良将，死于炮烙之刑，难以尽述。

善良皇后挖目亡。纣王原配姜皇后是东伯侯姜桓楚之女，她在后宫听得禀报，知纣王与妲己朝歌暮舞，宣淫作乐，残害忠良，力劝纣王立纲持纪，日勤政事，后被陷害，挖目烙手，气绝身亡。另有杨妃为掩护纣王与姜皇后所生二子出宫，自知已无生路，自杀身亡。

已告老还乡的老相商容，听逃生的二殿下诉说纣王朝纲尽失，灭绝人伦之事，回朝歌面君上疏，其中有“听谗臣设谋，而陷正宫，人道乖和；信妲己赐杀太子，而绝先王宗嗣，慈爱尽灭；忠谏遭其炮烙惨刑，君臣大义已无。陛下三纲污蔑，人道俱垂，罪符夏桀，有忝为君。自古无道之君，未有过此者”等语。纣王看完大怒，令把七十五岁的老相商容推出午门，金瓜击顶，脑浆喷溅，血染衣襟而亡。

商朝四大镇诸侯奉旨进京议事，四人到朝歌全庚驿站歇息，饮酒至夜间三更，已知朝中之事，各自连夜写好奏章，俱力谏纣王：“今陛下承嗣大统以来，未闻美政，日事怠荒，信谗远贤，沉湎酒色。姜后贤而有礼，并无失德，竟遭惨刑；妲己秽污宫中，反宠以重位……”纣王看罢，撕碎奏章，怒曰：“乱臣造逆，恶党簧舌，如再敢言者，与其同罪！”遂传旨将南伯侯鄂崇禹枭首示众，将东伯侯姜桓楚用巨钉钉其手足，乱刀剁碎为酱。唯赦免西伯侯无罪，放其回国。

谗臣费仲、尤浑二人，早认定西伯侯：“姬昌外似忠诚，内怀奸诈，面是心非，终非良善”，遂设宴为姬昌送行。为探虚实，酒至半酣，费尤二人言语挑之曰：“久闻贤侯能演先天数，其应果否无差?”姬昌答曰：“阴阳之理，自有定数，岂得无准。”复问曰：“若当今天子所为皆错乱，不识将来究竟可预闻乎?”西伯叹曰：“国家气数将尽，只此一传而绝，不能善其终。”又问曰：“其数应在何年?”姬伯曰：“不过四七年间（即二十八年）。”少顷，二人又问曰：“求贤侯易数，看我等终身何如?”姬伯曰：“二位大夫，死得蹊跷古怪。将来不知何故，被雪水渰身，冻在冰内而死。”费、尤二人乃乘机诱之曰：“不知贤侯平日可曾演得自己究竟如何?”昌曰：“不才还讨得个善终正寝。”

费尤辞别姬昌，即将姬昌所言奏闻天子，纣王大怒，急令晁田捉拿姬昌。姬昌自知酒后失言，唯恐有大难，正奔逃间，晁田已追至，传旨令其回都。姬昌赶紧嘱咐随从将长子伯邑考速送回封地，并曰：“勿忧我，七载后自然平安归国。”

西伯侯姬昌奉旨跪拜天子，纣王怒曰：“你妖言惑众，说朕不能善终。”即下旨将姬昌在午门斩首，以正国法。恰在此时，黄飞虎赶到，大呼陛下：“姬昌不可杀，他既然说是直言君子，可让他推演眼前吉凶，如准则可赦，不准再杀不迟”，群臣皆谏，纣王依言命姬昌推演目前吉凶。姬昌从袖内取出一枚金钱一晃，大惊曰：“陛下，明日午时太庙火灾，恐毁社稷根本。”言罢，纣王令将姬昌押入大牢，以候明日之兆应。

次日午时，半空中突然霹雳一声，山河震动，阴阳官禀报："太庙火起"，纣王正在龙德殿与文武群臣议事，听得来人报："太庙火起"，气得目瞪口呆，转而计上心头，对众臣安抚道："昌数果应，赦其死罪，不赦归国；暂居羑里（今河南汤阴县），待后国事安宁，方许归国。"姬昌被囚禁期间，深入钻研，精习演练，把伏羲八卦反复推演，变成六十四卦，中分三百八十四爻象，构成《周易》框架，经历代易学家研习，流传至今。

姬昌在羑里的第七年，其长子伯邑考携带重礼去朝歌以进贡为名，欲请纣王释放父王，自己愿代父受罪。纣王加罪于伯邑考，又欲刺探姬昌是否真的能推演、预测吉凶祸福，便把伯邑考杀掉后，命厨役将其肉做饼，差人送至羑里，赐予姬昌食用。纣王心想："若西伯侯姬昌真能预测，必知饼为其子肉所制，断然不食，则将姬昌杀掉以绝后患；如姬昌食肉饼，说明他根本不会占卜，则放他回国也无大碍。"这日，西伯侯正在抚琴消遣，琴声中忽含杀气，忙取金钱占上一卦，方知长子伯邑考已遭杀身横祸，含悲忍泪。正默默凄切之时，差官奉旨送来肉饼，令姬昌食用。姬昌已知情由，不食则会被杀，遂佯谢圣恩，忍恸连吃三饼。差官见状，如实禀报天子。加之姬昌次子姬发，派散宜生等暗进朝歌，贿赂纣王身边费仲、尤浑两位谗臣，纣王就释放了姬昌，让他回西岐坐镇，每月加俸米一千石，代天子领兵征伐，平息叛乱诸侯。

造鹿台。纣王命崇侯虎监造鹿台，历时两年零四个月，耗去人力、财力无数，供纣王与妲己淫乐。

鹿台高耸，直透云霄，玉饰金雕，千层楼阁，朝星映月，怪草奇花，四时不谢，殊禽异兽，声扬十里。丝竹管弦隐含万民哀嚎，华堂彩色尽收百姓精神。十五日之夜，排筵三十九席，分三层，摆在鹿台，命亚相比干陪妲己宴请的群仙畅饮。纣王与妲己登台，看九龙筵席，凤珍馐味，欢饮于酒海肴山之中。日复一日，淫乐不绝。时至寒冬，纣王与妲己在鹿台上饮宴赏雪，传旨赐酒与亚相比干共乐鹿台。造鹿台之举，引起比干和百官的极度不满，由此埋下了比干被杀的祸根。

纣王造虿盆。一日，妲己奏纣王曰："在摘星楼下，挖方圆二十四丈，深五丈的一个大坑。命都城万民，每一户纳蛇四条，都放此坑之内。将作弊宫人，跣剥干净，送下坑中，喂此毒蛇。此刑名曰：'虿盆'。"纣王允之。大夫胶鬲闻听万民交蛇，未知情由，便来面见纣王。是时，大王正与妲己在摘星楼观看虿盆之内，众蛇食人，以之为乐。忽听奏报，大夫胶鬲觐见，遂传之上摘星楼。胶鬲奏曰："万民交蛇入坑中，意欲何为?"纣王曰："只因我前些日子在此楼上饮酒，闻歌观舞，十分尽兴，三宫嫔妃，六院宫人，齐声喝彩，唯有已死的原姜娘娘侍御宫人七十二人，拒不喝彩而黯然流泪，为除宫人作弊而专设此刑，今天要将这七十二位宫女处以"虿盆"之刑。你若在此陪看，就是将这些人衣衫剥光，手足绑缚，丢入虿盆，让千万条蛇争相吞噬，朕观此情景，真是乐哉!"胶鬲奏曰："人之躯体，莫非皮肉，丢入坑穴之中，毒蛇吞啖，惨状何堪，圣心何乐。况宫人皆系女子，朝夕宫中，侍陛下左右，不过役使，有何大弊，遭此惨刑。望陛下怜赦宫人，显皇上浩荡之恩，体上天好生之德。"王曰："不如此，彼未必知惧耳。"

胶鬲厉声言曰："今陛下丧德行暴虐，诸侯怀怨，东伯侯无辜受戮，南伯侯屈死朝歌，谏官命尽炮烙；今无辜宫娥，又入虿盆。陛下只知欢娱于深宫，信谗听佞，荒淫酗酒，臣等日夕焦心，真如重疾在心，国亡不久矣！”纣王大怒曰：“大胆匹夫！侮谤圣君，罪在不赦！”叫左右：“即将此匹夫剥净，送入虿盆，以正国法！”

大夫一听，从摘星楼往下一跳，撞将下来，跌了个脑浆迸流，顿时死于非命。

纣王看见，更觉大怒，传旨：“将宫女推下虿盆，连胶鬲一齐喂了蛇蝎！”可怜七十二名宫人落于坑内，饿蛇将宫人盘绕，吞咬皮肤，钻入腹内，惨叫声撕人心肺，旁人听闻魂飞天外，纣王见之，以为美刑。

监造酒池肉林。纣王一计施完，又生一计，他命令将虿盆左边掘一池，右边挖一沼。池中以糟邱为山；右边以酒为池。糟邱山上，用树枝插满，把肉切成薄片，挂在树枝之上，名曰：肉林，右边将酒灌满，名曰：酒池。纣王设宴，与妲己玩赏于肉林、酒池之中。时间稍长，只觉乐音烦厌，歌声寻常，又传旨命宫人与宦官扑跌，得胜者，池中赏酒。不胜者乃无用之婢，侍于御前，有辱天子，可用金瓜击顶，放于糟内。可怜这些无辜宦官、宫娥，纷纷遭刑，惨死池中。

比干蒙难。一日，妲己装病，心痛难忍。对纣王言：需玲珑心一片，煎汤饮服，方可治愈。纣王新欢胡喜媚曰：“朝中人等，只有亚相比干乃是玲珑七窍之心，若无此心，妲己必死无疑。”妲己于呻吟之余，只作气喘急促，欲死之状。纣王急宣比干，对其说道：“皇叔一宗嫡派，御妻偶发沉疴心痛之疾，惟玲珑心可愈。皇叔有玲珑心，乞借一片作汤，治疾若愈，功莫大焉。”比干曰：“心者一身之主，心正，手足正；心不正，则手足不正。吾心有伤，岂有生路！今昏君听新纳妖妇之言，赐吾摘心之祸；社稷危矣！”比干望太庙大拜八拜，接过纣王手中宝剑，刺入腹中，摘心而出，掷于地上，踉踉跄跄走下鹿台。随侍扶上马，直奔北门而去，随即跌下马来，一腔热血，尽洒尘埃。百官闻之，无不伤情。

剖孕妇，杀无辜。一日，大雪纷纷，恰似梨花乱舞。纣王命置九龙席与妲己、胡喜媚等在鹿台饮酒赏雪。宫娥起舞，妲己唱和，管笙齐鸣，余韵悠扬，纣王尽兴，连饮三大杯。一时雪止，彤云渐散，日色复开。纣王同妲己凭栏，看朝歌积雪。只见有一老人跣足渡水，不甚惧冷，而行步且快。又有一少年人，亦跣足渡水，惧冷行缓，有惊怯之状。纣王在高处观之，以为奇怪。妲己曰：“陛下不知，老者不甚怕冷，乃是少年父母，精血正旺之时交姤成孕，所秉甚厚，故精血充满，骨髓皆盈，虽至末年，遇寒气犹不甚畏怯也。至若少年怕冷，乃是末年父母，气血已衰，偶尔姤精成孕，所秉甚薄，精血既亏，髓皆不满，虽是少年，形同老迈，故过寒冷而先畏怯也。”纣王笑而不语，心里却有些质疑，乃命人将此老少拿来，用斧头砍开老少胫骨验看，果如妲己所言。正是：平白行来因过水，哪知敲骨丧其生！可怜无辜百姓，无故惨死！

纣王见妲己如此神异，抚其背而言曰：“御妻真是神人，前次你所说老少骨髓之事如此灵准，常人何及？”妲己曰：“陛下，就是妇人怀孕，我也能一见便知她腹内有几月，是男、是女及在腹内面背朝向，无不周知。”纣王闻之，甚觉惊异，遂命拿民间孕妇到鹿台验证妲己之言。奉御官在朝歌满城寻访，分别拿住三名孕妇。纣王将三妇人拿上鹿台，妲己指一妇人：

“腹中是男，面朝左胁。”又指一妇人：“也是男，面朝右胁。”命左右用刀剖开，毫厘不差。再指一妇人：“腹中是女，面朝后背。”用刀剖开，果然不差。纣王为解开对妲己判别的疑惑，活生生的六条人命，霎时就屠戮于鹿台之上。纣王拊掌赞曰：“御妻妙术如神，虽龟筮莫敌！”自此更加肆无忌惮，横行无道，惨恶异常，万民切齿。

由于纣王淫乱不止，强征暴敛于民间，以充淫乐修造之用；无故诛杀谏臣，以绝逆耳之言；敲骨剖胎无辜，以兴宴欲之乐；致使朝政日非，民怨鼎沸，最终引发灭商兴周的大规模战争。其实兴周灭纣的战争准备早在纣王放西伯侯姬昌回到封地就已开始。直到姬昌之子姬发灭纣历时十多年，其间历经大小数十战，为此而付出生命的兵将和无辜百姓，究竟有多少？唯天地可鉴，人所不知。各类史籍记载：大概只有周武王姬发为激起灭纣民心，而给纣王列举的十大罪状，还在民间流传。

一、沉湎酒色，弗敬上天，败伦丧德，极古今未有之恶。

二、听信妲己之谗言，断恩绝爱，废元配而妄立妖妃，剜剔其目，炮烙其手，致皇后死于非命。

三、轻信谗言，不顾嗣胤，轻弃国本，忘祖绝宗。

四、炮烙杀戮忠良，幽辱逼死囚奴，绝君臣之道。

五、诳诈诸侯入朝，不分皂白，剁醢东伯侯姜桓楚、斩杀南伯侯鄂崇禹，失信于天下。

六、悉听妲己之言，造炮烙，阻忠谏之口，设虿盆，吞宫人之肉，人神共愤。

七、民穷财尽，只图淫乐，造鹿台广施土木，造酒池肉林残宫人之命，横征暴敛，有钱者三丁免抽，无钱者独丁赴役。

八、君辱臣妻，诓贾氏，致贞妇死节，西宫黄贵妃直谏，死于非命，三纲已绝，廉耻全无。

九、以玩赏之娱，残虐生命，斫朝涉者之胫，验民生之老少，刳剔孕妇之胎，试反背之阴阳，民庶何辜，遭此荼毒！

十、信妲己剜比干之心，割童男炙肾命，以作羹汤，绝万姓之嗣脉，残忍惨毒，极今古之冤，如此暴君不除，国无宁日。

周军数战屡捷，军队直抵朝歌城下，纣王与妲己在摘星楼上看得明白，知已无力回天，遂与妲己对饮三杯，泪如雨下，令妲己各自逃生。这个修道千年的狐狸，周兵捉之不得，正在追逃途中，妲己只见女娲圣母跨青鸾迎面而来，赶紧俯伏求救。女娲吩咐童儿将妲己捆住，交于周王发落。妲己泣而告曰："我是奉娘娘之命，潜入纣王宫室，断送纣王天下，大功告成，娘娘何以出尔反尔，将我交与武王发落。"圣母曰："吾使你败坏其精神，让纣王在淫荡中死去，商汤江山自然消亡。孽畜却败其君臣，无端造孽，残害百姓，荼毒生灵，惨恶异常，理当伏法受诛，废除千年道行，重新投胎畜类。"

苏妲己被缚于武王军中，斩首示众。

纣王在摘星楼上泣别妲己后，命封宫官朱升堆积大量柴草于楼下，点火焚烧，烈焰冲天，烟雾弥漫，纣王与摘星楼一道化为灰烬，商亡。这正是：

纣王无道古今极，失政丧德树怨敌。
挟妇凌虚开肚孕，推妃入险纵蛇袭。
摧残割肾绝苗嗣，炮烙剜心奄气息。
作恶多端神共弃，阴间厉鬼亦弗及。

商纣之祸，源于女娲庙。商纣看见女娲美色，一时控制不住贪念，故而下令网罗美色，开始了淫欲天下之行。“恶”性未得到适时的控制，未经历长久的思考，在享受的过程里，愈发走向邪途。也可说，商之亡，源于未深思，源于未以“善”控“恶”。

“性恶”作乱，必受惩罚。殷鉴不远，纣王的教训就在眼前。

四 贪淫好色 戏弄诸侯

三千国域未封完，礼制周朝八百年。
天子薄情民望杳，诸侯遭戏世风残。
镐京末代王权替，洛邑新君宜臼延。
褒姒宫湦弛法纪，忠臣入狱众心寒。

自周武王兴兵灭商建周后，不断分封诸侯，后来无地可封，成了列位后补的历史笑话。所谓周封八百大诸侯，三千小诸侯逐渐西上，形成了大混战的局面。

到公元前771年，犬戎攻入周都城镐京杀死姬宫湦，西周灭亡。姬宫湦死后，谥号幽王，诸侯共同拥立其子姬宜臼继位，即位第二年定都洛邑，是为周平王，史称东周，以别于西周。东周的前半期，诸侯争相称霸，称为“春秋时代”；东周的后半期，周天子名存实亡，各诸侯相互征伐，称为“战国时代”。

周幽王（前781—前771年），西周第十二代，即西周末代君王。周幽王于前781年继承其父周宣王之位，第二年“西周山川皆震”，因天灾引起百姓号呼而转徙，饥渴而奔逃，为求活命，痛苦不堪。大夫伯阳甫对幽王说：“今三川皆震，是阳失其所而填阴也。阳失而在阴，原必塞；原塞，国必亡。夫水土演而民用也。土无所演，民乏财用，昔伊、洛竭而夏亡，河竭而商亡。夫国必依山川，山崩川竭，亡国之征也。川竭必山崩。若国亡不过十年，数之纪也。”伯阳甫是说泾、渭、洛三河一带都发生地震，百姓流离失所，土地无法耕种，苍生难以生存。劝幽王举全国之力，救灾救民。否则，在十年内，将有亡国的危险。幽王听后，十分震怒，将伯阳甫关入大牢。

幽王置百姓死活不顾，继续命人访求美女，以充后宫。

另一大夫赵叔带乃上表谏曰：“山崩川竭，其象为脂血俱枯，高危下坠，乃国家不祥之兆。况岐山王业所基，一旦崩颓，事非小故。及今勤政恤民，求贤辅政，尚可望消弭天变。奈何不访贤才而访美女乎？”幽王更是大怒，将赵叔带削为平民，并驱赶出都城镐京。同朝的大夫褒珦，为幽王驱逐赵叔带一事不平，惹得周幽王不满，被囚入牢狱。他的儿子褒洪德为救父亲，投幽王之所好，在褒国里遍访美女，终于找到一位绝色貌美的褒国美人，名曰褒姒，同已选的十余位如花似玉、貌若天仙的佳人，一并奉献给周幽王。幽王见后，喜形于色道：“有此美人足矣。”便赦免了褒珦之罪，得以复官爵。褒姒何许人也，幽王得如此心欢。太史公在《史记·周本纪》中对褒姒的出生用了相当多的笔墨介绍其离奇身世，归纳为一句话：“不是凡胎俗女。”

幽王这个本就沉浸于淫池中的国王，在寝宫中初见褒姒，即入迷反常，未敢粗野。对着褒姒问道：“杏脸桃腮，何不敷粉?”褒姒答曰:“玉貌何须敷粉,仙花岂类凡花。”王曰:“闲花野草漫连天,莫胡言。”对曰:“逍遥寝宫不卷帘,岂幽然。”王即令窗帘开启。幽王上前“搂定香肩脸贴腮”,褒姒以“舌送丁香口便开”回报。一个轻搂抱,一个款相从;一个卸下星冠睹玉容,宛如神女巫峰;一个强将津唾咽肚内,静中思动淫意浓;一个抚摸胸酥软似绵,欲火燃;一个脱掉缕衣肌如雪,谁如伊?霎时进入云雨,至此国事休提。

幽王自有褒姒,终日淫乐,不理国政。幽王满足了褒姒所有要求,却看不到她一个笑脸。为博美人一笑,幽王想尽了一切办法。幽王揣测褒姒,可能是不满意她现在的地位,遂将原配王后废掉,把已立的王太子姬宜臼,一同发配到周的分封国申国去,令申国国君(太子的外公)管教。立褒姒为王后,褒姒所生之子姬伯服为太子。这种无与伦比的赐予,也未博得褒姒一丝荡魂散魄的笑脸。

正当幽王为此一筹莫展之时,宠臣虢石父为讨好幽王,献计曰:“先王在世时因南戎强盛,惟恐侵犯,因此在骊山设了二十多处烽火台,又设置了数十架大鼓。一旦发现戎兵进犯便放狼烟,烟火直上云霄,附近诸侯见了,就发兵来救。我王要使王后一笑,不妨带她去游骊山,夜点烽火,众诸侯一定领兵赶来,王后看了必定发笑。”

《史记》说周幽王执政期间,“以虢石父为卿,用事,国人皆怨。石父为人佞巧,善谀好利”,造成朝政日坏,上下离心,百姓怨声载道。

当时有个叫郑伯友的诸侯,正在京都,听了这一消息,大吃一惊,急忙赶到骊宫奏道:“先王在世设烽火台是为紧急军用，如无故点燃烽火，戏弄诸侯，一旦戎兵侵犯，再点烽火，有谁信之？那时谁来救急呢？”幽王不听劝阻，令文武百官到骊山饮宴，观看烽火。满朝文武随幽王与褒姒赶往骊山，饮酒寻欢。时值黄昏，下令立即点燃烽火。附近诸侯看到烽火点燃，以为京都有敌进犯，个个领兵点将，前往骊宫，待赶到骊山下，却不见一个敌兵，只听宫内弹琴歌唱，无不诧异。这时幽王正和褒姒饮酒作乐，听得诸侯到来，便派人去向诸侯道谢说：“今夜是一次军事演习。”诸侯听了面面相觑，只好带了兵卒悻悻离去。这时褒姒在楼上看见众诸侯策马扬鞭，无数兵马如潮流般涌动地迅疾赶来，兵将个个气喘吁吁，挥汗如雨，却又是白忙一场，情不自禁，嫣然一笑。幽王一见大喜，当即赏给虢石父黄金千两。这就是历史上有名的“周幽王烽火戏诸侯”，如此数次。

申侯因周幽王废黜女儿申后、太子姬宜臼之事而恼怒。公元前772年，联合鄫国（河南方城）、西夷犬戎，大举进攻西周都城镐京。虢石父得知，面奏幽王：“目前军情紧急，我王快令人去骊山点燃烽火，召来诸侯以御敌兵。”幽王立即派人点了烽火，但由于他多次失信于诸侯，诸侯认为天子又开玩笑，都按兵不动。《史记》说：“幽王为烽燧大鼓，有寇至则举烽火。诸侯悉至，至而无寇，褒姒乃大笑。幽王说之，为数举烽火。其后不信，诸侯益亦不至。”犬戎攻陷镐京，幽王等不到救兵，只好带着伯服和褒姒逃走，半路上被戎兵捉住，戎兵杀了幽王、伯服，掳走了褒姒，劫取了周朝的全部财物，最后放火焚烧京都后离去。这便是自此留下来的一句俗话：“为求一笑失江山”。

公元前770年，申、鲁、许等诸侯国拥立姬宜臼继位，是为周平王。周平王在郑武公、晋文侯的辅佐下，迁都洛邑（今洛阳），因在原都城之东，史称东周。

以子袭父位而称王的西周末代国君，因其沉迷于女色的本性，贪恋情色才有褒姒的入宫。他为求得褒姒一笑而费尽心思，不惜点燃烽火而戏诸侯，因一笑而杀身亡国，正是“玩火者必自焚”的实证。这真是：

西周末代是幽王，好色贪淫自取亡。
安可无端戕志士，从来四处访娇娘。
应怜良善逢冤害，只恨骄奢任狷狂。
烽火台前酬一笑，黎民百姓又遭殃。

周幽王因恶性使然，不顾百姓，不顾社稷，点燃烽火，为满足一时欢愉，终使国灭人亡。

周而复始，“夏”“商”“西周”终都因末代帝王的恶不止善不行而灭亡了。夏商周末代帝王的恶性在遇到“己之欲”时，过分地释放，完全忽视了善性，将“恶”发展到极致，将“恶行”进行到底，无恶不作。这是对善性的摧残，也是对人性造成最大伤害的一种发展方式。故在我们的现实生活中，一定要警醒。

五　穷兵黩武　一统天下

周朝封赐三千王，兼并残杀留列强。
纸上谈兵出赵括，刻舟求剑负秦狼。
从兹直恐家国破，由是应怜士子亡。
覆灭诸侯成帝业，江山一统始称皇。

秦始皇（前259—前210年），嬴姓，名政。因生于赵都邯郸，故又称赵政，秦庄襄王之子。13岁继父亲王位，39岁（前221年）统一六国，建立秦朝，成为中国历史上第一个统一全国、建立封建专制王朝的皇帝，史称秦始皇。于公元前210年去世，时年50岁。

秦始皇创建的皇帝制度，确立了中国沿袭两千多年封建政治制度的基本格局。

西汉初年的政治家、文学家贾谊（前200—前168年）在评论秦过失的《过秦论》一文中有鲜明而深刻的议论：秦始皇承袭并发扬了先辈六世并吞八荒囊括四海的心性，挥动长鞭驾驭天下，吞并东西二周，灭亡了诸侯六国，登上了皇帝的宝座，统一了全国，以高压残暴的手段奴役人民。向南攻取了百越领土，划为桂林郡、象郡（今广西境域）；向北修筑长城驱赶匈奴，使其后退七百余里。焚书坑儒以愚弄百姓，毁坏各诸侯国的名城大都，杀戮仁人志士。收缴全国的兵器，集中到咸阳，熔化了刀枪剑戟与箭镞，铸成十二铜人，欲使天下百姓无反抗兵器，旨在铸就他的子孙后代万世称帝的基业。

贾谊在写《过秦论》时，距秦朝亡国的时间只有三十年左右，因为秦朝灭亡三十多年后，贾谊就去世了。下面我们对《过秦论》作少许解读，是可以帮助我们看出秦王朝的暴虐致亡，秦始皇其人善性泯灭、恶行终生的点滴。

“及至始皇，奋六世之余烈。”这里所说的六世是指秦始皇前面的六代秦王：秦孝公、秦惠文王、秦武王、秦昭襄王、秦孝文王、秦庄襄王六代。其实，秦国原本是周朝分封的众多诸侯国之一。封国的统治者叫国君，始称伯，继之称侯，后称公、王。周王授予国君享有统治和管理所辖区域的一切权力，但必须拥戴周天子。除定期朝见外，还必须承担周王规定的义务，服从调遣出征作战等。周初期，周王有较高的权威，对诸侯国有较强的号召力、向心力。各诸侯国也服从周王的旨令。然而，到了后期，王权衰微，周王完全失去了至尊的权威，各诸侯国之间便战乱不断，许多弱小诸侯国相继被强大的诸侯国吞并，到了战国时期（前475—前221年），势力较大的就是：齐、楚、燕、韩、赵、魏、秦，史称“战国七雄”。

秦国知道，要使其他六国臣服，首先必须破坏其团结联合，尤其是齐楚两个大国的联盟。为此，秦王采取各个击破的办法，分别收买拉拢东方国家服从于自己。“事一强（秦国）

以攻他弱（其他国）。”秦国首先破坏的是齐楚关系。

公元前288年，秦国又派人联合齐国，约定两国国君同时称帝，共同进攻赵国，瓜分其国土。却被苏秦识破了秦国的野心，致使齐秦绝交，反而引发了齐、赵等五国攻秦的战争。这就使东方各国矛盾重重，达到了秦国各个击破的战略构想，秦国在这场战争中可以说是失小得大。

公元前260年秦国开始实施各个击破的战略战术，先是派兵攻打赵国。两军对垒于长平（今山西高平西北），赵军在经验丰富的老将军廉颇的指挥下，秦军久围猛攻不下，损失不小。长平一个小城，却屯集了军民近百万之众，单就吃喝一项，消费也可想而知。廉颇守而不战，秦军又将长平团团围住，绝了城内的外援，上至都城邯郸的赵王，下至长平的百姓将士一片恐慌。秦国借机派出大量的奸细潜入邯郸，散布流言：“廉颇年老而胆小，因害怕断送他一生的英名，就只守不战，延误战机，长平的军民即使不被秦军打死，也要被活活饿死。”还散布：“秦军最怕的是赵国年轻的将领赵括，如果让他到长平指挥战斗，准把秦军彻底打败”等等谣言。并用各种手段买通王室部分高官以为内应。这些看似有理的言论，下起里巷，上闻王室，闹得沸沸扬扬。对普通人来说，谣造三遍就是真，秦国的反间计果然奏效了。赵王临阵换将，派赵括这个只善于纸上谈兵，缺乏实战经验的将军气势汹汹杀出一条入城之路，当然也少不了秦军的暗中“配合”，进到长平城接替了廉颇的指挥大权。

赵括指挥将士轮番突围都被秦军击退。攻守战持续四十多天，利镞穿骨，惊沙入面，死尸相藉，饿殍遍地。至第四十六天，赵括亲自带兵突围，被乱箭射死。所余四十多万将士全被俘虏。秦将白起放走了年纪太小的二百多名兵士，其余俘虏全被活埋。这就是秦赵之间的“长平之战”。

《李遐叔文集》中《吊古战场文》中写道：“主客相搏，山川震眩。声析江河，势崩雷电。无贵无贱，同为枯骨。往往鬼哭，天阴则闻。伤心哉！”

或曰：“降矣哉，填坑活埋；战矣哉，暴骨沙砾。天有眼欤？秦是人欤？惨哉！”

“振长策而御宇内，吞二周而亡诸侯。”公元前256年秦将军摎率军进攻西周。东西二周最后一个做了59年君王的周赧王伏首受罪，周亡。

公元前231年秦王嬴政武装挑衅韩国。韩王被迫献出南阳（今河南境内太行山南，黄河以北）大片国土，达到了秦王灭韩需要此地做基地的目的。公元前230年，内史腾率秦军南下，渡过黄河大举进攻韩国，攻克韩都郑（今河南新郑），韩王被俘，韩亡。

公元前229年，秦趁赵国处在大饥荒又发生大地震灾难之机，命王翦、杨端向赵国发动大规模的进攻，同时用重金收买赵王宠臣施反间计，让赵王杀害了秦军忌怕的赵将李牧。第二年（前228年）秦大破赵军，攻克赵都邯郸，赵王被俘，赵亡。

公元前226年，秦军王翦率大军进攻燕国，一直打进燕都蓟城（今北京），燕王迁都辽东。秦灭燕的战争持续了四年后，于公元前222年秦军攻取了辽东，燕亡。

公元前225年，秦王派王翦之子王贲率十万大军攻打魏国。

王贲令军士秘密开渠，将黄河鸿沟之水引至魏都大梁（今开封）城下。三个月后，城垣崩塌，水漫大梁，秦军乘势攻入魏都，魏王被杀，魏亡。

公元前224年，秦王命王翦率60万大军伐楚，杀楚将项燕，占领了楚国大片领土。

公元前223年王翦与蒙武合力攻下楚都寿春（今安徽寿县），楚王被俘，楚亡。

公元前221年，秦王命王贲率大军从燕国南下，攻打齐国。以闪电式战术攻下齐都临淄（今山东淄博），齐亡。

从公元前231年到前221年，秦王嬴政先后灭了韩、赵、燕、魏、楚、齐六国，同年秦王嬴政称始皇帝。这个始皇帝之称，是战争双方耗费了多少钱粮财物，死去多少人，毁坏了多少良田、房舍、城郭换来的，谁知道呢?

统一度量衡，修筑长城。秦王嬴政灭了六国后，其心态是可以想象的。为了展示他一人的绝对权威，自认为他的伟绩超过了上古以来历代国君，他处理国政要一人说了算，改秦王称谓为皇帝。他就是中国的始皇帝，后代继位的称二世、三世直到万世，没有穷尽。自称“朕”，所下命令称“诏书”。他认为，根据金、木、水、火、土五行的生克关系，周朝属“火”的属性，能灭火的是水，秦朝就属水的属性，水灭大火后，必然是黑色，他下令朝官衣服、旗帜、符节都以黑色为表。他随心所欲，把古代数目以十为终极循环更为以六为终极最大数，把符节和御史戴的法冠统一规定为六寸，车宽为六尺，六尺一步，一辆车以六匹马来拉。在全国实行郡县制，共划分三十六郡（南征后，增设郡县计为四十余郡）郡以下设县。郡（郡守）、县（县令）长官由他一人任免。（上述内容见《史记·秦始皇本纪》）对所有百姓，统称“黔首”。（黔是黑色，“黔首”意为平头百姓）为方便统治，在全国范围统一文字，一律以“小篆”体书写（为方便书写，后来逐步流行隶书体）。统一长度、容量和重量单位（即度、量、衡）标准等。这些诏令的实施对于刚统一六国的始皇帝来说，可以说是在顺应历史潮流，几乎是没有大的障碍。

公元前219年，秦始皇居高临下，不可一世，下令在全国征调三十余万民夫修筑长城，由于当时秦军仍处在征伐南海、两广、河南等地的战争中，加上早已征用的七十余万民工修始皇陵和阿房宫，南戍五岭征调五十余万等等。这对老百姓来说无疑是雪上加霜。修筑长城这一宏大工程，所耗民力、财力难以数计，直到十多年后的前201年秦始皇去世也未完工。传说秦始皇荡平南方，为防御外敌趁秦南征时入侵，故诏令同时在北方边境线上修筑长城。为修长城被征调的民工，在途中，在修筑过程中，因风霜雪冻、劳累、饥饿、刑罚、疾病而死的青壮民丁难以计数。

传说咸阳边有一富户儒生对秦始皇修长城十分反感，他知道凡是对朝廷有非议者必死，但对当时的徭役之重深恶痛绝，苛税之繁，已使民不聊生，地方官吏抓丁逼税也趁机逞凶，遂化名写了一文，让县令转呈始皇帝，意在反映民心民意，书略曰：

生闻“逆取顺守，汤武之道”也。皇上奋武威，灭六国，建大统，看似有功，而生民被屠戮者众，当以顺守为上，以避逆取之嫌。今皇上修陵墓，建阿房，开驿道，兴殿宇，南戍五岭，北筑长城，征役丁逾二百万之众，农耕或荒废之势，税赋使鸡犬不宁，财尽民疲，岂为久计？筑长城民怨鼎沸，亟当罢止也。

窃闻“域民不以封疆之界，固国不以山溪之险。”先六国已历数代，孰无城墙之固，兵民相济，岂无山川之阻，其灭尚然。今皇上焉可以筑黄土之长城固边乎？且闻“三代之得天下也，以仁；其失天下也，以不仁。”今置三十余万之众，缺食无医，生者何堪？筑城丁役，去十而返者七八，死者甚众，此实不仁，岂可不思其失也？因民不愿往，官吏强为捆绑绳牵，岂不闻“以力服人者，非心服也？”先圣有训：“恩仁恕则德，加严则怨”，死者魂不归乡，生者怨声载道，怨恨至极，反由此生。外患未除，内忧至也！

至若始皇帝惧怕北方入侵，今以长城为界。他年二世开疆北延，长城岂可北移乎？三世拓土西伸，又当筑墙于西界乎？远伸近缩，何日方休？唯恐长城故存，民心尽失也。

或曰：“皇上以秦水灭周火而统一六国，岂不闻，土克水，厚土之下，水不成势，久后有干涸之忧乎？亡秦之因由此始也！”

久安之计，唯罢止筑长城，从筑城之三十万民役中精选百分之一二（从一百个民丁中选一两个）勇猛之士，训练成一支跃马扬鞭，能骑善射的威武之师以戍边，再以筑城巨资惠施于民，人心归附。民减徭役之苦，各务农贾；税赋不愁，内则暴乱不生；外则惧威武戍边之师而不侵，方为国宁民安，长久之计也！

秦始皇看罢县令呈报之书大怒：“朕建万世之基业，岂有不可为之事，为显我至高无上的绝对权威而筑长城，岂容狂徒妖言，下诏县令，缉拿该儒生，押赴筑长城之地，分尸示众”。其时，儒生早已不知去向。

公元前210年，秦朝举国仍在四处抓壮丁去北边夜以继日修筑长城之时，秦始皇去世了。几个月后，因抓押去修长城的无数群队中，一支八百人的民夫队伍，在陈胜、吴广的领导下，发起反秦暴动，各地蜂拥响应，三年后（前206年）秦朝灭亡。

传说秦亡后有三儒生，携带酒食，偕游长城。至中午时分，在长城上，席地围坐，小憩酌饮时，甲生脱下靴履，郁郁寡欢道：“我的靴底已经变成黑褐色了，且血腥汗味极浓，不知道修长城时死了多少人，难道血汗尚未干涸吗?”

乙生说：“你们看，前面有段缺口，多次修复都垮塌了，据说是孟姜女哭垮的，因为下面尸积太多，魂不归乡，始终修复不固，不知道修此长城用了多少银子，也不知那时的人是怎么生存下来的?”

丙生说：“杞人忧天，就在眼前。我登长城只觉好玩。”说罢，将杯中之酒一饮而尽。

本人认为，不管当时秦始皇因何修建长城，但万里长城是流传至今的中华传统文化物质部分中诸多瑰宝之一，是伟大的中华民族坚苦卓绝，团结鏖战，前赴后继，攻必克，战必胜，大无畏精神的伟大象征。

“南取百越之地，以为桂林、象郡。”公元前219年（称帝后第三年），秦始皇命令屠睢率领五十万大军南下进攻百越国（时称岭南，现广西、广东一带地区）。秦军长途行军，持续作战，攻守双方死伤难以计数，秦军终未获胜而撤兵。

公元前214年，秦始皇命令任嚣和赵佗率领大军二战百越，终于灭掉百越国，设置南海、桂林、象郡三郡。

公元前210年始皇命赵佗进攻欧骆，历经三战，攻占岭南，史称“秦始皇三征岭南”。当年，秦始皇死于出征途中。

从嬴政称王，称帝后，所发动的连年征战，攻、守双方究竟死伤了多少人，耗去多少财，恐怕只有天知道。前人写道：秦追亡逐北，流血漂橹（战场上死伤将士流的血把大盾牌都漂浮起来了），凭陵杀气，草菅士卒。至若积雪没胫（积雪深厚淹没过小腿），坚冰在须，缯纩无温，堕指裂肤（所穿征衣，毫无暖气，手指冻掉，皮肤开裂），尸踣巨港之岸，刀箭生死之决，无分敌我，同为枯骨。魂魄结兮天沉沉，鬼神聚兮，云幂幂，日光寒兮草短，月色苦兮霜白。天啊！还有什么伤心惨事，能像这样呢？

天下百姓，谁无父母？兄弟姐妹，如足如手；夫妇相亲，如宾如友。在漫长的战争长夜中，出征人的生死，家人无法知道，忧愁苦闷，无不伤心，在梦中时常见亲人对其祭奠。死者的灵魂不知道，又到哪里归宿？天地为愁，草木凄悲，哭望天涯，为之奈何？

“焚百家之言，以愚黔首。”秦始皇称帝后称百姓为黔首，意为平头百姓。他认为儒生们都学习宣扬诸子百家的思想，歌颂过去而诽谤当今，如果长此下去，势必动摇他的绝对权威。让老百姓都知道诸子学说的仁爱思想而效法，那就会造成上呼下不应，绝对权威就会遭到破坏。要想百姓绝对服从并认定皇帝的话是唯一正确的，那只有一个办法：就是让老百姓不知道

“五常”等思想理论，达到无以效法，让其永远愚昧下去，即“唯上智与下愚不移。民可使由知，不可使知之”。故于公元前213年下令在全国范围内：首先除《秦记》、医药、卜筮、农家经典以外，其他诸子记述六国的历史古籍，一律限期交官府销毁，以使六国人民忘记被灭亡的惨痛历史。下令三十日后不交的，处以黥刑（先以刀划破面部，然后在伤口处涂上墨炭），并罚苦役四年；其次是谈论《诗》《书》者死，以古非今灭族，官吏见之不举者同罪；再次是有愿习法令者，以吏为师。就是只能拜秦朝指定的官员为师读书。令下三十日，按秦法令规定：秦代以前的，京城咸阳所有珍贵古典文献及其各类书籍，都集中在一起化为灰烬，唯皇家图书馆保存下来一套。地方和民间的应毁书籍分别由地方官吏收集、焚烧。

“焚百家之言，以愚黔首”给中国古代文化造成了灾难，“坑灰未冷山东乱，刘项原来不读书。”焚书后第三年，秦始皇死了。第四年（前209年）一批没有读书的农民在陈胜、吴广领导下发动了大规模的反秦战争——大泽乡起义，仅三年时间，秦朝便灭亡了。

欲求长生，活埋儒生。秦始皇幻想自己把皇帝永远做下去，那么自己就当永远活下去。他认为焚书之举，虽然减少了儒生们引经据典对他的指责，但并不能帮助他长生。在焚书后第二年（前212年）告示天下：凡能献出使他长生不老的方法或药物、药方的，受重赏，封大官。一些唯利是图的人纷纷出笼揭榜，向官府索取钱财，以作定金。更有狮子大开口的方士侯生、卢生等人面见始皇，诡称能炼出长生不老的仙丹。须择地搭坛、购置设备原料等，并报出大笔预算银两，始皇令一律支付。约定半年交货，再行领赏。为此，耗去国库大量钱财。

据《资治通鉴·卷七·秦纪》载：公元前212年，方士卢生对始皇说："皇上应另修秘宫，以避恶鬼。在秘宫里，由真人（卢生自称是有高超道法的真人）作法，避开恶鬼，便可得长生不老之药。"始皇令在咸阳之旁二百里内，建宫观二百七十座，复道（天桥）甬道（地面通道）相连，设置帷帐、钟鼓、香案，配之美女于各宫侍奉。始皇随意游宫，观看市井民情。泄密者，尽杀之。如有散布秦始皇求长生不老仙丹的秘密者，一有闻报，一律抓捕。

方士卢生、侯生知自己所为终会被杀，一天寻得机会逃出皇宫，并散布了大量始皇求长生不老仙丹的秘密。而天下的儒生本就对焚书的恶行恨之入骨，闻得始皇为求长生而倾财不顾，自然借机发泄，街谈巷议，不绝于耳。张生引用老子之言："天地之所以能长久者，以其不自生，故能长生。"意指秦始皇你想不死，你就不应该来到人世上。暗含着只为自己长生而伤害他人和万物生命只会短寿。

李生引用庄子之言："生者，假借也；假之而生生者，尘堵也。"意思是说，身体本来就是外在物质假合而成。这些假合而成的生命，就像灰尘微粒一时间的聚集，又怎么能长生呢？

赵生言："皇上求长生不老如此兴师耗财，正可谓击鼓而求亡子也。"意思是说，始皇如此巨大地耗财，声势之大，就好比击着大鼓去追回逃跑的人，鼓声越大，被追的人跑得越快越远。暗含长生不老离始皇越去越远。

议论越来越多，秦始皇闻报，方知受骗，恼羞成怒曰：

“卢生等，朕赐之甚厚，反而诽谤朕，罪在必死。”即下令在城内外大肆搜捕献方炼丹的方士、侯生、卢生及诸多在京城内外的儒生，一时间满城风雨，鸡犬不宁，不分青红皂白，一共抓捕了460多人，活埋于咸阳城外渭水边上，加之前一年的焚书，就是流传至今的“焚书坑儒”惨案。

民间传说：被官吏押去填土活埋的儒生、劳工无不流泪。当坑尚未填满时，忽然雷鸣地震，走石飞砂，大雨倾盆，三日方休。

收尽金器，熔铸铜人。据书载，秦始皇剿灭六国后，淫乐无度。一时昏睡，突做一梦，忽然见到天象大变，昏暗无光，阴风骤起之中，无数鬼魂手持刀剑，怒不可遏，直逼始皇曰：“我等多年来，尚在山川沟壑之中，无所归依，你不给我们归宿之地。今后，我等不走了，将索你之命。”始皇惊恐万分，大汗淋漓，突然惊觉。为使民间无造反之军械，避鬼神作祟于宫中，乃下令“销锋镝，铸铜人”。

秦始皇畏惧民众造反，遂于公元前221年下令收缴各大战场上和流散于民间的各种兵器、箭头、金属器皿集中于咸阳熔化后铸成十二个金人（一说是铜人，实际上就是金属人）。各重千石，长五丈，足履六尺，饰夷狄服，置于宫廷中，以镇邪祟。

建阿房宫，劳民伤财。对人残暴成性，自己逸乐成癖的秦始皇，为满足他的个人淫乐，于公元前212年下令在渭河以南的上林苑修建一座前所未有的宫殿。唐朝诗人杜牧（官至中书舍人）在《阿房宫赋》中对阿房宫建筑的宏伟富丽及宫中声色有详尽描述：蜀地上的树木砍光了，阿房宫建成了。覆盖地面三百多里，高耸的楼阁，遮天蔽日，从骊山边建起延伸向西转折，直连京都咸阳。渭水樊川之水引至宫墙，楼阁林立，连接楼阁的走廊曲折回环，伸向青天的檐牙，像群鸟在高处啄食。建筑物各自依地势，相抱相凑，钩心斗角，盘绕曲折，像蜂房那样密集，像旋涡那样起伏，不知有几千院落。长桥横卧水上，复道横贯（类似于当今的天桥，轻轨车道），高低迷离，难辨东西，台上歌声抑扬，殿中舞袖飘拂，各宫各殿各有不同。

秦始皇将在灭六国时送回秦宫嫔妃、宫人都选入宫中，渭水上漂浮着的油腻是她们倾倒的胭脂水粉。宫中奇珍异宝堆积如山，犹如沙土。支撑各殿大梁的柱子多于田野的农夫，钉头多于仓库里谷粒的颗数，音乐声调多于民间的语言。那孤家寡人（指秦始皇）的心性一天比一天骄横恶毒。“楚人一炬，可怜焦土。”几年后，阿房宫被项羽一把大火烧毁，化为焦土。

据《史记·秦始皇本纪》记载：阿房宫就是最先修的大宫殿——前殿，其东西五百步，南北五十丈，上可以坐万人，下可以建五丈旗，周驰为阁道，自殿下直抵南山，上有复道至南山之巅，通渭水，连咸阳。如此规模巨大的工程，累死了不知多少民工巧匠，劳民伤财的残害，令人无法言说。此工程尚未按计划完全完工，秦始皇就死了。

修骊山皇陵。嬴政继承王位两年后（前244年），十五岁的秦王就效法先王生前把自己的陵墓修好。当时，他恐怕未曾想到三十年后，他又幻想长生而求长生不老之药。下令由丞相全权负责组织人员，设计制图陵墓概貌，大将章邯任总监工，修建骊山皇陵。首先在全国各地按大小长短砍伐木料，加工后运往墓地备用；其次是各地开采有毒金属汞（水银）运往墓地备用；再次是开采石料；最后墓地挖基、填土、安装，挖路搭桥；还配置监工。在全国共调动七十余万能工巧匠长年不息地服役。所需石料指定在数百里之外的山上开采，按照设计尺寸在石场打磨好。运输石料选在每年冬天，河面结有厚冰，采取推拉之法在冰上滑动，进入冰冻的河面上继续推动到陵地安放。到了冬天在山上采石的苦工就是运石劳工，在事前修好的道路上，运石劳工听喊口令，有节奏地运动。在长长的运石队伍中，喊口令的就达三万多人。据考古学者推测，始皇棺椁在地面以下 50 米左右。两千多年来盗墓者望而生畏，时至今日，仅在远远的四周发现有十余处较大的钻孔痕迹。这座以万千劳工的生命造就的地下宝库至今仍是未解之谜。修造该墓历时 35 年，恰在始皇死那年基本完工。据《史记·秦始皇本纪》载：为防泄密，始皇墓封闭后，秦二世下令将修建陵墓的所有劳工悉数殉葬。1994 年，考古发现了殉葬坑内有身负刀伤的多件遗骨。

惊惧陨石，百姓受诛。公元前 211 年，东郡（今河南境内）出现巨大陨石，上有“始皇死而地分”六个大字。始皇闻奏，令御史彻查此事。经过一段时间的查问，没人知道陨石和六个大字的来历。始皇下令将陨石周围的百姓尽数诛杀，把陨石焚毁。《资治通鉴·秦纪二》记下了此事，共杀了多少人，该史书未写，但文中提道：“迁河北榆中三万家”，就是说屠民后，从黄河以北迁去三万家居民去填补东郡被屠后的无人之地。

公元前 210 年 10 月，始皇出游至琅琊（今山东诸城）海边时，见一其大无比，奇形怪状的巨鱼（民间传说是始皇滥杀生民的无数冤魂集聚而成）翻起巨大的海浪跃击水面。始皇万分恐惧，急令乱箭射杀。当夜一场噩梦，至此昏迷不醒，口中呓语，其少子胡亥因随行在侧，急令还都。行至平原津（黄河北岸入海口附近，今平原县）时病亡，终年50岁。

秦皇怎可聚人心，士子清流坑里蹲。
天下收金防索命，咸阳选秀宠隆恩。
齐风久绕赵灵怨，燕唱犹遗楚泪痕。
韩魏应知潮有信，年年悼念六国孙。

秦始皇在中国历史上扮演了一个重要角色，是中央集权封建帝制的开创者。对于完成统一“度量衡”的历史人物来说，其功劳无疑是巨大的、惠泽天下的，还结束了动荡纷争，给历史带来了新局面。但“恶”性存于心，在国家统一后就逐渐由深处浮上水面，肆意虐杀百姓、压迫人民，进行文化专制。秦亡是历史必然。

六 斩蛇起兵 兔死狗烹

嬴政不仁离乱生，枭雄跃跃逞刀兵。
驱车逐鹿托天命，挥剑斫蛇引战争。
韩信张良施妙计，周勃樊哙败群英。
霸王自刎乌江畔，灭楚亡秦汉室兴。

刘邦（前256—前195年），字季，沛丰邑中阳里（今江苏沛县）人，汉王朝（前206—前220年）的建立者。在位十二年，号高帝，又称汉高祖。五十岁那年（前195年）死于长乐宫。

《史记·高祖本纪》对刘邦青少年时是这样写的："不事家人生产作业，及壮，试为吏，为泗水亭长，廷中吏无所不狎侮。好酒及色，常从王媪、武负贳酒，醉卧。高祖每酤留饮，酒雠数倍。及见怪，岁竟，此两家常折券弃责。"这就是说刘邦少时与地痞、流氓为伍，从来不在家做事。他家本是农民，他却不到田间从事生产作业。当时正值秦始皇吞并六国，战火遍及八方的祸乱年代，乡民奈何他不得，官府采用以恶制恶的办法“试为吏”，让他当泗水亭长（秦时为传递信息、转运物资、转押罪犯等，在驿道上以十里设置一亭，派人驻守，负责人为亭长）。但官府始料不及，他当了亭长后，对常住地方和来往的官吏“无所不狎侮”，即没有不受他欺辱的。刘邦更是酒色恶徒，沽吃霸赊，无恶不作。仅两家以卖酒为生的都被他赊账，吃醉了就倒地而卧，不付钱。到了年底，他不但去把所记账轴折毁，还斥责店主，不该记他的账。

刘邦在当亭长时，一个姓吕的人，人称吕公，与沛县县令相交甚密。一日去到县令处，县令设宴款待，邀请大小官吏、社会名流赴宴。时萧何为沛县主吏（负责文书的官，又叫功曹），代县令主持欢迎宴。萧何在开宴前宣布：“进不满千钱，坐之堂下。”意思是凡送礼不满一千钱的，就不能入座正厅。而刘邦应声而进说：“贺钱万”，径直坐到了首席的位置。县吏的贵宾吕公起身，以礼待之，首先斟酒举杯，对刘邦敬重有加。酒后，对刘邦说：“臣有息女，愿为季箕帚妾。”就是吕公想把他的亲生女儿嫁给刘邦做妻妾。刘邦本是酒色之徒，有如此好事，自然满口答应，遂行丈婿之礼。这个吕公之女就是协助刘邦建立汉朝并在刘邦死后把持朝政的吕后——吕雉。

吕公送走刘邦后，吕妻怨之曰：“好友沛常令求娶吾女，你不答应，为何今天许与刘邦这个吃喝嫖赌的放荡无赖。”吕公笑曰：“此非女人所知也。”

萧何怀着疑问，吕公解释说：“我最会看相，此人必主大贵，你若善待并尽力帮助他，尔后可期富贵也！”（岳丈代婿造谣）。从此萧何对刘邦的胡作非为百般忍耐，并竭尽全力帮助这个泗水亭长，一直到辅佐他称帝。

吕雉嫁给刘邦后，生子刘盈（孝惠帝），女鲁元公主。《史记·高祖本纪》上说："吕后与两子居田中耨。"意思是吕后与子女常在田中劳动、锄草。一天，有一老者路过，自称是看相的，说吕后母子三人与亭长（刘邦）一样都有大贵之相，后必贵不可言。吕后告知刘邦，二人遂逐渐定下至"贵不可言"的行动方略。吕后的恶性也随之日益隐生，而这个田间看相的老人，此后永无踪迹，是否吕公所遣，人们也不得而知。

斩蛇起义露野心。据《史记·高祖本纪》载：刘邦当亭长时，有一次押送役徒到骊山修建始皇陵，因刘邦酗酒误事，所解役徒已逃跑。酒醒后，他率随行的朋党几十人，趁夜潜逃。行至泽中，前面探路的人来报："前有大蛇当径，原还。"就是说前有巨蟒挡道，此路不通，只有按原路返回。刘邦此时酒性发作曰："壮士行，何畏？"遂拔剑上前，一剑将巨蟒劈为两段，杀出了一条血路。

这时，刘邦把原安排探路的人叫到一旁，附耳低言了几句。公开宣布，令其军丁断后。然后大声对随行的朋党说："我们趁夜继续前行，前面有一片山林，到那里去歇息。"众人到得林中，倚树而坐，断后的军丁惊慌失措地赶到刘邦面前禀报："亭长，刚才你斩蛇的那个地方，有一老妪痛哭，我问她为何而哭？老妪说，有人把她儿子杀了。我问老妪，你儿子是谁？被何人所杀？老妪回答，她儿子是白帝子，化为蛇，在驿道上被赤帝子一刀劈成了两半。赤帝子有来头，她奈何他不得，故哭。说完这老妪便不见了。"这就是"附耳低言"的奥妙，众人听后，无不敬畏刘邦。传说汉高祖刘邦为赤帝子，秦王为白帝子。赤帝子斩杀白帝子，表明刘邦当灭秦。刘邦一伙潜行藏匿，网络党徒，寻机起事。第二年，刘邦杀掉县令，起兵造反。这就是“斩蛇起义”的由来。

秦末，始皇南巡的消息传出。吕后趁机造势，她指使一批刘邦的追随者八方散布“东南有天子气，皇帝要来我们这一带诛杀未来天子”。因刘邦家就处在秦都东南方，其寓意不言而喻。刘邦与其追随者隐匿于山间乱石林中，吕后常带一些故人以担心刘邦安危为借口去探望。虽然刘邦每次都变换地点，但吕后每次都未扑空。刘邦故意问吕后：“我在不停地变动地方，你怎么会找到我呢？”吕后说：“你所在的位置，天上常有紫气萦绕，我就是这样找到你的。”实际上是刘邦与吕后本次见面就约定了下次见面的地点。吕后假称能看到天上紫气，找到他的。至此，一传十，十传百，“造谣三遍是真言”，刘邦“贵不可言”的舆论业已成型，慕名来依附和归顺刘邦的人也越来越多。

秦二世元年（前 209 年）陈胜、吴广揭竿起义。两个月后，在各郡县响应下，声势浩大地占领了陈县（今河南淮阳），自立为王，号为张楚。

刘邦所在的沛县，县令欲响应起义。属下萧何、曹参建议召流亡在外者，以便劫持众人。县令使樊哙召刘邦。刘邦进入县城，以议事为名，借机杀掉了沛县县令，夺取了沛县，刘邦号为沛公。好一个沛公，初起事就把他岳丈的挚友杀了。因前有斩蛇事件，赤帝子杀白帝子之谣，故竖旗以红色，在沛县官吏萧何、曹参、樊哙的支持下，收得沛县子弟三千人，祭旗，起兵反秦。时天下大乱，各地都闻风而动，燃起了反秦的烽烟，原被秦所灭的六国，纷纷自立为王，对抗秦朝。

刘邦举旗，兵弱将寡，夺地屠城，得而复失。遂依附势力相对较大的反秦军——楚怀王的将领项梁，得五千兵将，与项梁的侄子项羽同帐共事，征战暴秦。秦二世二年，项梁因轻敌在定陶被秦将章邯打败，力战身死。张良率韩王败兵千人，投奔刘邦，后成为兴汉的主要谋臣之一。

张良献策。秦二世二年（前206年），楚怀王封刘邦为砀郡郡长，武安侯，统砀郡之兵；封项羽为长安侯，鲁公……楚怀王令宋义为上将军，项羽为次将，范增为末将向北救赵，令刘邦西行入关，并与诸将约定："先入定关中者王之"。即谁最先打败秦军而进入都城咸阳的，就封他为王。

刘邦用张良计谋，对反秦义军采取攻打兼劝降的手段，将沿途弱小义军收为己有，用以攻打秦军；又许封秦宛城守军将领为殷侯，封陈恢千户……并引降将兵士率先进攻；令谋士郦食其、陆贾往说秦将倒戈。就这样连劝带杀，一直攻入咸阳，秦王子婴降。

"沛公入秦宫，宫室帷帐，狗马重宝，妇女以千数，意欲留居之。"史书上这句话是说刘邦进入秦王宫室，宫内摆设，奇珍异宝，看得他眼花缭乱；宫女数千，千娇百媚，令他斗志全消，只想久居秦宫淫乐，而不再去打仗了。这也难怪，这个出身于乡间的小混混，从起兵到入秦宫前后仅三年时间，他哪里见过如此奢侈豪华的场面，乡间那些庸脂俗粉，更不能与秦后宫佳丽美人相比。这时属下樊哙谏沛公搬出秦宫，沛公不听。樊哙曰："沛公欲有天下邪？将欲为富家翁邪？"沛公曰："吾欲有天下。"哙曰："今臣从入秦宫，所观宫室帷帐，珠玉重宝，钟鼓之饰，奇物不可胜极，入其后宫，美人妇女以千数，此皆秦所以亡天下也。愿沛公急还霸上，勿留宫中。”沛公不听。张良曰：“夫秦为无道，故沛公得至此。为天下除残贼，宜缟素为资。欲沛公反秦奢泰，服俭素以为藉也。今始入秦，即安其乐，此所谓助纣为虐。且忠言逆耳利于行，良药苦口利于病，愿沛公听樊哙言。”沛公乃还军霸上。（《资治通鉴·汉纪一》）

刘邦军入咸阳，是趁秦国的大军正在与匈奴人作战，全国又处在与项羽等义军混战之中乘虚攻入的。刘邦进入咸阳后，不愿再战，古人已有定论，我们能否对其充满矛盾的内心世界作适度的解析：

刘邦对他自己与岳丈一起为起兵造反做准备的舆论“贵不可言”的连环套尚未忘记。即已攻破秦都，当上“秦王”，当然已是“贵不可言”。

秦王朝地域广大，各路义军和秦军的战争祸及天下。仅在公元前207年的“巨鹿之战”中，项羽军与秦军双方死伤的将士便填尸山川之间，血溢沟壑之埂，战矣哉，腐尸臭气熏天；降矣哉，活人身埋于地（“楚军夜间突然动手坑杀秦卒二十余万人于新安城南”）。而刘邦自己加上投降秦军将士总数不足十万，号称二十万大军，项羽则号称拥兵百万（实际上为四十万）。想要“君临天下”却难敌项羽，倒不如过秦宫奢华享乐的生活。战则胜败未卜，生死难料；不战则自做秦王，尽情淫乐。

楚怀王派兵遣将出征之时，已有约定“先入关中者王之”。而今项羽已收服秦将章邯，号为雍王，正乘势攻打秦兵，虽未进关中却已立于关中，天下皆知。“沛公西入咸阳，诸将皆争走金帛财物之府分之。萧何独先入收秦丞相府图籍藏之，以此沛公得具知天下厄塞、户口多少、强弱之处”《资治通鉴·汉纪一》。也就是说萧何不为金银所动，一心为刘邦图天下做准备，把秦丞相府中的秦朝地图、军队布防、设施人口分布、攻守路线、兵力强弱等资料全部搜集，交于刘邦，作为制定进兵方案的重要依据。樊哙等大批武将都主战，如果不战，自己肯定会成为真正的“孤王”，思之再三，刘邦才听从张良等的劝谏，引兵进发霸上。此时，张良是刘邦兴汉的奠基谋士。

公元前 207 年，刘邦趁项羽正同秦军激战之机，驻军函谷，屯兵霸上，断了项羽回关中之路。十一月项羽率号称百万大军欲入关中，刘邦闭塞关门，不让项羽进入，项羽令黥布攻破函谷关。十二月项羽驻军鸿门，直逼刘邦于戏（今咸阳东），距霸上四十里。刘邦兵不足十万，危在一战即灭。

项羽让兵士开怀畅饮，养足精神，明日捉杀刘邦。刘邦闻讯，急与张良商议。张良说项羽虽力能扛鼎，武艺高强，但有勇无谋，全仗其叔项伯等佐之，方成今日之势。今沛公只要行龙蛇之曲，写一封书信俯首称臣于项羽，再买通他的谋臣项伯做内应，可保无事。刘邦问：“谁可通信于项伯?”张良说：“我与之有旧交，愿当此任。”刘邦唯计是从。当晚，张良派人与项伯秘密取得联系，项伯星夜去到刘邦军营。刘邦敬酒、许婚、赠以奇珍异宝，以酒财美女拉拢项伯。张良再以甘言捧骗，项伯受宠若惊，慨然从命，连夜回到军中面见项羽，并把刘邦致项羽的书信交与项羽视之。信中说：“吾入关，秋毫不敢有所近，籍吏民，封府库而待将军。所以遣将守关者，为防备其他盗之出入，日夜望将军至，岂敢反乎！臣不敢倍德也。”

项伯接着说："明天刘邦会备重礼，登门拜见。他入关，秋毫不犯，主要是等你来把关中交给你，派兵将镇守，是怕被别人夺了关隘。刘邦日夜盼望你来主持大局，绝无反意，他已称臣，不会也不敢做违背道德的事。""今刘邦有功而击之，不义也。"况刘邦已俯首称臣，我们应该接受他来鸿门，不但能免除两军因战而损兵折将，还可以与之共同抗秦，两全其美，何乐而不为呢？项羽素听项伯计谋，经项伯反复撺掇，为刘邦开脱，项羽慨然应允。

清晨，项羽急召亚父范增告知昨晚与季父项伯所议之事，范增听后，气急败坏地说："出此谋者，奸贼也。"并把刘邦近些年来的恶行和屯军霸上欲王关中的野心，个中利害关系向项羽做了分析，力劝项羽今日务必在鸿门，诛杀刘邦，以绝后患。项羽自起兵以来，唯范增、项伯之计谋是从，唯今日之事，两人意见绝对相左，项羽沉吟片刻，以"到时再说"结束了二人的商议。

一骗项羽。第二天，刘邦带领一百多骑随从人员到鸿门来见项羽，道歉说："我与将军您合力攻秦，您在黄河以北作战，我在黄河以南战斗，没料到自己能先进入关中破秦，得以在这里与您相见。如今有小人之言，拨弄是非，使您和我之间产生了隔阂。"项羽道："这是您的左司马曹无伤散布的流言，不然的话，我何至于如此啊！"项羽于是就留刘邦与他一起喝酒。范增频频向项羽递眼色，并三次举起他所佩带的玉暗示项羽杀刘邦，项羽却只是默然不语，毫无反应。范增便起身出去招呼项庄，对他说："项王为人心慈手软，还是你进去上前给刘邦敬酒，敬完酒，你就请求表演舞剑，然后乘势在席间上杀掉刘邦，以绝后患。”项庄即入内为刘邦祝酒，敬完酒后，项庄道：“军营中没有什么可用来取乐的，就请让我来为你们舞剑助兴吧。”项羽说：“好哇。”项庄于是拔剑起舞。已为内奸的项伯见状也起身拔剑起舞，并时时用身子遮护刘邦，使得项庄无法行刺（项伯舞剑，受贿背主）。“项庄舞剑，意在沛公”的典故就源于此。

这时张良来到军门，命樊哙随即带剑持盾闯入军门。军门的卫士想要阻止他进去，樊哙就侧过盾牌一撞，卫士扑倒在地。樊哙于是入内，掀开帷帐站立在那里，怒目瞪着项羽，头发直竖，两边的眼角都睁裂开了。项羽手按剑，直起身，问道：“来客是何人？”张良说：“是沛公的陪乘卫士樊哙。”项羽道：“真是壮士啊！”项羽令赐座，樊哙于是在张良的身边坐下了。

坐了一会儿，刘邦起身如厕，趁机招呼樊哙出来，抽身独自骑马而行。樊哙、夏侯婴、靳强、纪信等四人手拿剑和盾牌，快步相随，经骊山下，取道芷阳，抄小路奔回霸上，留下张良。过了一段时间，张良估计刘邦已回到军中，便将白璧敬献给项羽，大玉杯献给亚父范增以辞谢。项羽接受了白璧，放到座席上。亚父范增把玉杯搁在地上，拔剑击碎，怒斥项羽道：“呸！你这小子怎能成就大业！夺取项将军天下者，必是刘邦也。我们这些人就要被他俘虏了！”刘邦回到军营，立即杀掉了为项羽密报他要称帝消息的曹无伤。因这一事件发生在项羽的军营“鸿门”，故后人称之为“鸿门宴”。两千多年来，一些人在引用这个典故时，似乎对项羽有不完全了解的一面，认为是项羽欢诛杀刘邦而设的鸿门宴。实际是刘邦利用奸诈手段，买通项伯，自己赴鸿门宴，瞒天过海，炮制的这一场戏，缓兵之计成功，达到了成为项羽座上宾的目的。项羽不但深信他无反意（如有反意，他还会自投罗网吗?），又被刘邦的奇珍异宝所麻痹，放虎归山。刘邦利用项羽心慈易受蒙骗的弱点，挽救了他自己一战即灭的命运。此时的张良是助刘邦处于死地而后生的谋士和功臣。

公元前205年二月，项羽自立为西楚霸王，定都彭城（今江苏徐州市）。封刘邦为汉中王，定都南郑（今陕西汉中市城东）。四月，刘邦忍忿前往汉中就职。途中烧毁所过栈道，防止诸侯军偷袭，并借此表示无东向之意，以麻痹项羽。项羽亦于同时班师彭城。五月，刘邦乘项羽无暇西顾和三秦王立足未稳之机，“决策东乡（向），争权天下”（《史记·高祖本纪》）。后刘邦趁项羽主力被牵制在齐地，再度抓住战机，一面巩固关中，一面扩张势力，亲自率军由函谷关出陕县（今河南三门峡市西）东进。迫使河南王申阳、韩王郑昌、魏王豹率军归附，继而俘虏殷王司马门，迅速占领了今河南及山西中、南部广大地区，形成大军东进的有利态势。

公元前205年四月，刘邦乘齐、楚两军胶着之际，在洛阳接受董公“兵出无名，事故不成”“明其为贼，敌乃可服”（《资治通鉴·卷九·汉纪一》）的建议，以项羽杀害楚怀王为口实，以为义帝报仇讨逆为政治号召，联络各地诸侯王，率联军56万攻楚，一举袭占楚都彭城。项羽留部将继续击齐，自率精兵三万疾驰南下，乘刘邦陶醉于胜利，毫无戒备之际，以少胜多，大败汉军，收复彭城，抓获刘邦父、妻。刘邦仅率数十骑突出重围，逃回荥阳（今河南荥阳东北古荥镇）。此役刘邦军被歼数十万，元气大伤。

二骗项羽。项羽全力发动攻势，多次切断甬道，使汉军乏食，楚军围困刘邦于荥阳。刘邦命处倒悬之际，陈平背楚投汉，暗中劝刘邦，故技重施，遣使求和，愿割荥阳以东予楚；刘邦纳陈平之谋，又遣奸细散布流言，离间项羽上下关系。继施反间计，使项羽猜忌主要谋臣范增，致范增愤然离去。五月，刘邦用陈平计，令周苛等坚守城池，纪信假扮刘邦，出东门诈降。楚将陈平趁乱为刘邦引路出西门逃离荥阳，经成皋入关。项羽烧死纪信，指挥楚军紧围荥阳，夺占成皋。九月，项羽闻彭越等攻下睢阳（今商丘南）、外黄（今兰考东南）等17城，大惊，复领兵东归。临行，留大司马曹咎守成皋，嘱其谨慎勿战。刘邦连续数日遣士兵辱骂曹咎，激其出战。曹咎领兵出城，渡汜水，欲与汉军交锋。刘邦趁其半渡，挥军猛攻，大破楚军，再次收复成皋。

三骗项羽。项羽迅速攻下梁地十余城，得知成皋再度易手，急率主力西进，解荥阳之围，然后屯军广武，与汉相持。八月，项羽虑及己方少食寡助，士卒饥疲，对刘邦说：“数年相战，腐尸饿殍目不忍睹，哀鸿呼号，百姓悲啼耳不忍闻。今天以此结束战争如何？”以刘邦心性，他的命和王位同等贵重，他的权谋奸诈比谁都厉害。比真本事，哪里是项羽的对手。刘邦搅动三寸不烂之舌，比连珠炮还凶猛数十倍，罗列出项羽十大罪状作回应。最后说：“你项羽‘天下所不容，大逆无道，罪十也。吾以义兵从诸侯诛逆贼，使刑余罪人击杀项羽，何苦乃与公挑战！’”项羽大怒一箭射中刘邦，众将救回，驰入成皋养伤。期间刘邦令隶属于韩信的灌婴率部南下，驰骋于彭城附近，项羽不安，恐腹背受敌，乃与汉盟约：以鸿沟为界，中分天下，东属楚，西属汉。九月，项羽将彭城之战中掳获的刘邦妻、父送还，引兵东归。这就是历史上著名的“鸿沟和议”。

立约当年（前202年），项羽认为：我既然把刘邦的父母妻儿毫发无伤地遣还，又割地求和，已定有楚河汉界，战事可以休停，遂率十万楚军绕南路、向楚地缓缓撤军。而让项羽万万没想到的是：刘邦却撕毁“鸿沟和议”，趁楚军疲师东返之机自其背后发动偷袭，向其突然发起追击战。汉军追至夏南时，刘邦约集韩信、彭越南下，共同合围楚军，结果刘邦在固陵被项羽打败。刘邦慌忙率军退入陈下，并筑起堡垒坚守不出，而楚军又一次合围了刘邦。坚守壁垒的刘邦向张良询问：“诸侯不从约，为之奈何?”张良回答：“楚兵且破，信、越未有分地，其不至固宜。君王能与共天下，今可立致也。即不能，事未可知也。君王能自陈以东傅海，尽与韩信；睢阳以北至谷城，以与彭越；使各自为战，则楚易败也。”

于是，刘邦采纳张良的谋略，将陈以东直到大海的大片领土封给齐王韩信；睢阳以北至谷城封给彭越。就这样，刘邦以封疆土为诱饵，终于搬动了韩、彭二人，使他们尽数挥军南下，同时命令刘贾率军联合英布自淮地北上，五路大军共同发动对项羽的进攻，将其合围于垓下。

正可谓，主客相搏，山川震眩，声析江河，势崩雷电，鸟无归巢，民无苟安。几场攻守大战，死伤难以数计。旷日持久，项羽与外部楚军隔绝，音信不通，军内粮草耗尽，军心涣散。刘邦的汉军和韩信、彭越的军队围了好几层。夜晚，听到汉军的四周都在唱着楚地的歌谣，项羽大惊失色：“汉军把楚地都占领了吗？不然，是什么原因让楚人这么多呢？”项羽在夜里爬起来，到帐中慷慨悲歌：“力拔山兮气盖世，时不利兮骓不逝。骓不逝兮可奈何，虞兮虞兮奈若何！”唱了一遍又一遍，爱妾虞姬也同他一起唱。项羽泪流数行，身边的人无不痛哭流涕，没有谁能抬起头来看他。唱完，虞姬自刎于项羽的马前。

项羽跨上战马，部下壮士八百多人骑马跟随，当晚从南面突出重围，纵马奔逃。到了东城的时候，只剩下二十八个骑兵了，而追击的汉军骑兵有几千人。项羽对手下骑兵说：“吾起兵至今八年矣，身经七十余战，所当者破，所击者服，未尝败北，遂霸有天下。然今卒困于此，此天之亡我，非战之罪也。今日固决死，我再为你们斩他一将。”遂命令四队骑兵一起向下冲击，约定在山的东面分三处集合。于是项羽大声呼喝向下直冲，汉军都溃败逃散，果然斩杀了汉军一员大将。

追杀项羽。赤泉侯杨喜担任骑兵将领，负责追击项羽，项羽瞪眼对他大喝一声，赤泉侯杨喜连人带马惊慌失措，撤退了好几里。项羽同他的骑兵在约定的三处会合。汉军不知道项羽在哪一处，便把军队分成三部分，重新包围上来。项羽就冲出来，又斩了汉军的一个都尉，杀死百余人。再一次集合他的骑兵，发现只不过损失了两个人，便问他的随骑道：“怎么样？”骑兵们都佩服地说：“真像您说的那样！”随行皆服，发誓听从项羽的指挥。

项羽本具万夫不当之勇，敌众将奈何他不得。与其随行二十余骑奔至乌江亭。乌江的亭长撑船靠岸等待项羽，对项羽说：“江东虽小，也还有方圆千里的土地，几十万的民众，也足够称王的了，请大王急速过江。现在只有我有船，汉军即使追到这，也没有船只可渡。”项羽笑道：“上天要亡我，我还渡江干什么？况且我项羽当初带领江东的子弟八千人渡过乌江向西挺进，现在无一人生还，即使江东的父老兄弟爱戴我而拥我为王，我又有什么脸面见他们呢？或者即使他们不说，我项羽难道不感到内心有愧吗？”接着对亭长说：“我知道您是忠厚的长者，我骑这匹马五年了，所向无敌，常常日行千里，我不忍心杀掉它，把它赏给你吧！”于是命令骑马的都下马步行，手拿短小轻便的刀剑交战。仅项羽一人就杀死汉军几百人。项羽自己也负伤十多处。忽然回头看见了汉军骑兵司马吕马童，说：“你不是我的老朋友吗？”吕马童背向项羽，指项羽给王翳，说道：“这个人就是项羽。”项羽便说道：“我听说汉王悬赏千两黄金要买我的脑袋，并封为万户侯，我就送你这点好处吧！”说完就自杀身亡了。汉将王翳割下项羽之头，其余五将把项羽割裂五块，收兵回汉营领赏去了。后有“至今思项羽，不肯过江东”的诗句，表达了江东父老对项羽的怀念与哀思。

项羽自杀，楚地大定。唯鲁县久攻不下，刘邦率天下之兵去屠城，兵至城下犹闻城中皆是怀念、赞颂项羽的声音：鲁公欲为主死节。刘邦欲屠城之举受高士阻谏，遂以项羽头使鲁公相视，鲁公乃归顺。

刘邦于公元前 205 年被项羽封为汉王，仅过三年，刘邦就杀项羽灭楚。

公元前 202 年二月，刘邦建立汉朝，史学家以公元前 206 年秦二世被杀为汉元年。刘邦称帝，封吕雉为后。为收买人心，大量分封土地，除刘氏宗族，其他外姓或赐姓刘氏的有功之臣共封王一百多个。

一日，大摆宴席于洛阳南宫，令天下侯王、朝内群臣庆功共饮。席间刘邦曰：“列侯诸将无敢隐朕，皆言其情。吾所以有天下者何？项氏之所以失天下者何？”群臣自是一片媚上讨好之词，刘邦听后说：“公知其一，未知其二。夫运筹策帷幄之中，决胜于千里之外，吾不如子房（即张良）。镇国家，抚百姓，给馈饟，不绝粮道，吾不如萧何。统百万之军，战必胜，攻必取，吾不如韩信。此三者，皆人杰也，吾能用之，此吾所以取天下也。项羽有一范增而不能用，此其所以为我擒也。”刘邦这一席话，是真正的历史事实，即位之初，说出这一番实话，确实让诸侯王、将相群臣恰如在严冬酷寒之中，得到暖流灌遍周身，大家感动得山呼万岁，纷纷发誓报主尽忠。

刘邦曾多次与韩信谈诸将功劳和权谋善变之术。一次，刘邦问韩信：“如我能将几何？”就是说你看我能带多少兵打仗。韩信答道：“陛下不过能将十万兵。”刘邦又问：“你能带多少兵？”韩信说：“臣带兵多多益善！”刘邦听后，心中不满。韩信又说：“臣是将兵之将，大王您乃将将之将！”刘邦便又放开了紧锁的眉头。“韩信将兵，多多益善”这个成语由此而得。

让我们再看看这个汉朝的始建者是怎样对待为他建汉舍生忘死，立下累累功勋的功臣的。

何谓功狗。刘邦初定天下，封侯拜相，问群臣：“诸君知猎乎？”曰：“知之。”“知猎狗乎？”曰：“知之。”高帝曰：“夫猎，追杀兽兔者，狗也，而发踪指示兽处者，人也。今诸君徒能得走兽耳，功狗也。”他本性表露无遗：在这场夺取天下的战争中，敌人就是猎物，你们这些功臣就是猎狗。猎狗是在人的支配下，去捕捉猎物的。我命令你们屠城掠地，你们有功的就是功狗。好在他没有直言：其他的都是狗，战死沙场的就是死狗。依此理论，活狗当任人烹宰，他已发出了烹狗的信号。

韩信之死。刘邦对齐王韩信，怕其权位太高而谋反，将韩信先贬为楚王。这是对他的第一步。第二步是：以项羽之流亡将领钟离昧在韩信军中为借口说韩信要谋反。并率天下之兵，以天子巡猎会诸侯为名，至韩信封地楚都，欲擒韩信。韩信为表忠心，遂逼杀钟离昧。钟离昧曾与韩信是交谊甚厚的朋友，在临死前对韩信说："汉所以不击取楚，以昧在公所。若欲捕我以自媚于汉，吾今日死，公亦随手亡矣。"韩信并没有听钟离昧的话，自以为自己的朋友是皇帝的敌人，只要杀了皇帝的敌人，总能表明忠心了吧。当他将钟离昧的人头提去拜见天子刘邦时，刘邦令武士将他捉拿绑缚，载于囚车。韩信仰天长叹："果若人言：'狡兔死，走狗烹；飞鸟尽，良弓藏；敌国破，谋臣亡。天下已定，我固当烹！'"百官多有不服，刘邦听善谋者进言，杀韩信宜从缓，天下哪有提着陛下所要人头面圣，束手就擒的反将。刘邦唯恐逼反了韩信部将，故把韩信押解至雒阳，赦其罪，降为淮阴侯。

其间，兴汉功臣原韩信部下陈豨，官拜巨鹿守。刘邦以谋反罪诛杀了陈豨。吕后与萧何诈言，天子诛杀叛党，胜利会师，大会文武百官。下旨传韩信入朝见天子。韩信奉旨入朝，吕后命武士斩杀韩信于长乐宫钟室。韩信死前悔叹曰："吾悔不用蒯彻之计，乃为女人所诈，岂非天意哉！"韩信三族宗亲被斩尽杀绝。

司马迁说："假令韩信学道谦让，不伐己功，不矜其能，则庶几哉，于汉家勋可以比周、召、太公之徒。"意思就是，如果韩信为人能够低调，不炫耀自己的功绩，不自恃才高，那么他对汉家的功绩就有幸与周公、召公、姜太公这些人相媲美了。

韩信在兴汉王朝众多武将中居首功。刘邦先后封其为齐王、楚王、淮阴侯。《史记·淮阴侯列传》说："韩信知汉王畏恶其能，常称病不朝从。"从这里可以看出韩信知道刘邦厌恶他，装病不上朝。如果没有刘邦诛杀韩信的诏书，韩信能伏诛吗？

其一，《资治通鉴·卷十二·汉纪四》中写道："上还洛阳，闻淮阴侯已死，且喜且怜之。问吕后曰：'信死亦何言？'吕后曰：'信言恨不用蒯彻计。'上曰：'是齐辩士蒯彻也。'乃诏齐捕蒯彻。"抓捕一个舌辩之士，尚要下诏，诛杀王侯岂相国和吕后权谋敢为，他们不畏惧越权欺君之罪吗？

其二，萧何与韩信之间有相知的渊源：韩信原在项羽帐下为执戟郎中，就是帐前站岗的。多次欲为项羽出谋划策都被阻止而不用。他自认为未遇明主，刘邦被项羽封汉王入蜀后，韩信弃主来投，为连敖犯事，其他十三人都被诛杀，监斩官滕公见他奇言壮貌，释而不斩，后滕公多与韩信交谈，认为他是奇才，就把他举荐给刘邦，封为治粟都尉，也未被重用。后韩信多次与萧何谈论，为萧何所赏识。刘邦至南郑途中，韩信思量自己难以受到刘邦的重用，料想刘邦也未必是明主，于是趁着月色离开了刘邦大营。萧何得知消息后，策马扬鞭，连夜追赶，最后劝回了韩信。这就是历史上"萧何月下追韩信"的典故。两天后，萧何去见刘邦，刘邦问他为何逃走，萧何说："我不是逃跑，我是去追逃跑的人。"刘邦问萧何："你去追谁?"萧何回答："我去追韩信。"却被刘邦大骂了一顿。上复骂曰："诸将亡者以十数，公无所追；追信，诈也!"就是说你萧何追韩信是假的，是在撒谎。何曰："诸将易得耳；至如信者，国士无双。王必欲长王汉中，无所事信；必欲争天下，非信无可与计事者。顾王策安所决耳!"刘邦听后，心想我要做汉中王，要取天下，非韩信莫属。曰："吾为公以为将。"何曰："虽为将，信必不留。"上曰："以为大将。"何曰："幸甚!"于是上欲召信拜之。何曰："王素慢无礼，今拜大将如呼小儿，此乃信所以去也。王必欲拜之，择良日，斋戒，设坛场，具礼，乃可耳。"上许之。诸将皆喜，人人各自以为得大将。至拜大将，乃韩信也，全军皆惊。

从这段史实中，我们清楚地知道了萧何是如何冒着"逃亡"的罪名月夜追回韩信，又说服刘邦，以最高的礼仪拜无名小卒韩信为大将的。所以，如果萧何未得到汉高帝刘邦的旨意私下与吕后杀掉韩信，这在逻辑和情理上都说不过去。况且，萧、韩同朝为官多年，尚未发现文字记载他们二人有仇怨。其实应该是：因萧何太忠实于刘邦，为刘邦杀韩信背黑锅。

其三，如果说韩信与被刘邦诛杀的巨鹿守陈豨共谋造反，天子诛杀陈豨回朝"列侯群臣皆贺"。陈豨已被杀，韩信竟能如此乖乖地束手就擒，没有这种可能性。唯一的解释是：吕后派去通知韩信回朝的使者持有诏书，韩信是奉诏入朝被杀的。刘邦这个幕后主使，把吕后推到台前监督萧何做了恶人。

其四，韩信被杀后，刘邦把萧何的丞相位提升到相国，由原封二千户增加到五千户，并派御林军一个都尉王氏领五百御林军专职守卫萧何府邸。有一个在秦灭后长期在长安城东卖瓜为生的东陵侯召平，一天去见萧何说："祸自此始矣。上暴露于外，而君守于内，非被矢石之难，而益君封置卫者，以今者淮阴新反于中，有疑君心。夫置兵卫君，非以宠君也。愿君让封勿受，悉以家私财佐军。"何从其计，上悦。

这段话意思说：韩信被诛杀，萧何加官进爵，授功封赏，萧何领而受之，不辨真假。却被召平洞察，他告诉萧何，你的灾祸从此开始了。皇上在野外蒙受日晒雨淋的辛苦，而你却待在朝内，没有蒙受箭镞和垒石的祸殃，增加你的封邑，为你增添卫兵的原因，是因为韩信在关中谋反，皇上对你也产生了疑心。设置卫兵来护卫，不是用这来宠幸你啊。希望你能辞让封邑，不接受护卫之卒，拿出全部的私家财物资助军用，方可避祸。萧何听从了召平的建议，换得刘邦释疑而心悦（实际上可视为诛杀韩信，除吕后外，萧何是唯一的知情人和执行人，杀人灭口，势所必然）。

时值高帝统兵诛杀功臣梁王、彭王之期，有一客对萧何说："君灭族不久矣。夫君位为相国，功第一，可复加哉？然君初入关中，得百姓心，十余年矣，皆附君，常复孳孳得民和。上所为数问君者，畏君倾动关中"。意思是相国你离灭族之祸不远了。你位为相国，功劳第一，不能再增加了。然而你刚入关时，已经很得民心，已经十几年了。百姓都已经亲附你了，你仍旧孜孜不倦以得民和。皇上之所以多次问你，是怕你利用民和造反倾动关中。现在你为什么不多买田地，低息借贷以损害自己的名声，皇上一定会安心的。于是萧何听从他的计策，皇上当时很高兴。

萧何入狱。公元前194年，高帝收兵回朝，百姓们拦路上书告状，控告相国用低价强行购买民间的土地房屋，价值数千万之多。萧何为民请愿曰：“长安地狭，上林中多空地，弃，愿令民得入田，毋收稿为禽兽食。”高祖大发雷霆，说：“相国你大收商人的财物，却来讨取我的上林苑！我听说李斯担任秦始皇的宰相，办了好事都归功于主上，有了错误则自己承担。现在相国大量接受那些下贱的商人们的金钱，却来为百姓求取我的林苑，想以此来讨好百姓，你连李斯都不如，我要把你关起来治罪。”这里是否可以看出在杀韩信中，萧何是李斯的“有恶自与”呢？是朝野议论刘邦的替身呢？于是就下令把相国交给廷尉拘禁起来，还给他上了刑具。由此，萧何后四代子孙失去了爵位。

过了几天，一个姓王的卫尉侍从高祖，上前问曰：“相国何大罪，陛下系之暴也？夫职事苟有便于民而请之，真宰相事，陛下奈何乃疑相国受贾人钱乎！且陛下距楚数岁，陈豨、黥布反，陛下自将而往，当是时，相国守关中，摇足则关以西非陛下有也。陛下何疑宰相之浅也。”高帝曰：“相国休矣！相国为民请苑，吾不许，我不过为桀纣主，而相国为贤相。吾故系相国，欲令百姓闻吾过也。”

真相大白：刘邦说萧何让天下百姓看到了他那如夏桀、商纣那样的昏暴君主的本质，所以要让萧何入狱。潜台词是：萧何就应该是我穷凶极恶的遮羞布、替罪羊。

萧何入狱，吕后探监。萧何在狱中写下书信，让吕后转呈高帝：“罪臣萧何，诚惶诚恐，泣血犯吾皇龙颜陛下；臣自沛追随陛下以来，多有冒犯天威，罪在不赦。吾皇征战于外，罪臣治理京都于内，十有余年，唯请愿于上林苑事，死罪难免。今向陛下进言者，天下皆知罪臣诛杀淮阴侯，而莫知他也。汉初，罪臣奉旨建造未央宫，其规模之大，气势之宏，耗财之巨，前所罕有也。宫成，陛下大会文武，置酒于前殿，奉玉卮，起为太上皇寿，曰：'始大人常以臣无赖，不能治产业，不如仲力。今某之业所就孰与仲多？'（意思是当初父亲总是认为我没有出息，不能经营产业，比不上二哥勤劳努力。现在我所成就的事业与二哥相比，谁更多呢？）殿上群臣皆呼万岁，大笑为乐。何快如兹？天下已属陛下，对未央宫何喜尤甚？当是时，国家穷困异常，陛下外巡，令我找四匹赤色之马以作拉御车之用。罪臣尚无力办到。百官公出，唯牛车代步。百姓缺衣少食，真可谓民穷财尽之极。故文武百官皆罪加于臣，音尤在耳。当是时，陛下于群臣之面大骂罪臣：'天下汹汹，苦战数岁，成败可知，是何治宫室过度也。'臣敢推诿乎？今陛下论及罪臣，比李斯过之，斯受腰斩之刑，罪臣当复何受？愿陛下速赐之，死无憾也！鸟之将死，其鸣也哀，泣血跪拜，吾皇万岁，万万岁！罪臣萧何，顿首再拜。"（萧何以未央宫事，揭刘邦以萧何为替罪羊和刘邦之骄奢，回避杀韩信之事，意在求生。）

吕后将信呈与病卧龙床之上的刘邦，刘邦看后不语。

萧何是有恃无恐，（杀韩信事有吕后监斩，萧何认为吕后不会不管。）还是孤注一掷呢？总之，百日后，刘邦驾崩了。

烹煮蒯彻。公元前 202 年韩信灭齐，刘邦封韩信为齐王，楚霸王项羽派大司马龙且攻打齐地韩信，结果被韩信斩杀。项羽失去龙且后，大惊，派武涉前去说服韩信背汉，与楚二分天下。武涉对韩信说："汉王不可久处，他自身落到项王的掌握之中多次了，是项王的怜悯使他活了下来。然而一经脱身，就背弃盟约，再次进攻项王。此人心性极恶，不可信任。"韩信说："汉王授予我上将军的印信，给我几万人马，脱下他身上的衣服给我穿，把好食物让给我吃，言听计用，所以我才能够到今天这个样子。人家对我亲近、信赖，我背叛他不道义，即使到死也不变心。希望您替我辞谢项王的盛情!"武涉之劝，未能引起韩信警觉。武涉走后，齐国人蒯彻知道天下胜负的关键在于韩信，想出奇计打动他，就用看相的身份规劝韩信，对韩信说："仆尝受相人之术。"韩信曰："先生相人何如?"对曰："贵贱在于骨法，忧喜在于容色，成败在于决断，以此参之，万不一失。"韩信请蒯彻为自己相面。彻曰："相君之面，不过封侯，又危不安。相君之背，贵乃不可言。"韩信曰："何谓也?"蒯彻曰："天下初发难也，俊雄豪桀建号一呼，天下之士云合雾集，鱼鳞襍鹓，熛至风起。当此之时，忧在亡秦而已。今楚汉纷争，使天下无罪之人肝胆涂地，父子暴骸骨于中野，不可胜数。楚人起彭城，转斗逐北，至于荥阳，乘利席卷，威震天下。然兵困于京、索之间，迫西山而不能进者，三年于此矣。汉王将数十万之众，距巩、雒，阻山河之险，一日数战，无尺寸之功，折北不救，败荥阳，伤成皋，遂走宛、叶之间，此所谓智勇俱困者也。夫锐气挫于险塞，而粮食竭于内府，百姓罢极怨望，容容无所倚。以臣料之，其势非天下之贤圣，固不能息天下之祸。当今两主之命悬于足下。足下为汉则汉胜，与楚则楚胜。臣愿披腹心，输肝胆，效愚计，恐足下不能用也。诚能听臣之计，莫若两利而俱存之，三分天下，鼎足而居，其势莫敢先动。夫以足下之贤圣，有甲兵之众，据彊齐，从燕、赵，出空虚之地而制其后，因民之欲，西乡为百姓请命，则天下风走而响应矣，孰敢不听！割大弱彊，以立诸侯，诸侯已立，天下服听而归德于齐。案齐之故，有胶、泗之地，怀诸侯以德，深拱揖让，则天下之君王相率而朝于齐矣。盖闻'天与弗取，反受其咎；时至不行，反受其殃。愿足下孰虑之。'"

韩信曰："汉王待我甚厚，载我以其车，衣我以其衣，食我以其食。吾闻之，乘人之车者载人之患，衣人之衣者怀人之忧，食人之食者死人之事，吾岂可以乡利倍义乎！"

蒯彻接着说："你自认为和汉王友好，想建立流传万世的功业，我私下认为这种想法错了。当初常山王、成安君还是平民百姓时，互结割掉脑袋也不反悔的交情。后常山王背叛项王，归降汉王。刘邦令归降的常山王去杀他当年的刎颈之交成安君。使成安君身首异处，被天下人耻笑。我认为你断定汉王不会危害自己，也错了。你对他的功劳，没有任何人可以相比。'且臣闻勇略震主者身危，而功盖天下者不赏。今足下戴震主之威，挟不赏之功，归楚，楚人不信；归汉，汉人震恐；足下欲持是安归乎？夫势在人臣之位而有震主之威，名高天下，窃为足下危之。'"韩信终不听蒯彻之言。（以此观之，韩信死于刘邦之手，也可谓尽忠情愿之事。）

显然，蒯彻是一个具有大智慧的人。韩信被杀后，他被刘邦抓捕到京都，于大堂设一大鼎，鼎中满装滚油，鼎下柴火熊熊。刘邦对蒯彻说："是你唆使淮阴侯反叛的吗？"回答说：

“是。我的确教过他，那小子不采纳我的计策，所以有自取灭亡的下场。假如那莽夫采纳我的计策，陛下怎能够杀掉他呢?”刘邦大怒道：“煮了他。”蒯彻说：“哎呀，煮死我，冤枉啊!”刘邦说：“你唆使韩信造反，有什么冤枉?”蒯彻说：“秦朝法度败坏，政权瓦解的时候，崤山以东六国大乱，各路诸侯纷纷起事，一时天下英雄豪杰像乌鸦一样聚集。秦朝失去了帝位，天下英杰都来抢夺它，于是才智高超、行动敏捷的人率先得到它。跖的狗对着尧狂叫，尧并不是不仁德，只因为他不是狗的主人。那时，我只知道有个韩信，并不知道有陛下。况且天下之士，磨快剑戟、手执利刃，想干陛下所干事业的人太多了，只是力不从心罢了。您能够把他们都煮完吗?”

怒斥吕后。刘邦在诛杀女婿张敖过程中，吕后数言：“张王（鲁元公主的丈夫张敖）以公主故，不宜有此。”上怒曰：“使张敖据天下，岂少尔女乎?”（就是说，要是张敖夺了天下，岂止是少一个女儿呢？潜台词是：不知还要死多少人。）从吕后欲保女婿张敖尚且不能的事中，是不难看出刘邦当皇帝之前和之后的权谋之术，是无人所及的。我们从“萧何月下追韩信”“韩信拜将到被贬杀”“萧何入狱”“诛陈豨”“斥吕后”“烹蒯彻”等史实中，粗略地感受到了高祖皇帝的恶性。

旨杀樊哙。据《史记·樊郦滕灌列传》载：刘邦初起事时为沛县泗水亭长，杀沛县县令时，做内应的秦朝官吏为萧何、樊哙二人，萧何早已入狱。到刘邦称帝的最后一年即第七年，因加上他受封汉王，故史书所记汉十三年（前194年），刘邦在病中，与一宦官同卧于龙床上，群臣莫敢近视。“高祖尝病甚，恶见人，卧禁中，无诏者不得入，群臣绛、灌等莫敢入。

十余日，哙乃排闼直入，大臣随之。上独枕一宦者卧。哙等见上流涕曰：‘始陛下与臣等起丰沛，定天下，何其壮也！今天下已定，又何惫也！且陛下病甚，大臣震恐，不见臣等计事，顾独与一宦者绝乎？且陛下独不见赵高之事乎？’高帝笑而起。”从这里我们从中可以看到，樊哙与刘邦的关系之亲密已超过群臣，樊哙为刘邦兴汉杀人如麻，闻者心惊。

后来燕王卢绾谋反，高祖命令相国樊哙去攻打燕国。这时高祖病得很厉害，有人却在刘邦面前说：“樊哙和吕氏结党，皇帝假如有一天去世的话，那么樊哙就要带兵把戚夫人和赵王如意这帮人全部杀死”。高祖听说之后，勃然大怒，立刻命令陈平用车载着绛侯周勃去代替樊哙，并在军中立刻把樊哙斩首。陈平因惧怕吕后，并没有马上杀掉樊哙，而是把樊哙解赴长安，等刘邦处置。到达长安时，高祖已经去世。

樊哙为刘邦立下赫赫战功，刘邦却因为听信一群小人的谗言，就命令人杀死樊哙这个兴汉的特大功臣。韩信在死前认识到“狡兔死，良狗烹”是刘邦的本性，由此自己该被杀。而樊哙跟随刘邦，自认为忠心不二，功大无比，却从来没想过刘邦会杀他。

杀梁王彭越。刘邦初封彭越为魏相国，因围攻项羽于垓下，灭楚有功，后封梁王。公元前197年秋天，陈豨在代地造反，汉高帝亲自率领部队前去讨伐，到达邯郸，向梁王征兵。梁王说有病，派出将领带着军队到邯郸。高帝很生气，派人去责备梁王。梁王很害怕，打算亲自前往谢罪。他的部将扈辄说：“大王当初不去，被他责备了才去，去了就会被捕。不如就此出兵造反。”梁王不听。梁王的太仆逃到汉高帝那儿，控告梁王和扈辄阴谋反叛。于是皇上派使臣出其不意地袭击，并逮捕了梁王，把他囚禁在洛阳。后皇上赦免了他，废其为平民，流放到蜀地青衣县。向西走到郑县，正赶上吕后从长安来，打算前往洛阳，路上遇见彭王，彭王对着吕后哭泣，诉说冤情，辩白自己无罪，期望能回到故乡昌邑。吕后答应下来，和他一块向东去洛阳。吕后向皇上陈述说："彭王是豪壮而勇敢的人，如今把他流放蜀地，这是给自己留下祸患，不如杀掉他。所以，我带着他一起回来了。"于是，吕后就让彭越的门客告他再次阴谋造反。廷尉王恬开呈报请诛灭彭越家族，皇上准奏，诛杀了彭越，灭其家族，废除其封国。

李陵《答苏武书》中写道："昔萧樊囚縶，韩彭葅醢，周魏见辜。"意思是萧何、樊哙被拘捕囚禁，韩信、彭越被剁成肉酱，周勃、魏其侯（魏豹）被判罪处刑。

杀淮南王英布。英布，因受秦律黥刑（面部用刀划字，涂色），故称黥布。初属项梁，后为项羽帐下五大将之一，封九江王，后叛楚归汉，汉朝建立后封淮南王，与韩信、彭越并称汉初三大名将。

公元前 196 年，淮阴侯被杀，英布内心恐惧。这年夏天，汉王诛杀了梁王彭越，并把他剁成了肉酱，又把肉酱装好分别赐给诸侯。送到淮南，英布正在打猎，看到肉酱，特别害怕，暗中使人部署，集结军队，守候并侦察邻郡的意外警情，被刘邦以谋反罪杀之。

各大异姓王都以谋反罪遭诛，英布作为七大外姓封王之一，对自己的命运感到恐惧而不能自保，与其他诸王结局无异。司马迁有评说："英布者，功冠诸侯，因此得王，亦不免于身为世大僇。”（免不了被诛杀屠戮的命运）至此，七大异姓王：楚王韩信、梁王彭越、淮南王英布、赵王张耳、燕王臧荼、长沙王吴芮、韩王信，杀的杀，贬的贬，就只剩下地少力弱的长沙王吴芮一人。

刘邦到底逼杀了多少开国功臣，难以一一列举，司马迁在《高祖功臣侯者年表序》里有这样的描述：“汉兴，功臣受封者有百余人……至太初百年间，见侯五余皆坐法，殒命亡国，耗矣。”这段话的原意是：刘邦在建汉之初，封赐异姓侯王一百多个，到了太初年间，只有五个尚存，其余的都被杀了。

司马迁在《高祖功臣侯者年表序》里没有直接说出刘汉多以谋反罪诛灭一百多个功臣侯相的本质，也没有质疑这些被诛灭夷族的功臣们，为什么在战乱中齐心协力，帮助高祖屠城掠地，夺取天下，却在刘邦称帝后短短几年中“反叛”的王侯如此众多，而又不是串通同谋造反。就连刘邦称帝后，亲口对刘氏王侯（刘邦有八个儿子皆为王，其刘氏宗亲王侯更多）说过的话，“非刘氏王者，天下共击之”（见《吕太后本纪·第九》）都未引用，可见司马迁心有余悸，更没有流露出他自己虽手无缚鸡之力，家唯切菜之刀，却蒙冤遭受腐刑。用极简短的文字，概括了史实，让读者在不知不觉中发出对汉高祖刘邦的恶毒心性、残忍手段超过了历朝历代帝王的感慨。

羞辱父兄。刘、项彭城之战中，刘邦被项羽打得一败涂地，他的父亲和妻子吕雉被执于项羽军中。不久，双方在谈判“鸿沟和议”的过程中，项羽欲以杀其父胁迫刘邦讲和，而刘邦却说：“你如果一定要杀，可分杯肉汤羹给我。”《项羽本纪》原文是：“必欲烹而翁，则幸分我一杯羹。”（“鸿沟和议”签订后，刘邦的父亲、妻子被项羽毫发无伤地放回。不久，刘邦得势后，将此和议撕毁。）

刘邦称帝之初，以为父亲祝寿为名，实则庆祝未央宫落成。大宴群臣于未央宫，当着百官之面，为其父敬寿酒时说："始大人常以臣无赖，不能治产业，不如仲力。今某之业所就孰与仲多?"群臣大笑为乐。意思是：当初父亲总认为我是地痞无赖，不能兴家立业，不如二哥勤劳，如今你看，我与二哥比，谁的产业多呢？群臣大笑，以此为乐。回味悠长！后在太公（刘邦父亲）家令中有"太公应该对刘邦行君臣之礼"。家规的意思是刘邦的父亲见了刘邦应以臣子的身份礼拜。高祖"心善家令言，赐金五百斤"。刘邦对写家规的人赏赐五百斤黄金，以为说得好！

抛弃骨肉。楚汉之战，刘邦败于彭城，落荒而逃。刘邦与吕后所生的一子刘盈（后为孝惠帝）、一女鲁元公主都在车上，刘邦为了减轻车重，快速逃命，连续三次把子、女推到车下，幸得随护将领滕公夏侯婴救护，其子女才得以活命（见《项羽本纪》）。如此心性是令人心酸呢，还是心寒呢？上有所好，下必甚焉。皇帝当是天下所归，只要我们知道了汉高祖对父亲、兄长、子女尚且如此的点滴事例，那么他对群臣吏民的屠杀苛政也就不足为怪了。这正是：

运筹帷幄风云涌，一介布衣成帝君。
事业欲兴靠猛将，山河已定陷功臣。
同城乡友几杀尽，异姓侯王皆断魂。
四海豪杰身不在，长眠厚土又添坟。

刘邦在历史上是一个充满矛盾的人物。他的个人作风完全诠释了“恶”的含义，却在政治上达到了一个作为“皇帝”的“善”。因其“休养生息”政策，经历多年战乱的人民得以有稳定的家国环境来安居乐业、男耕女织，大汉王朝的稳定才得以维持。而其坐上至尊位，杀尽有功之臣的“恶”行不得不说是他在少年时未能得到很好“向善”引导留下的流氓劣性、地痞作风。

善恶之初，本无界限，是人的作为，让它有界限。而最终人的走向，与其所走之路，受到的引导、教育息息相关。

七　一代奸雄　谋逆天下

汉室式微逐鹿起，三分天下势均敌。
枭雄当属曹阿瞒，忠义怎及关字旗。
臣子不思食俸禄，乾坤倒转枕龙席。
幽囚献帝禁宫苑，封赐魏王加九锡。

曹操（155 年—220 年），字孟德，一名吉利，小字阿瞒，沛国谯（今安徽省亳州市）人。三国时代魏国的奠基人和主要缔造者，后为魏王。其子曹丕称帝后，追尊为魏武帝。站在晋承魏而得天下的角度，晋代朝臣陈寿尊魏为正统。以史家为政治服务的基本立场，在其史学巨著《三国志》中的曹操是三国时期著名的（但不是唯一的）政治家、军事家、文学家。公元 196 年 10 月 7 日，曹操挟持汉献帝进入许昌，从此开始了“挟天子以令诸侯”，在政治上获得了得天独厚的优势。

本章则是以《三国志》和《三国演义》记述中的点滴史料为依据，试图让曹操外正内邪、深藏不露的本性亮相。这种人的本性，即善与恶暗斗，黑与白彰显，最终以言语和行为沉淀入历史的长河中。

为所欲为，放荡不羁。《三国志》载，曹操“少机警，有权术，而任性放荡，不治行业，故世人未之奇也”。据说因为曹操的放荡，其叔父曾几次跟他父亲曹嵩说：“这孩子不学好，得管教。”曹嵩当然就常常责备曹操了。曹操心里就对叔父很不满意，但他还是放浪依旧。有一天，曹操在路口偶遇叔父，叔父刚要问话，曹操忽然躺倒在地上，把嘴一歪，不停地吐白沫。叔父一看吓坏了，赶紧问他怎么了，曹操说：“刚才吹来一阵恶风，我就犯病了。”于是叔父就回去跟曹嵩说：“你儿子刚才中风了。”曹嵩就把曹操找来，一看，嘴巴鼻子都好好的，就问他：“听你叔父说你中风了。现在怎么样了?”曹操说：“没有啊，我好好的。”曹嵩就很奇怪。曹操接着说：“叔父一直对我不满意，他故意对您说我坏话。”曹嵩听了这个话，就起了疑心，从此也就不信他叔父的话了。于是曹操更加没人管了，当地的人都很轻视他。有一个叫许劭的名士，以善于品评人物而闻名。曹操也曾常带着厚礼去拜访他，客客气气地求他给自己作个好评。可许劭呢，对曹操早有耳闻，非常鄙视他的为人，不肯答应。曹操脸皮厚，三番五次地请求，弄得许劭没有办法，只好给了他两句评语：“子治世之能臣，乱世之奸雄。”（引自《三国志·魏书·武帝本纪》裴松之注）曹操听后，“大悦而去”。

好战成癖，杀人如麻。曹操得益于他父亲的官爵，二十岁那年，被举荐为孝廉，后被任命为洛阳北部尉。在此之前，他受到太尉桥玄等人的赏识，可谓贵人相助。在洛阳任上，他命人制造了十多根五色棒，放在县城四门，专门用来棒杀违法犯禁之人，就算豪强也逃不过。有一次宦官蹇硕的叔父违禁夜行，活活被曹操打死。不久，曹操升任顿丘县令，后被征召入朝，做议郎。

公元 184 年，曹操官拜骑都尉，因带兵镇压黄巾军有功，升任济南相，下辖十余县。他上任后，罢免了其中八个县令。不久，又被任命为东郡太守，此时，他却声称有病，回乡静养了一段时间，后来受召入京，担任典军校尉一职。公元 189 年，汉灵帝驾崩，董卓立九岁的陈留王刘协为帝，是为汉献帝。时京都大乱，曹操对董卓早就不满，于是曹操改名换姓，潜逃回乡，行至中牟县，为亭长所疑，解至诣县。县令陈宫是其故友，亲自护送曹操奔逃，途经曹操父亲好友吕伯奢家投宿避难。吕伯奢待之为上宾，杀猪沽酒以待。曹操疑其热情有诈，遂将吕伯奢全家老少斩尽杀绝，并迅疾逃窜。途中，陈宫问曹操何以将吕伯奢全家屠戮，曹答："我怀疑他会去官府告密，只好杀其灭口。"陈宫又问："其幼小儿女何以告密?"曹说："我杀掉了他们的父母家人，儿女长大后会寻仇报复。请公无需多言，我的准则是：'宁叫我负天下人，休叫天下人负我'。"陈宫闻言，毛发倒竖，不寒而栗。随后，陈宫寻机离开了曹操，十四年后，陈宫被曹操杀于下邳。

曹操回到陈留老家，变卖了所有家产，招兵买马，组建起一支约五千人的队伍，于公元 189 年冬十二月在己吾（今睢县东南）起兵，号召乱世群雄共同讨伐董卓。

公元 190 年正月，袁术等人共推渤海太守袁绍为盟主，曹操任代理奋武军，参加讨伐董军。二月，联军惧怕董卓精锐凉州军能征善战，无人敢向关西推进，全都屯兵酸枣（今河南延津北）一带。而曹操独自引军西进，行至荥阳汴水（今河南荥阳西南），与董卓大将徐荣交锋，因为兵力悬殊，曹操大败，士卒死伤大半，自己也被流矢所伤，幸得堂弟曹洪所救，幸免于难，只剩得残兵千余人。

公元191年，曹操在东郡大败于毒、白绕、眭固、於扶罗等，袁绍上表封其为东郡太守。

公元192年，济北相鲍信等人为剿黄巾军迎曹操出任兖州牧。曹操“设奇伏，昼夜会战”，击败黄巾军，获降卒三十余万，人口百余万。曹操收其精锐，组成军队，号青州兵。又助袁绍打败刘备、单经及陶谦诸军。

公元192年春天，曹操在匡亭六百里追击并大败袁术、黑山军、南匈奴。徐州牧陶谦趁机率军攻入兖州南部的任城，曹操率军征讨陶谦攻克徐州十余城。

公元193年秋，曹操的父亲曹嵩来曹操处的途中，被陶谦派兵杀害，曹操遂进兵徐州向东南扩展势力。陶谦退守郯县。不久曹操军粮尽，撤围回军。

次年夏，曹操再征徐州，略地至东海。曹操征徐州期间，大肆杀戮。一路上“鸡犬亦尽，墟邑无复行人”。听说吕布屯于濮阳，曹操从徐州赶回，遂进军围攻吕布。二军相持百余日，蝗灾大起，双方停战。十月，曹操屯兵东阿，“是岁谷一斛五十余万钱，人相食”。史书仅用十余字对当时天灾人祸造成的灾难做了概括。“人相食”就是说战死的人、饿死的人都会被侥幸存活下来的人作为苟延残喘的食材。老百姓生活在那个年代，个中惨状令人难以想象。

在这种情况下曹操罢兵没有呢？

两个月后，公元195年春，曹操率兵袭击定陶，接着再次进攻吕布。经反复交战攻下定陶及周边诸县。八月，又率兵围攻张邈所据守的雍丘，一直打到十二月，雍丘被攻破，曹操诛灭了张邈三族，并继续率兵攻打陈国。

公元196年，曹操攻打武平。二月攻打黄巾军幸存兵将刘辟、黄邵、何曼等部，将他们悉数剿灭。曹操任建德将军，六月升任镇东将军、费亭侯。七月，曹操到洛阳。九月，曹操挟持献帝迁都许昌，自任大将军、武平侯。派亲信在京都重兵挟持天子，对外以天子名义号令天下。“挟天子以令诸侯”从此开始，十月，曹操率兵攻打杨奉，劫掠其军营，任司空，兼行车骑将军事。

公元197年正月，曹操率军攻打张绣。张军败于淯水，绣举众降，旋即复叛。夜袭曹军，曹军惨败。长子曹昂、侄子曹安民、猛将典韦战死。此后，曹操又两度攻击张绣，均未能彻底击破。九月，曹操东征袁术，袁术弃军而逃至淮河，其余守将全都被杀。同时派曹洪再次攻打张绣。十一月，曹操率军攻打刘表，攻破湖阳，攻克舞阴。

公元198年三月，曹操率兵于穰城包围了张绣，一直战到七月，张绣大败。九月，曹操再征吕布。十月，血洗彭城，直追吕布到下邳，多次攻城不下，双方死伤惨重。曹操掘开泗水、沂水，引水灌城，百姓呼天抢地，冤魂野鬼，嘶吼惨烈。一个多月后，吕布部下献城投降，吕布及其谋士陈宫均被曹操所杀。

公元199年二月，曹操率兵至黄河边，派史涣、曹仁过黄河攻打眭固，取得河内郡，把势力范围扩张到黄河以北。八月，曹操率兵挺进黎阳，进入青州境内，攻下齐、北海、东安等地。十二月，曹操驻兵官渡。

公元200年正月，曹操东征刘备，刘备兵败，其妻儿被曹操所掳，刘备虎将关羽驻下邳，兵败被俘。关羽屈节以求其生，被软禁于曹营。为寻机逃归，曾为曹操上阵杀“敌”。曹操军继之又攻打刘备部将昌狶（音同西）。四月，曹操攻打袁绍，杀其大将颜良、文丑。曹军回守官渡，关羽潜逃回刘备军中。

八月，袁、曹两军对垒于官渡（今河南中牟北）数月，历经数战。当时袁绍兵多将广，依沙土为屯，东西布屯数十里，而曹操拥兵不过万人。曹操亲率精兵偷袭乌巢（今河南延津东南）烧毁了袁军的全部粮草，致使袁军大败撤退。这就是历史上有名的以少胜多的战役之一——官渡之战。

公元201年四月，曹操进攻袁绍驻守仓亭部队。九月，派兵攻打共都，以失败告终。

公元202年正月，曹操驻军故乡谯，布告天下：“吾起义兵，为天下除暴乱。旧土人民死丧略尽，城中终日行，不见所识，使我凄怆伤怀。其举义兵以来，将士绝无后者，求其亲戚以后之……”说的是：我起兵后，为天下铲除暴乱，故乡人差不多都死光了。在城内走了一整天，也没看到一个认识的人，这使我感到非常痛心。将士阵亡没有后代的，寻找其亲戚作为后代……我们从这个布告清楚地看到了当年曹操给天下百姓、给家乡父老带来了什么，无需笔墨来描述。而他的家乡当年并不是主战场，惨景尚且如此，其他地方也就可想而知了。九月，曹操又出兵攻打袁绍的两个儿子袁谭、袁尚（袁绍因兵败已吐血而亡）的驻地黎阳，接连数仗，双方死伤惨重，黎阳始终未破。

公元203年三月，曹操攻打黎阳外城，袁谭、袁尚兵败，弃城而逃。四月攻打邺城，五月发布命令，重申：“其令诸将出征，败军者抵罪，失利者免官爵”。有人在背后议论：“曹操亲自指挥的诸多战役，失败的屡见不鲜，不知道他该抵罪，还是免官爵，是否应该在命令中加上曹操本人除外?”

八月，曹操进攻刘表，驻军西平，同时攻打袁谭，袁军退守平原县后降。曹操令儿子曹整娶袁谭的女儿为妻，以安袁谭之心，后班师回朝。

公元204年，令曹洪攻打邺城，自己率兵攻打尹楷，继之攻打邯郸。五月，曹操毁土山、地道，在邺城周围挖壕沟，掘开彰水灌城，城里的百姓几乎全被淹死、饿死。袁尚率军驰援邺城，被曹操击败。袁尚逃亡，邺城被淹自然不战而破。至此，曹操起兵时所投奔的盟主袁绍尚存一个在逃的儿子袁尚和已和曹联姻的袁谭。十二月，已为曹操亲家的袁谭也被曹操悔婚，将其女儿遣返。

公元205年正月，曹操率兵攻打袁谭，其全家被杀。当初，邺城周边百姓凡是没有参加为曹操挖壕引水灌城的人全被抓捕杀尽。八月，曹操率军攻打赵犊，赵犊被斩。同时派兵攻取并州高干，迫使其退守壶关。

公元206年正月，曹操亲率兵将进攻高干所守壶关，激战三个月，高干败走荆州，被捕斩杀。八月，曹操东征管承，管承逃往海岛。

公元207年五月，曹操亲率大军北征，到达无终（今河北蓟县）。时正雨季，道路积水，“浅不通车马，深不载舟船”。曹操在无终人田畴的引导下率大军登徐无山（今河北玉田北），出卢龙塞（今河北喜峰口附近），“堑山堙谷五百余里”，直指乌桓老巢柳城（今辽宁朝阳南）。

八月，曹军进至离柳城不足二百里时，乌桓军蹋顿与袁尚、袁熙等人率数万骑兵与曹操大将张辽大战，乌桓兵败，袁氏兄弟被杀。于是，曹操攻破三郡乌桓，也彻底肃清了袁氏势力。

公元 208 年六月，曹操任汉丞相，号令天下。七月，曹操率兵进攻刘表。八月，刘表病死。九月，曹军攻打新野，刘表之子刘琮投降。荆州平定。曹操收买人心，仅这一次就封侯十五人，其他受封赏者甚众。又以朝廷名义，令刘璋调兵充实曹军。十二月，曹操从江陵出发，攻打刘备，与孙刘联军交战于赤壁（今湖北赤壁市西北），曹操号称八十三万兵马下江南，直接威胁江东孙权。刘备只有兵将两万多人，孙权命周瑜率三万多吴军开赴战场。这就是著名的赤壁大战。双方力量悬殊，孙刘联军不过六万人马，面对号称八十三万的曹军，双方持久鏖战。实际上是一场智慧的较量。结果被周瑜一把大火烧得曹军大败，曹军被烧死和踩踏的人马占曹军总数的绝大部分，曹操败走华容道，被早已等候在此处擒拿他的关羽放生，得以逃命北归。

赤壁大战后，曹操这个战争魔王元气大伤。

公元 209 年三月，曹操率军至淮，造船操练水军。七月，从涡水进入淮水，驻军合肥，八月二十四日这天，发布耐人寻味的命令，开脱杀戮之罪业，以收买民心。令曰：“近年来，军队多次出征，有时遇上瘟疫，官兵死亡，不能回家，夫妻不能团聚，青年男女无法完婚，百姓流离失所，有仁德的人愿意这样吗？实在是不得已啊！今后，凡阵亡者家中没有产业，家属不能养活自己的，地方官员要抚恤、慰问他们，这才是我的心愿。”曹操在这道命令中，坦白说出了他的心愿是：让地方官员去照顾阵亡将士中不能自己养活自己的亲属，至于造成这种天下苍生悲痛、凄凉局面的原因，他没有直接说出来。是为国家呢？还是为曹家呢？还是为各自各家呢，而只用了“不得已”三个字，好一个不得已！

公元210年，“曹操于金光处，掘出一铜雀，问荀攸曰：‘此何兆也？’攸曰：‘昔舜母梦玉雀入怀而生舜。今得铜雀，亦吉祥之兆也。’操大喜，遂命作高台以庆之。乃即日破土断木，烧瓦磨砖，筑铜雀台于漳河之上。”当时离赤壁惨败只有一年多时间，朝野心有余悸，民穷财尽，尚需复苏，可曹操哪里管得了这些。其铜雀台的规模：台高十丈，台上又建五层楼，在楼顶又造铜雀，高一丈五，舒翼若飞，神态逼真。五楼内各有屋一百多间，地面到雀顶计有二十五丈。主台与公元213年在台南修的金虎台，在台北修的冰井台并称三台，铜雀台与南北二台中间各相距六十步，以天桥连通，此天桥可收可放，三台相连，来往自如。天桥收起时，只见下面漳河之水，微波荡漾，别有一番风景。

铜雀台大功告成，曹操视之为赏心悦目之举，为庆祝舜母之梦变为今朝铜雀“舒翼若飞”，曹操带领他的儿子曹丕、曹植和一批文人墨客及歌女们登台，吟诗作赋，笙歌曼舞，曹操用重金从匈奴赎回的才女蔡文姬首次登台亮相，以示庆祝。

残忍多疑，妒能杀贤。铜雀台修成后，曾深得曹操信任的另一个人杨修，又因为修建铜雀台一事遭到曹操嫉妒。杨修，字德祖，官居主簿（主管户口的文职官员）是曹操谋士团中重要成员之一。他聪明过人，幕后为曹操出谋献策，曾深得曹操赏识。铜雀台竣工后，监修主管官去迎请曹丞相验收。曹操在马上沿台外围转了一圈，下马入内登台，环顾四周后，对此气势恢宏、独树一帜的建筑一声不吭，只命人笔墨伺候。他在一扇大门上写了一个“活”字后扬鞭而去。把个监修官吓出一身冷汗。其他工匠艺师也百思不得其解，一个监工提出，何不去请教杨主簿，他可能解得此谜。监修官去见了杨主簿，说明原委。杨修不假思索地说：“大门上写‘活’字，门内加‘活’，乃‘阔’也。就是说大门修宽了，你回去把大门改窄一点就没事了。”这个监修官如释重负，回到工地，通宵达旦地改修大门。完工后，又去禀告曹丞相再来验收。曹操刚到大门口外，在马上仰天大笑，连连夸赞：“修得好，修得好，正合吾意！”随即下令，所有参与修建的官民皆有重赏。接着曹操问监修官：“是谁给你们出的把门改窄的主意？”答曰：“杨主簿。”曹操听后不语。谁也没想到，就因为这句话，杨修该杀的种子此时已播入了曹操的心底。

另一件事的发生，让曹操下了杀死杨修的决心。曹操在修铜雀台的同时，派人以重金去匈奴赎回才女蔡文姬。蔡文姬能歌善舞，才貌双全，父亲蔡邕多才多艺，曹操在一次出征中，路经蔡邕庄时，看到了《曹娥碑》上蔡邕的题词，百思不得其解，遂问身边的杨修能否解其意，杨修于是把自己理解的意思说了一遍。曹操也认可了这八个字的含义，于是他感叹说：

“我的才能比不上你，竟然相差了三十里。”杨修怎么也没有想到自己被嫉妒到离死不远的程度了。

一次，曹操进兵伐蜀，又被马超拒守，欲收兵回都，又怕被蜀兵耻笑，心中犹豫不决，正碰上厨师进鸡汤。曹操见碗中有鸡肋，因而有感于怀。正沉吟间，夏侯惇入帐，请示夜间口令。曹操随口答道：“鸡肋！鸡肋！”大将夏侯惇传令众官，都称“鸡肋”！

杨修本以为已经领会了曹操的意图，见其传“鸡肋”二字，便让随行士兵收拾行装，准备撤兵。这本是一件很平常的事情，但是当天晚上，曹操却心烦意乱，不能安稳入睡。于是他便手提钢斧，绕着军营独自行走。忽然看见夏侯惇营内的士兵都各自在准备行装。曹操大惊，急忙回营帐中召集夏侯惇问其原因。夏侯惇回答说：“主簿杨德祖事先知道大王想要回去的意思了。”曹操把杨修叫去问原因，杨修用鸡肋的含义回答。曹操大怒：“你怎么敢散布谣言，乱我军心！”急令刀斧手将杨修推出去斩首，将他的头颅挂于辕门之外。随即号令三军三更造饭，五更出战。哪知第二天一场恶战，曹操损兵折将，死伤万余，仓皇逃归。这个被誉为“聪明世无双”的杨主簿却成了本不应再打这场败仗的殉葬品。

曹操攻占邺城后，一日，召集文武百官举行庆功会，酒过三巡，官员们纷纷称颂曹操功德。曹操心想这些奉承他的都是跟随他的属下，我在邺城杀了那么多袁绍的达官贵族，没收其全部财产，其余的也游街示众。今天邀请来的还有少许儒生，却一言不发，难道这些人就真心服了吗？我今天找个什么借口威慑邺城这些袁绍旧部呢？想到此处，曹操故意以言语诱人上当，便装得十分诚恳地说：“你们对我的功绩都说了，我想听听你们指出我的过错。”这时孔融、杨彪等说真话了。杨彪说：“主公今日广开言路，鄙人亦进一言，主公占取冀州时，杀的杀，关的关，没收的没收，闹得名门世族家破人亡，对社会贤达，多方打击，视若粪土，凡此种种，实背先王之道，毁千载之人伦，万望主公明鉴。”说到此处，身居太尉的杨彪被曹操痛加斥责，但他并没有停下来，反而更加滔滔不绝：“名门贵族是国家功臣之后，世代受天恩天禄，主公加害于他们，实在是伤天害理，贤士是社稷的栋梁，你杀害他们，实在是毁灭人类的精英。”曹操拍案大骂道：“胡说，你图谋不轨，私通敌人，敢来辱骂我，岂能容你。”即令拉出去，打入大牢。

孔融见势险恶，急忙起身，恳求曹操：“主公，杨太尉四世清德，海内皆知，倘若这样的一个贤良之士也无辜受戮，天下的人知道了，谁不反对？我乃堂堂鲁国男子，太尉果真获罪，我明日便不再上朝了。”曹操把手一挥说：“孔少府，请吧！”孔融问：“为什么？”曹操说：“你自己说明日不上朝了，你现在就该走了。”孔融咬牙切齿骂道：“你欺君罔上，窃国弄权，奸诈残忍，不仁不义，若不改弦易辙，将死无葬身之地。我是先圣（指孔子）的子孙，天生德于我，你能奈我何？”曹操怒不可遏，大骂道：“我对孔老二的学说很少研究。”孔融当面对曹操说：“公文不明孔孟，武不达孙吴。”“你这个腐儒孽种，恶贯满盈，来人！将这个余孽拉出去，砍头示众！”孔融这个民间流传至今的二十四孝之一的孔夫子后裔，因在曹操言语引诱下，直言面谏而触怒了曹操，被定为反叛余孽，惨遭杀害，身首异处。

据民间传说，曹操从赤壁回归后，心绪不宁，于卧榻之上昏睡，忽有群将拜见。操问之：“尔等何人？”群将曰：“我等都是在大人的指挥下被你处死的战败之将。未知此回丞相大人在赤壁遇周郎，华容遇关羽，又该处死哪些战将，吾等愿闻其详。”曹操正欲怒斥，忽然已死的袁绍来到面前，满身杀气，横眉怒目，喝曰：“曹贼奸雄，尔起兵之初，以五千兵马与我几十万军将结盟。屡施奸计，挟天子以令诸侯，火烧、水淹、残杀百姓数以百万计，诛灭我袁氏满门。官渡离别至今不过八年。你八十三万人马在赤壁被东吴区区数万乌合之众杀得尸积江岸，筑成人堤。在华容道拱手向关羽摇尾乞怜，得以逃生。我真想再目睹你当年的威风。”说罢，伸手去牵曹操。曹操大惊而起，却是一梦。顿感头痛难忍，急召医生治疗，经御医诊治无效，遍寻天下良医。神医华佗听到这一消息，预知自己难逃此劫，急忙将自己毕生研究，用于治病实践的记录书卷拿出，嘱咐爱徒道：“如果此次我被曹操胁迫去为他治病，恐我凶多吉少，如果我一去不回，你要好好地珍藏这本书。按书中所说为百姓治病，不要轻易与官府往来。书中记录的是为师平生在治病过程中，百无一失的药物和方法，千万不能失传。”其徒跪泣道：“师父去为丞相治病，怎会凶多吉少呢？丞相奖赏都还来不及吧？”“徒儿，你年少不知世间险恶，农民视粪土为宝，因粪土可长出粮食，让自己填饱肚子。我平生视草木为宝，只要如法炮制，可治百病，不但为自己，也为百姓消除痛苦。丞相此次在赤壁大败而归，他的病不下猛药是难以根治的。此人生性多疑，冤杀了多少无辜，从不把人的生命视为宝，不知这次又要冤杀多少无辜。他会把我为他根治病痛视为害他。”果然，华佗被请进相府为曹操治病，经华佗诊断为脑内病（现称脑瘤），需做脑骨切开手术。曹操听后大怒，令左右：“将这一欲谋害我的奸细拿下，打入大牢。”

神医华陀的徒儿在家听得消息，急忙赶去狱中探望师父。只看到这个有史以来最早以中医药实施全身麻醉的神医，已经死在狱中。悲痛之余，为师父料理了后事，急忙赶回家中。完了！待神医的徒儿回到家中时，妻子正在烧毁书籍。问之，其妻曰：“你的师父一生做善事，从不为钱财而给人治病。声名远扬，却被杀死于牢房。你还学它做什么？你也想到牢房中去死吗？”徒儿闻言，慌忙从火中抓出尚还残存的几篇。几经整理，所存部分仅有对动物实施手术的技术，其余对人体用的麻醉手术之类的药方技术全部化为灰烬。人们传说后来阉割猪、牛、鸡、狗不施用麻药，又不会流血，也不会感染，其源于此。而对人的手术麻醉法就只好留给后人研究了。

一代神医惨死了，曹操大脑的病，经多方医疗才得到控制，但不久旧病复发而亡。诸如疑杀董承、董贵妃、边让、许攸、荀彧、崔傚等功臣谋士，实难一一述及。

强胁皇亲，权倾朝野。公元211年正月，曹操胁迫天子任命儿子曹丕为五官中郎将、副丞相。从公元212年起，曹操入朝可不依朝仪，可佩剑穿靴上殿，其恶性毫不收敛，已成凶相。紧接着他亲自南征孙权。后又胁迫汉献帝册封自已为魏公。曹操在汉献帝面前威之以兵的同时，为迷惑皇上，把三个女儿都配与皇帝，这是曹国丈的一大发明和专利。接着血洗后宫，诛杀了皇后伏氏及其兄弟等众。两个月后，曹操的二女儿立为皇后。（三女儿年少尚在闺中，需过几年，满十四岁时才送入宫。）

公元214年正月，曹操派兵攻打韩遂于金城，韩遂败走逃命西平。曹军穷追不舍，攻占了兴国，并屠城。全城无辜妇孺惨遭杀戮，无一得生。

三月，曹操位居诸侯王之上，授金玺，赤绂（红绶带）远游冠。七月，曹率兵再次攻打孙权。十月，曹操派夏侯渊攻打陇西宋建，斩杀宋建全部将领，血洗枹（音苞）罕城（今甘肃省临夏回族自治州临夏县）。十一月，曹操血洗后宫，诛杀皇后伏氏及其兄弟、眷属、宫人等数百人。为他的女儿做皇后扫清了障碍。十二月，曹操在孟津下令："有德行的人不一定进取，进取的人不一定有德行，有才能的人即使有缺点，怎能弃之不用呢？……"这是继曹丕为副相之后的又一道在朝廷内提升亲信清洗异己的动员令。同时，惊醒了似在梦中的汉献帝，举起双手拥护曹国丈，只差三呼万岁了。两个月后（公元215年正月）封曹操二女儿为皇后。如果皇帝早有此举，是否能把血洗后宫变为泪洗后宫呢？三月，曹操率兵进攻张鲁，四月，自陈仓以出散关。五月，曹操在河池屠杀氐王窦茂众万余人。七月，攻打阳平关，斩将掠城，尽得张鲁府中珍宝。八月，与孙权再战于合肥。曹操行使封立诸侯、任命太守的权力。十一月，派兵攻打刘备于巴中。

公元216年，曹操称魏王。十月，再次率兵攻打孙权。

公元217年春，曹操再次南征，率军猛攻濡须口，击败孙权，孙权派都尉徐详求降，曹操同意，并允诺重新结为姻亲。曹操主力退出汉中后，刘备向汉中发动进攻。十月，汉献帝又赐予曹操王冕十有二旒，乘金根车，驾六马，设五时副车，曹丕为魏太子。

公元218年，刘备亲率大军进至阳平关，曹军多次击退刘备军猛烈攻势。七月，曹操亲率大军赶往关中，坐镇长安，以便随时指挥汉中战局。同时，边塞硝烟再起，曹操命曹彰、田豫北征，大破乌桓鲜卑联军。

公元219年正月，刘备自阳平关南渡沔水（今汉水），依山而进，驻军于定军山（今陕西勉县东南），夏侯渊出兵与刘备争夺地势，被黄忠斩杀，曹军大败。

公元220年正月，因关羽被孙权所杀，曹操还军洛阳。孙权派人献关羽之头。曹操不忘华容之败，开匣视之，戏谑之曰："美髯公别来无恙乎？"话犹未尽，只见关羽须眉倒立，怒目圆睁，曹操惊倒于地，左右救起。数日后，曹操病逝在洛阳，终年六十六岁，谥曰魏武王。世人都说曹操酷好打仗杀人，其封号是恰到好处的讽刺。曹操死后，其子曹丕为汉丞相，魏王。当年十月，废汉献帝，灭亡了刘邦创立的426年的大汉江山。

骄奢淫逸，碎玉摧花。公元208年六月，曹操任汉丞相。从此，曹操以汉丞相处置军国要务，号令天下。

"事有必至，理有固然，月晕而风，石润而雨"是说事情发展必有预兆，自有结局，道理中有它原本就该如此的规律。月亮出现了晕圈，是起风的征兆，室内地面柱子返潮是将要下雨的征兆，对曹操一生最终灭汉兴魏，后人评论多多。

曹操祖祖辈辈为汉高官，食汉禄四百多年，因父亲官至太尉，他本人从举孝廉开始直至魏王，一生挟天子以令诸侯。最终在死后几个月由儿子昭告天下，灭汉立魏。好权谋，为求国丈位，不惜将三个女儿献与皇帝。于天下未定时，再血洗后宫，从这一点看还有点像一个“政治家”。但是，政治家一般只杀政敌，爱民惠民如同骨肉。而曹操秉性好杀戮，在攻城略地之余，屠城十余座即血洗屠城百姓数以百万计。没有一年不在打仗，从战场回府十多天就死了，从未给百姓以休养生息之机，天下百姓幸存者活一天算一天。他这个“政”只有去号令官府，他这个“治”只有统治官府，而官府就立在百姓即这些尚未熄尽的余火中。他唯一失算的是，没有估计到他死得那么快。天下还有孙权、刘备集团还未被灭掉，他就死了。但是无论如何他窃国的深谋远虑，在实施中是成功的，曹操是胜利者。陈寿在《三国志·魏书·武帝纪》中对曹操的评价一语中的：“好权术。”故与其说曹操是一个政治家，倒不如说他是一个名副其实的“政变家”更适宜。

《孙子·谋攻篇》中指出：“屈人之兵而非战也，拔人之城而非攻也。”

有人说曹操是军事家，如果以“用兵之道，攻心为上，攻城为下，心战为上，兵战为下”“不战而屈人之兵，全胜无斗，大兵无创”（《六韬·武韬·发启》）“善用兵者，无赫赫之功”“不攻无过之城，不杀无罪之人”“善将者，养人如养己子，有难则以身先之，有功则以身后之”衡量，实际算不上“善将”之人，还有“割须换袍于潼关”。曹操兵败潼关时，追兵大呼：穿红袍的是曹操，他令手下与他换袍，使追兵去杀穿红袍的替死鬼。他如果顾及手下人的性命，将红袍弃之，混迹于将士中逃命。由此证实了他并不奉行“有难则以身先之”的将兵之道。“名将用兵，莫不以安民、爱民为本。”而曹操屠城，淹城十余座，就连他故乡的青壮年入伍，老少也大多死于兵祸。恰如《三国志·魏书·武帝纪》中对曹操用兵的总结："所过多所残戮。"孟子说："争地以战，杀人盈野，争城以战，杀人盈城。此所谓率土地而食人肉。"

有人说曹操与军事家"上知天之道，下知地之理，内得民之心，外知敌之情"的概念大相径庭，不如冠之以"好战家"，似乎勉强可以总结他无休止发动战争的一生。

还有人用《意林·文子》中"不义之兵，至于伏尸，流血而不服"的话评论：曹操尽管一生兴兵都是打着皇帝的旗号，以保护汉室江山号令天下为名。如果曹丕不在其父死后几个月就灭汉立魏，那对曹操的总结就另当别论。又有人另持他见：从曹操挟持献帝到许都起，所作所为都是在为称帝做准备。本欲扫平天下而为之，哪知死神请他去做伴，遗恨未灭孙、刘等部。故曹丕遵父遗训，一定要在灭孙、刘之前灭汉立国。不可延之日久，久则生变。

总之，在历史资料中，对曹操通天文、识地理、知奇门、晓阴阳、善阵图、明兵势的记载和事例虽然不多见，曹操死后也没有得到"生当作人杰，死亦为鬼雄"那样的颂词和追念，更不可能强求他对辅佐汉献帝具有"鞠躬尽瘁，死而后已"的那种思想观念。但他特立独行，自始至终都走在他本性所独有的"宁叫我负天下人，休叫天下人负我"的人生歧路上，并为此画上了圆满的句号。这正是：

穷兵黩武有穷时，回首苍凉多寄诗。
魂断长江连战舰，血流赤壁染征衣。

故交伯氏身兼恨，倦客陈宫心已凄。

铜雀二乔未能锁，负慚天下命终熄。

曹操争名夺利几十年，最终称帝之愿也未能真正实现，反倒便宜了后人。

曹操戎马一生，多疑的性格带来了大量的杀戮，好战的本性又使整个国家战火纷飞，人民流离失所。直到死亡，也未能得到真正想要的。求医问诊疑害己，舍身投奔患告密。求医问诊、投奔亲友皆为人间常事，却因多疑造恶。

曹操的一生经历，因好战、多疑多造杀戮，不算作恶多端，也算行恶良久。他虽曾有过“善”，却不知“善”为何物，而且他生活的时代也决定了他对于“善恶”的界定不明。

八　弑父淫母　杀兄诛弟

魏晋南朝三百年，大隋一统扫敌顽。
谁知炀帝心肠狠，犹胜秦皇肝胆寒。
弑父淫娘人性灭，杀兄诛弟手足残。
尺巾绞缢命终已，天下闻悉动地欢。

隋炀帝杨广，隋文帝杨坚次子。公元600年被册立为太子。公元605年—617年在位，皇都长安，是隋朝第二任皇帝。

恶行暴露，谋权夺位。公元601年，隋文帝卧病于龙床之上。太子杨广写信给左仆射杨素，请教有关父皇的后事处理和自己接位登基的相关事宜。杨素把他自己的意见写好后，派人送往太子宫杨广处。鬼使神差，送信人却将此信误送到了文皇帝手中，文帝大怒，欲传太子责问。文帝召宠妃陈氏，陈氏至，面有伤，而发乱，立于文帝床前，哭诉杨广非礼于她。据唐赵毅《大业略记》称，文帝最宠幸的唯陈、蔡二氏。陈氏的哭诉，火上浇油，文帝拍床大骂："畜生何足付大事！"命兵部尚书柳述、黄门侍郎元岩拟诏书，废黜杨广，重立杨勇为太子。杨广得知此事，遂将柳述、元岩抓捕入狱。同时让左庶子张衡进入文皇帝寝宫侍疾。张衡进宫后，命文帝身边的侍从全部撤出。《资治通鉴·隋纪四》在此写了“俄而上崩，故中外颇有异论”两句话。

唐《通历》称：张衡奉杨广之命，使文帝“血溅御屏，扑通之声闻于外”。哭诉于文帝前的宠妃是宣华夫人陈氏，说太子非礼她。而赵毅在《大业略记》中说，哭诉于文帝前的是宠妃蔡氏，所以“杨广因色弑父”被流传了下来。

公元605年七月，文帝驾崩，杨广继位，号炀帝，改元大业。杨广继位后，假传文帝遗诏，逼迫其长兄杨勇自尽。对亲弟蜀王杨素以“使用巫蛊诅咒文帝”罪，剥夺官爵，软禁于内侍省。

八月，即杨广继帝位后第二个月，他的五弟杨谅以并州总管身份在并州起兵，结果被镇压，杨谅兵败投降，幽禁至死。

大兴土木，强征民丁。十一月，杨广为开凿长堑拱卫洛阳，征调山西、河南等地农民数十万服役。

公元605年，营建东都洛阳，每月工地征用民工数不低于二百万人。十个月内即竣工。

公元605年—610年开凿运河、挖掘由长安新城到潼关的漕运渠道，在广通渠道的基础上又继续开凿由河入汴、由汴入淮的通济渠，由淮入江的邗沟，由镇江达杭州的江南河，引沁水南达黄河，北抵涿郡（今北京）的永济渠，相衔接为大运河。先后从河南、淮北、淮南、河北、江南各郡征调民工计达三百多万人，男丁不足，以妇女充之。

公元607年—608年在榆林（今内蒙古托克托西南）以东

修长城，征调的民工实行轮换制，两次计达一百二十万人。修建太行山通往并州的驰道，各郡的男丁全被征调轮换。

隋炀帝在河南境内的黄河两岸挖掘的两道长堑，营建东京，开凿运河，主运河自涿郡到余杭，成为贯通南北的水运大动脉，隋炀帝开凿运河除对百姓增加了徭役赋税等疾苦之外，尚无厚非。因为运河的实用价值不只是漕运的通畅，更有利于灌溉。不只是利在当朝，更是益于后代。“天地之间有杆秤”，所以暴虐的隋炀帝亡国被杀不是因为开凿运河而造成的，它与修长城有根本的区别。修长城等工程已经使农民不堪重赋，不堪重役了。民工因气候、疾病、劳累、饥饿而死亡，魂不归乡，曝尸荒野，骇人听闻。据《中国通史》载，仅“营建东京的两百万丁，死亡率殆半，其他劳役的死亡率大概也差不多。”同年被诛戮和流配的杨谅士卒还有几十万人，但徭役并未止息。

酷好游乐，劳民伤财。隋炀帝生性好游乐，不但修运河、驰道，还为方便四处巡游，修了不少的行宫。征调民丁，在江南采伐木材，建筑东京和各地宫殿，园囿（音又，行乐场所）、离宫别馆，诸如显仁宫、江都宫、临江宫、晋阳宫、西苑等。其中西苑位于洛阳之西，苑围二百余里，苑内有人工湖，湖围十余里，湖内有山，殿堂楼观，布置奇巧，极显华丽。隋炀帝常在月夜，令数千宫女骑马陪他游乐。宫女们在马背上演奏《清夜曲》以助兴，弦歌达旦，不知疲倦。

在江南采伐大量树木，造作十分考究的巨大龙舟，同时造作数以万计的各类船只，以随龙舟游于运河之上。每次出游江都，需征调在河岸拉船、在船上划桨的船夫数以万计。游到江都，隋炀帝又从龙舟上岸，数以千计的后妃、宫女千姿百态伴随进入“江都宫”寻欢作乐。单是隋炀帝在运河中游乐所征调的民工，就足以让百姓苦不堪言、累不堪忍了。而他出游江都多带百官随行，随游的船队长达二百里，所经州县，五百里内都要按规定贡献各类食品物资，以解决数万人所需。

隋炀帝时期大规模的巡游就有：三游江都、三巡涿郡、两至榆林、一游河右等。至于长安与洛阳之间的频繁往返那就难以计数了。

有一本叫《隋炀帝观琼花》的书，详尽地描述了此类情景。

公元609年冬，隋炀帝为装点门面、粉饰太平，他耀威夸富，不惜财力，征集四方艺人到东都。于次年正月在东都端门街安排了历时一个月的表演聚会。戏场周围五千步，奏乐人数达一万八千之多，聚会期间在皇城内外，灯火通明。都市的店肆张挂帷帐，置备酒食，主管人员带领八方来客入市场贸易，所到之处都以酒食款待。所耗费用由国库开支，由此吸引而至的庶民商贾达十多万人，来人往返，食宿玩乐，历时之长，耗费之巨，史无前例。

杀亲诛忠，淫逸奢靡。公元607年三月，炀帝为剪除对帝位有威胁的势力，下令诛杀了长兄杨勇的八个儿子。长宁王杨俨首先被诛，接着炀帝把杨勇其余诸子安城王杨筠、安平王杨嶷、襄城王杨恪、高阳王杨该、建安王杨韶、颍川王杨煚（音窘）及杨孝宝、杨孝范贬到岭南（今广东、广西及海南一带），在贬谪途中全部杀害。同年六月，炀帝巡视北方（蒙古边境）过雁门（代州），太守丘和贡献食品物资甚多，帝大悦，赏丘和迁边关至内郡，为博陵（定州）太守。炀帝到马邑（朔州），太守杨廓未献贡物被贬职。“由是所至，献食竞为丰侈。”就是说马邑太守被贬后，炀帝所到州郡，地方官员都竞争似的进贡物品。

炀帝为出巡北境，下令“举国就役”，即从全国征调民工。令宇文恺建立大帐，大帐内可容纳数千人。炀帝在帐中宴请蒙古族突厥可汗和诸部酋长三千五百人，并赏赐给可汗丝帛两千万段，路车乘马，鼓吹幡旗，其下各有赏赐不等。又诏发丁役百余万修西起榆林、东至紫河（定襄郡）的长城，限二十天完工。

面对炀帝诛八王之暴，各种夸示太侈，尚书左仆射苏威面谏炀帝，炀帝不听。太常卿高炯、太常丞李懿、太府卿何稠、观王杨雄、光禄大夫贺若弼、礼部尚书宇文弼等均为开国功臣，自当尽忠，纷纷奏谏曰：“周天元以好乐而亡，殷鉴不远，近来朝廷，殊无纲纪，天元之侈，以今方之，不亦甚乎！长城之役，幸非急务，宴可汗太侈，恐为后患……”炀帝以诽谤朝政罪，下令将高炯、宇文弼、贺若弼斩首示众。高炯诸子迁徙边关，宇文弼、贺若弼妻子罚为奴婢，苏威免官为民。《资治通鉴·隋纪一》继续记述道：“炯有文武大略，明达世务，自蒙寄任，竭诚尽节，引进贞良，以天下为己任；苏威、杨素、贺若弼、韩擒虎皆炯所推荐，至于立功立事者不可胜数……梁公肖琮因与贺若弼善，帝由是忌之，遂废于家，未几而卒。”

被斩杀的光禄大夫贺若弼同样是灭陈兴隋的开国大将，《资治通鉴·隋纪一》对其写道：“贺若弼军令严肃，秋毫不犯，有军士于民间沽酒者，立斩之。所获俘虏，尽皆释之，给粮劳遣，付以敕书，令分道宣谕，自是所至风靡。”在一千多年前，有如此统兵将军真是难能可贵，而因忠言被诛，岂不冤哉！

八月，炀帝车驾至榆林，经云中（今内蒙古托克托东北），溯金河而上，随行甲士五十万、马十万，旌旗辎重，千里不绝。令宇文恺等造观风行殿，上驻侍卫数百人，又作行宫，四围二千步，以板相隔四周布衣围之。尽兴之后，返回至太原，上太行，修直道九十里。时吏部侍郎斐矩绘西域四十四国地图入朝奏之，言及胡中（指西域）诸多珍宝等，并愿通西域。炀帝命斐矩为黄门侍郎，沟通西域诸国，并令西域入朝者，所经诸县郡，以上等礼仪迎送。在相当一段时期内，确也达到西域胡人往来相继的盛景。由于朝廷施惠胡人无度，致使物极必反。《资治通鉴》中写道：“西域胡人，往来相继，所经郡县，疲于送迎，糜费以万万计，卒令中国疲敝，以至于亡。”

三征高丽，伏尸百万。隋朝时，朝鲜半岛上有高丽、百济、新罗三国。东晋时，高丽入据辽东，奚、契丹、靺鞨（音墨盒）等民族受其控制。公元 598 年文帝调兵三十万征伐高丽，高丽撤兵谢罪。

炀帝继位后，要求高丽王高元入朝未成。即三次兴兵征伐高丽。

第一次是公元 608 年，炀帝开凿永济渠为出兵高丽作交通运输准备。同时令山东广置军府，充实军马武器。

公元 611 年二月，隋炀帝下令在东莱（今山东掖县）海口造战船三百艘，由于工程昼夜不息，民工因伤、病而死者达百分之三四十。五月，炀帝令河南、淮南、江南造戎车计五万辆，专载衣甲幕布，由兵士拉车，送往高阳。七月，发江淮以南民夫和船，装运黎阳（今河南省浚县）及洛口（今山东济南北泺口）诸多仓库的米粮到涿郡，船舶接连达千余里，运输的士兵民丁，往来交错，昼夜不绝。为其死伤者，抛之荒野，鸟兽共食，臭秽不堪。又征调民夫，以各户用于农耕的车、牛，运粮食、军械到泸河（今锦州）、怀远（辽阳西北），所征调车牛，皆去而不返。

又征发独轮车夫六十余万人，每两人一车，最多只能载大米三石，所装米粮，有路途遥远的在路上吃用后，到达目的地，所剩无几，甚至无粮可交，致使在运输途中逃亡的不计其数。

公元612年，隋军云集涿郡（今北京），共一百一十三万三千八百人，分左右各十二军。为此做运输后勤供给的兵丁在二百万人以上。二月，炀帝亲率号称二百万大军，渡过辽水，兵丁分骑兵四十队，一队百人，十队一团，步兵八十队，辎重散兵四团，连营渐进，从初出兵到发兵完结，计四十天。军营首尾相续，鼓角相闻，旌旗连绵九百六十里，御营内共十二卫、三台、五省、九寺。分内外、前后、左右六军为八十里的方阵。“近古出师之惑，未之有也。”三月，炀帝御军进至辽水，众军临水布阵，高丽兵凭河据守，炀帝令工部尚书宇文恺造浮桥三座于辽水西岸，浮桥下水直抵东岸却短了一丈多，兵丁不得上岸。高丽兵蜂拥而至，隋兵跳水猛攻，对方居高临下，凶猛反击，大将麦铁杖，虎贲郎将钱士雄、孟义等飞身跃入东岸敌阵，无奈寡不敌众，尽皆殉国，隋军死者难以计数。炀帝命撤军收浮桥回西岸，连夜加长联结浮桥，两天造就，隋军再次进攻，大战东岸，高丽兵败，死伤者无数。隋军乘胜围攻辽东城，炀帝在御营前传令：“若高丽降，即宜抚纳，不得纵兵。”一切决定皆须奏报圣上，经准许后，才能行动。在辽东将欲攻陷之际，高丽兵降，隋军奉命不敢进城，遂急奏报天子，哪知路遥往返耽误时日，城中敌兵防御加强，马上又进入守卫战，待炀帝圣旨转回，战争早又开始。如此三番五次，炀帝不改变错误决策，不断错失良机，致使辽东城久攻不下，拉锯式攻城战一直打了三个月。炀帝反而责怪将军进攻不利。此时右翊卫大将军来护儿率江淮水军，舳舻数百里，浮海进军，离平壤只六十里时，与高丽兵大战，打败了敌兵，来护儿不听副总管周法尚劝止，孤军奋进深入攻城，高丽诈败，来护儿率军入城，纵兵掳掠，丧失战机，遭到高丽伏兵猛烈围攻。来护儿所率精兵四万，退兵到海边时，仅存数千，所余残兵退屯海浦。

左翊卫大将率兵出扶余道，左骁卫军出辽东，右翊卫军出乐浪道，左屯卫军出菟（音图）道，右御卫军出襄平道……都到了鸭绿江边聚齐。人马皆给百日口粮，加上军械，自带衣被，并下令如有途中抛弃米粮者斩，如此重负行军，岂能忍受，众将士纷纷偷埋粮米，行到中途，多已无粮……各路军马陆续进发，沿途死伤，到得高丽战场者，均已饥疲不堪，连续数战，中敌奸计，仅就只谈及的九路兵马出发时约三十万，到战败退回东城时仅剩二千七百人，价值万万计的储备器械“失亡荡尽”。

历时一年的一征高丽大败而终。随征诸将刘士龙等被斩，其余大多被贬谪为民，右翊卫大将军于仲文被囚，忧愤成疾，放出后死于家中。

公元613年四月，炀帝二征高丽，围攻辽东，经两个月激战不下。六月在后方黎阳督运军粮的杨玄感起兵造反，攻打东都，炀帝率兵，返回京都，下令镇压杨玄感，追究党羽胁从，处死抢取黎阳仓粟之人，死者达三万多人。

公元614年二月，炀帝三征高丽。三月到涿郡，七月兵到怀远，高丽在两败隋军后，终因双方将士伤亡惨重，生者厌战，高丽请和，国内反隋义军越来越多，已成燎原之势，炀帝已进入内外交困，双方罢兵。

公元615年八月，炀帝第三次巡视北境。原曾受炀帝施予极大恩宠的突厥人，眼见隋朝国内大乱，此时凶相毕露，企图称霸。当炀帝到达雁门时，突厥人发兵围攻雁门，炀帝诏令各地募兵驰援，九月解围后，只好返回东都。炀帝的姨表兄李渊在此次解救炀帝雁门之危中有功，炀帝赐封李渊留守太原。

天下大乱，亡国丧身。公元617年五月，李渊在太原起兵反隋，七月进关中，十一月攻占长安，李渊立炀帝孙代王侑（音又）为帝，改元义宁，自为大丞相。

同年，瓦岗军李密自称魏公，起兵攻占洛口……进逼东都。河北窦建德起兵，自称长乐王于乐寿（今河北献县）。至于高金称、高士达、翟让、杜伏威等反隋义军遍及全国各地。面对如此情景，炀帝下令不准奏报“盗贼众多”，否则轻者免官，重则处死。他仍不理政，同样沉溺于淫乐之中。

公元617年，天下已是大乱之际。炀帝下令修筑丹阳宫，准备渡江，逃避北方的内乱。公元618年，炀帝南游到江都，三月在新建的丹阳宫淫乐。四月的一天初起龙床，一内相奏报："蕃厘观琼花盛开，请万岁玩赏。"炀帝大喜，传旨排宴于蕃厘观，宣肖皇后与十六院宫人去蕃厘观赏花。进入观内，穿过三清圣像大殿，上得琼堆玉砌一片洁白的高台，异香阵阵，扑面飘来。炀帝观看琼花，树高丈余，花如白雪，蕊瓣圆团，就如仙花相似，香气芬芳，异常馥郁，与凡花俗卉，大不相同。炀帝大喜道："果然名不虚传，今日见所未见矣！"问及花树来历，有人奏报，此树为道号蕃厘的仙人，因受俗友想看仙家花容之貌的请求，将一块白玉埋在地下，须臾之间，长出一丈余的花树，其花貌花香均似仙家的琼瑶，故取名叫琼花。此花在江都百花之中独占鳌头。炀帝龙颜大悦，便欲起身去花树下品玩，忽然花丛中卷起一阵清风，直把一树琼花卷落于地，树枝上一片未留，炀帝恼恨成怒，下令将琼花树连根带枝，砍灭绝迹。愤然下台，登龙舟游九曲河，东撑西荡，游了半日尚无兴致。即弃舟游大石桥。那桥又高又宽，全是白玉砌成，光洁无比。两岸大树覆盖，桥下五色金鱼，往来游泳，遂在桥上饮酒赏玩。这时听得月亭中传来歌笛之声，吹得云敛晴空，唱得风和珮转，却也解了炀帝之闷。不觉钩月隐没，左右急将宫内的萤风灯尽数取来，炀帝游到亭台之上。这萤风灯制作考究，通过萤火虫的萤光反射、折射而发光出来，美不胜收。炀帝嫌灯太少，传旨凡有人收得萤火虫一只，赏绢一匹。不多时，宫内人去百姓中收来无数只萤火虫，叫宫人把萤火虫悉数放于亭前亭后的树木花草之上。霎时间，恍如万点明星，粲然碧落，光照四围，真似仙境一般。

炀帝虽平时忌讳有人奏报乱盗之类，闻则必杀，但他近日淫乐无度，精疲力倦，预知不妙，对镜叹道："好头颅，谁当砍之。”当晚在亭台之上，看得萤风灯光，虽觉情趣盎然，但他仰观天空，突觉阴气袭背，更加意识到好景不长。他清醒的一刹那，深知腐草中之萤光，怎及天心中之皓月，便对近身的肖后道：“外间大有人图侬，然侬不失为长城公。”炀帝心知大厦将倾，却依然做着公侯梦。时值杳娘侍宴，炀帝令杳娘拆“隋”字，以占吉避凶。杳娘道：“隋乃国号，有耳半掩，中有‘工’字，工不成王，‘隋’无走之，定难走脱。”又命拆“朕”字。杳娘道：“移左手发笔一竖于右，似渊字。今李渊起兵，当有称朕之虞，若直说，陛下此月中亦只八天耳。”朕字右边乃“八天”组成。

炀帝在天下大乱中，想从南游江都中解脱魂不守舍的烦乱心境，听杳娘之言后反而忧烦日增，只好回宫。

数日后，炀帝更觉大限将临，在西阁中，与肖后相对叹息。一天夜里，只听得杀喊声由远而近，行宫四周起伏不断，内监连连奏报：杀到殿来了！屯卫将军独孤盛被杀了，千牛将军独孤开远战死了。不多时，裴虔通等径到西阁，马文举拔刀先登，举刀砍杀炀帝，炀帝斥道：“汝等皆朕之臣，终年厚禄重爵，给养汝等，有何亏负，为何篡逆？”

原来，此次成功的宫廷武装政变，是由炀帝的宠臣宇文述之子宇文化及策划和实施的。宇文化及官拜右屯卫将军，其弟宇文智及也随炀帝左右，他们私下密谋，买通炀帝侍卫将领，首先秘密撤走了炀帝的大量随行护驾军将，至此宇文化及一声号令，成功发动了这场宫廷兵变。马文举见无救兵，遂住手回应炀帝曰：“圣上违弃宗庙，巡幸不息。外勤征讨，内极奢淫，丁壮伤锋刃，老弱毙沟渠。大举土木，劳民伤财，四民丧业，盗贼蜂起，专任佞谀，饰非拒谏，屠杀忠良，失信将士。如此的罪大恶极，何谓无罪?”炀帝愤然道：“朕负百姓，不负汝等，汝等荣禄兼至，为何负朕？今日起事，谁为戎首?”虎贲郎将司马德戡应声道：“普天同怨，何止一人!”宇文化及叫封德彝陈述炀帝罪恶。炀帝对封德彝说：“你乃士人，何为亦耳?”德彝听了炀帝叱骂，垂首退出。时炀帝爱子赵王杲（音搞）在侧，年十二岁，悲恸不已，裴虔通一刀杀之，血溅御服。宇文化及等欲弑杀炀帝，炀帝斥曰：“天子死，自有法，何得加以锋刃？拿鸩酒来!”炀帝自备有毒药，马文举等不许，但左右已逃散，无人取来。炀帝自解练巾，授予令狐行达勒杀而亡。

跟随炀帝巡游的儿子蜀王杨秀及其七个儿子（即炀帝的孙子），齐王杨暕（音兰）及其两个儿子，燕王杨倓（音谈）等隋氏宗室外戚，无论老幼尽被诛戮。宇文化及又下令诛杀了内侍使郎虞世基、御史大夫裴蕴、左翊卫大将军来护儿、秘书监袁勇等一干大臣。四个月后，即公元 618 年九月，宇文化及杀秦王浩，自立为皇帝，国号许，隋朝灭亡。

隋朝的兴亡给百姓留下了什么呢？隋朝自隋文帝杨坚立国(581 年）到炀帝被杀（618 年）共三十八年。立国初，中国历史称北朝末期，当时天下割据，国家分崩离析，而杨坚经过多年的征战，最终灭陈，于公元 589 年建立了一个统一的国家——隋，从统一到灭亡实际只有二十九年时间。在历史长河中，二十九年连白驹过隙这么一瞬间都谈不上，造成天下大乱的除皇帝外，都是豪门贵族、达官贵人，而不是黎民百姓，百姓得到的只是曝尸荒野、饿殍遍地的下场。生者也只是在饥寒交迫中挣扎，生不如死，究竟是为什么？

隋文帝杨坚之父杨忠是西魏北周的军事贵族，北周时官至柱国大将军，封隋国公。杨坚袭爵，其女为周宣帝皇后。至周静帝时（580 年），杨坚任左大丞相，掌握军政大权。杨坚平定北方，在剿灭反对他的三方军事力量的同时，灭了宇文氏诸王，几个月后，即公元 581 年二月代周称帝，国号隋，改元开皇，史称隋文帝。

杨坚称帝后，平定北方突厥势力。令晋王杨广率兵五十万八千灭掉陈国，镇压江南割据势力，历经十年的残酷征战，结束了中国三百年的分裂局面，全力投入国政治理。据载："经过多年搜刮积蓄，西京太仓、东京含嘉仓和诸转仓所储谷物多者曾至千万石，少者也有几百万石，各地义仓无不充盈。两京、太原、国库存储的绢帛各有数千万匹。开皇末年，这些仓库粮食堆积如山，可满足政府军队几十年的需要。"隋文帝杨坚经历了十多年的战争后，又治理内政十余年，将偌大一个国家交与太子杨广，却死不瞑目（有书载为被儿子杨广派人毒杀身亡）。这就给百姓留下了疑问：杨坚世食周禄而代周称帝，其间死于战争的人难以计数，却遭受他的儿子杨广毒杀后继位。接着世食隋禄的李渊举兵反隋称帝，这是因果呢？是天道或者是人道呢？究竟哪个是恶人？或者谁是大恶？

这里，我们不妨以快节奏重看杨广：

杨广本是太子，却淫乱父皇宠妃，并杀死病中父皇登位；杀害长兄杨勇及其八个侄儿；囚禁亲弟蜀王杨秀、小弟杨谅至死；杀害灭陈兴隋的老将、老臣贺若弼、高炯、宇文弼等。将梁公、肖琮、苏威等贬为庶民。

滥征民丁。掘长堑征民丁数十万众。

营造东京。历时十个月，月役丁二百万人。

开凿通济渠，开邗沟。征发民丁百多万人。

造龙舟，诛叛军。在江南采伐木材，造龙舟，高四层，四十五尺，长二百尺和各种大小船只一万余只，征拉船工数万人。同年诛戮杨谅叛党数十万人。

四修长城。各次征发民丁十五万人、十万人、一百万人、二十万人。

凿太行山，开驰道。十多郡的民丁被征用……所有被征民丁，男丁不足，以妇人凑，总计死亡过半。

三征高丽。最多的一次兵力为一百一十三万三千八百人，强征役运粮民丁六十多万人，死亡兵丁总计为百分之六十以上，其中一次宇文述率领的三十多万兵将生还者二千七百人。最后，炀帝被宇文述之子宇文化及所杀。

多次巡游。三巡江都、三到涿郡、两至榆林、一游河右。频繁往返长安与洛阳，出游侍卫、宫人、随从都在十万人以上。

滥造行宫。无休止地劳役征发，随心所欲大规模地对外用兵，民死于役，兵死于战，财竭于库，造成“黄河之北，则千里无烟；江淮之间，则鞠为茂草”的惨状，给人民造成了无以名状的苦难。加之公元611年河北、山东发生的大水灾和次年的大旱灾，死者魂不归乡，生者逃命无路，真可谓民穷财尽，惨绝人寰。致使世食朝廷俸禄的军事贵族造反，连为征高丽军士送粮的督粮官杨玄感也利用押粮的兵士造反。炀帝末年那些王公贵族们都是在炀帝的羽翼下成长壮大起来，正应了“物必先腐也，而后虫生之”的古语，都是纷纷学着“养母”想当皇帝而造反的。也不知道天下有多少真正为百姓谋福祉的帝王将相，诸如隋末一批自封为帝、王、公的达官贵族们，他们杀皇帝，灭族绝宗，杀无辜，漫卷腥风，究竟是为自己呢？还是为百姓呢？

隋炀帝杨广弑父继位，滥征徭役，坑害百姓数百万众，穷兵黩武，父皇留下的仓库殷实，粮物堆积如山，他却不思国政，穷奢极欲，民心尽失，耗财亡国，说他是为天性恶魁，恐不为过。这正是：

隋炀淫逸尚巡游，歌舞楼台系巨舟。
罔顾民生迷肆夏，不思帝业享余秋。
烽烟多变依云影，剑戟无情伴月钩。
百姓流离何所寄？江山苦雨望天愁。

隋炀帝骄奢淫逸，好大喜功。他频繁征发徭役和兵役，造成大量田地荒芜，使社会生产遭到了严重的破坏；他每次出游，大造行宫，扰乱了地方百姓的正常生活；他三次远征高丽，穷兵黩武，终于激起全国范围的农民大起义。但他下令开凿大运河，促进了南北经济的交流；设立了进士科，促成了科举制的形成；几次派遣使者去流求和西域，加强了内地同边境的关系。

隋炀帝统治期间，百姓苦难深重。但在特定的历史时期，出于维护统治的需要，统治者也会做出一些有利于社会的事情。

九　杀兄逼父　抢夺皇位

前朝世事自多艰，难向山河一展颜。
各路反王非矫造，突厥甲士最凶顽。
隋皇大业终倾覆，唐主武德解倒悬。
父子奸谋定天下，引兵逐鹿雁门关。

唐太宗李世民（599 年—649 年），祖籍陇西成纪，是唐高祖李渊和窦皇后的次子，唐朝第二位皇帝。公元 626 年 7 月 2 日（武德九年六月初四），李世民发动玄武门兵变，杀死自己的兄长太子李建成、四弟齐王李元吉及二人诸子，被立为太子后，逼唐高祖李渊退位，李世民即位后，改元贞观。公元 649 年 7 月 10 日（贞观二十三年五月己巳日），李世民因病驾崩于含风殿，享年五十二岁，在位二十三年，庙号太宗，葬于昭陵。

李世民的父亲李渊，字叔德，陇西成纪（今甘肃秦安）人。

李渊的母亲独孤氏与隋文帝的独孤皇后是亲姊妹，所以李渊是隋文帝的姨侄，隋炀帝的姨表兄。李渊深得文帝垂爱，被敕封为谯、陇二州刺史，炀帝继位后，升任李渊为太守，又召为殿前卫尉少卿。炀帝北征时，丞相杨素之子杨玄感起兵作乱，围攻东都，被杀后，炀帝任命李渊为太原太守，山西河东慰抚大使，把隋文帝经“开皇之治”留下的全国第二大粮食、军需仓库——华阴、太原等战略要地交予李渊，以内保京城长安、外御突厥入侵。可见炀帝对李渊赋予的极大信任和寄予的莫大厚望。

后来民谣有“桃李子，有天下。杨氏将灭，李氏将兴”传入炀帝之耳。恰逢李密与杨玄感谋反失败，杨玄感被诛杀，李密投奔瓦岗翟让（这是“李氏将兴”的第一个“李”）。不久郧公李浑杀身夷族（这是第二个“李”）。炀帝传召李渊入京。李渊畏惧被炀帝看出端倪，装出一副病容来见朝廷使者，并送了许多金银珠宝给来使，央其委婉复命：但说待病痊愈，即当往朝行。李渊又暗送金银给在炀帝后宫充役的外甥，令其买通皇帝幸臣斡旋，果得炀帝圣允不提。

公元 615 年八月，炀帝第三次北巡时，突厥头目始毕可汗率兵围困炀帝于雁门，炀帝传檄天下，遍令勤王，得李渊领兵杀退突厥兵将，解了炀帝雁门之危，自已也不再为皇帝猜疑。此后，炀帝巡幸江都时，天下已大乱，各路反隋武装势力纷纷而起，到了公元 617 年，南北反隋军事力量已有数十起之众。炀帝令李渊募兵平息北方叛乱。李渊几经思虑，又与子李世民和一批谋士反复商议，认为反隋时机已经成熟，便假传炀帝敕书：“皇帝诏令：太原、西河、雁门、马邑等地凡二十岁至五十岁的男丁皆从军，以去北征高丽等国和平息叛乱。”借此造成天下对隋炀帝的怨恨。而李渊却将征来的兵丁和他手中本有的隋朝军将用来起兵造反。

公元617年，李渊内密谋造反，外结异族。李渊父子派出谋士刘文静去突厥联盟，卑躬屈节“称臣于突厥”。突厥头目允诺出兵助李。协议联军攻打隋朝所得土地归李、玉帛归突厥。李渊又令开阳府司马刘政会呈状，告炀帝所封协助李渊驻守太原的副留守王威、高君雅私通突厥，引兵入寇。以谋反罪把忠实于炀帝的副留守王、高二人枭首示众，激起了上下兵将拥护李渊起兵的军心、民心。从此，李渊打着外抗突厥，内息叛乱的大隋旗号，剿灭了北方各地许多忠实于隋朝的守城将士。

李渊率兵出太原，传檄拥立代王。西河郡丞高德儒等不服被杀。李渊进攻霍邑，隋守城主将宋老生等几经血战，城破被杀。李渊揭榜安民曰：“隋氏吝惜爵赏，因失人心，我奈何效尤哩？愿随我举事的兵卒，概授五品散官，听候调用。”李军所到之处，开仓放粮，收买民心，得以丁壮踊跃入伍从征，威势日盛。

李渊进攻长安（隋朝首都西京），受代王命令拼死抵抗的阴世师、骨仪等一批隋朝守将兵败被杀。

李渊打着外联突厥、内以拥隋的旗号，攻城掠地，夺取了隋朝西京等大片土地。但近在眼前，具有强大军事力量的瓦岗军首领李密自称魏公，尚不服从李渊。李渊即施诡计：令温大雅以李渊的名义写信与李密结盟共图大事，李密信以为真。李渊又拥立年仅十三岁的代王（炀帝的孙子）杨侑为皇帝，史称隋恭帝，改元义宁。自任大丞相、大将军，继续打着隋军平叛的旗号，南征北战。

公元618年，右屯卫将军宇文化及在江都联合、收买炀帝侍卫兵将杀死炀帝及其子孙，无论宗室外戚，一并枭首。又杀了一大批隋朝元老，自立为皇帝，国号许，过了几个月的皇帝瘾，被窦建德所杀。

五月，李渊在长安废隋恭帝，灭隋立唐，称唐高祖。立长子李建成为太子，次子李世民为秦王，四子李元吉为齐王（三子李元霸已死）。

隋东都留守官段达等不服李唐，奉越王杨侗为皇帝，改元皇泰。

此后各据一方的反隋武装集团各自称王、称帝，相互残杀。致使各方兵丁、天下百姓，其生其死，家莫闻之。布奠倾觞，哭望天涯，吊祭不至，冤魂无依，道旁饿殍，战场腐尸，骨曝砂砾，鸟兽为食，天悲地惨，何有宁日！

窦建德在乐寿（今河北献县）称王，国号夏，杀了宇文化及后不久，又用鸩酒毒死了在东都的隋主杨侑，最终被李渊之子李世民打败，在“牛口渚”被李活捉，应验了民谚“豆入牛口，其势不久”。多经周折，得免死罪。李世民允准他弃恶从善，削发为僧了却余生，以修来世。窦氏余部受唐迫害，被李氏先后东征所剿灭。

李密，隋封为千牛官，为自称魏公杀害了于己有救命之恩的百战英雄翟让，后被王世充打败。公元618年，李世民攻打金城（今甘肃兰州）时，经反复攻战，最终俘杀守将薛举子、薛仁杲（音搞）等。

江东通守王世充一次就坑杀刘元进兵将三万多人，自立皇帝，国号郑。公元620年，被李世民打败投降后，不久被李世民所杀。

炀帝被杀后，梁王肖铣称帝，定都江陵。公元621年，肖氏政权被李氏军所灭。

鄱阳操天成自称元兴王，兴兵杀戮，后被唐灭。豫章林士弘，自称皇帝，国号楚，公元622年被唐征灭。

刘武周杀死马邑太守王恭，自称太守后，攻破汾阳宫，自称皇帝。公元620年被李世民打败，北逃突厥被杀。

杜伏威自称历阳总管，起兵反隋。李世民东征时，公元622年，杜伏威降唐，被封为吴王。其余党辅公祏于公元623年被李世民所杀。

河间瀛洲格谦自称燕王。

虎贲郎将罗艺杀死渤海太守唐祎等，自称幽州总管，后降唐。

……

李渊在称帝前后，施用了各种手段，或施以钱财（隋国库充盈），或封以高官，或当面联合，或背后暗中挑起天下十八路称王、称帝的军事集团相互残杀角逐。期间四野愁云惨淡，满空冷雾弥漫，将对将如天神地鬼争攻，马撞马似海兽山豹夺食。他却趁机剿抚兼施，壮大了自己的力量，最终荡平了天下，谱写了人类以无数血泪骨肉铸成的惨痛而悲哀的历史。他留给今人的是唐高祖皇帝的称号和对他的结局无限的叹息。

公元618年，李渊称帝之初，势单力薄，天地混沌，称王称帝者甚众。历经数年战乱、征剿，敌对势力逐渐消减。李渊次子李世民对自己不是太子位，而只是秦王位的不满情绪开始露头。

李氏由一致对外，慢慢演化为同室操戈的明争暗斗。

初试锋芒。公元622年，李世民平洛阳。父皇李渊令数人到洛阳选阅、隋朝宫人住处收缴府库珍物。李世民曰："宝货皆已籍奏，而不与贵妃。"世民以淮安王有功，给田数十顷。而李世民赐予淮安王的数十顷田产，恰恰是其父皇李渊手敕（即亲笔诏书）赐予张婕妤父亲的田产。为此，张氏诉至李渊处。李渊责问世民："我手敕不如汝教邪？"意思是说，我的亲笔诏令还不如你（李世民）口头上一句话吗？过了几天，李渊对左仆射裴寂说："此儿（李世民）久典兵在外，非复昔子也。"这段史实主要说的是李世民试探父皇对自己挑战皇权的反应，因为暗地里李世民已令人渗透李渊身边的势力以谋求改立太子。而李世民急于妄求父皇改立太子，所用手段为李渊所不容。"非复昔子也"，就是说李世民过去拥兵征战，是为李渊的"李氏"天下，而他现在拥兵自重，是在为自己的"李氏"天下而急不可待了。李渊后又当面告诉李世民："首建大谋，削平海内，皆汝之功。吾欲立汝为嗣，汝固辞；且建成年长，为嗣日久，吾不忍夺也。"故李渊已决定不会更立太子。

玄武门兵变。李世民听了这一番话，已知父皇李渊心意，自己当太子无望。故于公元626年，以行台工部尚书温大雅镇守洛阳，派部下车骑将军荥阳张亮率领王保等千余心腹将士去洛阳，秘密收纳山东豪杰，多出金帛，资其所用，以准备政变。

李世民复与行台郎中房玄龄，工部郎中长孙无忌、杜如晦、尉迟敬德，灵州大都督李靖，行军总管李世绩等密谋商议除掉太子李建成和四弟李元吉（因李元吉一直与李建成关系密切）的方法。

公元626年，李世民最后一次除掉长兄、四弟的手段是：

令尉迟敬德密召房玄龄、长孙无忌、杜如晦去秦王府（李世民是李渊立唐时封的秦王），李世民把他的佩刀交与尉迟敬德，暗命敬德，如有谁召之不来，即用他的佩刀割下头颅复命。并对其下令：你们四人，不准同路同来，令房玄龄、杜如晦身穿道士服（化装避疑）分头进入秦王府。商议已定，由李世民密奏父皇："建成（太子)、元吉（四弟）淫乱后宫。"并在李渊面前涕泣陈词："臣于兄弟无丝毫所负，今欲杀臣，似为世充、建德报仇。臣今枉死，永违君亲，魂归地下，实亦耻见诸贼!"李渊听后感到纳闷惊疑，让李世民于明日上朝时参奏，他要当面询问。李世民回到秦王府，令长孙无忌等人，设伏兵于玄武门。

张婕妤得知李世民已参奏太子、元吉，并欲诛杀二人。派人把这一消息告知太子。太子遂召李元吉商议。李元吉说："我们托疾不朝，以观形势。"就是说，我们装病，明天不去上朝，看情况再说。太子说："我与四弟还是应该去上朝，参拜父皇，自己当着父皇之面问清情况。"尽管当天，李渊已敕令裴寂、肖瑀、陈叔达等专案处理李世民告太子、元吉淫乱后宫，欲杀害李世民的宫廷案。只等明日上朝时李世民参奏。但让李渊没有想到的是，李世民不会让太子当面对质。太子更没有想到，在他去上朝的途中就会被亲兄弟李世民杀害。

第二天，太子建成和元吉按例上朝，走到临湖殿，已觉察情况有异，遂拨马欲归。李世民一声令下，自己亲手挽弓，射杀太子，割下头颅。尉迟敬德七十余骑乱箭射死齐王李元吉。另说，元吉为李世民所杀。《隋唐演义》第六十六回写道："秦怀王一枪刺向元吉，元吉把马一侧，掀将下来，秦王如飞赶上斩了，把元吉头交与秦怀王。”太子府护卫车骑将军冯翊、冯立率兵至玄武门与伏兵激战，多数战死，只数十人逃匿荒野。

李世民令尉迟敬德擐甲持矛，直至唐皇李渊处（擐甲持矛已无君臣之分）。李渊受惊，已到海池舟中。渊见尉迟敬德至，问道：“今日乱者谁邪？卿来何为？”尉迟敬德答曰：“秦王以太子齐王作乱，举兵诛之，恐惊陛下，遣臣宿卫。”意思是说，我是奉命来保护你的。李渊问裴寂等，此事该如何处置？尉迟敬德道：“秦王功盖宇宙，率士归心。陛下若对秦王委之国事，无复事矣。”就是说皇上若下旨，今后的国家大事由秦王李世民处置，今天的事就平息了。言下之意李渊是懂得的。

逼父就范。此时，护卫太子、齐王的兵将与李世民的兵丁仍在厮杀激战，尉迟敬德要李渊写手令让所有兵将听候秦王李世民调遣。李渊只好照办。诏书由天策府司马宇文士及去宣读。诏曰：“赦天下。凶逆之罪，止于建成、元吉，自余余党，一无所问，国家庶事，皆取秦王处分。”诏到战停。

兵变平息后，李渊召见李世民时说了一句话：“近日来，几有投杼之惑。”李世民听后，未作解释。

李渊这句话是什么意思呢？李世民当然懂得。投杼，杼为织布的梭子，投杼就是把梭子扔掉。此时李渊引用了周赧王七年（前308年）秦国王欲联魏伐韩时，秦国将领甘茂劝秦王不要去攻打韩国所讲的故事。鲁国当时有两个人，姓名都叫“曾参”，其中一个曾参杀了人逃跑了，官府四处搜捕。当时，百姓们并不知道有两个曾参，有好心人就去给那个没有杀人的曾参的母亲报信，怕其受牵连被诛，说曾参杀了人，官府正在四处搜捕他。曾参的母亲正在织布，听后无动于衷，织布依旧。

因为她相信自己的儿子不会杀人。不多时，接二连三的好心人都来给她讲，曾参杀了人，官兵已进村搜捕了。这时，那个根本就未杀人的曾参的母亲吓得把织布的梭子投掷于地，翻墙逃命去了。其实她相信自己的儿子根本就不会杀人，但事已至此，为躲避不白之冤，她也只好逃命。李渊面对李世民杀了自己与皇后所生的两个儿子，现仅剩李世民一人，岂有不感伤之理。他意识到自己将会成为九百多年前那个投杼的母亲，故在召见李世民时，用这个故事表明自己对其杀太子、齐王的看法。意思就是说："你说太子、齐王谋反作乱，从未听说他们的表象和事实，你要动兵平乱，也未给我说一声，杀了你兄弟之后也不来见我，却只派尉迟敬德全副武装来'保护'我。造谣三遍就成真的了，木已成舟，我认为此事有'曾母投杼'的疑惑，你该不会是要我做'曾母'吧？"

太子和齐王被杀时（齐王年仅24岁），他们的儿子都是几岁的娃娃。太子李建成的五个儿子和李元吉的五个儿子全部被杀。

《资治通鉴》中十分巧妙地回避了这些王爷们被杀是什么罪状，只用了"皆坐诛"三个字作结。事实证明，身为开国皇帝的李渊"凶逆之罪，止于建成、元吉"的诏令在他的儿子李世民面前无效。李渊一批儿孙被杀，李世民命尽诛建成、元吉左右百余人，籍没其家。尉迟敬德固争曰："罪在二凶，既伏其诛；若及支党，非所以求安也。"乃止。六天后，李渊立李世民为太子。诏曰："自今军国庶事无论大小，悉委太子处决。"这一天是公元626年六月癸亥日。

司马光曰："立嫡以长，礼之正也。倘使高祖，有文王之明，则乱何自而生矣。既不能然，太宗始欲俟其先发，然后应之，如此则是非获已，犹为愈也。既而为群下所迫，遂至蹀血禁门，推刃同气，贻讥千古，惜哉！夫创业垂统之君，子孙之所仪刑也。”这里司马光总结了李渊无周文王的明达，李建成无泰伯的贤能，李世民无子藏的节义，致使唐开国皇帝的儿子们相残，孙子们蒙难，造成流血滂沱（蹀血）于禁门（玄武门）的血案。

公元627年八月癸亥日，即李世民被立为太子后六十天，李渊传位给李世民。第二天（甲子日）李世民即皇帝位于东宫显德殿，改年号贞观，史称太宗皇帝。

公元635年，李渊病逝，在位9年。“太上皇自去秋得风疾，庚子（五月庚子日）崩于垂拱殿。”《资治通鉴》只此一句略过。公元636年，李世民令李渊宠妃尹、张二妃和宫娥三千出宫为民成家。留年龄在二十岁以内者，置各宫使唤（李渊后宫二十岁以上的宫娥就有三千之众，李世民占弟媳为妃也就不足为怪了）。

谏官“荣归”。公元635年，长孙皇后病危，对李世民说：“房玄龄事陛下已久，小心缜密，奇谋秘计，从未向外泄露，只因当面直言，就被罢官归家，望召回复职。”不久皇后病故，葬于昭陵。李世民令在宫苑中作高楼，常登楼观望昭陵墓。一日，令魏征同登高楼，让魏征远看昭陵墓，魏征熟视良久道：“臣昏眊（音貌）不能见。”意思是说，我老眼昏花，没有看见。李世民以手指向昭陵皇后墓，让魏征看。魏征假装糊涂，说：“臣以为陛下望俯献陵（李渊之墓），如果是看昭陵，则臣早已看见了。”这一软闷棒，给了李世民刺心之痛。一怒之下，李世民下令把高楼拆毁了。但不知道魏征是否已觉察到自己已受世民怨恨。因为早在皇后在世时，魏征在朝廷上直谏李世民过失，已为世民所不容。有一次李世民罢朝后回到宫中，十分愤怒地对皇后说：“我总要杀此田舍翁。他屡来絮聒，且尝廷辱朕躬，所以必杀死了他，才得泄恨。”因皇后力劝，才使魏征后来得以继续谏言。魏征死后，李世民怀疑魏征生前与奸党恶朋为营，下令毁掉魏征墓前石碑，罢免魏征之子魏叔玉（但看谁敢再谏）之职。

魏征本是历史上称为“贞观之治”的头号功臣。由于魏征智慧过人，多以委婉的言辞、巧妙的方法使李世民接受了他很大部分的治国方略，在“贞观”年间出现过较好的社会局面。但“贞观之治”与隋文帝的“开皇之治”相差甚远，也不知是哪些历史原因，使夸张的“贞观之治”掩盖了真实的“开皇之治”。本文对“贞观之治”没有浓墨重彩的渲染，此为其原因之一。

李世民为安李氏族亲，封了数十位李氏王。族亲童孺皆为王，右仆射封德彝（是助杀隋炀帝的功臣）奏谏：“前世唯皇子及兄弟乃为王，自余非有大功，无为王者，上皇敦睦九族，大封宗室，两汉以来，未有如今之多者，爵命既崇，多给力役，恐非示天下以至公也！”封德彝直言忤逆皇上，后来被李世民定为不敬罪罢官，忧郁而死。

杀弟霸妻。齐王李元吉被李世民杀害时，年仅二十四岁，妃子杨氏美貌丰姿，性情柔媚，元吉被杀，孤帐寂寞，凄楚万分。一日，皇后长孙氏邀她叙话，恰值李世民趋入，杨妃即对世民下跪请死。李世民见她淡妆细抹，秀色哀艳。自是情肠牵动，魂销魄荡，连称请起，并道："王妃休得过悲，齐王谋乱，应该伏法，与王妃无干（此王妃却无勇气问李世民：齐王的五个儿子都是幼童，为何被杀）。我在世一日，当与王妃休戚与共，忧乐同尝，若嫌在府上寂寞，不如徙居我处，好在娣姒两人（即妯娌），素无嫌隙，彼此相安度日，我也免担忧。"并嘱长孙氏好意相待，乃扬长而去。

几天后，李世民命人为弟妇安排的居室修妥，杨氏进入新居。八月中秋将至之夜，李世民进入弟妇杨氏住所，对杨氏道："中秋将届，玉兔生辉，嫦娥又要得时了，我因步月至此，王妃当偕我赏月。"侍女急备酒肴，世民邀杨氏入席，杨氏面有难色，仿佛痴聋一般，惹得侍女暗笑。三杯之后，媒色交融（色以酒为媒），杨氏也只好趋奉世民，更深之时，侍女撤席。李世民伴杨氏进入卧室，朱扉双掩，直至翌晨，世民乃去。这事发生在齐王被杀不足六十天，早在李世民即帝位之前，弟媳就不复是弟媳了（杀弟霸妻，李氏何堪）。

公元627年，贞观元年，李世民继位后，纳弟媳元吉妃杨氏为嫔妃，日加宠眷。杨氏初觉自惭，后来为图活命，渐渐不以为意。

李世民杀叔父庐江王李瑗后，纳庐江王侍姬为自己的侍女。侍中王珪问李世民："今陛下既诛庐江王，复纳庐江王侍姬，臣以为圣心必赞成庐江"（亲弟被杀，弟媳被纳，叔父被杀，其侍妾被纳，何足为怪啊）。

公元630年，李靖奉命北征，突厥头目康苏密降，献出肖后（隋炀帝皇后），李世民令送肖后入都。炀帝被宇文化及杀后，肖后被宇文化及占有，宇文化及被窦建德杀后，肖后被掳至突厥，此次突厥头目请降，献出肖后，李世民见了肖后暗道："这是天生丽姝，与弟媳齐王妃杨氏恰似一对姊妹花。"遂命赐宅京师，就宅居住。彼此情意相通，如胶似漆，融作一片。

公元637年，李世民下令选天下少女15岁至20岁者100人进宫。此次选妃，14岁的武媚娘就在其中。武媚娘就是后来的武则天，初入宫时，被李世民封为才人，因皇室内宫娥数千，各有等级，除皇后外，还有妃、嫔、婕妤、美人、才人、宝林、御女、采女等，分别置于各宫候用。

一日，李世民散朝进宫，行至凤辉宫前，侧着身子，掩在屏间，细看肖后玩秋千。宫奴瞥见，忙道："万岁爷来了！"随即一哄而散，肖后如飞一般下了架板，跪迎世民，借机对世民泣道："妾以衰朽之姿，得蒙恩宠，实出意外，生前常蒙眷顾，唯求死后得葬于吴公台下，妾愿毕矣。"这是肖后第二次向李世民提出，她死后要与隋炀帝合葬。李世民许诺，并说："今日请宫中张灯设宴，朕将与宣娘娘同观。"肖后道："今日清明，民间都祭扫坟墓，妾先帝墓无人祭扫，言之心痛。"李世民道："朕当为置守家三百户，并拨田五顷，以借春秋祭祀。"由此可见李世民对肖后的宠幸之甚。

当晚观灯，众妃子中也有武媚娘作陪。武媚娘才十四五岁，她看肖后不像五十多岁的人，其他众妃自觉散去，肖后亦要辞出，世民则挽其进入寝室。后肖后因神思忧郁，一病不起，死于唐宫。世民闻之，深为惋惜，厚加殡殓。令人司以皇后卤簿，扶柩到吴公台下与隋炀帝合葬。

杀降屠城。据《资治通鉴》载："武德三年五月秦王李世民引军自晋州还攻夏县，壬午，屠之。"李世民北征刘武周，平定山西一带，当他率得胜之师返回时，途经夏县，这座弹丸小城，显然已经不能阻挡李世民的大军了，唐军攻破夏县后，却展开了一场血腥屠杀。后来李世民做了皇帝，将这件事的责任推给了李渊，说父亲李渊当时曾下诏“平薛举之初，不杀奴贼，致生叛乱，若不尽诛，必为后患”，自己只不过是奉诏行事。

公元621年，割据洛阳的王世充向唐军投降，李世民不顾大将徐世绩的苦苦哀求，将降将单雄信处死。原本准备归降的义军首领纷纷再次揭竿而起，河北一带战火持续了很长时间，造成了无数兵将惨死荒丘，大量百姓家破人亡。

公元633年，瀛洲卢祖尚因病辞去镇抚交趾之任，李世民下令将其斩首。

同年，河内人李好德因疯病言语忤逆当朝，有司将其抓捕入狱，经大理寺丞张蕴古复审，李好德确系疯病，依照律法不应治罪。李世民认定张蕴古包庇纵容李好德，故意纵罪，下令将大理寺丞张蕴古斩首。

刑部尚书张亮被处斩，竟是因为他的干儿子太多。张亮位高权重，从史料上来看，也没有什么劣迹，但他有一个嗜好，就是喜欢给人当干爹。于是，就有很多人巴结他，主动找到他要做他的干儿子，他也来者不拒，一概笑纳，据说张亮一共有500多个干儿子。唐太宗李世民觉得张亮养这么多干儿子有意图谋不轨，就下令将张亮免职。后来干脆用人控告张亮有谋逆之心，最终张亮被处斩。

黄门侍郎刘洎，向来以直言进谏而闻名。贞观七年，刘洎被授予给事中之职。贞观十一年，刘洎又担任了治书侍御史一职。贞观十七年，他被授予散骑常侍之位。同年四月，太子李承乾被废黜，唐太宗立李治为太子。五月，刘洎上书道："太子应该勤学善问，对老师朋友友善。但是现在太子只要进入宫闱，动不动就是十天半个月，希望陛下对太子更加注意，这是天下的大幸啊。"于是，唐太宗让刘洎、岑文本、褚遂良以及马周等人，轮番去往东宫，与太子谈论政事。

贞观十八年，刘洎升迁为侍中。当时，唐太宗故意试探，要大臣们指出自己的过失。长孙无忌、李绩、杨师道等人都说："陛下并没有过错。"而刘洎却说："最近大臣们的上书，凡是不符合陛下心意的，陛下都要当着他们的面，百般责备，上书者们没有一个不惭愧退下的，这样的做法，恐怕不能让大家敞开心扉进言啊。"自此，唐太宗已对刘洎心怀怨恨。

一次刘洎对李世民说："你改了历史，总有人会写下真正的历史。"刘洎所说的"改了历史"，是说李世民曾索取《起居注》细看（《起居注》是史官记录皇帝日常言行的第一手资料，皇帝本不应索要看阅。但他不仅看了，还要求史官按照自己的要求进行修改）。刘洎被视为忤逆。公元646年，以褚遂良参奏刘洎为由，逼迫刘洎自杀。

父行子效。长孙皇后死后，所生三子，长子承乾为太子、次子魏王泰、三子晋王治。李世民纳隋炀帝肖皇后为妃，同时纳炀帝女杨氏为妃。炀帝女生吴王恪、蜀王李愔，楚王李宽生母不祥（早薨）。吴王李恪（母隋炀帝女杨妃，文武兼备，唐太宗李世民一度考虑立李恪为太子，但遭长孙无忌反对。唐高宗李治即位后，长孙无忌为专权，对李恪和其同母弟李愔展开迫害，两人被控谋逆，双双被害）、魏王李泰（母长孙皇后）、齐王李佑（母阴妃，后废为庶人）、王妃生蒋王李恽、燕妃生越王李贞、韦妃生纪王李慎等，这批皇子们开始上演他们在父皇那里学到的争夺太子的闹剧。

太子承乾修治宫室，淫纵益甚，左庶子于志宁上书阻谏，太子怨恨填胸，暗令刺客张师政等行刺未遂；右庶子张玄素上书阻谏，在上朝途中被暗算，被打得头破血流，晕仆在地。李世民认为是给太子的银钱太少，不够支出，遂下了一道诏谕："令太子出用库物，有司勿为限制。"致使太子更加取用无度。

魏王泰早有夺嫡之意，趁太子失德，施尽各种手段，讨好父皇，世民便厚加赏赐。

太子已窥知弟弟魏王泰有夺嫡之意，令人行刺魏王未遂。为此，李世民处死了他的第七子李祐等数十人。太子遭父皇斥责后，召集叔父汉王元昌，李渊第十六女婿城阳公主之夫杜荷、中郎将李安俨等密谋篡逆，密谋泄露，李世民诏令废太子承乾为庶人，两年后承乾病死。李世民庶弟汉王元昌，妹夫杜荷等人一并被斩。惟侯君集被斩前留言：我蹉跎至此，但为皇上破灭二国，不为无功。而得以妻子活命，流徙岭南。

太子被废后，魏王泰日夕入侍父皇。李世民对侍臣说："昨天魏王泰投入我怀中，让我立他为太子。他当了皇帝后，到临死时，就把他的独生子杀死（想谋太子位，许愿杀独生子，岂不悲乎），再传位给弟弟晋王治。这数语甚属可怜，所以朕不忍别立。"遭众臣反对，遂立十六岁的晋王治为太子。

荒淫遗祸。据《唐史演义》第二十二回载："太宗晚年，益好声色，常自恨精神不济，未能遍御嫔嫱，遂服长生不老丹，日服丹丸，居然精神陡长，一夕能御数女，托名休养，暗地荒淫。”哪知民谚“唐三世后，女主武王，代有天下”传入李世民耳中。李世民将有“武”字的高官排类，当排到武卫将军李君羡时，世民下令严查，李君羡小名“五娘”，官居武卫将军，他是武安人，又封武连县公，四处带着“武”字。遂将其调任华州刺史，暗由御史弹劾他图谋不轨，遂下诏处斩了这个武卫将军，李君羡就这样不明不白地死了。

接着，又密问太史（专门负责研究天文、推演吉凶的官）李淳风：“民谚所言，是真是假？”李淳风是民间传说中的中国历史上七大预言家之一。李淳风答道：“臣仰观天象，俯察历数，这人已在宫中，自今日始，不出三十年，当王天下，陛下子孙恐不免为她所害了。”李世民道：“果有此事，朕当遍查宫中，只要有疑，朕当一律杀死，庶致不留后患了。”

公元649年，李世民在翠微宫一病不起，其间太子李治自然常去侍疾，武媚娘也日夕随侍在侧，几经见面，太子和媚娘在世民病危之际，借机闭户调情，展衾行乐，并立下重誓，永不相负。太子从腰间摘下九龙玉佩，递与媚娘，以作信物。

一日，媚娘与太子同侍世民，世民问媚娘：“朕死后，你该如何自处？”媚娘自然不愿陪葬，便跪下道：“妾蒙圣上隆恩，本该一死报德，但圣躬未必不痊，妾亦不敢遽死，情愿削发披缁，长斋拜佛，为圣上拜祝长生，聊报恩宠。”李世民即令速速出宫。武媚娘走后，太子失魂落魄，忽听得父皇喃喃自语：“武氏应着图谶（太史李淳风运用八卦推演出来的预兆图文），我欲将她赐死，实是不忍。好在她自愿为尼，天下没有尼姑做皇帝的，我死也安心了。”随即令百官、传妃嫔入宫，拟遗诏，旨太子，晋王李治继帝位。一只手握住太子手，一只手指太子妃，痰喘交壑，气绝身亡，寿五十有二。

这个以“从谏如流，贞观之治”之美名传颂至今的唐太宗李世民，我们站在帝王角度看，他确实是一位空前绝后的成功的政治家。右仆射封德彝多有谏言，后来封氏只“坐不敬罪”被罢官，在家郁闷而死。魏征谏言最多，共200多次，包括“十思十渐”两疏，却得善终。虽然魏征死后墓碑被毁，儿子被罢官，但毕竟未亲身经受。不过魏征得以善终也是另有隐情。

魏征早年曾多次谏太子李建成杀掉李世民。这足以说明李世民早有杀太子、谋皇位的“恶性”。而李建成对此建议无动于衷，也证实了李建成本无杀弟李世民之心。因为魏征是华山道士出身，确实是富于机谋的贤才。从他的学识本事中，不排除他掌握了李世民背着父皇密谋的依据，所以在玄武门事变后，他敢于承认他是为太子出了谋，但未被太子所采纳的事实。当时李渊是皇帝，他奉皇上之命教化太子，是上忠于皇上、下忠于主人的忠臣义士，他深知李渊是绝不会杀他的。如果把他逼急了，他会摊牌，李世民自然见好就收。

魏征200多次的劝谏中，从未跨越李世民的红线禁区。也就是说，魏征从未涉及李世民的滥淫无度，包括杀弟纳妇，隋炀帝的皇后和女儿都是他的宠妃，以及逐父皇的宠妃出宫等。哪知后人仍有议论：

其一，诸多忠臣谏官，从未有一人敢触唐太宗逆鳞，即他“宣色如癖”。诸如杀弟（齐王元吉）霸妃（杨氏），宠其肖后（炀帝之后），母女同宫，隋炀帝女儿杨氏历经多难，入宫后生子吴王恪。纳武媚娘，他也在病危时喃喃自语：“武氏应着图谶，我欲将她赐死，实是不忍……”而最终放走了武媚娘。

是否可以认为，这些谏官们未敢谏言上疏，是在情理中事，谁不保命保官？一旦出现“抠软肋”的现象，“从谏如流”之名不知道能不能流传至今。但李世民纳十四岁的武媚娘进宫，在临死前，已知死后有人必杀“武氏”（因武氏会夺李氏天下）而事先安排了武媚娘离宫避难，这一史实，的确是唐太宗李世民——留下了中华几千年文明史中绝无仅有的一代女皇的年轻生命。

李世民并不是从谏如流的开创者。远在战国时期，齐国国君齐威王田因齐（前356年—前320年）用邹忌为相国，采纳了邹忌在朝廷上对他的谏言：“王之蔽甚矣。”即大王受到的蒙蔽最甚。齐威王下令：“群臣吏民能面刺寡人之过者，受上赏；上书谏寡人者，受中赏；能谤讥于市朝，闻寡人之耳者，受下赏。”意思是：“群臣百姓们能够当面斥责我的，授予上等赏赐，能够上书劝谏我的人，授予中等赏赐，能够在街市批评议论我，传到我耳朵里的人，授予下等赏赐。”齐威王的旨令刚颁布时，在朝堂内外当面提意见的人多得像集贸市场一样（门庭若市），数月后，断断续续地还有人进言（时时而渐进）。一年之后，已经没有什么意见可提了（虽欲言，无可进者）。由于齐威王接受了天下人的意见，把当时的齐国治理得十分强盛，使其他诸侯国都来朝见齐威王（“燕、赵、韩、魏闻之，皆朝于齐”）（见《战国策·齐策》）。

其二，对诸多史书所写的李世民发动的“玄武门之变”，是因为太子李建成要杀害李世民而引发的，对此历史多有别论。

从时间上看，史料中文字所载的太子要杀害李世民，一定是在李世民发动“玄武门之变”以后从皇室传至民间的，无论是真是假，都已死无对证。写书人只有依葫芦画瓢，不可能在李世民称帝后，还有人敢于去甄别，去写太子没有杀弟世民的动机，谁敢说敢写？李建成在得到李渊宠妃张、尹二人的密报后，知道李世民已参奏自己，要父皇废太子而另立。其弟李元吉劝其装病不上朝，太子却理直气壮地要在朝堂之上当面与李世民对质，请父皇裁断。而太子与弟李元吉恰是去上朝的途中被杀，李世民为什么要在对簿朝堂之前去杀太子，而不是在退朝回府途中杀他？究竟是谁怕谁揭秘，是谁心中有鬼？由此，是否可以认为，“太子、元吉要杀世民”是恶人先告状呢？

太子、元吉被杀后。太子府卫士率兵与李世民的兵丁继续交战，惊得父皇李渊到海池舟中躲避。李世民派勇不可当的武将尉迟敬德全副武装去见李渊。李渊问此事该如何处置。尉迟敬德道：“陛下若对秦王委之国事，无复事矣！”这里明确了血染玄武门的真实意图。

当李渊下诏“凶逆之罪，止于建成、元吉，自余党羽，一无所问。国家庶事，皆取秦王处分。”而兵变平息后，李渊召见李世民说：“今日之事，几有投杼之惑。”李世民没有解释。在这里李渊等于直言说出了“太子作乱”是假的。

李渊的诏书明确了“凶逆之罪，止于建成、元吉”，但之后太子的儿子、齐王李元吉的儿子全被诛灭，这就有点凶相毕露了。如果说太子作乱，定有乱党作奸犯科，必有奸党，因为不存在作乱犯科，自然无党，既然没有党羽，而李世民却置父皇圣旨于不顾，把那些尚值幼年的侄儿们都赶尽杀绝。

魏征是李渊封给太子李建成的洗马官（太子洗马，教太子的老师。也简称为洗马，是一个中国古代官职：东宫官，为太子的随从官员，最早设立于汉朝）。太子被杀后，李世民召魏征诘问，魏征长揖不拜。李世民怒道："你在原太子身边，太子作乱你为什么不禀报？必有奸谋。"魏征坦然道："先太子若听征言，何至今日受诛？从前管仲为子纠臣，曾射齐桓中钩，人各为主，何必讳言？"从此处也尽可知李建成无杀李世民之心。

玄武门事变后，李渊的皇后所生四子，除李世民一脉外，其余子孙都被诛灭。而李世民已被封为太子，绝无有人再能取代。在被立为太子后六十天就堂而皇之地登上了皇帝的宝座，庙号太宗。当时李渊 62 岁，身体无病，唐朝开国皇帝到此时，在位只有九年。为什么他就不当了。《中国历史教科书》只用了一句话说明："他又被迫把皇位让给李世民。"如果说是父皇禅让，当然有诏书。而至今面世的各家史书都无相关诏书的文字记载。历史上曹丕胁迫汉献帝禅位都有文字记载，李渊胁迫隋恭帝让位也有记载，唯独李世民承父位只是向百官宣布，受拜。

玄武门事件是李世民为实现自己真正目的的震慑信号，是对李渊敲响的警钟：如果你李渊不交出帝位，等待你的将是去和其他三子（建成、元吉、元霸）团圆。正可谓：

杀兄诛弟武门变，犹是秦王心术奸。
扫灭宿敌狐兔狡，抢夺帝位虎狼贪。
萧墙祸起终休忘，兆梦骄生剧可怜。

诿过屠城天性泯，五十有二赴黄泉。

《易经》曰："积善之家，必有余庆；积不善之家，必有余殃。"唐太宗在位时，政治上算得上是少有的明君，其中很大的原因在于他启用了大批能人志士。但他抢人妻、戮手足、囚长辈、乱人伦等作为，使得他离"善"越来越远，行恶越积越多。李世民的"恶"是帝王的普遍之恶，也是在地位越来越高之时，为权力欲望熏心所造下的恶行。积多了"不善"，李氏王朝的"余殃"自然也来了——皇权为人所窃取。

十 请君入瓮 酷吏专横

武皇议政拟文宣，颁布开言汇百川。
地痞流氓犹蠢蠢，仁人志士亦拳拳。
请君入瓮属专横，敲户吸财称治安。
可恨佞臣翻覆雨，网罗党羽肆操权。

来俊臣（651 年—697 年），雍州万年（今陕西西安）人，武则天（武周政权）时期的酷吏。

来俊臣少时凶险，不从事正常的劳作，却与乡间赌徒为伍，成为酒肉朋友，合伙坑蒙拐骗，敲诈勒索他人钱财。稍长，暗地里与恶吏勾结，对稍有不从其意的人即上告官府，一告就灵，致使许多人遭受不白之冤而破财丧命，在地方上以词讼而出名。官府有正气者皆避而远之，臭味相投者则愈加密切，渐至上下形成一条线，贪官恶吏要想谋财害人者都叫他出面具状，时间长了，来俊臣及一伙恶徒反倒成了官府恶吏的喽啰。来俊臣以敲诈所得的钱财，贿赂贪官，网罗党羽，形成了一个有靠山、有物证、有旁证的诬告集团。

公元677年，太学生魏元忠上疏，直接提出在出身微贱的平民百姓中考核选拔文武官员，以改变单一的科举制度选拔人才的方式。当时，垂帘听政的武后（则天）十分赞赏，将魏元忠提升为可随百官入见皇上议政的高官，并下令在下层民众中选拔一批有胆有识之士进入各个部门任职。来俊臣借机弄虚作假，在私结的官员推荐下，在官场谋得了一席之位。

从此，来俊臣暗中在四面八方网罗地痞流氓，逐渐发展为有三百余人的团伙，还编写了一卷命名为《罗织经》的书，专门把罗织罪名、构人以罪、角谋斗法的种种方法和手段写入书中，训练出一批一人诬告，四方响应，伪造赃物，有人证、有旁证的害人团伙，专门从事诬告良善、勒索钱财、谋人妻女的罪恶活动。

公元684年，太后称制。柳州司马徐敬业以匡复李唐皇室为借口，打着拥立庐陵王的幌子，起兵十万之众，讨伐武则天把持朝政（称制），虽被镇压，但天下反对武氏者多矣。武则天的心理压力远远超过了称制时的春风得意，以“愚者隐于成事，智者见于未萌”的量才标准，武则天是智者。她必须采取把敌对势力发现并根除在爆发之前的方法，以稳定朝政、安定民心，让想说而又不敢说的举国官民有说话的勇气和条件，造成敢于举报、敢于议政的社会局面，使她能及时了解民情和朝廷内外的真实情况，及时采取应对的措施。多经谋议，她最终选择了广开言路之策。下令铸造铜匭，就是用铜浇铸一个大的方匣子，分东、南、西、北四方，内设四层，各方各层均有入口，明令吏民上书言事：一、颂扬朝政；二、上疏谏言献策；三、申冤告官；四、天象灾变及军机秘密。无机会上疏的直接写成文书，分别按规定分类投入匦中。此匣以铜浇铸，只能从开口处投入，投入后就只有专管官员才能取出来。凡内容属实，谏言有利于朝廷的庶民农夫，皆享受五品俸禄，不实的不用，也不予追究。

铜匦铸造的第二年就被置于宫门旁边。武则天还下令在洛阳各处贴出布告，向全国州县发出通告，向普通民众介绍铜匦的用法用途，号召天下百姓都来向皇帝进言献策，大胆告密。为了鼓励百姓告密，武则天吩咐各地官员对告密者不分读书人、农民、樵夫还是渔民，一律平等不得歧视，只要是告密者，沿途均可免费住在朝廷官舍驿站，不问职业和身份均免费提供五品官膳食待遇。通知一出，天下告密者成群结队涌入洛阳。随着“告密之门”在天下大开，一大批官吏被处斩或罢免，另一大批人因告密有功被提拔升迁，那时想做官从政的多了一条捷径——进京告密，而“告密铜箱”的发明者鱼保家更是备受武则天重用。

武则天这个“广开言路”（后称“告密风”）给来俊臣等恶徒提供了升官发财的绝佳机遇，他利用早已培植营造的害人团伙，依《罗织经》中所载的手段向铜匦投进了大量的诬告材料，致使原有的审理、判决各类案件的机关根本无法处理，必须增加大量的官员去处置。来俊臣背后就自然有人举荐，轻而易举就进入了专门负责审理铜匦收到的各类案件的机构中。随着案件的积压，增加进去办理案件的人越来越多，来俊臣的党羽也有不少进入其中。

有一军校告羽林军有十余人在酒坊饮酒时口出怨言“我们不如伺候庐陵王”，告密者升五品官，涉案者全部斩首。

胡人索元礼，因告密受太后召见，擢为游击将军，令其审案治狱。

尚书都事周兴，因告密升秋官侍郎（即刑部侍郎），审案是他的职责。

来俊臣制造的案狱都是“自导自演”（原告是他的喽啰，证人是他的党羽，他是法官）。审结案件甚速，深得武后则天的赏识，官位也迅速高升，由侍御史至台御史中丞到司仆少卿（索元礼、周兴等酷吏竞相效法）。武则天为审理疑犯，在丽景门专门设置推事院，令来俊臣等专职负责，凡被告者，除来俊臣等索贿得到满足的行贿人外，无一得免。

来俊臣、周兴等为自己升官敛财而陷害忠良、迫害无辜所罗织的无数冤案，在兴狱之初，那些蒙冤受屈的当然呼天喊地，不甘认罪。于是来俊臣等就刑讯逼供，诸如“定百脉”“突地喉”“死猪愁”等各种刑具、刑法就应运而生，被审的人没有能拖得过去的。最先用的叫“大枷”，用铁笼头连着枷锁，在地上如车轮一样滚动，戴着枷锁的人，在连续滚动中即刻晕倒，这就是最轻的刑具。许多被冤入狱的人，见着别人受刑，心中恐惧，面临审问皆战栗流汗，早有生不如死的念头，宁愿屈死在前，也不愿受刑后死，朝廷内外，都说来俊臣、周兴等胜于虎狼。被告招供后，往往又不给饭吃，让其坐在粪便之中，受尽折磨，苦不堪言。到了后来，干脆先把嫌犯用刑致死，再结案具奏，待太后敕令下来，嫌犯早已人亡尸灭，遂又谎报犯人畏罪自杀。

时有陈子昂（四川射洪人）上疏说：“望陛下重设严刑，有涉嫌疑的被告，当依法审理，莫受奸人蒙惑，莫使奸人为图赏爵，诬告良善，陷害忠良，以乱天下。”“今陛下不务元默，以救疲人，而反任威刑，以失其望，欲以察察为政，肃理寰区，臣愚暗昧，窃有大惑。顷年以来，伏见诸方告密囚累百千辈，大抵所告皆以扬州为名，及其穷究，百无一实。陛下仁恕，又屈法容之（这句话又颂扬又贬抑。就是说，皇上本来是慈爱宽容的，怎么能不依法典容忍来俊臣这伙作奸犯科的恶徒胡作非为呢），遂使奸恶之党快意相仇，睚眦之嫌即称有密（一点小得不能再小的口舌玩笑，也作为告密者看待），一人被讼，百人满狱（一个人被诬告，就有上百人以上入狱），使者推捕，冠盖如市（有一人因小事被诬告，下去抓捕的人，车辆塞得犹如市场）。或谓陛下爱一人而害百人，天下喁喁，莫知宁所（普天下的人都纷纷议论陛下偏爱来俊臣等人，而祸害了无数无辜人群）。”

鉴于陈子昂奏章中有“睚眦之嫌即称有密”的话，来俊臣等恶徒便在告密文书中大肆密告唐朝李氏王公，将罪名由“贪赃枉法”升级至“谋反作乱”，制造了无数起“谋反作乱”案件。这群恶党因从中窥视到凡是谋反案件，太后极为重视，坐实必诛。致使李氏王公大多因“谋反罪”被诛杀，其受牵连者多以同罪论。来俊臣等采取先斩后奏的办法伪造假供词，致使冤魂日增，其亲属流放岭南（今广东省）。

来俊臣在审案中，乘机勒索钱财。天授三年正月，左卫大将军泉献诚在比赛射箭时获第一，武则天重赏其金银。来俊臣私下向泉献诚索金，遭泉拒绝，他便诬告其谋反，将泉下狱，又命人将泉缢杀狱中。他依仗手中的生杀大权，强迫吏部私选官员 200 名，他从中索取大量贿赂。当他向商人勒索钱财时，被御史纪履忠告发。按律当处死罪，武则天只将他免官为民。不久，又召回授殿中丞。他继续索贿。被贬为同州府参军。在同州，他强夺同僚之妻，奸其母，无人敢管。万岁通天元年（696 年），朝廷内外要求恢复李唐宗室的呼声有所抬头，武则天又将来俊臣从同州召回任合宫尉。二年初，发生了綦连耀案，酷吏吉顼写状交来俊臣，由来转送武则天。此案是涉及数十族的要案，武则天以来俊臣告发有功，擢他为洛阳令，再迁司农少卿。

来俊臣强夺段简之妻（太原王庆诜之女），王女自杀，他复夺段简的美妾。当初，商人王庆诜有一个很漂亮的女儿，已嫁给了一个叫段简的人。为了强夺王女，来俊臣便假传诏令，倚势强娶王女作为自己的正妻（原妻已休），后打听到段简的侍妾也很美，便派人去传口信，段简害怕，又将美妾送给了来俊臣。"自宰相以下，籍其名而取之。"来俊臣简直猖狂至极，想整谁就整谁，想霸占谁的妻女，就霸占谁的妻女。

公元 691 年，来俊臣又玩出一桩"牛鬼杀蛇神"的游戏。在邱神绩以谋反罪被诛后，有人告时为文昌右丞的周兴与邱神绩通谋造反，太后令来俊臣审理。周兴不知内情，正与来俊臣似是闲谈，来俊臣问周兴，如果囚犯不肯招供，当用何法？周兴说："十分容易，取大瓮，以炭火在四周烧瓮，将囚犯捆绑丢至瓮中（腰围上部大于下部的陶器）把他烤干了，他还不招吗？"这本是他们共同使用的酷刑之一。来俊臣假问，周兴真答，来俊臣乘势令取出一个大瓮，待烧红后，对周兴说："有状告兄谋反，请君入瓮。"从此有了请君入瓮之典故。吓得周兴磕头认罪，公元 691 年二月，太后下令流放周兴到岭南。在途中，周兴被曾受迫害但幸存下来的仇家所杀。经此一案，太后知有冤狱，来俊臣四人团伙中，已杀周兴一人，其中索元礼残酷更胜于周兴，他们制造的冤狱造成数千之众被杀，太后命令将索元礼斩首，以慰人望。

太后用杀鸡儆猴的办法来威震来俊臣等人，但是“狗改不了吃屎”这句话对恶棍颇为灵验。来俊臣错误地认为是太后对他格外重用，他不但不收敛其恶行，反而更加肆无忌惮，不久便制造了更大的一桩谋反案。

时任左台中丞的来俊臣令党羽同时一案状告狄仁杰等七位尚书谋反，太后令来俊臣等审问。来俊臣首先让这七人看视各种刑具，然后说：“认罪者可免受刑，甚至免死。”狄仁杰本就聪明过人，首先认罪说：“大周革命，万物惟新，唐室旧臣，甘从诛戮，谋反是实。”判官王德寿（来俊臣下属）误认为狄仁杰是逆来顺受之辈，一问便招，借机对狄仁杰说：“尚书定可减死罪，德寿业受驱策，欲求少阶级，烦尚书引杨执柔（官居夏官尚书同平章事）可乎？”狄仁杰怒不可遏，曰：“皇天后土，遣狄仁杰为如此事！”说罢，以头触柱，血流满面。

魏元忠等六尚书“反因”具已受酷刑后而判之。狄仁杰既承认了谋反事实，只待行刑，所受管束稍宽。狄仁杰请求更换衣服，让家里人送来，获准。狄仁杰趁人不备，撕下一幅衣帛，写成申冤状藏在衣中，其子狄光远把衣服换回，在衣中获状，急持状帛求见太后。太后知事有诈，问及来俊臣，来俊臣把早已伪造的狄仁杰服罪谢表，呈给太后（朝廷官员服罪后，须写一封给皇上表示已悔过，谢皇恩认罪伏法，三呼万岁之类的文章称之为谢表）。太后看后，还是不放心，遂召见狄仁杰等七位“谋反”尚书问道：“你们为什么要承认造反属实呢?”狄仁杰答：“不承认则早死于镣铐矣。”太后又问：“为什么又亲手写下谢死表呢?”狄答：“我未写。”太后将来俊臣交付的狄仁杰谢死表拿出，狄仁杰一看是伪造的。太后已知是一大冤案。但来俊臣仍然固执地坚持要杀一部分人。最终太后下令，贬谪此七个尚书分别到各州府任职。此案因未造成恶果，敢言者又受贬谪，来俊臣等自然未受到惩罚。

“庆父不死，鲁难未已。”来俊臣听说西突厥可汗斛瑟罗家有个极善歌舞的婢女，欲据为己用，便安排人告其谋反下狱。西突厥各酋长带领数千人割耳剺（音利，用刀划面），到朝廷设置的关口为可汗喊冤，怨声载道，朝野皆怒。凡受来俊臣密令诬告官吏的党羽达数百人之众，无不得到封赏。时任右补厥的朱敬上疏说：“李斯为秦之宰相时，用各种手段屠戮诸侯，不久秦朝就覆亡了。如果无辜蒙冤，不依法治罪，就不能摧奸息暴。‘急趋无善迹，促柱少和声。’就好比被追捕的逃匿者，他的脚印一定是错乱的。许多人在一起弹奏时，不停地摇动琴瑟的柱，而不是按序拨动琴弦，发出来的声音一定是不协调的。伏领览秦汉之得失，挫奸险锋芒，使天下苍生坦然……”太后以为言之有理，赏帛三百段。

来俊臣恶行不可能收敛。他“倚势贪淫，士民妻妾有美者，百方取之；或使人罗告其罪，矫称敕以取其妻，前后罗织诛人，不可胜计。”

“万年主簿徐坚，侍御史周矩等纷纷上疏道：‘人命至重，死不再生，万一怀枉，吞声赤族，岂不痛哉！此不足肃奸逆而明典刑，适所以长威福而生疑惧。’且审案官吏，皆用各种酷刑，‘枷研楔毂，摺膺签爪（用枷锁还要在颈上加铁圈，打折胸骨，以竹签扎手指或足趾），悬发薰耳（把头发吊在梁上，用火灼耳），或累日节食，通宵逼问，昼夜摇撼，使不得眠’（一连几天不给饭吃，连续通宵达旦不准睡觉）。”问及那些被胁迫逼写诬告状的官吏说：“臣负陛下死罪，违俊臣语，立见灭族。”意思是说，我违背了皇上是死罪，违逆了来俊臣会被灭族。所以来俊臣要我诬告他所指定的官吏，我只有照做，才能免灭族之祸。再询及被告者，皆言：“天下太平，何苦须反。因受不了毒刑，只好招供。愿陛下察之，缓刑用仁，天下幸甚！”太后采纳其言。来俊臣被贬谪出京，为同州参军。其帮凶王弘义，流放琼州。路过北汉，侍御史胡元礼遇之，将其杖杀。

三年后，箕州刺史刘思礼等谋反，明堂尉吉顼得消息：将此事告之于时为合宫县尉的来俊臣，来俊臣欲求功回京密告于太后。太后令河内王武懿宗审理此案，武懿宗最喜欢诬陷人，当时官员说他是周、来之亚。就是说诬陷忠良，无所不用其极，为周兴、来俊臣第二。这个武懿宗略施手段，把谋反首恶刘思礼单独审讯。许诺只要刘思礼按照他所列名单的三十六个官员（都是与武懿宗有怨的）一一揭发，可免刘思礼无罪。刘信以为真，全部照办。武懿宗把这三十六名官员（皆海内名士）全部族诛，连坐流放者达千余人，紧接着刘思礼这个首恶被诛。来俊臣因此被召回京复用。马不停蹄变本加厉地重操陷害忠良的旧业。第一个就告为他提供刘思礼谋反信息的吉顼。太后审慎，召见吉顼，吉顼才得以免罪（这就是来俊臣的本性）。

来俊臣党徒又告司刑府史樊惎（音计）谋反，被诛。惎之子诉冤于朝堂，无人理会，乃持刀自剖其腹，秋官侍郎刘如璿见之，窃叹而泣，来俊臣奏刘如璿恶逆之罪，处以绞刑……

来俊臣自言才比石勒，公元696年欲告武氏诸王及太平公主，又欲诬庐陵王（太后第三子，中宗李显）与南北牙司反。诸武氏王及太平公主获其消息，先发制人，同告来俊臣诸多罪恶，来俊臣被有司下狱。上报太后曰："俊臣凶狡贪暴，国之元恶，不杀必动摇朝廷。"

公元697年，太后游苑中，明堂尉吉顼执辔，太后问以朝外之事，吉顼答道："外人唯怪诛来俊臣的圣敕不早下，俊臣聚结不逞，诬构良善，赃贿如山，冤魂塞路，国之贼也。"太后遂下令斩杀来俊臣，弃尸于市。被来俊臣冤杀的遗属争啖（音弹，义吃）其肉，抉眼剥面，剖腹出心，腾蹋成泥，须臾而尽。太后闻之，已知天下对其痛恨，下令公开昭示其全部罪恶。且曰："宜加赤族之诛，以雪苍生之愤，可准法籍没其家。"来俊臣终于被灭族了。士民皆相贺于路曰："自今眠者，背始贴席矣。"就是说，从今以后，可以睡安稳觉了。

不久，太后对侍臣说："开初，周兴、来俊臣等按狱多牵连朝臣，说都是谋反，国有常法，我也不敢违背。当我疑惑有不属实的，又令近臣再去查问，回报的都有囚者认罪的手状（文书、谢表为各自画押），故朕不以为疑。加之原眉州刺史李敬业、弟进猷、骆宾王及李贞等诸王举兵造反在先，且都属实。朕以为被囚者经复审均如前故，又稍减疑惑。自周兴、来俊臣被诛后，再没有听说有人反了。前面已死的人中，必有冤枉。夏官侍郎姚元崇奏道："自垂拱以来，坐谋反死者，皆周兴、来俊臣等罗织，自以为功。陛下使近臣问之，近臣亦不自保，何敢动摇！所问者若有翻覆，惧遭惨毒，不若速死。赖天启圣心，周兴、来俊臣等伏诛，臣以百口（全家百口人的性命）为陛下保，自今内外之臣，无复反者；若微有实状，臣请受知而不告之罪。”太后悦曰：“时宰相皆顺成其事，陷朕为淫刑之主；闻卿所言，深合朕心。”赐元崇钱千缗。公元697年开始昭雪冤狱，原被诬陷的狄仁杰、魏元忠等七个尚书皆调回京升用。

太后问及曾被诬陷坐罪、遭贬谪流放达四次的尚书魏元忠道：“你为什么多次被人诽谤，屡遭贬逐?”魏元忠答道：“我好比鹿，来俊臣、周兴一伙好比厨师，他们都想得到我的肉为他们做一羹汤，我算是数千只鹿中最幸运的了。”

武后发动的“广开言路”之举，被来俊臣等人利用，演变为诬告之风，给朝野上下、黎民百姓造下了无数个千古奇冤和巨大灾难，最终，以来俊臣被灭族而止息。

酷吏来周党羽宽，罗织伪证祸文官。
夺妻害命背德义，杀父谋财做寇奸。
南北士绅多饮恨，万千良善倍含冤。
践蹂国法人神愤，戕虐黎民罪沸天。

在武则天上台的初期，整个社会迷漫着一种抵制情绪，杀掉一批死硬的顽固派，武则天的统治基础才能稳固。凶残的来俊臣充其量不过是武则天的一个工具。武则天借来俊臣的死去缓和社会矛盾，这正是所有酷吏的必然下场，也是小人远善生恶、闻过起恶之行的必然结果。

十一 陈桥兵变 黄袍加身

匡胤从戎性肃庄，胸怀大志将门昌。
能征四海撼山岳，善战八方成栋梁。
手握军权凡世梦，身兼检点野心郎。
陈桥兵变原形露，暗备黄袍披帝王。

赵匡胤（927 年—976 年），公元 960 年建立宋朝，庙号宋太祖。字元朗，小名香孩儿、赵九重。祖籍涿郡（今河北省涿州市），生于洛阳夹马营。宋朝开国皇帝。976 年崩于皇宫万岁殿，时年五十岁。

公元 927 年，出生于五代时期后唐军营洛阳夹马营内的赵匡胤，其父赵弘殷时任后唐留典禁军，后唐亡，父在后晋为武官，后晋亡，又在后汉任都指挥使，一句话：历朝为官。赵弘殷生有五子，长子夭折，次子匡胤，三子匡义（光义），四子匡美，五子匡赞。公元 945 年赵弘殷聘贺氏女与次子赵匡胤完婚，生二子：长子赵德昭，次子赵德芳。

胸怀野心，投军郭威。赵匡胤青少年时期，常在父军营中生活，专喜骑马，复好射箭。有时，其父出征，他便在家侍母，乘隙出游，与邻里少年，驰马角射。待至晋亡汉继，公元948年其父赵弘殷奉命出征凤翔，赵匡胤未随父出征，意欲辞母西行，出外闯荡。母杜氏劝他读书，赵匡胤愤然道："治世用文，乱世用武，现在世事扰乱，兵戈未靖，儿愿闲习武事，留待后用，他日若有机遇，得能安邦定国，才算出人头地，不至虚过一生。"其母笑道："但愿儿能继承祖业（此时其父为后汉都指挥使），毋玷门楣，便算幸事，还想什么大功名、大事业？"匡胤道："唐太宗李世民，也不过一将门之子，为什么能化家为国成就帝业？儿虽不才，亦想与他一样，轰轰烈烈做个大丈夫，母亲以为可好么？"此时的赵匡胤年虽二十有一，连一个士兵也不是，在他母亲面前，将他掩藏的心思表露无遗。其母听后，知其所言为大逆不道，斥责了一番，不同意他外出。

赵匡胤退出后，知母不肯照允，他便略带盘资，偷偷外出，直奔襄阳。在途中寄信回家，劝慰母妻。而他从未只身远出，自然不识路径，本拟向西从父，哪知反绕道南行。行至襄阳，川资用尽，日渐穷蹇，进退维谷，不得已投宿寺院，却与山门外和尚发生争论。赵匡胤因其父为武官，有恃无恐，竟趁其不备，将两个和尚打翻在地。旁观沙弥急速进入寺内向主持高僧禀告。不一时，走出一老僧，衲衣锡杖，庞眉皓首，癯骨清颜，款款前来。问明原委，知赵匡胤欲借宿要钱，投奔军营。老僧道："佛本慈悲为怀，敝寺自当方便。"遂命被打翻在地的僧人，带领赵匡胤进入客房歇息。斋罢，老僧陪其用茶。赵向老僧探问前行路径，老僧道："再向北行，便得奇遇。戒杀好生，前途珍重。北行数日，便有栖枝，遇郭乃安、历周始现。”

次日午后，赵匡胤挟了箭筒，负着弓袋，收拾好老僧赠与的白银十两，向北前行。渡过汉水，顺流而上，见前面群山叠嶂，山后有一军营，旗上有一“郭”字，触动心念，想着老僧“遇郭乃安”之语。便望着大营，抢步前趋，走至营前，向营外卫兵问询：“贵营的郭大帅，可曾在此么？我姓赵名匡胤，父亲现为都指挥使，特来拜谒大帅，情愿留营效力。”卫兵通报郭大帅后，领进与大帅相见。

这位郭大帅何许人也？此人姓郭名威，时在后汉为枢密副使，汉隐帝初立，命郭威西征，特任招慰安抚使，所有西面各军统归节制。时郭大帅召见赵匡胤问道：“你父现在出征凤翔，战败王景，升任都指挥史，你为何不随父前去，反来我处报效？”赵答：“我平生受父母溺爱，不许从军。”并言潜行到此等语。郭威乃向赵说道：“你父与我同寅，将门出将，现且留我帐下，同往西征，俟立有功绩，当为保荐。”从此，赵匡胤在郭威军中当上了一名士兵，征战生涯从此开始。

赵匡胤跟随郭威，几经征战，平定河中，倒也有些功业。郭威移任邺都留守，念其父同为武官，对赵颇加优礼。赵对郭惟命是从，出力尽责，在短短三年之中，便得郭威连连提升。

能征善战，冒死护主。公元951年，郭威代后汉建国称帝，国号周，庙号周太祖，史称后周。破格升赵匡胤为东西班行首，滑州副指挥史。不久又调任赵为开封府马直军使。周太祖郭威无子嗣，收妻兄柴守礼之子柴荣为义子，封为晋王。郭威在位4年，于公元954年病故。由义子晋王柴荣嗣位，庙号世宗。北汉主刘崇闻周世宗新立，乘丧窥周，联合辽兵万余人入寇高平。

周世宗继位之前，本就晓畅军机，兼职侍中，掌判内外兵马事。时逾壮年，继义父帝位，虽闻北方警报，亦不惊慌，即亲率禁军，抗击北寇。世宗督战阵前，汉军乱箭齐射，其麾盖已集满箭头。时赵匡胤在后语之诸将曰："主忧臣辱，主危臣死！"即领数十健将、数千锐卒冲向敌营。汉兵退回城中，次日周军攻城，城上矢石如雨，赵匡胤左臂被流矢所中，世宗召其回营，撤兵回到汴都，擢升匡胤为都虞侯，领州刺史。

公元 956 年，赵匡胤与父亲赵弘殷都随周世宗南征，意在荡平江淮敌国南唐。途中，世宗命赵匡胤领兵攻破清流关敌兵防御阵地，继之攻克南唐滁州。世宗命翰林学士窦义至滁州接收库藏，恰值赵匡胤欲取库中绢匹，心性初露，被窦义所阻。义曰："公初入滁，就使将库中宝藏一律取去，亦属无妨。今已籍没为官物，应待皇上诏书方可支付，请公勿怪！"匡胤始知世宗军纪之严，急忙应道："学士言是，我知错了（收敛得快）。"世宗复命匡胤率兵乘势攻取六城后，令其返都。赵随父入朝，世宗慰劳有加，封赵匡胤为定国节度使，兼殿前都指挥使，封赵父为检校司徒，兼天水县男。赵匡胤趁机在周世宗面前举荐他在滁州结识的赵普，言其"具有大材，当以重用"。世宗遂封赵普为节度推官（赵普后为宋相）。至此，匡胤父子分典禁兵，桥梓齐荣。

世宗封将，匡胤统兵。公元 958 年，周世宗督练水师，亲督战船，沿颍入淮，令随军将领赵匡胤进军紫金山。在攻取寿州后，赵匡胤随驾北归，加封为义成军节度使，晋升检校太保，不久又升赵为忠武军节度使。

公元959年，赵匡胤随周世宗北征南归，拜封为殿前都点检，赵的莫逆之交慕容延钊为副都点检，二人以职务之便，时常往来密议，其所谈内容，人不能知。

同年六月，周世宗驾崩，子柴宗训继位，年仅七岁，庙号恭帝。幼主遵父遗训，重用赵匡胤为归德军节度使，兼检校太尉、殿前都点检，至此匡胤与副都点检慕容延钊同值殿廷，格外亲昵。

七岁的周恭帝继位后不久，都城市民于大街小巷中皆闻"都点检将为天子"的传言，沸沸扬扬。一时满城风雨，市民惊骇，相率逃匿。公元960年元日（正月初一）刚过，朝廷忽接奏报，言说："北汉刘钧，约连辽兵入寇，声势甚盛，请朝廷速派大兵御寇防边。"幼主母符太后闻报，急召百官商议，议定由统兵的归德军节度使、殿前都点检赵匡胤为全军统帅，会师北征。赵的副将慕容延钊为北征先锋。正值各路兵马调集之际，军中校卒忽相互传言"都点检将为天子"，致使军心躁动，察觉前兆，唯命是从。而宫廷之中，大小官吏却没有任何人闻听此讯息（"都点检"指赵匡胤。"都点检"将为天子，在他统帅出征的军中广为传播，这正是"司马昭之心——路人皆知"）。

陈桥兵变，黄袍加身。赵匡胤统率由周世宗生前训练、身经百战的大军出征。当天只走到离京城三十里的陈桥驿镇便停下了，下令各军宿营。

第二天拂晓，都指挥领江宁节度使高怀德聚集众将商议道："主上新立，况兼幼弱，我等身临大敌，虽出死力，何人知晓？不如顺天应命（好一个顺天应命），先立点检为天子，然后北征，未识从征诸公，以为何如?”众将于军中又早已闻听“都点检将为天子”之言，下属将校心知肚明，谁敢不从?皆应声道：“我等愿从高公所言，依计而行。”随即赵匡胤亲弟赵光义、与赵氏称兄道弟时任归德掌书记的赵普出堂部署，诸将环列待命。天色已明，赵光义即率诸将齐至匡胤寝所，争呼万岁。赵光义步入赵匡胤榻前说道：“请兄长就位天子。”赵匡胤趋步出室，众校露刀环列，齐声呼道：“诸军无主（上有皇帝，军有统帅，何谓无主），愿奉太尉为皇帝。”高怀德已捧进黄袍，即披在匡胤身上，众将校一律下拜，三呼万岁。赵匡胤受众将以君臣礼跪拜的山呼万岁之礼后道：“事关重大，奈何仓促举行?况我从军至今，久受国恩，岂可妄自尊大，擅行不义?”赵普道：“若为周室考虑，致当礼遇幼主，优待故后，亦好算始终无负。”言未毕，已有将士拥匡胤上马。赵匡胤揽辔对诸将道：“太后主上，我当北面事他，你等不得冒犯，京内大臣，与我并肩，你等不得欺凌；朝廷府库及士庶人家，你等不得侵扰！如从我言，后当重赏。否则戮及妻孥，不能宽息!”诸将听令再拜，齐声允诺。匡胤即整军还京，遣楚昭辅及客省潘美，加鞭先行。

潘美奉命先去授意宰辅范质。时值早朝，京中突闻此变，符太后诏谕范质道：“卿等保举匡胤统兵出征，何生此变?”范质知大事不妙，为求脱身之法，应道：“待臣出去劝谕便了!”时值侍卫军副都指挥使韩通，从禁中趋出，问范质道：“叛军将到，公尚从容，何故?”范质道：“韩指挥有何良法?”韩通道：“火来水淹，兵来将挡，都中尚有禁军，亟宜请旨调集登陴守御，一面传檄各部，速令勤王。镇帅不乏忠义之辈，倘得星夜前来，协力讨逆，何患乱贼不平？请公前去请旨，我即召集禁军御敌。”言毕，疾驰而去。宰辅范质尚踌躇未决，家役已至，驰报道：“叛军前队已进城，请相爷速回家中。”此时宰辅只知顾家，更不顾太后幼主和请旨之事，跑回家中。此时匡胤前部都校王彦生已带着铁骑驰入城中，凑巧与侍卫军副都指挥使韩通相遇。王彦生令韩通：“快去接驾，新天子到了！”韩通大怒道：“哪里来的新天子？你等贪图富贵，擅谋叛逆，还敢来此横行么？”说罢转身向家门驰去。王彦生策马穷追不舍，恰值韩通刚进门，王彦生在后，手起刀落，把韩通劈死门内。王又闯入韩府，将韩妻、子尽行杀毙，然后出来迎接赵匡胤。

赵匡胤领着大军从明德门入城，命将士归营，自己居于公署。过了片刻，范质、王溥等官被军校拥入署门。赵匡胤对众官道：“我受世宗厚恩，被六军逼迫至此，违负天地，怎不汗颜？”宰辅范质将欲答话，军校厉声道：“我辈无主，众议立检点为天子，哪个再敢有异议？如不从命，我的宝剑绝不容情。”言已拔剑出鞘，挺刃相向。在场众官，面如土色，无不下拜。

匡胤对众官道：“太后幼主，我尝北面臣事，绝不相犯。”当即令范质召集百官齐集朝门，左右分立。时至日晡（午后3点到5点），由石守信、王审琦等拥着赵匡胤从容登殿。翰林承旨陶谷即从袖中取出禅位诏书，递与兵部侍郎窦义宣读。赵匡胤在头一天奉旨出征，第二天就回京，几个时辰便成了恭帝诏书禅让的皇帝（诏书从而何来）。诏书读罢，赵匡胤登崇元殿，受文武百官朝拜，山呼万岁，即皇帝位。胁迁恭帝及符太后改居西宫，称郑王。因赵匡胤受恭帝封为归德军节度使是在宋州，故改国号宋朝，庙号宋太祖，纪元建隆元年（公元960

年）。这就是流传一千多年的赵匡胤“陈桥兵变，黄袍加身”而建立宋朝的梗概。

一千多年来，史学家、文学家们所描述的赵匡胤是他的弟弟赵匡义（赵光义）及其几个下属将领在他本人毫无察觉而被迫坐上皇帝宝座的。有的书中写道：“赵匡胤尚在梦中，几个将领进入他的卧室，把他从床上扶起来，帮他穿好衣服，拥出门外，又帮他穿上黄袍，按在椅子上坐定后，诸将跪拜，山呼万岁而成皇帝。”

制作一件黄袍的绢帛需要精选，设计需要时间，制作工艺也不是一般工匠所具有的。赵匡胤统率大军出发的当天，驻军于陈桥驿镇，第二天清晨，黄袍就加身了，在北征的军队中，如果不是早已做好，真可谓是邪说，不可能是神话。

如果是他的下属某将军在京城没有人授意，敢于制作黄袍，也定当灭其九族。

在出征之前，京城市民就有传言“都点检为天子”；在北征的军队出发当晚，军中也流出此传言。即在出现一个所谓苗训说：“天象已现，就在眼前。”按天理天象变化的兆应，也是有一定的过程，而不是当日就称为预兆。这就不攻自破，而是纯粹的子虚乌有。

既然北寇犯边，军情岂不紧急？在此情况下，却只行了三十里宿营，不合抗敌破敌的行军规则。在任都点检期间，特别是少主周恭帝继位后，“赵匡胤与副都点检慕容延钊格外亲昵，常与密谈，人不能知。”足可证明此事蓄谋已久。

各家所言，都写出了赵匡胤是在朝廷接到“北汉主刘钧联合辽兵入寇，声势甚盛，请速发大兵防边”的奏报的情况下，奉命北征的。而赵匡胤统兵出征，第二天回京称帝后，没有哪一家的史料中写出寇兵是怎样退兵的。这足以证明“北寇入侵”“点检为天子”“天象已现”都是经过深思熟虑后相互紧密联系在一起的篡位准备。

赵匡胤在陈桥驿“黄袍加身”时，公开对部属下令：“京内大臣，与我并肩，你等不得欺凌，否则戮其妻孥，不得宽怠！”而赵的前部都校王彦生率先驰入京都，追杀侍卫军副都指挥使韩通于家中，并将其妻、子尽行杀毙，不但未受任何谴责，反得重用。更耐人寻味的是：赵匡胤称帝后第二年（公元961年）将立宋之初的功臣“杯酒释兵权”，把掌握兵权的开国元勋全部撤换，而杀韩通全家的王彦生却独得重用。

在赵匡胤与赵普密议“杯酒释兵权”的对话中，赵普问赵匡胤：“陛下奈何负周世宗？”兜心一拳，太祖无言以对，当即罢议。此次赵普对赵匡胤揭老底，不能不说是后来赵普被罢相的重要原因。

赵匡胤从陈桥驿率兵回都，即从容登殿，心腹石守信、王审琦挟持少主至殿。翰林承旨陶谷即从袖中取出“禅位诏书”递与兵部尚书侍郎，当堂宣读。这份周恭帝的“禅位诏书”何快速如此？当是早已写就，毋庸置疑。

由此可见流传一千多年的史学家、文学家俱言“陈桥兵变、黄袍加身”是赵匡胤被逼所为，都是受了“我被六军逼迫至此，违负天地”这句话的欺骗。因为他们不但需要欺骗别人，而且需要欺骗自己，否则就没法“功成名就”。

公元960年，赵匡胤建立宋朝，史称太祖皇帝。不久，把寡居的妹妹嫁给了在陈桥兵变中第一个公开露面，聚众为赵匡胤黄袍加身的高怀德。太祖初封高为殿前副点检。恰在此时，太祖命人去潞州安抚后周旧吏昭义军节度使李筠，李筠事唐、晋、汉三朝，至周战功显赫，擢升为检校太尉，驻节入潞州。宋使奉命对其安抚，李筠设宴招待，酒过三巡，李筠当着宋朝使臣悬挂周世宗画像，瞻望再三，涕泣不已。有人在旁劝谏李筠，李筠借酒发泄："你晓得什么？赵匡胤欺弄孤寡，诈称辽汉犯边，出兵陈桥，买嘱将士，回军逼宫，废少主，幽太后，大逆不道，我还好北面事他么？今日为周讨逆即使不成，死亦甘心。"宋使臣回报太祖。太祖遂命刚与妹成婚的高怀德率兵攻打李筠。高怀德启程后，太祖又命慕容延钊、王全斌等领兵攻打李筠属地泽州。继之，宋太祖亲率大军随后，经多次苦战，最终以李筠兵败告终。李筠在泽州城焚火自杀，其妻刘氏亦紧随从死。李筠劝谕："你身怀六甲，可趁机逃命，倘得生男，亦可续李氏香火。"刘氏号泣而逃。战乱止息后，李筠旧吏潞州守节从民间访得刘氏而还，后果生一男孩，得承李氏香火，不致绝后，时人谓为李筠孤忠的善报。这场战争，致使泽州城内兵民多被杀毙。

借酒释权，消除心病。公元961年，即赵匡胤称帝第二年，宋太祖召集开国带兵功臣夜宴，酒至半酣，语众将道："朕自受禅以来，已是一年有余，何曾有一夕安枕？"众将初不解其义，起座答道："陛下还有什么忧虑？"太祖道："朕与卿等，统是故交，何妨直告，这皇帝宝座哪个不想坐呢？"众将齐跪道："目今天下已定，何人敢生异心？"太祖道："卿等虽无此心，倘麾下贪功，暗中怂恿，一旦变起，那时就来不及了。"众将已知其义，跪拜涕泣道："臣等乞陛下哀矜，指示生路。"

太祖道："人生如白驹过隙，忽壮忽老忽死，无非欲多积金银，厚自娱乐，令子孙不至穷苦。朕为卿等打算，不如释去兵权，拣择良好田园，为子孙立些长业，自己多买歌童舞女，日夕欢饮，借以终于天年。君臣无忌，岂不是上策吗？"众将尽皆明白，现天下大定了，君王疑忌臣下了，不交兵权，必死无疑。次日，各自上表称疾，乞典罢兵。赵匡胤的一席酒宴，把手握重兵的将军们（当然这些将军从本质上讲是后周旧臣）全部撤换。后世史书将此行动称之为"杯酒释兵权"。唯有安远节度使武行德不知太祖本意，当面历陈屡屡战功，履历劳苦。次日，便接到圣旨，被罢免官职，以庶民归乡。至此后周宿将兵权尽收，藩镇重权皆移。唯曾于陈桥兵变斩杀了少帝殿前副指挥使韩通及其妻子的王彦升再次擢升，驻守原州（因为此人已绝恋周的后路）。

太祖对官吏实施大撤换，命李汉超屯关南，不久就有关南庶民赴京告状，称李汉超强占己女，贷钱不偿。此状却被太祖闻知，他不相信自己的亲信刚上任就如此胡作非为，他平生唯此破例召问乡民道："你的女儿嫁与何人？"乡民答："不过农家。"太祖道："汉超是朕贵臣，汝女畀（音陛，给以）他为妾，比出嫁农家，应较荣宠。如果关南没有汉超，你的子女，你的家资，能否保全？区区小事，值得来控诉么？下次再来刁讼，绝不宽待！"喝左右将该民逐出，该民涕泣回乡。此一席言语，从皇帝口中说出来，让老百姓真正品尝了"金口玉言"的威慑力。

诛杀忠良，背信弃义。公元963年，军校史珪、石汉卿入告太祖，称殿前都虞侯张琼，拥兵自盗，擅作威福。太祖召琼入殿，面询一切。琼称冤不服，太祖喝令掌嘴，石汉卿用铁挝猛击琼首，顿时血流如注，晕厥过去，被曳入狱中。

原来这个殿前都虞侯张琼在宋太祖心中也有功高震主之嫌。张琼早在寿州大战时救过赵匡胤的命。赵匡胤随周世宗征战六合时，深知张琼智勇双全，急需他破敌。赵匡胤好言夸赞张琼道："你前在寿春时，翼我过濠，城上强弩骤发，矢下如雨，你能冒死不退，甚至箭镞入骨，尚无惧色，确是忠勇过人，今时发兵千名，令你统率……"当场战争，张琼再立大功。

张琼入狱，也不知宋太祖是真忘记了过去，还是事出有因。张琼在狱中苏醒后，自觉伤重，难以活命，乃泣呼道："我在寿春时，身中数矢，当时即死倒也可全名节，今反死得不明不白，煞是可恨。"言罢，撞墙而亡。太祖命查其家资，竟毫无余财。如此忠勇贤侯，死得如此冤枉，真值得世人对宋太祖"刮目相看"了。

贪淫好色，杀夫夺妻。公元964年，太祖下令西征后，蜀主孟昶降宋。太祖下令："所有家属，无论大小男妇，概不准侵犯一人，好好地送他们入都，来见朕躬。"这里，太祖特令"降国家属，大小男妇概不准侵犯一人"，表现出格外恩典。群臣们都认为太祖仁慈，其实却另出有因。

原来宋太祖早已闻听蜀王孟昶的妻子花蕊夫人艳丽无双，早生渴慕之思。孟昶及其眷属入京后，太祖封孟昶为秦国公，昶母眷属尽皆赏赐财帛。昶母依礼带其眷属入宫面君拜谢，宋太祖的注意力自然集中在花蕊夫人身上。宋天子一见，心猿意马，加之皇后王氏薨逝，六宫嫔妃虽众，却没有能及花蕊夫人姿色的，略一沉吟，便计从心上来。几天后，太祖传孟昶于大明殿夜宴，直至深夜，孟昶辞归。第二天，便胸喉堵塞，不能进食，虽经医治，却都毫无效果。几天后，四十七岁的孟昶便一命归西。宋太祖大发慈悲，废朝三日，为孟昶举哀，丧葬费用，尽由国库开支，更追封昶为楚王。昶母李氏知儿子死得蹊跷，绝食数日而亡。丧葬之后，太祖遣其家眷返蜀，唯留花蕊夫人于宫中，太祖拥她入帷，朝夕欢娱。而花蕊夫人本与蜀主孟昶恩爱，愁思难舍，虽与太祖勉承雨露，心中却是怏怏，遂亲手绘出孟昶肖像，朝夕供奉。宫中嫔妃问及，她说这是虔奉张仙，对他祷祝，可生男儿，世人皆称之为张仙送子。花蕊夫人这一招赢得宫妃尽皆依样描摹，供奉起“张仙”来。花蕊夫人窃喜之余，叹道：“我未失妇人之仁吧？”

四年后（公元968年），宋太祖玩腻了花蕊夫人，却见左卫上将军宋偓的长女随母入贺长春节（太祖生日被称为长春节），年值二八（十六岁），芙蓉笑靥，模样俏丽，性情柔媚，便面赐冠帔，纳入宫中。时年四十二岁的皇帝，竟把这个娇小如花的少女册立为皇后。至此花蕊夫人失宠，不久便玉殒香消。

公元974年，宋太祖派兵进攻南唐，历时两年。南唐主李煜投降。宋将曹翰围攻江州城竟五月有余。破城后，宋将纵兵屠戮，史书载“民无噍类”，意为城中没有能吃东西的动物，即没有活人了。所掠金帛以亿万计，用巨舰百余艘，载归汴都。太祖对曹翰奖赏有加，官升桂州观察使。判知颍州时，时人戏谑之曰：“升官发财，抢杀中来。”引发了后人对虞侯张琼的惨死和凶煞恶徒曹翰杀戮升迁的无尽联想。

手足相残，烛影斧声。公元976年，赵匡胤派兵北征，前方将帅忽接汴都急报：太祖病重，促令班师。时值孟冬，太祖游幸至弟晋王赵光义府邸，宴饮甚欢。与宴以后，旧疾复发，渐不能支，且卧床不起，一切国政，均由光义代理。一夕，天方大雪，光义入宫，只见太祖喘息不止，望着光义，一时无语。太祖于病榻之上，眼睁睁地望着门外，光义当然明白，他是在等皇后、皇子到来。而赵光义在未得太祖口谕之时，即命内侍全部退出寝门之外，只他自己一人，在榻前侍候。内侍未奉晋王赵光义之命，不敢近前，更不可能传旨，只得远立于门外，静候调遣。偶听太祖与光义言语，语言若断若续，难以听清。过了片刻，又见烛影摇红，或明或暗，仿佛光义离座，逡巡退避状。既而闻柱斧戳之声。忽闻太祖急促惨痛的一声："你好自为之！"少倾，突见光义至寝门侧，传呼内侍，速请皇后、皇子到来。内侍分头急去。不多时，陆续到齐，趋近榻前，一见情状，无不哀号。原来太祖目定口开，已然归天了。宋太祖时年五十岁。生命最后的约莫一个时辰中，唯有御弟赵光义在侧，内侍奉命远立寝门之外，皇后宋氏，皇子德昭、德芳不知情急，未得谕令，哪能近榻。这就为后世留下了"烛影斧声、千古之谜"的典故，赵匡胤之死成为中国宫廷四大谜案之一，流传至今。

忘恩负义，恩将仇报。赵匡胤二十一岁时，是郭威军中一名士兵，随郭威征战。其父是郭威的下属军官。郭威建周称帝，赵氏父子同食周禄。赵匡胤到周世宗驾崩前，十二年间从士兵提升到几乎统率了后周全部武装力量的军事将领。从政治角度看，周世宗可谓他的养父兼伯乐，对他的重用和期望无以复加！可怜幼主继位几个月就被迫“禅让”了。常言道：“食其禄而背其主，是不忠也，居其地而夺其土，是不义也！”忠安在？义何存？恶性膨胀，善念泯灭。几千年来封建帝王史所奉行的教条岂不悲乎？难怪有人说赵匡胤是“要吃汝奶，呼爹叫娘，为谋家业逼娘下堂”！幼主只得“下堂”，当时虽未遭杀身之祸，但不到二十岁就“夭折”，绝了柴氏之后。此时赵匡胤的本性，无须再隐藏了。

关于“烛影斧声”之谜，任何史家、史料均无实证，这也不足为奇。

宋太祖死于公元976年，即开宝九年十月癸丑日四更时分。第二天，即甲寅日，赵光义即帝位，史称宋太宗。谁也没有胆量发表异议，哪个还敢寻“烛影斧声”的证据。而诸如《宋史·太祖本纪》及其他正史野史对这一历史时刻的记载都是一致的。

《续资治通鉴》写道：“癸丑日（即太祖死的当晚）皇后要内侍王继恩召皇子赵德芳入内，王继恩以太祖传晋王（赵光义）为由，拒不宣召。”未涉及“烛影斧声”之事。

《宋史·太祖本纪》也只云“帝崩于万岁殿，时年五十”。

野史中有此记载只是以时过境迁的口头传说为基础，后人以文字记下传后。因为太祖死的第二天，赵光义就继位了。而太祖弥留之际，连皇后、皇子都未召入送终。近侍只能奉命远立门外，唯赵光义一人在侧，既违常理，也悖天理。时间久后，内侍不可避免地会对亲友私下窃议此事，故能经久流传。

有传说太祖生一背疽，痛苦难忍，赵光义入内，屏退内侍，突见一鬼，用手捶太祖背疽处。他便执着御斧，向鬼劈去，鬼急忙闪开，御斧便砍入背疽内，疽破肉裂，太祖惨叫一声，这一声似乎就是上文所述的“你好自为之”一语，遂致晕厥毙命。此说似在为光义开脱。

有人说光义屏退左右，不召皇后、皇子入内，意在谋害太祖。为坐帝位扫清对太祖遗诏的争议，临终之言，无任何证人，死因无人据有实证。

还有人说太祖夺国于孤儿寡母之手，冤冤相报，势所必然。故有皇后、皇子抚床大恸、哀号不已之景。待皇后对赵光义泣告“我母子的性命均托官家”之后，赵光义允诺：“当共保富贵，幸勿过虑!”

赵匡胤是一个无本经营的成功者。在历时十多年的军旅生涯中，得到了主人的绝对信任，仕途平步青云，扶摇直上。最终在反掌之间，夺位窃国，成了改周为宋的皇帝。

他在二十一岁那年，连路费都是和尚施舍，只身一人投奔郭威（史称后周太祖）麾下成为一名士兵，被不断提拔，成为重兵在握的将军，历经周世宗柴荣，再过渡到周恭帝柴宗训时，赵匡胤已几乎统率了全国的武装力量。周恭帝年幼继位，皇太后辅佐，对赵匡胤言听计从，国政实际上已掌握在赵的手中。赵匡胤对帝位垂涎已久，发动陈桥兵变，几个小时后，就登上了皇帝宝座。而让人们百思不得其解的是，他称帝后唯一的准则却是“君为臣纲”。

皇帝与“奶娘”。后周三代帝王是赵匡胤政治上成功的“奶娘”，这一点无可非议。年幼的周恭帝被废后，无职无权，母子闲居在家。令人遗憾的是，不到二十岁的周恭帝后来却又被宣布为“暴病身亡”。而此事却发生在后周旧吏昭义军节度使李筠痛斥赵匡胤“欺弄孤寡，诈称辽汉犯边……废少主，幽太后，大逆不道……为周讨逆，死亦甘心”事件之后，表明天下不服赵氏者大有人在。周恭帝“暴病身亡”，既绝了柴氏之后，又断了天下恋周之念，其“奶娘”之死的真相就昭然若揭了。

人性与畜性的根本区别是，贤圣诲人所应该具有的八德（忠、孝、友、悌、礼、义、廉、耻），畜生不具有。但古书有载：“狗有湿草之仁”（它记述的是一只猎狗为救困于火中的主人，自身跳入池中，再冲过火区，用身体所带的水去滚湿主人周围的野草，以使火不能接近主人身体。经过无数次的往返，最终使主人获救的故事），“马有垂缰之义”（记录的是在一次两军交战中，败方的一位将军策马奔逃，慌不择路，不慎从马背上掉入绝壁之下，追兵即至。而他所骑的战马迅即跪在悬崖边，把缰绳垂掉下去，让主人抓住缰绳，把主人救了上来，得以活命的故事）。赵匡胤的救命恩人张琼已官至侯爵，蒙冤惨死狱中，查抄其家，毫无余财，这件事又说明了什么呢？

“金口玉言”是鬼话。纯朴善良的老百姓将皇帝所说的话奉为“金口玉言”，不可更改。皇帝自称为“圣旨”，违旨抗旨者死。赵匡胤黄袍加身之初说：“我被六军逼迫至此，违负天地。”一年后，在“杯酒释兵权”时说：“这皇帝宝座哪个不想就座呢？”他自己想当皇帝是实话，而人人都想当皇帝就是鬼话了。但也反衬出他那句“我被六军逼迫至此”确是骗鬼的话。

太上曰：“祸福无门，惟人自召，善恶之报，如影随形。”由此观之，“烛影斧声”诚可信也！这正是：

恭帝失国太苍凉，孤儿寡母任人狂。
统辖军士起兵变，吃饱乳汁杀奶娘。
食禄泯恩昭史册，夺权负义丧天良。
江山甫定民心稳，斧影烛光无故亡。

赵匡胤的一生经历良多，受人惠泽良久，却因一己私欲篡夺了恩人的江山，也算是背弃了君子“六礼”中的“义”一项了。而赵光义跟从兄长日久，颇受其影响，外正内邪，趁兄长病重，学兄长一样谋权篡位。仿佛历史重现，赵光义同样以非常手段，篡夺了赵匡胤的权力。

施恩不图报，自古有之。但知恩图报，也是一个人行事做人的底线，过了这个界限恩将仇报，就代表着一个人开始向着“恶”发展了。所以我们在做人做事时，应常怀感恩之心，有恩必报，做一个有良知的人。

十二　恶毒凶残　杀人如麻

幼时苦大又仇深，蒙古族人铁木真。
母子困贫生死怖，夫妻厄难怆凉分。
寻机击败蔑儿乞，挟恨征服汗帐金。
基辅罗斯须叩首，乃蛮诸部尽侵吞。

铁木真（1162 年—1227 年），蒙古帝国可汗，尊号“成吉思汗”（GenghisKhan），意为“如同海洋一样伟大且强大”。杰出的政治家、军事家。1162 年（宋高宗绍兴三十二年）出生于漠北草原斡难河上游地区（今蒙古国肯特省），取名铁木真。1206 年春建立大蒙古国，此后多次发动对外战争，征服地域西达中亚、东欧黑海之滨。1227 年去世。1265 年（至元二年）十月，元世祖忽必烈追尊成吉思汗庙号为太祖。1266 年（至元三年）十月，太庙建成，元世祖追尊成吉思汗谥号为圣武皇帝。1271 年（至元八年），忽必烈将国号“大蒙古国”改为“大元”。1309 年（至大二年）十二月，元武宗海山加上尊谥法天启运，庙号太祖。从此之后，成吉思汗的谥号变为法天启运圣武皇帝。

成吉思汗是蒙古族人，以蒙古语称其名为孛儿只斤·铁木真。该族名字始见于唐代，分布在大兴安岭北段居望河（今额尔古纳河）之东，原为狩猎部落，经多年繁衍壮大，该民族逐渐分成了许多氏族部落，进入草原后，很快发展为游牧民族。各氏族部落的首领汉语称之为贵族，年复一年，各部贵族为了掠夺人口、畜牧和扩大统治地域，互相征战不休，相互残杀吞并。

幼时苦大仇深。成吉思汗生于1162年，后因父亲被杀，所部就分散了。经不断努力，联合札木合以及父亲的安答脱斡领勒，重组乞颜部，经慢慢发展最终统一蒙古。当时，今中国北方区域处在女真（满族）金朝统治之下。大漠南北草原各部各自独立，互不统属。金朝对其实行"分而治之"和屠杀掠夺的"减丁"政策。

1146年，蒙古部落首领俺巴孩汗被金熙宗以"惩治叛部法"的名义钉死在木驴上。蒙古部落联盟曾经组织了多次反抗斗争，他们的几代先人为此付出了鲜血与生命。在这种社会环境下出生的铁木真，自然也把战胜金国当作他一生中最主要的攻击目标。

他一直把仇恨记在心里，正是这种几代冤仇导致了草原内外的长期征战。铁木真的母亲诃额仑夫人出身于弘吉剌部，同蔑儿乞人赤列都结亲。1161年秋，蒙古乞颜部首领也速该在斡难河畔打猎，发现了途经蒙古部驻地的诃额仑。他在几位兄弟的协助下，按照当时的"抢亲"传统，打败了蔑儿乞人，抢来了诃额仑夫人，于是诃额仑成为也速该的妻子。

第二年，也速该生擒塔塔尔部首领铁木真兀格，恰好这时第一个儿子降生了。为了庆祝战争的胜利，也速该给自己刚出生的长子取名“铁木真”。铁木真9岁时，父亲被铁木真兀格之子札邻不合毒死，俺巴孩汗孙泰赤兀部的塔里忽台乘机兴风作浪，煽动蒙古部众抛弃铁木真母子，使其一家从部落首领的地位一下子跌入苦难的深渊。

十三翼战唯此败。铁木真18岁时，昔日仇敌蔑儿乞部的脱脱部长又抢走了他的妻子。铁木真向蔑儿乞部开战，打败了蔑儿乞人。1184年前后，铁木真被推举为蒙古乞颜部可汗。铁木真称汗引起了野心勃勃的札木合的忌恨，札木合联合塔塔儿、泰赤兀等13部向铁木真发动了“十三翼之战”。这是铁木真一生所经历60余场战争中唯一一次战败。

统一部落扩领土。随着自己力量的不断强大，铁木真开始向杀害父、祖的敌人寻仇。击败蔑儿乞部，杀其首领，部将木华黎父子投诚。后木华黎成为铁木真的第一名将，封太师国王，让他独当一面，经略中原。

草原各部贵族害怕铁木真的崛起，推举札木合为“古儿汗”，即众汗之汗，誓与铁木真为敌。他们组建12部联军，向铁木真和克烈部发动了阔亦田之战。札木合率领的乌合之众经不住铁木真王汗联军的猛烈反击，不到一天就土崩瓦解，札木合投降王汗。随后铁木真进攻塔塔儿部，其首领札邻不合服毒自杀，塔塔儿部另一首领也客扯连投降。铁木真追击泰赤兀部，在指挥作战中被泰赤兀部将射中脖颈，生命垂危。第二天清晨，泰赤兀部众向铁木真投降。铁木真铲除了进一步统一蒙古各部的巨大障碍，而其几员部将如神箭手哲别、纳牙阿等则成为铁木真征服天下的得力助手。后来远征西辽消灭屈出律的是他们，在第一次西征中哲别和速不台作用最为特殊，追赶摩诃末苏丹的是他们，活捉秃儿罕太后的是他们，败罗斯基辅大公的也是他们。

1202 年秋，铁木真集中兵力，消灭了其宿敌塔塔儿部。1203 年秋，铁木真袭击了一直与自己争战不休的王汗的金帐，王汗父子被打败。王汗只身一人想投奔乃蛮部，在乃蛮边界被边将当作奸细杀死，其子桑昆身死异乡。

强大的克烈部被灭，铁木真占据了水草丰美的东部草原——呼伦贝尔草原。蒙古草原上只剩下乃蛮部还有力量能够与铁木真对抗，败于铁木真之手的各部贵族先后会集于乃蛮汗廷，企图借助太阳汗的支持夺回自己失去的牛羊和牧场。但草原人民并不希望部落林立的局面重演，而未经战阵的“太阳汗”也不堪一击，经过纳忽崖之战，乃蛮部被彻底消灭。

公元 1204 年铁木真举兵攻灭邻敌，先后兼并了各部族的各贵族，完成了蒙古高原上近百个大小不一，社会发展、语言文化各有差异的部落之统一。历史进入 1206 年，蒙古各贵族在斡难河源聚会，奉铁木真为大汗，尊号成吉思汗（蒙古语坚强有力之义），成吉思汗就是建立蒙古国的大汗，即汉语中的开国国君。

成吉思汗建国后，在辽阔的西伯利亚地区还居住着许多依靠狩猎为生的蒙古部落和属于突厥语系的乞儿吉思人。他们生活在无边无际的森林中，被称为“林木中的百姓”。成吉思汗十分羡慕西伯利亚出产的珍贵毛皮，于是在 1207 年派他的长子术赤领兵征服“林木中的百姓”。大兵压境，各部落纷纷投降。

接着又进兵攻打乞儿吉思部这些突厥语族人，他们是在840年被战争残杀臣服于唐朝的突厥人后代。蒙古军的入侵搅乱了他们数百年的自在生活，只好臣服，将白海青（鹰）、白骟马、黑貂鼠等名贵动物大量地献给蒙军首领术赤。这就完成了成吉思汗的蒙古国对西伯利亚地区各部落的统治。

成吉思汗为了自己的享受，派豁儿赤到秃马惕部（贝加尔湖附近）去挑选三十名美女，引起秃马惕人极大的愤慨，将选美将领豁儿赤抓捕。成吉思汗派他的心腹“四杰”之一的博尔忽领兵前往镇压，却被秃马惕部截断去路，抓住斩杀。成吉思汗大动肝火，决定亲征，经众将竭力劝阻改派朵儿伯领兵出征。经过激烈血战，终于把秃马惕人镇压下去，并残酷地将秃马惕人分给蒙古军将校为奴隶。

为了三十名美女，三次出兵，经过多少场激战，损兵折将，耗力耗财，无数的将士尸腐荒郊，无辜的百姓惨遭屠戮，幸存者沦为奴隶，这不能不说是弱肉强食这一自然本性给人类带来的悲哀。

成吉思汗为了进一步扩大统治范围，决定继续对外发动军事行动。

1208年，成吉思汗命速不台和哲别追袭脱黑脱阿和古出鲁古，脱黑脱阿被杀死于战场。其子率残部逃奔畏兀儿部。1210年畏兀儿人迫于蒙古军事压力，投降蒙古，成吉思汗的统治扩大到了畏兀儿部。

1205年、1207年、1209年三次进攻西夏，西夏中兴府城墙倒塌，外堤决口，河水四溢，淹死无数军校和百姓，迫使西夏国称臣纳贡，西夏投降。

1211 年—1215 年连续不断对金进兵。成吉思汗统兵攻入金西北路边墙，取昌州（今内蒙古太仆寺旗九连城）、桓州（今内蒙古正蓝旗北郊）、抚州（今河北张北）等山后诸州，于野狐岭（今河北万全西北）北击溃金三十万守军，追至浍河堡，歼其大半。1213 年于怀来再采用迂回战术，进围中都（今北京）。同年，分兵三路南下，破黄河以北数十州县，大肆杀掠，攻陷密州（今山东诸城）后，该城被屠。1214 年金宣宗献公主、金帛请和。所献岐国公主被成吉思汗纳为第四妻，金国南迁汴京（今河南开封）。

1214 年，蒙军攻陷保州（今河北保定），是夕下令：老者杀。两天后，再下令：无论老幼尽杀，兵士以杀为嬉。

1215 年，成吉思汗攻占中都，史称"贞南迁"。金太子守忠逃往南京。金于 1115 年建国已有百年历史，成吉思汗用五年将其打得落花流水。

1217 年—1218 年，成吉思汗相继征服北境多个部落，攻灭西辽政权。1218 年成吉思汗借口讨伐契丹，派兵进入高丽，与高丽合作攻破江东后，高丽王俯首称臣纳贡。为蒙古军队的西征扫除了后顾之忧。蒙古军所到之处，攻城略地，烧杀劫夺，他们把财物、牲畜、人口掳掠而去，平均分配给大汗到士兵，自 1213 年十月到次年正月，破城九十余郡，所至无不惨灭，百姓被杀戮几尽，城郭亦成丘墟矣（见李心传：《建炎以来朝野杂记》乙集卷二十）。

1219 年，成吉思汗亲统大军西征，攻下诸城，进逼其新都撒马尔干（今乌兹别克斯坦撒马尔罕），其国王被迫逃亡。又遣将追赶至里海，该国王病死。

1221年，成吉思汗与幼子托雷分兵攻取呼罗珊察合台（今土库曼斯坦库尼亚乌尔根奇和阿姆河以南，兴都库什山脉以北地区）。继而又击溃敌军于印度河上，扎兰丁军退入印度。

1223年，置官镇守撒马尔干。成吉思汗率军回蒙古，其另两支蒙古军在抄掠波斯各地后，越过太和岭（今高加索山）攻入钦察（今俄罗斯境内），又在阿里吉河（今乌克兰日丹诺夫市北）战役中击溃斡罗思（即俄罗斯）诸国王公与钦察汉的联军，进掠斡罗思南境又转攻也的里河（伏尔加河的突厥名）上的不里阿耳国，然后东返蒙古。

1226年，成吉思汗出兵进攻西夏。发兵前先派使臣去对西夏国王夏献宗说："我西征前向你们调兵，你们不服从，你的大将阿沙敢不还说：'你们要打仗就来贺兰山，你们要金银绢帛就来凉州取。'现在我胜利归来，要同你们算账。"战书一下，迅即出兵。蒙古军先后攻占黑水等城，进取沙州、甘州、肃州、凉州。西夏军主帅被蒙军擒杀。成吉思汗恨肃州投降迟缓，下令屠城。战后清查，仅106户居民中有幸存者。夏献宗惊悸而亡。夏国由其侄南平王晛（音现）继位。十一月，蒙古军破灵州，包围中兴府。1227年成吉思汗料定灵州指日可破，留兵继续围攻。他自己率大军进攻金国，攻占了大州府。闰五月，在六盘山避暑，继续南进，攻占秦州清水，七月，成吉思汗积劳成疾。临死前遗言，秘不发丧，勿使敌知，西夏中兴府出降时，立即将夏主和居民全部杀灭。不久，中兴府粮尽，夏主晛出降。蒙军遵照成吉思汗屠城遗训，夏主被杀，居民幸存者极少。1227年，成吉思汗死于军中，时年66岁。为了保密，在蒙军送他的遗体回漠北途中，凡在路上遇到的每个人都被杀死，无一幸免。遵其遗嘱，成吉思汗深埋于鄂嫩、克鲁伦、土拉山河的起源地，不儿罕山的起辇谷（今蒙古国肯特省曾克尔满达勒一带）葬后填平，植草于地面，四周草木自然衔接，久后无以辨认其准确地点，据《中国通史》记载："二十世纪中叶，有几个国家的历史学者和考古学家试图用现代技术寻觅其准确位置，结果毫无收获。"这也许是他最大的快慰和享受了。蒙古族起始于森林中的一个狩猎部落民族，以骑射维持生存繁衍，逐渐发展为一个能征善战，由各自谋生逐渐发展为各个集团性部落，再经过长期的战争，由成吉思汗完成了蒙古各部落的统一，于1206年建立了一个统一的蒙古汗国。成吉思汗颁布法典，创制了蒙古文字，在他的国家实行军政合一的统治，造就了一个能征善战的军事强国。经过南征北战，纵横驰骋，铁蹄踏着攻守双方将士和无辜百姓的尸体，伴着万马嘶鸣与苍生哀号的悲凉乐曲，毫无休止地对外扩张，攻城略地，烧杀掠夺，一直打到西亚两河流域，征服了四十多个国家和无数个大小部落，建立起一个地跨欧亚的蒙古汗国。

成吉思汗是古今中外著名的历史人物，同时又是最有争议的人物。七八百年来，中外各国的政治家、军事家和名人学者从不同角度研究和探讨了成吉思汗。

成吉思汗生前杀人，遗训还是杀人，把一个立国190年的西夏在一年多的时间里就消灭了。世代生活在这个国土的百姓们，因蒙军的入侵死于战祸者加上统治者投降后被屠者千千万万。这些无辜冤魂生前同样受着奴役，何罪之有？唯一的"罪过"是生错了地方，没有在投生前选择为蒙古族人吧？他视人为动物，把杀人和狩猎混为一体，百无所忌，不降者杀，缓投者屠，把抢夺来的财帛分给将士以刺激起更大的贪，把掳掠的平民充作军队的奴隶，以诱惑出更大的欲，他在解决其四个儿子的争执时训诫："世界广大，江河众多，使你们攻占外国，去各自分配，扩大自己的领地。"他的抢掠理论被他的儿孙们世代相袭愈演愈烈，足迹所至之处，给世界各地人民造下了难以言状的灭顶之灾。但可以肯定的是：他不但是创立蒙古国的大汗，而且也是他孙子建立大元朝的奠基人和开拓者，史称"元太祖"。

成吉思汗戎马征战一生，缔造了东方乃至整个人类历史的奇迹。作为一名目光远大、具有雄韬伟略的政治活动家，作为一位治军严明、用兵如神的军事统帅和复仇天神，他所创建的赫赫业绩，对于蒙古人来说，或许是空前绝后的。然而，成吉思汗所发动的征战，虽然最初皆以复仇开始，但进而讨伐过甚，甚至横扫无辜，践踏自安之邦。但同时，成吉思汗之对外扩张，在客观上颇有积极意义。成吉思汗西征之后，亚欧大陆正式沟通，东西方使节往来不断，极大地促进了东西方经济、文化的交流和发展。李思纯在其《元史学》中说："蒙古西侵，乃将昔日阻塞未通之道途，尽开辟之，而使一切民族种姓，聚首相见。"

总之，成吉思汗影响久远。他企图以武力征服人类，以凶残的屠戮来推动人类历史的发展。这正是：

大漠苦寒随马骋，北风阵阵鹜鹰鸣。
纵横万里平欧亚，踏遍千山傲世英。
元是天骄花献媚，引来仇恨月羞明。

斯人驾鹤已西去，毁誉两分留盛名。

成吉思汗征战四方，无疑给中华历史画卷添上了浓墨重彩的一笔。但对于被征服地区的人民来说，成吉思汗给他们带去的却是巨大的灾难。他的穷兵黩武政策，使得民不聊生，严重阻碍了各地经济、文化的发展。

不可否认的是，成吉思汗也是有非常深远的影响力的，他的征战沟通了各方，也促进了东西方经济文化的交流与发展。在如今“和平与发展”的时代主题下，世界民族文化融合发展确实是不可缺少的。

在历史进程中，无数人痛恨战争的“罪恶”，希望我们的世界能在和平发展中交流沟通，远离战争。

十三　八方征战　灭宋建元

元朝世祖亦传奇，天下奸雄数第一。
征用汉兵攻汉地，召集胡马踏胡夷。
无辜百姓遭蹂躏，可恨独夫施虐欺。
灭宋夺嫡施诡计，杀人只为寝龙皮。

忽必烈，蒙语名为孛儿只斤·忽必烈。是成吉思汗众多孙子中的一个，公元1215年出生。1259年，蒙古国第四任大汗蒙哥（元宪宗）在攻打南宋合州时，战死于该地钓鱼城后，忽必烈与七弟在争夺大汗位的角逐中击败对手，于1260年即蒙古国大汗位。十二年后，即1271年建立元朝，史称“元世祖”。在皇帝宝座上坐了三十四年，于1294年去世，享年八十岁。他是中国几千年封建专制帝王史中第一个统一了九州大地而称皇帝的少数民族君主。

1251年，忽必烈受命于长兄蒙哥汗，总理漠南汉地军国庶事，建藩府于金莲川，常驻于桓（今内蒙古正蓝旗北）、抚（今内蒙古兴河县）两州之间。他招纳了一批汉人名士作为幕僚。由于汉族士人的逐步引荐，中原智能之士较多地聚到他的周围，从而让忽必烈开始了以汉法治理中原的转化。

1252年，忽必烈采纳了汉族谋士的建议，改变了过去剿杀掳掠的战争目的，采取攻其地，守其地，耕其地，广积军需，充实边战的灭宋方针。任用汉人为官，除弊革贪，招抚流民，很快地治理好了蒙古已占之南宋地域。他利用汉将在开封打击暴虐贪淫的地方豪强，处死极恶官吏，采取屯田制，敌来则战，敌逃则耕，不久，河南大治。

1253年，忽必烈受封于关中。1254年他在京兆（今西安）立宣抚司，募民以盐换粮，支援蒙军在四川对南宋的作战，减关中百姓赋税，激励农耕，整顿吏治，严肃军纪，学到了统治汉地的方法，在关中的统治得以巩固。

1256年，忽必烈在龙囚（今内蒙古多伦西北）营建宫室，三年后建成，称开平府（今内蒙古锡林正蓝旗东五十里）作为藩王府的常驻地，即治理汉地的政治中心。招纳了大量汉人谋士，发展汉地的社会经济，为后来夺得汗位、建立元朝奠定了基础。

忽必烈以汉治汉的方略得到汉地民心，遭到蒙古贵族集团诽谤，说“枝大于本，王府资产盈于国库”，引起国王蒙哥汗的疑忌，派出大臣专查忽必烈王府诸臣擅权，罗织一百四十余条罪名，企图罢免忽必烈所信用的汉族官员，进而解其军权。忽必烈于忧惧之中采纳了汉人谋士的建议，亲自送其全部家眷诸妃到蒙古国都和林（今蒙古国后杭爱省额尔得尼召北）单独朝见蒙哥，表示忠心于朝廷，最终释疑。这是忽必烈采取汉人谋士“龙蛇之曲，以求其伸”的策略，尝到了汉文化的甜头，才得以苟安。但仍不得有兵权，直到1259年才受命统东路军征南宋。正值忽必烈率兵围攻鄂州（今湖北省武昌）之际，蒙哥大汗在攻打合州（今重庆合川）之战中，战死于钓鱼城。忽必烈得知讯息，采纳了汉人谋士团的建议：遣军去迎接蒙哥（本是他长兄）灵车，接收大汗的宝玺。

他秘密与南宋贾似道议和并签订密约，迅速撤军。派出轻骑赶到燕京，防止继大汗位中最大的对手七弟阿里木哥（留守都城和林）南下。

1260年三月，忽必烈抵达开平（他自己营建的开平府），召集就近的诸王（忽必烈的支持者）会集于开平，废弃了贵族的选汗旧制，宣布继位。并定当年为中统元年，开始以中统年号纪元。

同年四月，留守京都和林的七弟阿里木哥也召集他的支持诸王宣布为大汗。兄弟双方为汗位和争夺地盘展开较量：阿里木哥派出属臣去陕甘地区担任地方长官，忽必烈则派去兵将与任职官吏发生冲突，杀害了对方任命的地方官，从而控制了陕甘地区。阿里木哥又派人南下，联合浑都海作乱。但浑都海等都被忽必烈所杀。同年冬天，忽必烈亲征蒙古国阿里木哥所盘踞的京都和林，阿里木哥逃至谦州（今叶尼塞河上游南），忽必烈占领和林，留兵将驻守，自回开平。1261年，阿里木哥返回和林，表示愿意归顺，却暗地兴兵突然袭击，占领了和林，并派兵南下骚扰。经过四年蒙古族窝里斗的局部战争，最终阿里木哥的势力被消灭，阿里木哥被迫宣布投降。漠北和中原地区重新恢复统一，忽必烈取消了和林为蒙古国的都城，取得了夺取汗位的最终胜利，熄灭了本族内的纷争。

1267 年，忽必烈以南宋扣留郝经为借口，重兵伐宋，直指南宋防蒙重镇襄阳。自 1259 年蒙古撤军，双方无战事已近八年，襄阳军民屡遭侵夺，饱受战火煎熬。在此期间，他们做了最大的备战防备。襄樊两城深沟高壑，城垣号称固若金汤，粮草备足十年之需，仓廪盈实，财物已达无堆积之所。此次蒙军围攻，屡战不下，遂采用筑堡、封锁、强攻、打援的战法。以“不破城，不休兵”为口号（此战略乃蒙军所用宋降将刘整主帅提出的）发动了无数次的疯狂进攻。襄樊军民以“与敌人血战到底，誓与城池共存亡”的气概，不断击退来犯之敌。蒙军开疆拓土，宋军保家卫国的攻守战打得天昏地暗，日月无光。年复一年，襄樊两城郊外，鸟无栖息之所，草无再生之力，满目疮痍，一片凄惨。城外蒙军死尸相藉，腐臭漫天，不得掩埋，马革裹尸已成空话。城内就地掘坑，深葬先驱，幸存者的眼泪早已化作复仇火焰，不断喷射到敌阵。攻守战打到第六个年头，到了 1272 年城内军民确已缺盐少柴，药物难支。南宋驻守郢州的援军李庭芝招募民丁三千，由智勇双全的张顺、张贵率领，以轻舟百艘，顺流而下，冲破敌军层层封锁，趁黑夜绕过铁链、木筏等堵塞障碍，杀出血路，于黎明抵达襄阳，将军民稀缺的盐、药等物资送入城内，极大地鼓舞了宋军的士气。数日后，张顺之尸体浮于江面，宋军将其打捞上岸，见其身中六箭，手执弓矢，怒气冲冲，身无蔽物。张贵又奉命潜水去郢州求救兵，途中负伤，被俘不降，被蒙军杀害。

1273 年，元军截断襄樊水上联络，调来西域“回回炮”对樊城再度猛烈强攻。樊城陷落，宋将自杀，襄阳守将投降元朝。历时七年的襄樊攻守战，以宋军失败告终。据说又过了七年，两城内外的幽灵之光都未散去。传曰：“七年战争中，腐尸相藉，无以掩埋，数以十万计的冤魂野鬼，去无所向之路，驻无所息之穴，亲人遥祭不得以闻，活者咒骂充塞于耳，乃幽光不散之故。”其惨烈之状，冤魂之多，可见一斑。

后有人作了一首挽歌，歌曰：“山水虽连兮崎岖不通，战死异乡兮唯念归宗，冤魂飘零兮不分西东。欲为引路兮言形不通，魄滞荒郊兮同一天空，餐风饮露兮饥与饱同。随遇而安兮四海之中，魂兮魄兮，即住即居。幽灵潜行兮勿再为厉（意为不要再为厉鬼，以惊恐苍生）。”此后，襄樊四围阴气消散终趋平静。

1274 年，元军兵分两路，攻打临安（南宋都城，即杭州）顺汉水南下之元军包围了郢州，受南宋军顽强抵抗，不得不绕道进攻沙洋（今湖北沙洋县），元军用金汁炮焚毁民舍，突破城防，占领沙洋，攻破新城，进入长江，攻下阳逻堡（地处长江中游北岸，距武汉中心城区 20 千米），宋鄂州守军投降。元又分兵进攻湖南，主力沿江而下，两岸宋军多以投降应对，黄州、蕲江、江州（九江）失陷，安庆降元。

1275 年二月，南宋专权朝政的贾似道迫于朝野压力，率兵七万驻兵芜湖，勉强应战。同时派使臣去与元军议和，遭到拒绝（贾似道原曾扣留蒙军使者隐瞒密约真相，今日议和自然不成）。双方激战于丁家洲，元军在长江两岸以炮轰击宋舰，同时以战船数千乘风猛冲宋水军舟船，宋军大败，被杀、溺于长江者数以万计，军资器械尽为元军所夺。贾似道败逃，被贬途中被随行人员杀死，真是祸国殃民，罪有应得。

元军在丁家洲大败宋军后，沿江宋军投降者众。三月攻破建康（南京），接着占领镇江、常州、无锡等地。不久，宋将姚訔（音银）、刘师勇等收复常州。十一月，元军再破常州，常州遭屠城浩劫，全城老幼惨遭元军杀害，唯守将刘师勇等八人逃出。

元军直逼宋都临安，时南宋赵显即位，号宋恭帝。因其年幼，由谢太后下诏各州带兵勤王，宋官军多不响应，唯郢州守将张世杰和状元出身的赣州知州文天祥招募三万士兵入卫京都，却遭宰相陈宜中拒绝，派文天祥到平江（今苏州）做知府，文尚未到，平江已被元军占领。文天祥星夜率兵返回临安。英勇善战的张世杰和爱国爱民的文天祥都被宰相陈宜中排挤不用。到了最危急之时，宰相与元军议和未成，置国民于不顾逃往温州躲难。宋朝谢太后只好任命文天祥为右丞相兼枢密使去元营谈判。文天祥到元营后，不顾元方威逼利诱，坚持要元方先撤军后谈判的立场，最终谈判不成，元方把他扣留在军营中。文天祥冒死逃出后，到福州组织残余部队，拥戴宋度宗之子赵昺（音丙）为帝，号端宗。文天祥率兵收复宁都。1277年，文天祥、张世杰在江西、广东继续抗元。1278 年十二月，文天祥被元军俘于海丰五岭坡，后押往大都，1283 年被杀害，时年四十七岁。

1276 年，元军攻入临安，宋恭帝赵显、谢太后投降，被送往元朝大都，南宋灭亡。

1278 年，元军攻破合州，同年攻陷重庆。四川军民从 1234年起与入川蒙军作战四十多年的战祸结束。

1279 年，张世杰率水军在厓山海抗元，被元军打败，殁于大海。至此，南宋残余力量全部被消灭。

宋朝在中国历史上的消亡。它的统治集团最后五代的皇帝以宋理宗赵昀为开始，直到末代宋帝昺都是在与蒙古军作战中存续的。先是宋理宗与蒙古国联盟灭掉金国。1234 年开始的近半个世纪，蒙古军连续不断地对南宋进攻，直到 1279 年南宋残余被消灭，宋幼帝赵昺被拥戴他的宋军主帅抱着，一起投入大海而死。在这四十多年的战争中，蒙古国君蒙哥（忽必烈的前任大汗）战死沙场，宋朝的末帝被逼葬身鱼腹，双方的王公及其大小将领、官吏、士卒因战而死的数以百万计，被屠城杀戮的无辜百姓，因战祸造成背井离乡、死于非命的天下苍生难以计数。这种人类的相互残杀究竟为了什么？老百姓究竟得到了什么？元朝的开国皇帝忽必烈一生开疆拓土，死后埋葬在蒙古草原，也不过占地数亩而已。

平定李璮之叛。1260 年，忽必烈继大汗位不久，就加封在山东继承父位为益都行省的李璮为江淮大都督。1262 年趁忽必烈对阿里木哥的叛乱尚未平定之际，李璮联合地方武装叛乱，攻占益都、济南等地。忽必烈命河南、河北、山东各地蒙汉军迅猛围攻济南，李璮身陷绝境，自杀未遂被俘，忽必烈平息了叛乱，稳定了北方政局（李璮叛乱是嫌江淮地太少，大都督官太小，恶性膨胀到灭亡自我）。

进攻和统治高丽。早在 1231 年，蒙古国就对高丽发动大规模的军事进攻，打得异常惨烈，占领了高丽四十余城。1235 年蒙军再次进攻高丽。1237 年，蒙军攻下十余座城市。1239 年高丽国君王瞮求和，恢复了对蒙古的岁贡。1241 年王瞮以族子王淳冒充太子送往蒙古为人质，1246 年高丽停止岁贡。1247 年至 1258 年蒙古四次进攻高丽，攻占二十四城，迫使高丽国君王瞮派世子王倎入蒙为人质。

1260 年，忽必烈即大汗位后，对高丽的统治实施变革，当年高丽君主王瞮去世，忽必烈派兵护送王倎回国继位，同时宣布在高丽境内实行大赦，归还俘虏及逃入辽东的民户，禁止蒙军边将侵扰高丽，只接纳高丽岁贡。王倎（后改名王植）也亲到蒙国京师朝觐。忽必烈为使高丽成为进攻日本的跳板，多次要求王植派重臣陪同蒙古使节出使日本。

1268 年，忽必烈责令王植征集军粮，修造可载四千石的大型海船一千艘，为进攻日本和南宋做准备。

1269 年，高丽朝野对王植听命于蒙古国十分愤慨，以权臣林衍为首废除了王植的君王位，立其弟王涓为新君。忽必烈派出大军压境，派兵护送高丽人质国王世子王椹回国平乱，并派出兵部侍郎出使高丽，限期王植、王涓、林衍来京陈情，听候裁决，致使高丽以西京（平壤）等五十余城归降，恢复了王植的王位，并亲自赴京朝见忽必烈。

1270 年，忽必烈将高丽西京改为东宁府，划归辽阳行省，并派兵护送王植父子回国，同时，蒙军兵临王京（今开城）城下。1271 年五月，忽必烈建立元朝之时，元军攻占高丽珍岛，杀灭了原高丽谋乱权臣林衍的余党。

1273 年，元军攻占高丽国的眈罗（今济州岛），设官并派兵驻守。

1274 年五月，忽必烈将女儿嫁给高丽王世子王椹，六月王植去世，王椹继位。高丽国王也就成了元世祖忽必烈的驸马国王。王椹派出二十名贵族子弟到元朝做人质。

1281 年，元在高丽征发军士、水手二万五千人，战船九百艘，作为对日本作战的军队，因日本侵扰高丽沿海，元军驻防高丽金州，直至元末，高丽的内政外交都受到元朝的控制。

忽必烈征服高丽之后，就东征日本，企图迫使日本臣服，以扬威海外。

1266 年至 1268 年，忽必烈先后三次派出使臣到日本传交国书，日本都将使臣拒之门外，对蒙古国书拒不作答，当然更拒绝朝贡。1271 年元朝建立，到 1272 年忽必烈又先后两次派使节到日，均被滞留于日本太宰府，未能进入京都。

1274 年三月，忽必烈命令出兵一万五千人，大小战船九百艘进攻日本，后设立征东元帅府，增兵至二万五千人，从合浦（今朝鲜马山）出发，攻占对马一岐两岛。在筑前博多湾登陆后，受到日军拼命抵抗，虽有小胜，未得深入，不久因台风大部分战船损坏，元军撤回。该年是日本龟山天皇文水十一年，故日本史料上将此战称为“文水之役”，以歌其胜利。

1275 年，忽必烈一面派礼部侍郎杜世忠出使日本，一面在高丽、江南等地大量制造战船，为再次进攻日本做准备。五年后（1280 年），忽必烈才得到出使日本的使节杜世忠被日本处死的消息，遂于下半年成立征东行道（亦称日本行省）主持征伐大计，征调军队，招募士卒，决心再征日本。

1281 年正月，元朝分兵两路，向日本进军。一路蒙、汉、高丽军四万人，战船九百艘，一路江南军十万人，战船三千五百艘，抵达日本平户岛。由于将帅之间不和，严重影响军务，元军滞留鹰岛达一月之久，失掉人和、错失战机。八月初一日夜，因台风侵扰，元军停泊港口的大部分舰只被毁，违逆天道，自遭天谴，两军主帅丢下十多万大军乘战船逃回国内。元军大部分被歼灭，被俘者达三万之众，逃回国内的兵士仅两万余人，忽必烈二征日本以惨败告终。该年是日本后宇多天皇弘安四年，故日史料称此战役为“弘安之役”，大扬其威。

1283年，忽必烈下令重组大军，修船集粮，三征日本。由于朝野反对强烈，在人心丧尽之时，又要出兵攻打安南国，不得不于1286年下诏罢征。最终安南国民遭劫，却让日本人得以喘息。

忽必烈征伐日本，企图让日本人臣服。自1266年开始派出使臣，到1283年下诏罢征。从准备战争到最终罢征，其间历时十八年时间（在此期间对其他各国同样有不间断的用兵）所耗财力、人力，我们是难以估算的。就单以战船、战马、军械、军需、运输粮草，对将校及其家属们的生存安置及死后的安抚等所需不能不让人忧思。两次大规模的对日征战，败于天灾，不能不让人反思；两军角逐，人仰马翻，所过之处，烧杀一空，死伤者被践踏为肉酱，残存者尚哀号于荒丘。鸟飞绝，人烟没，自然震怒，台风惨烈，泊港之战船，腾空逐浪，待战之将校葬身鱼腹，人财耗尽，寸土未得，给活下来的人们留下了无限的恐惧和痛苦的悲思。而日本人以“文水之役”和“弘安之役”取得了反侵略战争的辉煌胜利载入他们的史册，为后人不断地撒播出仇恨大元朝的种子，发芽、生根。痛定思痛，伤愈留疤，冤冤相报，难以磨灭（前人结怨，后人遭难）。

征伐安南（今越南）。1253年12月，忽必烈攻占平定云南各部后，于1257年派使节招降安南陈朝（今越南北部），安南国王扣押使节，拒绝投降。忽必烈十一月出兵进攻安南国，十二月蒙军进入安南国都升龙（亦名大罗城，今河内），实施屠城。但因蒙军水土不服，九天后班师回国。退兵时再派使节招降，安南国于 1258 年二月换王，新王陈光昺表示臣服。1260 年，忽必烈同意安南国三年一贡的请求，仍封陈光昺为安南王。1267 年，忽必烈下诏要安南君王亲自来朝，贵族子弟当人质，编户口，出军役，纳税赋，陈光昺不接受，也不向蒙古使节跪拜，就此埋下了蒙军入侵的种子。只因蒙军忙于灭除南宋，暂未南征。

1277 年，安南国王陈光昺去世，世子陈日烜继位，仍奉行父王的对元方针。1279 年，忽必烈消灭了南宋残余势力后，再议南征，但因南方各地反元义军蜂起，南征暂罢。

1281 年，元朝成立安南宣抚司，进行南征准备，并以安南王称病不朝为借口，改立其叔父陈遗爱接位，遭到拒绝。忽必烈以进攻占城国（今越南南方）为名，派其子镇南王脱欢率大军南征，要求安南王提供军粮，仍遭拒绝。

1284 年 12 月，元军分六路进攻安南，几经激战，安南王于 1285 年正月撤离都城升龙退往天长府（今越南南定省美禄县即墨乡）聚兵顽强抵抗。脱欢占领升龙后，焚毁皇宫、劫掠财物，挥师南下，同时命令驻扎在占城的元将士北上，夹击安南主力。两支元军会合后，分水陆两路追击安南王陈日烜。陈屡战屡败，逃往安邦海口，藏匿于山林，后又逃往清北，其弟陈益稷投降。元军虽获胜，但未给安南军以致命之击。安南援军不断集结，加上元兵在丛林中水土不服，无法发挥其优势，更遇暑雨不止，瘟疫流行，地势地形陌生，安南军不断寻机攻打。元军在违逆天时地利的作战中死于灾患者日多一日，脱欢被迫撤兵。元军撤退途中，在如月江、册江等地连续遭到安南军民截击，损失惨重，唆都、李恒等元帅战死，安南军收复了全部失地。

1286 年，忽必烈罢征日本后，将所调集准备攻打日本的军队、军需用于再次进攻安南国，同时诏立安南降将（安南王弟）为安南王。1287 年正月，调集八万大军，向安南大举进攻。又于十一月分兵三路攻入安南境内，历经十七场血战，攻破无数关口，三军会合后，于十二月进占升龙，安南王陈日烜逃往敢喃堡。1288 年正月，元军四处追杀陈日烜而未得行踪，只得回师升龙，四出抢掠，但仍不足应对军粮之需，加上天气炎热，不得不班师回国。元军在归国途中，遭遇安南王集结的三十万大军在百余里长的防线上截击，脱欢下令避开敌军优势，分道回国。元军水师在白藤江遭安军狙击，主将也当了俘虏。正是“争地以战，杀人盈野”，兵起无名，难为制胜。

1290 年，安南王陈日烜去世，世子陈日燇继位，仍对元朝不卑不亢。

1293 年，忽必烈第四次对安南大举进攻。

1294 年初，忽必烈去世，孛儿只斤·铁穆耳继位，庙号元成宗。他下诏罢征安南，宽宥其抗命之罪。此后始终维持着安南对元朝的朝贡关系，边境时有小的摩擦，但再未发生大规模的武装冲突。

攻打占城（今越南南部）。1278 年，元世祖忽必烈派使节到占城国，该国国王表示归顺之意，元世祖封该国王为占城郡王。

1279 年，元世祖再派使臣去占城国，要求该国国王入朝，该国王奉表归降，并派使纳贡。

1281 年，元朝设占省，调集海船百艘，士卒水手万人，准备次年出征海外，要求占城郡王供给军食。不久，占城王子扣押了元朝出使暹国（今泰国宋加洛一带）、马八儿国（今南印度一带）的使节，忽必烈决心兴兵讨伐。

1282 年六月，忽必烈调集军队五千，海船一百艘，战船二百五十艘，由唆都统帅，向占城国进军，航海至占城港（今越南平定省归仁）登陆，占城国王以重兵设防，拒绝招降。

1283 年正月十五日半夜，元军从三面攻击木城，经过激战，于中午，元军攻入木城，占城国王放弃行宫，焚烧仓库，逃入山中，元兵乘势进兵大州，占城国王求降。元军开至大州东南，准占城王降，赦免其罪。但要求该王亲自来元军营中，以表投降之诚。占城国王一面派国舅赴元军营中应付元将唆都，一面集结兵力，遣使向他国求救。二月十九日元军进攻雅侯山，遭拼死抵抗，并切断了元军归路，元军经苦战后得以突围，在舒眉莲港建立木栅，固守待援。1284 年三月六日，元将唆都奉命北上，进攻安南，遂率兵撤出占城。元朝援军到达舒眉港后，占城国王于三月二十七日遣使求降。因元发动了攻打安南国的战争，对占城从此罢兵，渐渐言归于好。

征战缅甸。1273 年，忽必烈数次派使臣去缅甸，要求缅王派遣王室或显贵子弟、大臣来京朝贡，元使都一去不归，音信杳然。据缅甸相关史料记载，当年元使觐见缅王，不肯脱靴，被缅王处死。

1277 年，缅王出动军将五万，战象八百头进攻云南，边关告急。元朝首先令就近的蒙古千户忽都率七百人驰援，在行军中遇战，经两天激战，大破缅军，追击三十余里下营，将缅军驱逐出境。同年十月，元朝令云南各路出兵，由纳速剌统帅出征缅甸，进占江头城（今缅甸蛮莫县江新）招降了附近部落三万余户，因天热未能深入缅境而撤兵。

1280年二月，忽必烈下诏，调兵遣将，任命相吾答儿为征缅大军统帅，再次进占江头城、太公城（今缅甸拉因公县）等地，战争打得十分惨烈，在烧杀和死亡面前，元军所到之处，缅甸各个部落归顺元朝。1285年缅甸国王求降，忽必烈虽准降，但仍坚持缅甸权贵必须亲自来京城朝贡。1289年，新任缅王向元朝纳贡称臣，并派他的儿子赴京朝见。1295年忽必烈死后，到1300年，缅甸发生内乱，元朝所封的缅王被杀，元朝成宗皇帝再次派兵进攻缅甸，新任缅王以重金收买了元军统帅以下将校，在金钱面前，元军首领们当了钱财的俘虏，失去战心，以暑热难耐为由撤兵。但新任缅王仍然惧怕元军再次攻打，遂上表请求宽恕。元成宗赦免其弑君之罪，默认了缅甸现状，直到元朝末年，缅甸一直保持着臣属于元朝的关系。

征战爪哇。1278年三月，元世祖下诏设立福建行省，其主要任务就是招抚海外各国。1279年，忽必烈下令，福建行省派出官员出使海内外，对其招谕。1280年，元朝再派使节出使爪哇，要求爪哇国王亲自来京朝觐，遭到拒绝，后又两次派大臣前往招谕。1289年爪哇国王将元朝使臣孟琪黥面（用刀在面部划刺字，涂墨）送还元朝，激怒忽必烈，迅即进入攻打爪哇的备战准备。

1292年二月，忽必烈派兵二万，海船一千艘，命军士带足一年的粮食，年底从泉州出发，近三个月后到达爪哇，分水陆两路对其猛攻，与十多万爪哇军激战。半个月后，歼灭其主力，爪哇军统帅投降，并称请放他回他们的首都，让国王上降表和朝贡礼品。元军派出二百余名军士护送，行至中途，爪哇军统帅杀死护送的元兵，迅速集结军队，对尚未修整和补充的元军实行最为迅猛夹攻，元军大败，且战且退。死于该役的疲惫之师难以计数，幸存的残兵败将于四月底乘舟回国。

地处海外的弹丸岛国——爪哇，对庞大而凶悍的忽必烈这只张牙舞爪、贪婪无度的猛狮之扩张掠夺做出的回应是：1289年元朝使臣被黥面蒙羞，1292年元军惨败逃归，似乎正是对“威天下不以兵革之利”的有力证实。而爪哇国在1295年忽必烈死后，却主动派出使节来元朝恢复了正常的友好关系，从而保持了两国的经济、文化交流。七百年前的这场战争，双方无数无辜军民的尸体尽管早已了无痕迹，他们的鲜血早已相融于海，但给后人留下了什么？值得反思。

忽必烈在继大汗位前后和建元称帝直到去世，除发动无数次对东、西、南、北的远征外，还发动和平息了一系列的境内战争。

平定西北诸王之乱。1271年，忽必烈命皇子北平那木罕出征阿力麻木（今固尔扎附近，在伊犁河畔），不断加强天山南北的军事力量。

1276年八月，忽必烈派兵西征，平定西北诸王之乱，叛军大败逃窜。

1278年，元军直捣叛军巢穴，占领谦州（今蒙古国唐努山北麓），双方大战于谦河（今叶尼塞河上游），叛军败逃，忽必烈派兵十万之众驻守新疆奇台西北等地。

1282年另一支叛军头目海都进攻斡端（今新疆和田），于1285年包围吐鲁番，乘胜进入哈密。1287年忽必烈加派军队，以抵抗叛军十万之师，七月，忽必烈亲征，海都撤退。1289年，叛军笃哇夜袭元军，俘获元朝驸马，忽必烈最后一次亲征。不久，海狮之子与元军大战于新疆和布克赛尔，海都、笃哇联合四十余王大举进攻元军，屡经激战，双方兵将葬身沙漠者难以计数，血凝黄沙，尸积荒漠，海都死于退兵途中。长达几十年的西北诸王之乱，双方均打得精疲力尽，人死财空，幸存者无不厌战。直到1303年，以叛军笃哇求和、元军收回失地而告终，西北诸王之乱留下了无数被旋风卷来的黄沙，掩埋着难以计数的尸骨所垒成的无数沙堆，恰似无数镜子，让后人们去正视，反思。

1287年，以乃颜为首的东北诸王叛乱，忽必烈亲征，六月初三，元军到达内蒙古阿巴哈纳尔旗，叛军头领乃颜率六万之众反攻元军。当晚，忽必烈打开伞盖，端坐胡床喝酒，叛军疑而不攻，却遭元军千人以火炮夜袭败退，被元军追杀。十六日，忽必烈率军追乃颜到西辽河，与乃颜十万军激战，虽然死伤无数，但仅半日就活捉乃颜，将其处死。叛军余党仍未投降，七月，元军先后在建州、辽水等地与叛军激战，斩杀对方大将，留兵继续追灭余党，忽必烈八月班师回朝。

平定东北诸王之乱。从1287年一直打到1292年，历时六年，将叛军死党追至鸭绿江，头目率军逃入高丽，继续烧杀抢掠。元军继续追杀，激战于江源，叛军头目自杀身亡，东北诸王之乱得以平定。

劫匪理财。忽必烈在四面八方肆无忌惮地燃烧战火，将数以百万计的热血男儿投入滚滚腾空烈焰之中，前赴后继，死不收尸，所需军需补给，单靠抢夺是远远不足的。1262年他任命阿合马任诸路都转运使，专理财政。在均州（今河南禹县）徐州兴办冶铁业，增加税赋，一年换回官粮四万石。阿合马在不断升官受宠中日益骄横，安插亲信，私自提升儿子为总管，借机敛财，因中书左丞相上书，忽必烈虽然罢免了阿合马子侄亲信们的要职，但对阿合马本人却唯才是用，致使阿合马恶性膨胀泛滥，诬陷良善。于1280年擅自更换并杀害朝廷命官八百余人，已为千夫所指。1282年，益都千户王著趁忽必烈同太子去上都［阿合马留守大都（北京）］之际，计杀阿合马，事泄，王著被捕处死。临刑时高呼："王著为天下除害，日后必有人将我载入史册。"忽必烈回京后，知道了巨贪恶棍阿合马的罪恶，下令剖棺戮尸，并将其四个儿子和帮凶全部斩杀。

李代桃僵。阿合马被杀后，忽必烈任命汉人卢世荣理财。此人理财有道，深得信任，但他实施的将没收来的各地豪权私造的铁器变卖，用于充实平仓的方案触怒了各地豪强，纷纷上书弹劾，不到一年，卢世荣被杀，成了忽必烈为缓和豪权贵族们与朝廷矛盾的牺牲品。

内院生烟。1286年，忽必烈任命桑哥理财，桑哥新制系列章典，解决了朝廷的财政危机，得到宠爱提升。接着清理江南六省钱谷，增加民间各行税赋，百姓在生存与死亡的边缘挣扎，受着苛政猛于虎的煎熬。桑哥权势越来越大，任意升贬内外官员，从中受贿。天下骚乱流离失所者众，朝臣弹劾不断。1291年忽必烈令抄没其家，所搜出桑哥家藏珍宝财物超过宫廷所有的一半，桑哥被处死。忽必烈试图以此缓解朝野之间错综复杂的矛盾。

后院起火。忽必烈在执政的近四十年中，不顾百姓死活，不择手段地在民间敛财以保障其对内外战争的军需补给，使得天下无一隅之安，神州无童叟之宁。数以百万计的死者尸骨不存，魂不归乡，数以千万计的黎民生不如死，命悬一线。一些在绝境中欲求生存的人群，为早做了断，以死相拼。江南各族人民不断形成各种形式的反元集团，各路义军风起云涌，到了

1290年，各地已爆发了两百多起反元武装起义，到忽必烈去世的1295年前后，全国上下反元武装起义已增至四百多起，其中规模较大的有广州以欧南喜、黎德为首，福建黄华、钟明亮等领导的反元战争。这些抗争，毫无疑问是以卵击石，最终都被扑灭。这些接二连三的战乱，又给本就痛苦不堪的百姓带来些什么？存者且残喘，死者长已矣。除了给后人留下祈祷："但愿善性不绝种，驱恶除邪见太平。"还能有什么呢？

忽必烈在国内推行"四等人制"的统治，一等人：蒙古族，称为"国族"；二等人：色目人，专指成吉思汗攻打西域时，归顺的西夏人、回族人、西域人和葱岭（今帕米尔高原）人及直到欧洲的一些民族；三等人：汉人（指1234年灭金之后），将原属金朝统治下的汉人和女真、契丹、渤海以及1279年灭南宋之前归附的云南、四川的居民；四等人：南人，指原南宋统治下的江浙、江西、湖广三省和河南、襄州、郢州、两淮等地的汉族及各族民众。在科举入仕、赋税等政策上都加以区别。以蒙古族是欧亚大陆的征服者，色目人是率先归顺者，汉人次之，南人最后最低等。实施民族歧视和民族压迫。汉人、南人不能做各级的主要官吏，因德才兼备而用之有大利于他的汉人为高官时，本人要把名字改为蒙古名字。法律还规定，蒙古人打汉人，汉人不能还手，如汉人打蒙古人或色目人会被重处。严禁三、四等人结社习武，打猎养马，甚至夜间点灯都在禁令之列。如有人修学角斗武术，不论师徒，一律治罪。极大地加深了民族矛盾。

1294年，忽必烈八十岁那年完成了他的使命，因病在宫内去世。他一生奉行武力，以军事力量的优势夺得汗位，消灭了蒙古族内部争夺权力、地盘的敌对势力，用武力打遍并争得了欧亚直至非洲部分地区，灭掉了南宋王朝，建立了第一个少数民族统治华夏的封建王朝，面积接近当代中国疆土面积的五倍。他开疆拓土实施烧杀抢掠，势力范围、疆土领域都史无前例。由于蒙族在成吉思汗之前世代居住于山林草原，以狩猎为生，对动物任意射杀烹煮。他的本性，表现为视各地区、各民族的人为原始动物。他在后来发现征服民族比狩猎动物更有益处，能为他们供给一切，才开始有了分等级统治人类的政策。在他们的心目中，只有我（蒙古族），没有你，我的就是我的，你的还是我的。对于大汗和皇帝来说，世界上的一切都是他的。对地盘要占，对人要杀，对财物要抢，对城市要烧。把天下万物作为一家之什物，任意处置。

天意乎？苍天有好生之德，残杀不容再现！人为乎？人有善恶之分，只有除恶行善，才是人类的正道。

万家摧毁苍生泣，华夏子民分等级。
异域高天冤气聚，神州大地恨声啼。
横征兵士山河碎，暴敛钱粮炊火熄。
战乱频仍悲不止，谁帮百姓剐龙皮？

“战争”本就是“恶”行的表现方式，不管是正义还是非正义，都是以战士的生命、亲人的伤痛、家国的创伤为代价的。为了弘扬“善”，减少“恶”的发生，止战是必须要做到的。

十四 亲兵谋军 灭元建明

孤苦元璋父母亡，寄身寺庙当和尚。
先随大帅做喽啰，后选兵丁擢悍将。
平江交攻张士诚，鄱阳征讨陈友谅。
无辜百姓变冤魂，始建明朝露彪犷。

朱元璋，字国瑞，祖籍江苏沛县，经多次迁徙，到父亲朱世珍辈徙于濠州钟离（今安徽凤阳临怀镇）。1327 年出生，1368 年在应天（今南京）称帝，建立明朝，年号洪武，庙号明太祖，是明朝的开国皇帝。1398 年闰五月去世，在位 31 年。

出生布衣，加入义军。朱元璋出身于贫苦农家。1344 年，他的家乡因旱灾、蝗灾、瘟疫同时蔓延，无数的黎民百姓背井离乡逃难，死于灾祸者众。他的父母兄长相继死去，家中日无逗鸡之米，夜无鼠耗之粮。年方十七岁的朱元璋陷入走投无路之境，出家皇觉寺为僧。一个多月后，长老派他到合肥当游方僧化缘。他游历经过河南潢川、湖北云梦、河南汝州、安徽阜阳等地，三年后，回到皇觉寺。

此时的元朝朝政腐败，天下大乱，各地反元军事力量风起云涌：刘福通在安徽阜阳举兵，徐寿辉在湖北蕲州起义，李二在徐州起事，各有数万之众，杀官吏，掠郡县。方国珍起兵于海上，其他趁乱烧杀抢掠者难以计数。朱元璋是因生活所迫，为了活命去当和尚的。他在三年的游化僧期间，已看到了天下的乱象。他本无心清修，以武力服人的信念开始暴露。回到皇觉寺的五年中，以化缘为名，结伴数人到寺外荒郊不断习练拳脚功夫，舞刀弄棒，却也练得一身武功本领。

1352 年，定远郭子兴、孙德崖在濠州造反。时年二十五岁的朱元璋见天下大乱，本就不甘于寺庙清净生活。他见濠州郭子兴势力已大到官府不敢攻打的程度，于是弃和尚而为兵勇，到濠州投奔郭子兴，在郭子兴身边当上了一名亲兵。跟随其出兵打仗，因常赢那些似乌合之众的对手，深得郭子兴青睐，索性把收养的马公的女儿嫁给了他。这是朱元璋在军中的威望逐渐升高的最大助推力。

不久，郭子兴与孙德崖因意见不合，升级至内讧冲突。孙德崖寻机将郭子兴扣押在家，意欲杀害。此时的朱元璋在淮北，听说郭子兴有难，便带领亲兵，以迅猛之势冲入孙德崖家，让人把郭子兴背出，救了郭的性命。朱元璋从此自然成了郭子兴最信任的人，威望也越来越高。

与此同时，濠州义军中五个元帅之间矛盾日益加深，而郭子兴的力量不为最强。朱元璋在内乱中成为郭的党羽，但怕势力薄弱，遂筹划将这几年在亲兵中笼络的人，加上自己在外招募的兵士中挑选能征善战的徐达、汤河、费聚等领兵攻打安徽定远，又联合定远人李善长合兵攻下滁州，既增强了郭子兴的势力，又在军中暗暗地网罗党羽。

1355年春正月，郭子兴派张天佑等攻克和州（今安徽和县），下发檄文，令这些新旧军兵统归朱元璋统领。朱元璋考虑到自己的资历不够，恐将心不服，心生一服众之计：约定第二天早上众将在厅堂会集议事，却不公布郭子兴所下檄文。朱就坐于左首，坐次近似于协商。当日议定，众将分头用砖加固城墙，以三天为限，各将按议定完成所议范围，届时竣工。大家心知肚明，当时军情并不紧急，只是备战之需，朱元璋也未加务必性说明，故都未把限期看重。朱元璋暗中令人探看，已知限期内都没有完成，心中窃喜。当然他自己率先完工。按议定的第四天早晨，众将再次聚集于厅堂，朱元璋坐上正位，拿出郭子兴任命他统领各路军队的檄文，公之于众后，一扫平日的谦恭，厉声说道："我奉命统领各位将军、各路军队，加固城墙同属军务，前日共同议定，今日众将军都自食其言，已触犯军法，当何以处置？"众将见自己理屈，都在惶恐中请求宽恕，各自谢罪，表示今后唯号令是从，绝不再犯。朱元璋趁势收场，宽慰数语。他这一下马威之计，使这批军队各将心悦诚服，一切都在他的掌控之中。

横刀立马，统一江南。1355年三月，郭子兴死去，军事力量强大的义军集团红巾军刘福通已拥立韩林儿为帝，国号宋。韩林儿是以"明王出世，弥勒下生"之谣蛊惑百姓，得红巾军等诸路义军支持的。不久，韩林儿任命郭子兴之子郭天叙为都元帅，张天佑、朱元璋为副元帅。朱元璋对他的心腹主将们说："大丈夫不能受制于人，但韩林儿势力十分强大，尚当借用。"故他在军队中对外使用宋的"龙凤"年号，以示"拥护”，对内夺了故主郭子兴之子郭天叙都元帅的军权。从此郭天叙消失，朱元璋号令全军。

五月，朱元璋谋划渡过长江，向江南发展地盘，苦无船只，遂密令心腹去收买各路义军中退守于巢湖的廖永安、于通海。二人同意追随朱元璋反元，带领水军及一千只战船投奔。朱元璋大喜过望，但苦于元朝中丞扼守桐城闸（今安徽和县桐城闸镇)、马场河等各险要港口，对巢湖水军出战构成极大威胁。不久，天降大雨，水势大涨，朱元璋趁势从小港放船返回，突袭并打败元军，为渡江做好了准备。

1356 年 3 月，朱元璋率兵攻克集庆（南京）后，将集庆更名为应天府，以向天下昭示，他起兵是上应天命。从此应天府就是朱元璋的根据地，并据此向江南发展。此时，他最担心的是与他邻近的张士诚和徐寿辉两支强大的义军集团会将他吞而食之。于是，派出徐达迅猛地攻克了江苏镇江，又率兵先后攻下金坛、江阴、常州、常熟、扬州等许多州郡，占领了大片地方。乱世烽火，天下狼烟，数百支义军，上千个头目，都想占地为王，祸及无辜。他们之中，或鱼吃鱼不腥，或打不赢投降，战火烧尽了“英雄们”身上的外衣，浪花淘出了“豪杰们”的本性——争权夺位、攻城掠地、至死方休。

自 1348 年起聚众数千，在海上劫夺元朝官运船只的方国珍，往来多役，最终投降元朝。于 1356 年三月受封后，奉命带兵征讨朱元璋的心头大患之一张士诚军，以子之矛，攻子之盾，双方会战于昆山，张士诚战败降元，解除了对朱元璋的一大威胁。

1360 年，朱元璋的另一大威胁，徐寿辉被陈友谅杀害，陈友谅自称皇帝，国号为“汉”，占据江西、湖广之地。但对朱元璋的威胁并没有结束，陈友谅邀已降元的张士诚合兵进攻应天府，使朱元璋大为震动。他一面派兵攻打信州（今江西上饶），以牵制陈友谅的后方；一面密令陈友谅的故友康茂才（在朱元璋军中效命）给陈友谅写信，骗他立即派兵攻打应天府。陈友谅对康茂才愿为内应信以为真，立即出兵进攻应天府。朱元璋密令常遇春在石灰山设伏，徐达在南门外布阵，自己督军于卢龙山，陈友谅未及提防，大败逃走。

1363 年，陈友谅攻打洪都（南昌），与朱军的攻守战持续三个月之久。而后两军大战于鄱阳湖，朱军屡屡受挫。一天，朱元璋趁天刮大风之时，采用火攻，风催火起，火趁风威。鄱阳湖上，烟雾弥漫，火光映天，血染湖水。烧毁的战船与死尸漂浮在湖面，恰似狂风卷下的落叶，遮掩了湖水，除却哀号就是凄惨。陈友谅足智多谋、骁勇善战的亲弟及不少将士都被烧死，极大地动摇了陈友谅的军心。在经过相持数日的交战中，陈友谅内部为如何撤退发生了争执，大将军左金吾一气之下投降了朱元璋。朱元璋在包围阵势完备后，写了一封满篇讥讽嘲弄加侮辱谩骂的信，令人送去陈友谅军中，以激起陈的震怒突围。陈友谅看后，气得怒发冲冠，决定誓死决战。两军激战了一整天，陈友谅尚未杀开血路，他在船舱中咬牙切齿，探出头来观察，意欲寻机突围。刚一现身，但听“嗖”的一声，飞来一箭射中他的眼睛，贯穿头颅，这个为过皇帝瘾而身经百战的“汉帝”一命归西，其长子被活捉，战场上剩下的五万多水军全部投降。朱元璋除掉了一心头大患。

前文已述的朱元璋的另一心头大患张士诚降元后，恰值陈友谅与朱元璋鏖兵决战。他见陈、朱打得你死我活，却并不出兵进攻朱元璋，正在做坐收渔翁之利的美梦，自立为吴王。1363 年，朱元璋战胜陈友谅之后，羽翼渐丰，决心灭除张士诚这一大患。

1364 年，张士诚自立为吴王。1365 年，朱元璋兴兵讨伐张士诚。屡经血战，朱军攻下兴化、泰州、高邮、淮安、徐州等地。这个自起兵作乱，却临战降元，又自立为王，还企图坐享渔翁之利的癫狂白痴，在他发动和应对的百战之中，不知道枉送了多少人的性命。最后成了朱元璋的大将徐达的俘虏，自缢身亡，以偿还他所欠下的无数命债。死时 47 岁，所剩兵马二十五万全部投降了朱元璋。

灭元建明，抢尽杀绝。1358 年，朱元璋攻下婺州后，与方国珍邻界相望，朱元璋遂派人去劝降。方国珍时任元朝海道运粮漕运，兼防御海道运粮万户，拥有水军舰船千艘。1359 年初，方国珍派人向朱元璋献黄金白银，三月又许诺献出三郡之地。九月朱元璋以王朝“宋”的名义封方国珍官职，十月方国珍又接受元朝加封江浙省平章政事的官职。他一方面向朱元璋进贡，一方面替元朝运粮。后来元朝加封方国珍为江浙行省左丞相及衢国公之爵。1367 年朱元璋要方国珍贡粮二十三万石，同时对其采取军事进攻。最终方国珍投降于朱元璋。

1366 年，朱元璋在平定南方各路军事集团后，封徐达为征虏大将军，常遇春为副将军，统兵二十五万，北伐元朝所存之地，攻取中原。不久，山东全部落入朱元璋之手。

1368 年，朱元璋在应天府称帝。国号为明，年号洪武。改应天府为南京，开封为北京。立马氏（郭子兴养女）为皇后，世子朱标为太子。封李善长、徐达为左、右丞相，命徐达进军河南，攻占汴梁（开封），攻入洛阳后，直捣潼关，一直西进攻至华州（今陕西华县）。朱元璋闻报，到汴梁召徐达再议北伐之事，命徐达进军元朝都城大都（今北京）。徐达奉命与常遇春会师，沿运河北上，大败元军。元顺帝带着皇后、妃子和太子向北逃命，徐达进占元大都，元朝重臣不降者一律处死。

朱元璋以元大都为北平府，留将驻守，命徐达和常遇春进取山西，打过太行，攻占太原，平定山西全境。徐达奉命继续西渡黄河，追击元军，平定了陕西全境。

1370 年，朱元璋命徐达为大将，李文忠为副将，兵分两路，徐达攻打以扩廓为首的元军。双方在定西（甘肃境内）进行了惨烈的战斗，杀得走石飞沙，血凝荒漠，人马尸骨，踏为泥浆，生俘元文武僚属 1860 余人，将校军兵 84500 余人，马驼杂畜数以十万计，扩廓仅带着亲眷数人逃亡。

副将李文忠在追击元嗣主中，擒获元帝嫡孙、妃子、大将、相国等。徐、李奉朱元璋之命，带回用刀枪剑戟画出的“陕甘边地分外惨”的血腥画图，回朝领赏。

1372 年，朱元璋再令徐达、李文忠、冯胜兵分三路各率明军五万，进剿扩廓重新组建的元军，明军屡战屡败，死伤惨重之后撤兵。

1373 年，朱元璋以灭绝元军而后快的心性，再令徐达率领将兵进剿元朝势力，并戍守所夺之地。

1381 年，朱元璋见元军未绝，令徐达、汤和剿灭元军乃儿不花。1385 年，二十二岁投奔于郭子兴属官朱元璋部、时年五十四岁的徐达病死。从此，朱元璋再也没有命令徐达征战沙场的机会了。

有人说，徐达暴病身亡死得其时，他没有像丞相胡惟庸那样被朱元璋杀害时，牵连而死的人多达三万余。他受命于朱元璋杀敌三十余年，敌我双方和因战而死的百姓，鬼神难计其数。所幸临死时未牵连无辜。

出身草莽，早年跟从刘聚、占山为匪的常遇春，在朱元璋攻打元朝采石矶（今安徽马鞍山）的水军之际，投奔了朱元璋。随后统领大军破常州，克宁国（安徽境内），攻城掠地、抢人效主，朱元璋封其为中翼大元帅。

朱元璋在杀灭“汉王”陈友谅的战争中，常遇春奉命留守江州（九江），后奉命攻打池州时，斩杀了池州统帅罗友及其将士。在支援安丰战役中，斩杀俘获陈友谅的兵马难以计数。在与陈友谅的洪都之战中，《常遇春列传》中有以下的记述：“常遇春带领诸将奋战，喊声震天动地，血战三天，放火烧掉了汉军的船，湖水都被染红了……汉军大败，陈友谅战死。”

在奉朱元璋之命攻打太原的战斗中，常遇春追杀元军将领直到忻州，俘获披甲士兵四万名。被他所斩杀的加上自己率领为此战而丧生的将校难以计数。此战后，朱元璋令常遇春为左副将军，往北攻取大同，以斩尽杀绝元军而后快之势，迅猛进攻河东。经过血战，攻下奉元路（西安），又向西攻取凤阳（陕西境内）。继之，朱元璋诏令常遇春从北平出发，由李文忠辅佐，组建九万步骑兵，向锦州进军，打败敌将江文清。在全宁（今内蒙古翁牛特旗）打败也速部后，对大兴（北京属地）发起猛攻，杀死元军无数。大兴守将率领部分兵将在夜间出逃，惨遭追杀，幸存者全部被俘，元帝往北方逃命。朱元璋令常遇春穷追不舍，务必除尽。他率领将校拼命猛追至数百里之外，战马把死伤兵士踏入泥泞，步兵踩着血肉铺垫的大小路面。最终俘获元朝的宗王等将士一万余人，战车一万余辆。马三千匹，牛五万头，各种奇珍异宝连同女婢眷属少有幸免。常遇春为朱元璋大奏凯歌，奉令返回，所过之处，全军背后为他们送行的是：鬼哭神嚎的哀乐，阴风习习，悲戚切切，日星隐曜，挽歌起伏。回师至河北赤城县西，这个青年时期占山为王的劫匪，归附朱元璋后南北征战，时年四十岁正待讨赏的常将军，突发重病死去，给活着的人留下了无穷的议论。

朱元璋建立明朝后，在发起一系列的南征北战中，灭了元朝，统一了中原，喜不自胜。一日退朝后，步入宫苑，在鸟语花香的御亭中，坐在龙椅上品茗。忽觉林中群鸟飞逐，抬眼望去，这些鸟儿都在为捕食而竞争，却没有一只鸟得到他鸟的供食。恶念心中起，杀戮性中生。想到自己受文武百官群臣朝见的情景：个个五体投地，无令不敢平身，无问不敢开口，对他那种毕恭毕敬的样子实在好玩。天下都是他们打下来的，唯有我无所不为！

此时，他想再品一口，刚一触摸茶杯，手却好似被刺了一下。突然想到赵匡胤杯酒释兵权时说过的话：天下哪个不想当皇帝！沉思之余，又联想到李世民为提防武氏有天下，杀尽人间姓武的，唯留媚娘入空门。在李世民看来，华夏几千年，没有女人能坐龙殿，也没有出家人能当帝王。其结果是武媚娘立周称帝。我不是也当了八年和尚吗？观今鉴古，僧尼都可为君，只要有心有手段。那些为我出生入死打天下的功臣，有没有想篡位的呢？想到这里，朱元璋恶眼看善，恶性生疑，疑心生暴（老百姓只能生惧）。他要把“君王震怒，血流成河”的权威施加在为他争夺天下的朝臣中，使其再一次变为现实。

刘基之死。刘基，字伯温，青田（浙江西水）人，自小饱读诗书，上知天文，下识地理，在明朝有“活着的诸葛亮”之美誉，是民间传说中中国古代七大预言家之一。朱元璋说刘基“他是我的子房（即刘邦的开国丞相张良）”，西蜀赵天泽品论江左人物时，首称刘基。认为他是当代的诸葛亮。方国珍在海上起兵时，元朝行省派出进士出身、曾任江浙儒字副提举的刘基为元帅府都事去平叛。方国珍接受招安后，时义军此起彼伏，刘基又被派去处州（浙江丽水）一带剿抚义军。叛乱平息后，刘基嫌元朝封给他的官位虚小，于是辞官回家。在此期间，各家义军都有求于他。刘基施计使他们各自相安，因而声名远扬。

朱元璋攻下金华，平定括苍（浙江属地）后，正是他急需用人之际。闻得刘基名声，曾数次派人带重礼相请，又令孙炎两次写信相邀。经过朱元璋四次的邀请后，刘基终于答应到朱元璋军中出力。不久，上疏时务十八策作为见面礼。朱元璋读后大喜过望，经常与刘基密谈。刘基畅谈天下大势，帮助朱元璋谋划取得天下，深得朱元璋赏识。可以说朱元璋凡采用了刘基的运筹，每一项重大军事行动，都达到了既战必胜的效果。因此朱元璋在诸多将领面前以“老先生”称刘基，并宣布：“他是我的子房。”受封于元朝的衢国公方国珍，平素敬畏刘基。早在刘基未做元朝官员之前，就多次以重礼请刘基去帮助他，刘基未允。刘基在辅佐朱元璋后，写信让方国珍与朱元璋暗中修好，故方国珍才允诺进贡。直到最后方国珍投降于朱元璋，都全赖于他对刘基的敬畏和刘基对他的说服。

朱元璋在与陈友谅的军事决战中，每个细节都由刘基谋划。只有在洪都（南昌）朱元璋被陈友谅包围之战中，朱元璋不听刘基劝阻，但事后朱元璋后悔地对刘基说："不听你的话，几乎失去洪都。"在鄱阳湖大战中，刘基辅佐朱元璋在胡床上督战。战役异常惨烈，尸积湖中，染红湖水。一时间，刘基眼观敌阵，知道敌军火炮必轰御船，突然跳起来，连喊带拖，硬是把朱元璋拉到一条小船上去。还未坐定，敌军的火炮击中原来的御船，船体残骸散落湖中。陈友谅眼见朱元璋的御船被击毁，以为朱元璋必死无疑，喜不自胜，催船奋进，结果中了刘基的"金""木"相克战法，陈友谅兵败身亡。此次刘基是朱元璋的救命恩人。

朱元璋称帝后，刘基是开国元勋之一。但他对朱元璋心知肚明，深知这位皇帝是只能共患难的君王。为了避免"兔死狗烹"的悲剧在自己身上重演，故在册封官爵时以谦让为先。朱元璋封他为御史中丞（负责纠察百官，主管司法），年俸二百四十石（李善长的年俸为四千石），刘基无怨无悔。"智者见于未萌"，刘基这个天生的智者，他深知朱元璋要开始"烹狗"了。

果然，没有多久，朱元璋召见刘基，想借刘基之手除掉丞相李善长。以征询意见的口吻试探刘基的态度，意在借机探知刘基是否想当丞相。刘基对朱元璋说："善长是建国的功臣，又善于调和人际关系，适合担任丞相。"朱元璋诡秘地一笑，说："他几次加害于你，你还为他说话（皇帝在朝臣中行离间计）？"刘基说："他与我是私人关系，换丞相是国家大事。换相就如同跟一座房子换顶梁柱，要换就得先找到栋梁之材，目前还没有人能取代李善长，所以不宜换，要慎重。”

朱元璋接着提出了杨宪、汪广洋、胡惟庸等都可为相的意见。刘基一一否定说，这些人都不是宰相之才。朱元璋说：“既如此，还是老先生自己出马吧。”刘基十分诚恳地谢绝了。但不知为什么，这次与皇帝的谈话之后，刘基竟然成了众矢之的。他已感觉到向他袭来的习习阴风、飕飕凉气中有血腥味伴随着。不久，刘基便以年老体弱为由，请求告老还乡。1371 年（明朝建立后第四年），朱元璋批准还不到六十岁的刘基归老致仕。

1375 年，朱元璋以有人状告刘基在家乡强占一块有“王气”的土地，准备将来做他自己的坟墓为由，下令革去刘基的养老俸禄（年俸四千石的李善长被灭族，年俸二百四十石的刘基自然该断俸）。刘基只好急匆匆回到京城，谢皇上隆恩后，住入京城自己的府邸，不敢再回家乡。不久，64 岁的刘基死于京城家中。

对于刘基的死因，有两种说法：

一、1375 年，刘基被革去养老俸禄，回京谢恩后，住在京城家中。不久生病，丞相胡惟庸奉命派太医为他治病服药后，病情急剧恶化而死。此说的言外之意是说胡惟庸在药上做了手脚，刘基是被毒杀而死的。从时间上看，刘基已告老还乡五年之久，从未参与政事，刘基对官居丞相之位的胡惟庸绝无威胁，此为其一。其二是刘基已完全陷入了朱元璋恨杀的深渊，连养老的俸禄都被革去，哪里用得着丞相去毒杀。其三刘基是以太史令、御史中丞的官位告老还乡的，无圣旨谁也不敢去谋这个“子房”的命。如果是被毒杀的事实成立，那一定别有隐情。

二、根据他的智慧和对朱元璋的心性了解，有人说刘基为了逃脱被杀的厄运，就装死。被送回家乡之后，潜行匿踪了。但不管刘伯温是怎样死的，他都是未遭到灭族之灾的开国元勋，亦可算是幸事了。但从中是否可以窥视出朱元璋在“烹狗”了呢？

胡惟庸之冤。《中国历史教科书》是这样描述的：“朱元璋以谋反的罪名诛杀了丞相胡惟庸……胡惟庸早年投奔朱元璋，深得朱元璋的宠信。明初，他先任右丞相，后又任左丞相，掌握着官吏升迁及臣民生杀等重权。随着他权力的扩大，朱元璋很不放心。1380 年，朱元璋下令诛杀了胡惟庸。在随后的十年时间里，因胡惟庸案株连被杀的多达三万人。”朱元璋以谋反罪诛杀丞相胡惟庸，长期在朝野上下，捕杀所谓同党，十年间从未止息。“京官每旦入朝，必与妻诀，暮无事则相庆，以为又活一日”（见《稗史汇编》）。当时朝臣惶恐之心由此可见。

宋濂之悲。宋濂，字景濂，祖上是浙江潜溪人，到宋濂时迁到浦江。他德才兼备，受到海内外包括高丽、安南、日本等国的尊重，四方都尊称他为“太史公”，被当世人称为“开国文臣之首”。因他一生随事尽忠，白首侍奉朱元璋，深得其宠幸，久在内廷为官，位至太子太师。他奉命编修了《元史》，制定了明朝的礼乐制度。朱元璋有事就问，宋濂毫不避讳地进言，常常奉命在内廷宴见，直到深夜。朱元璋还亲手把御用甘露调在汤里，拿着给宋濂喝，并说：“这汤可以治病，延年益寿，朕愿意与你共饮此汤。”

朱元璋曾在朝廷之上称赞宋濂说："朕听说最上者为圣，其次为贤，再次为君子，宋濂侍奉朕十九年，不曾有一句话的诈伪，也未曾揭过一个人的短处，他不但是个君子，还可以称之为贤人啊！"尽管是如此嘉言懿行的贤人，但也同样受着与朱元璋其他文臣武将一样被疑杀的"殊荣"。

一天，宋濂在家中陪客人喝了酒。朱元璋派出的暗探，把在宋濂家中饮酒的人姓名、官职、入席坐的方位、吃的菜谱一一作图，并用文字说明奏报皇帝。第二天，朱元璋召宋濂入宫，谈古论今，十分巧妙地询问宋濂昨天的一切行动。宋濂把陪客吃饭，包括座次、菜谱都如实做了回禀。朱元璋诡秘地笑道："对啊，卿未欺骗朕。"然后拿出锦衣卫绘制的宋濂家宴图，宋濂看后目瞪口呆，被吓出了一身冷汗。

1380 年，朱元璋假以奸党谋反，炮制了胡惟庸冤狱案，牵连诛杀文臣武将及其亲眷数万人。宋濂的孙子受牵连被杀，虽已告老还乡的宋濂也在劫难逃。朱元璋令人把宋濂押解至京，列为死囚（武官手握重兵，功高震主。文臣握管摇唇，名气远播，祸之端也）！太子朱标知情后，极力在父皇面前作保，意欲解救他的恩师，未果。消息传入马皇后之耳，马皇后在朱元璋面前晓之以理，动之以情，求皇上赦其无罪。马后说："民间百姓为子弟请老师，尚以礼全始终，何况天子之家，更应为民做出尊师之表率。太子太师宋学士早已在家闲居，未过问朝中之事，何来奸党之说？"朱元璋听后，嗤之以鼻，并不应允。此后，马皇后用餐，吃斋茹素，不沾荤腥。朱元璋见之问其故，马后说："我从此要为宋先生做佛事送行。"巾帼之善，远胜于朱皇帝之行。朱元璋权衡利弊，恶性暗动，变换手法，公开赦免了宋濂的死罪，改为发配茂州（今四川茂汶羌族自治县）。不知为什么宋濂在发解之中，死于夔州（今重庆市奉节县）途中，魂不归乡。痛哉！哀哉！（见《中国通史》和《宋濂列传》）一百多年后，明朝第十一代皇帝明武宗，批准了四川巡抚马俊关于解脱宋濂冤魂“沉沦于九泉之下”的奏疏，宋濂被追谥为“文宪”。幸哉！

李善长之冤。李善长，明朝开国功臣，字百室，濠州定远（今属安徽）人。各类史书都评论其“富于谋略，通晓古今”。中年追随朱元璋，为其治理有方，保障军需供给。鞠躬尽瘁得到朱元璋的绝对信任。1376 年，朱元璋把临安公主下嫁给他的长子李琪，封琪驸马都尉之职。

朱元璋带领军兵攻打鸡山寨时，只留了极少兵士让李善长驻守和阳这一重要后方基地，此军情被元军获悉，急派重兵偷袭朱元璋的后方和阳。李善长发挥他的智谋，指挥驻军以少胜多打败元军，令朱元璋钦佩之至。

朱元璋在巢湖之战取胜后，在准备进攻镇江时，李善长与朱元璋共商整肃军纪之法：为收买军民之心，故意指使大将徐达违反军纪。朱元璋在众人面前假意以肃军纪为由，下令将徐达斩首。由李善长出面，死命劝谏，让徐达戴罪立功。这一出戏演得精彩，收到了对全军号令畅通无阻的效果。

朱元璋自立为吴王后，封李善长为右相国，朱元璋每次出征，都由李善长留守大本营。前方所需军粮器械，全由李善长征调派发，无一疏漏。李为保证军需，制定了一系列有关茶叶、开矿冶炼、渔盐业等的新税法，既激发了老百姓的从业热情，使百姓各得其所，又增大了财税收入，使府库日益充盈。

他的官位也不断地得到提升。

李善长在任宣国公、左相国时，向朱元璋提出改革刑法，朱元璋钦命李善长为总裁官，与刘基一起裁定律令，昭告天下，废除了千百年沿袭的连坐法，只保留了“大逆”之罪才连坐之律。朱元璋称帝后，所有追封祖先，册立后妃、太子，封立各个王侯等国家大事都交与李善长办理呈报。朱元璋在出京巡视开封期间，留李善长留守京都，所有军国大事都由他处置。此后，朱元璋让李善长制定六部官制，修订史料，编辑家谱，制定礼数、爵赏，等等，无论巨细，鲜有疏漏。

1370 年，朱元璋在大封功臣时说：“虽然李善长没有卓著的战功，但是追随我时间长，忠心不二，尽力保障了军需供给，功劳极大，应该晋封。”于是授予了李善长一连串的官爵，每年俸禄四千石，子孙世袭爵位。还赐给他免死铁券，免其两次死罪（即如果犯了两次死罪，都不治罪，自然不在被杀之列），免其子一次死罪。朱元璋当着百官说李善长是他的萧何（刘邦的丞相）。官位在身经百战灭元建明的大将军徐达、常遇春之上，一句话说就是一人之下，百官之上。其年俸是刘基［即刘伯温，被朱元璋誉之为他的子房（张良），时民间广为传诵“前朝军师诸葛亮，当朝军师刘伯温”。曾于战火中，特别是鄱阳湖水战中多次让朱元璋摆脱了生命之危］的十七倍。真正是功高盖主，位极禄丰了。

这位头戴朱元璋封赐的一大堆桂冠：开国辅运推城守正文臣，特进光禄大夫、左柱国、太师、中书左丞相、参军国事等，怀揣两次免死铁券的李善长，凭着他把毕生精力和智慧，忠心不二地奉献给了朱元璋，得到了这些荣耀，似乎也受之无愧。但是他自己却没有把握住他为朱元璋所做的一切都是绝对应该做的，把他所得到的恩宠也来者不拒地一律收受。大有这是我忠诚和智慧的结果，所以根本没有去揣摩皇上对他会有恶心歹意，这就是他“善眼看恶”的致命“错误”，由此而造成的连锁反应是：

朱元璋在群臣面前自比汉高祖刘邦，把他比喻为萧何。而李善长却把他当成官帽和俸禄一样领而受之，没有去进入角色“享受”朱元璋这种暗含杀机的褒奖。他似乎不知道刘邦称帝后，杀了多少功臣，杀了多少他赐封的异姓诸王，似乎也不知道萧何是采取赊借银钱，低价收买田地，以权强买百姓房产为己有的方式，以此来自污自己一身的忠诚和清廉，才逃脱了杀身之祸的。一句话，朱元璋自比刘邦表明他会大量诛杀开国功臣，你“萧何”李善长自在必杀之列。而李善长却丝毫未解其意。从这一点上看出，各类史料评论李善长“通晓古今”是值得研究的。

李善长忠君如一，忠心不二。他始终把皇帝视为可以与他人建立和谐相处、互有恩情托付一切的关系的人。这个皇帝的亲家李善长七十七岁那年（1390 年），他的一个曾在胡惟庸家当过下人的亲戚丁斌，因在胡惟庸被朱元璋诛杀案中受牵连坐罪应发配边疆。李善长一生对朱元璋都是“以善眼看恶”（即以善眼看待恶行，恶也是善），为丁斌求情，说丁斌只是胡惟庸的下人，请皇上宽恕。朱元璋早就有除掉李善长之心，只是始终未找到借口。这次机会来了，朱元璋下令把丁斌抓捕入狱，命人刑讯逼供，要丁斌招供李善长与胡惟庸同谋造反。丁斌受刑不过，屈打成招，供认胡惟庸谋反前去找过李善长。由此罪名成立，李被定罪“身为元勋国戚，明知谋反而不举报，怀揣二心，大逆不道”，但始终证据不足。于是朝廷下令：“天象有变，必须杀大臣应灾。”逼李善长自杀。朱元璋满足了白发苍苍的功臣最后唯一的请求——“留个全尸”，当朝“萧何”该足以自慰了吧！当然我们不清楚李善长临死前一刻，是否明白了朱元璋称帝后，恶性膨胀，朱皇帝“恶眼看善，善也是恶”的本性特质。

李善长被杀后，朱元璋亲自将李的妻子、女儿、弟侄亲眷七十多口的罪状一一罗列，昭告天下，连同被视为李善长党羽的一批侯爵官员全部诛杀。奇怪的是，“大逆不道”的连坐法也有疏漏，李善长的长子李琪（驸马都尉）夫妇却未在被诛之列。

有人问：“李善长死了。他的那么多顶官帽不知带入棺材没有？他年俸四千石，所余财帛也不知陪葬没有？有人说他有家眷七十多口陪葬，也应知足了。”又有人问：“皇帝赐给他可以免除两次死罪的免死铁券到哪里去了？逼他自杀时，他为什么不拿出来求生？是因为忙于效忠皇帝不小心丢了呢？还是随身入墓了呢？”还有人说：“李善长读书万卷，通晓古今，远不如朱元璋翻脸比翻书还快，真是发人深省，耐人寻味。”更有人提出：“朱元璋以‘天象有变，必须杀大臣应灾’为由逼李善长自杀，那么李善长是为国为民而捐躯的，当是舍身报国，其子孙世代都应袭禄袭爵。为何株连李的家眷七十余人？”朱元璋心里明白，不加谋反罪名，恐怕会带来以后为国尽忠者心寒。要再杀一批伯爵会苦无借口。故在李善长死后，罗织罪名，杀个痛快，故定为谋反罪，以连坐法诛杀其亲眷及党羽，就有遮掩其冤案的障眼布了。其悲如是！其冤何及？

李善长死后第二年，户部郎中王国用上书为李善长喊冤。文中有理有据，无可辩驳地证实了李善长无谋反之心。并说道："如果说天象有变，灾难降临，杀大臣以应天象，更是不可取啊！李善长功勋卓著，尚且落得如此下场，其他大臣该怎么想啊？现在人已经死了，说这话也没有什么实际意义，但愿陛下能引以为诫吧！"（见《李善长列传》白话精编版）朱元璋御览王国用的上书之后，看到锋芒直指自己。他如同平常一样，行使着"金口玉言"的权力：对上书视而不见，不予理睬。对为罪臣鸣冤者不功不罪，真是其味无穷。

根据《中国通史》记载："十三年（1380 年），丞相胡惟庸案，牵连被杀者达三万人，公侯伯坐死者二十余人……十五年（1382 年）的空印案和十八年（1385 年）的郭桓案中，数百名官吏被处死刑，下狱者数万人。"

1390 年，朱元璋以谋反罪诛杀李善长及其眷属和一批侯爵官员后，主持编写并颁布了《昭示奸党录》一书，以此宣告"肃清奸党事"。该书成书于 1392 年靖宁侯叶升被杀时。"该狱共历时十二年，诛杀文臣武将多达三万人"，其中包括一个国公、二十一侯……由于杀戮异常惨烈，元勋宿将损失殆尽。

在此期间的达官贵人，公、侯、伯、子、男等有爵者无不在战战兢兢，如履薄冰中挣扎，以求苟安自保。至 1392 年朝廷宣告"肃清奸党事"颁布了《昭示奸党录》后，幸存下来的文武百官及其眷属们终于在家中长长地舒了一口气，暗暗各自庆幸，十二年惶恐之日终结。恢复了卧安枕、食甘味的生活秩序，那是何等的快慰啊！十分可惜的是，官爷们想得太天真了。他们万万没想到，皇帝朱元璋并没有收手。几个月后，1393 年二月他们的皇上又将炮制的“大将军蓝玉谋反之狱”这一惨剧搬上了明朝的政治舞台。

蓝玉之惨。蓝玉，凤阳光府定远县人。他是那个四十岁暴病而亡的开国大将军常遇春的妻弟，曾在常遇春麾下屡立战功。受朱元璋宠信，提升到大都府任佥事。1371 年奉命伐蜀，攻克绵州（今四川绵阳市）；1372 年随徐达北征，连败元军于乱山、土剌河；1374 年奉命率兵攻占兴和，俘获元国公等将官 59 人；1379 年，同西平侯征西蕃，擒敌首将，斩杀敌军将校无数，缴获各种物资甚多。1380 年奉命回朝，受封为永昌侯，食禄二千五百石。1381 年，朱元璋令蓝玉以左副将军衔征讨云南，擒元朝平章守将，元梁王战败死于逃跑途中。朱元璋依功行赏，蓝玉增俸禄五百石，加封为太子太傅，册封其女为蜀王朱椿妃，成了皇亲。

1390 年，西蕃复叛明朝，朱元璋令蓝玉率兵前往大渡河攻打西蕃军，很快攻克了散毛峒（今湖北恩施州咸丰县东南部和来凤县北部），平定了忠建（今湖北恩施州咸丰县和宣恩县）、施南（今湖北恩施州宣恩县珠山镇）二宣抚司的叛乱。1392 年，西蕃再次叛乱，蓝玉奉命反攻，进军罕木地区，蕃军大败逃窜。

恰在此时，原蜀将在建昌造反，蓝玉在奉命征讨中，设计擒获蜀反将父子（解京师后被处死），杀死兵将无数，余者全被俘获。蓝玉奉命班师回朝。时天下趋于太平，已无战事了。正如刘基生前所预言：“狡兔死，猎狗烹。”朱元璋又要“烹狗”了。

1393 年二月，蓝玉被朱元璋以谋反罪逮捕入狱，凌迟处死，灭三族。随即朱元璋下令抓捕同党，八方追杀。因蓝玉而受诛杀的有开国公常升等，被封为侯爵的十三人，受封为伯爵的二人，伯爵以下的兵将被连坐辗转诛杀的有二万多人（见《中国通史》第 1981 页），直杀到当年九月，朝廷宣告捕杀蓝玉党羽结束。

对朱元璋发起的诛蓝玉党羽案，他的儿子燕王（明成祖朱棣）叹道："父皇三十年以来选擢的大臣都被杀光了。"（见《中国通史》第 1984 页）奸诈残忍的朱元璋以几十年的战争劫杀夺得天下，以诛杀功臣坐稳帝位。于 1398 年闰五月去世后，他的儿子们又掀起了争夺皇权的杀戮战争……煮豆燃萁，父行子效，当不失为真。这正是：

明朝国姓始元璋，奢望江山万代长。
陷害功臣夺富贵，栽赃名士戮忠良。
东西两厂锦衣卫，南北私衙走狗忙。
煮豆燃萁添笑柄，父行子效透心凉。

朱元璋和汉高祖刘邦的性格和际遇有异曲同工之处，最初皆为社会底层人士，成为皇帝后诛杀有功之臣。这两位在历史上都是一个朝代的开国皇帝，依靠能人贤才征得天下，却只记得"共苦"，不能"同甘"，实在是做人的一大败笔。甚为可惜的是，在他们的强权压制下，治世贤才早早而亡。

司马光曰："夫帝者，为善为恶，天下莫不知。"说的就是，皇帝作为一个国家的帝王，其作恶和行善，天下的百姓都是知晓的。刘邦和朱元璋诛杀功臣的行为，渐渐背离了民心，才会在建国初一个发生"八王之乱"，一个发生"靖难之役"。

十五 父子弄权 狼狈成奸

佞臣之最数严嵩，朝野权倾恶性凶。
构陷恩师贪富贵，阿谀皇帝扮诚忠。
巧言令色邀专宠，乾道青词抢首功。
君怒贬官儿问斩，财空身败命孤终。

严嵩（1480 年—1567 年），字惟中，号勉庵、介溪等，汉族江右民系，江西新余市分宜县人。明孝宗弘治十八年（1505 年）乙丑科进士。他是历史上臭名昭著的奸佞权臣，擅权柄专国政达 20 年之久，累进吏部尚书，谨身殿大学士、少傅兼太子太师、少师、华盖殿大学士。63 岁拜相入阁。

高中进士，纂编府志。严嵩的父亲虽醉心于权力，但一生屡考不中，只好把当官谋利的希望寄托在儿子身上。万幸的是严嵩不负重托，他五岁在严氏祠启蒙，9 岁入县学，10 岁过县试，19 岁中举，25 岁中进士，减轻了他父亲的心病。

弘治十八年（1505 年），严嵩考中乙丑科进士，被选为庶吉士，后被授予编修。不久得了一场大病，不得不辞官回籍。

严嵩在家的10年间，正是宦官刘瑾权倾天下之时。

正德七年（1512年）袁州府知府姚汀开局修志，请严嵩为总纂。不久姚汀又以事去。第二年，徐琏继任知府。到职后，徐琏即飞函请严嵩继续纂编府志。

正德九年（1514年）严嵩任总纂，因为这年为甲戌年，故人们称之为甲戌志。后世称《正德袁州府志》。

乞怜夏言，步步高升。宦官刘瑾与其党羽被灭后，严嵩北上顺天，正式复官。在此后的十多年内，严嵩先后在北京与南京的翰林院任职。明世宗沉迷道教，好长生不老之术，对政事漠不关心，朝中事务皆交由朝臣处理。礼部尚书夏言得到世宗的宠信，又是严嵩的同乡，于是严嵩拼命讨好夏言。正德十六年（1521年），严嵩升南京翰林院侍读，署掌院事。

嘉靖四年（1525年），升国子监祭酒。

嘉靖十一年（1532年），升南京礼部尚书，两年后改任南京吏部尚书。

嘉靖十五年（1536年），因万寿节严嵩赴京朝觐，被世宗留下，任礼部尚书兼翰林院学士。由于世宗对仪礼的重视，礼部尚书在部院大臣中地位尤其显赫，往往成为进入内阁的阶梯。严嵩和世宗的接触开始频繁起来。据他自己说，当时世宗忙于同辅臣及礼部尚书等制定礼乐，有时一日召见两三次，有时至夜分始退。他住在城西约四里，常乘车赶往宫中，时间来不及，往往是单骑疾驰。

嘉靖十七年（1538年），有人上疏请献皇帝庙号称宗，以入太庙。朝中大臣，包括严嵩在内，欲加阻止，世宗怒，著《明堂或问》，严厉质问群臣。严嵩献媚皇帝，阿谀奉承，尽改前说，并且“条划礼仪甚备”，得到了嘉靖皇帝的信任。

青词宰相，迫害忠臣。严嵩初得皇帝信任后，一面行竭力讨好皇帝之能事，一面寻机对政敌攻击陷害。严嵩本来就是靠巴结时任首辅的同乡夏言才渐渐取得皇帝信任的。而夏言对皇上沉迷道教持有不同意见，常常谏言，致使皇帝厌恶，而此却给了严嵩取悦皇帝的天赐良机。他暗中派人与道教名士取得联络，了解得知道教中的一些仪规。从中熟悉了道教在举行仪式时必须首先用词文向上天祷告，这种词文，在道教中称为“青词”。严嵩在获得青词样本后，略加改动便成了他的“青词”。在皇上举行求长生不老的仪式之前，严嵩向皇帝进言：“求长生不老的仪式，须首先用青词祈祷上天，以示虔诚。只要青词诚恳，定能求得上天的庇佑。”并趁机把他篡写的青词呈上。皇上读了严嵩所献青词，龙颜大悦，认为有了此篇青词，定能感动上天，自己梦寐以求的长生不老便能实现。为此，对严嵩的宠幸几乎到了无人能及的程度。严嵩也趁机在皇帝面前对夏言使阴招、放暗箭，攻击夏言，说他反对皇上求长生之道是不忠，并借外寇入侵之机，诬陷夏言支持陕西总督收复失地（河套）是“别有用心，轻启边衅”，如此种种，致使首辅夏言被革职。

夏言被革职后，严嵩更加权高位重，他奸巧地利用了皇上的旨意，扶植自己的儿子严世蕃，大加提升他的官职。时间一长，皇帝对严嵩的一系列擅权举动开始警觉。三年后，重新启用夏言为首辅，安慰性地封严嵩为少师。夏言上任后，对担任尚宝少卿的严世蕃的横行霸道予以惩治，惊得严嵩父子到夏言床前认罪，久跪不起，求得宽勉。从此严氏父子对夏言更加切齿痛恨，誓将其除之而后快。严氏父子收买了朝廷内外官宦和皇宫内的一批近侍，时常在皇帝面前参奏夏言意图不轨，编造谣言，说夏言对皇帝求长生不老术四处诽谤，已失君臣之分，等等。最终夏言入狱被杀。严嵩如愿以偿地升任为内阁首辅。

严嵩这个靠献媚取宠得位在一人之下的奸佞馋臣，从此擅专朝政，为迎合讨好皇上，谋划营建了崇道炼丹所需的斋宫秘殿，修建场地二三十处，投入役匠数万人，年耗费二三百万两白银，超过了朝廷年入税总额的三分之一。严嵩便在官民中以献助名义加赋收，致使朝野上下怨声载道。他自己从中谋利，又更加获宠。皇帝住入斋宫，懒于上朝，朝政事务多委于严嵩送呈处置。百官奏事皆由严嵩上传下达，更加方便了他迫害忠臣，升贬官员，卖官谋财的罪行。

在蒙古人进攻京城之际，皇帝问及严嵩何以应对，严嵩毫无办法，将此事推到礼部尚书徐阶处。皇帝召见徐阶后，采纳了徐阶的意见，由兵部尚书丁汝夔依计反击，严嵩眼看在对外作战胜利后，礼部、兵部都将获得殊荣，于己不利，于是密令兵部尚书丁汝夔消极抵抗。当俺答汗之兵包围了北京，在城郊大肆杀掠之际，左谕德赵贞吉提出抗敌之策，去见严嵩以求皇上圣旨时，严嵩以在写青词为由不见。赵贞吉求不得上谕，致使贻误战机，损失惨重。战后，皇帝追究责任，严嵩害怕兵部尚书供出是他授意的消极抵抗密令，便采用先发制人之法，上奏皇帝，把责任推到兵部尚书丁汝夔身上，说他没有催促将士拼死抵抗，严重失职，让皇帝下旨处斩了丁汝夔。他自己不但找了替死鬼，杀害了忠良，还压制了礼部尚书徐阶的破敌之策，故落得写青词不参与军机大事的“青词宰相”名声。

谋夺名画，杀人灭口。严嵩为了获得北宋著名画家张择端的不朽之作《清明上河图》，捏造罪名杀了两个朝廷命官。嘉靖年间，严嵩得知此图收藏在员外郎王振斋手中，便派蓟门总督王忬去求购。王振斋惧怕严嵩的权势，又舍不得交出这幅画，于是便找名家临摹了一幅送给严嵩。严嵩不知是假，公开炫耀时被曾经装裱过此画的装裱师看破。严嵩怒不可遏，随即以“欺相”之罪缉拿了王振斋。王振斋受刑不过，只好说出真迹在其舅舅陆治手中，严嵩又利用权势从陆治手中获得真迹。可怜的王振斋最后死在狱中。严嵩以权势掠取真迹的内幕王忬最清楚。嘉靖三十八年（1559 年），严嵩以“治军失机”的罪名将王忬杀掉灭口。明末清初戏剧家李玉根据这一史实编写了《一捧雪》传奇，搬上了戏剧舞台。

铲除异己，权倾朝野。夏言死后，严嵩与仇鸾的矛盾开始激化。曾铣被杀后，仇鸾有宠，不甘心被严嵩掣肘。他上密疏，揭发严嵩与严世蕃所行之事，引起了世宗的警觉。

嘉靖三十一年（1552 年），严嵩受到冷落，大臣入值，他有四次不曾被召见，当随同其他阁臣入西苑时，也被卫士拦阻。他回到宅中，与严世蕃相对而泣。但仇鸾不久病重，陆炳乘机编造出仇鸾有不轨行为，向世宗汇报。世宗立即收回仇鸾的印信，使他忧惧而死。皇帝和首辅间的芥蒂自然消除。

严嵩相继除去了政敌夏言、仇鸾，朝中一时无人与之匹敌。但他深知世宗对大臣的猜忌心理，为了保住他的权位，他对所有弹劾他的官僚都施以残酷的打击，轻者罢官，重者致死。沈炼、杨继盛之死就是突出的例子。

沈炼上疏，罗列严嵩十条罪状。主要指责严嵩索贿鬻官、沽恩结客、嫉妒贤能、阴制谏官、擅宠害政。严嵩由此大恨，反击说沈炼在知县任上犯有过失，想借谏言得罪，受些小处分，一来避考察，二来取清名。世宗被打动，谪发沈炼至塞外保安。沈炼在塞外以詈骂严嵩父子为常，嵩闻之大恨。严嵩将除去沈炼的事交给其子严世蕃，严世蕃嘱咐新上任的巡按御史路楷和宣大总督杨顺合计除沈，许以厚报"若除吾疡，大者侯，小者卿"。恰逢白莲教徒阎浩等被捕，招供人名甚多。杨、路加上沈炼的名字，经兵部题覆，沈炼被杀。

杨继盛上疏论严嵩十罪、五奸。把世宗最头疼的北边安危与严嵩联系在一起；又说，去春雷久不发，主大臣专政，去冬日下色赤，主下有叛臣，把世宗最相信的天象说与严嵩联系在一起。

"十罪、五奸"的内容仍主要是贪贿纳奸，结党营私，打击异己。这些都摸准了世宗的心理，很有力量。但他在结尾处写道："愿陛下听臣之言，察嵩之奸，或召问裕、景二王，或询诸阁臣，重则置宪，轻则勒令致仕。"按明律藩王不当过问政事，询问二王是何用意？史载："嵩见召问二王语，喜谓可指此为罪，密构于帝，帝益大怒"，遂将杨继盛送镇抚司拷讯。为杀杨继盛，严嵩故意将其名字附在坐大辟的都御史张经和李天宠之后，一并奏上。世宗批可，严嵩就借皇帝之手杀了杨继盛。凡是弹劾了严嵩父子的文臣武将，没有不遭到严嵩捏造罪名而受诬陷的。除沈炼、杨继盛外，前后有谢瑜、叶经、童汉承、赵锦、王宗茂、何维柏、王晔、陈垲、厉汝进、徐学诗、周鈇、吴时来、张翀、董传策等这些官员或被诬陷致死，或入狱，或被贬流放，个个都下场凄惨。（见《明史·严嵩传》）

父子弄权，狼狈成奸。嘉靖“十五年以前，名为汰省，而经费已六七百万”。此外，他还不时采木、采香和采珠玉珍宝。光禄寺库银，嘉靖十五年前积银八十万，自二十一年后，“供亿日增，余藏顿尽”。严嵩就是在这种情况下进入内阁后又成为首辅的。面对日渐恶化的政局，他不仅没有向世宗提出任何规谏和改革方案，而且推波助澜，使局势向更乱更糟的方向发展。在他看来，只有讨得皇帝的恩宠，才可以有权有势，人们都要仰其鼻息行事。至于国家百姓如何，与他无关。所以凡是明世宗喜欢听的，即使是很不该说，他也说；凡是明世宗想要做的，即使是荒唐可笑，他必肆无忌惮地去做。

严嵩担任首辅后，趁儿子严世蕃在建筑京师外城讨得皇上欢心之机，提升其为工部左侍郎。为了树立儿子淫威，各部门官吏在向他请示汇报事情时，他以“忙不过来”为托词，总是说：“拿去问东楼（严世蕃的号）。”时间稍长，朝廷政事的处置就成了：皇帝令严嵩办，严嵩推给儿子办。严世蕃俨然成了“代理首辅”，被讥称为“大小丞相”。九卿以下的大臣见他都很难。士大夫对他都屏息侧目，一些不肖之徒争相巴结、贿赂各种财物者络绎不绝。

严世蕃在其父亲授意下，抓紧机会，掌握了各地方官员、各个官职的“肥瘦”和险易，制定出升迁、调职的收受贿赂数额，其索贿贪赃令人吃惊。严嵩长期在内宫值班，对皇帝的脾气了如指掌，其父子弄权的手段，是对地位显赫的官职，趁皇帝脾气、心情欢喜时奏报提升；贬谪的意见，用投皇帝之喜忌方法巧妙地一奏就灵。

在严嵩父子弄权的情况下，“政以贿成，官以赂授”。每一开选，视官之高下而低昂其值，及遇升迁，则视缺之美恶而上下其价。如七品州判，售银三百两，六品通判售银五百两；刑部主事项治元，用银一万三千两就转任吏部稽勋主事，贡士潘鸿业用银二千二百两，就当上了临清知州。武官中指挥售银三百两，都指挥七百两，已被夺职总兵官李凤鸣出银两千两，起补蓟州总兵，老废总兵官郭琮出银三千两，使督漕运。

王宗茂《皇明经世文编·纠劾误国辅臣疏》："嵩挠吏部之权，则每选额要二十员名，州判三百两、通判五百两，天下名区，听其拣择。一嵩揽兵部之权，则每选亦额要十余员名，管事指挥三百两、都指挥七百两。一自指挥而上以至总兵，一果价或至千金。"

时间一长，严氏父子的亲信党羽在朝廷内外，各地方官吏都处在要害职位上，已引起了皇帝的警觉，开始戒备。严世蕃本是中山狼，得志便猖狂。他利用贪来之财，四处广置田产，甚至在京城置地建府，拦水筑坝，把不择手段到手的古尊彝、奇器、书画、各种珍宝置于宝库存列，甚至在看得眼花缭乱时，得意忘形地狂笑道："朝廷无我富！"

恶贯满盈，果报不爽。严嵩父子，狼狈成奸，谄上求旨，弃法受贿，乘威迫胁，欺君罔上，贬正排贤等屡屡罪恶激起了天人共愤。御史林润、袁州推官郭谏臣、司法官黄广升等均先后揭露其罪行，各自将词状呈报时任首辅的徐阶。还把严世蕃巧取豪夺南昌一块传说有王者之气的地皮以王者等级建造府邸的罪行同时写入罪状。状词中还言及严世蕃勾结同族人严典瑛，暗中招聚江湖贼寇，收拢汪直党羽五百人，联络日本。严世蕃的班头牛信从山海卫去北方引诱鞑靼，趁机而入，准备南北呼应等罪恶由首辅徐阶一并上奏皇上。皇帝览奏大怒，当即下旨将严世蕃斩首，抄没严家全部资产充公，所抄财产折价已超过了当朝一年的财税收入总额：

“己酉（嘉靖二十八）年，因人论劾，自分莫逃，欲潜搬家属回籍，其他财物玩好，不暇殚述，但闻治装之时，有一家人请检点金银器皿以纪入库之数。前列数十桌，嵩坐于后，愈出愈奇，惟见桌之前增，椅之后退，尚无置处，盖不知其数目。”邹应龙《皇明经世文编·贪横阴臣欺君蠹国疏》：“嵩父子故籍袁州，乃广置良田美宅于南京、扬州，数十所，以豪仆严冬主之。抑勒侵夺，民怨入骨。”

《明史纪事本末·严嵩用事》：“永寿共和王庶子惟熄，与嫡孙怀熷争立，以白金三千赂嵩。”赵善政《宾退录》：“严世蕃之籍，有金丝帐，累金丝为之……又有金溺器等物，执政者以为不可闻，令销之以金数报。”

严嵩家被籍没时的财产究竟有多少？《世宗实录·四十四年三月》条曰：“金三万二千九百六十两有奇，银二百二万七千九十两有奇，玉杯盘等项八百五十七件，玉带二百余条，金玳瑁等带一百二十余条，金镶珠玉带绦环等项三十三条、件，金镶壶盘杯箸等项二千八十余件，龙卵壶五把，珍珠冠等项六十三顶、件，府第房屋六千六百余间，又五十七所，田地山塘二万七千三百余亩……”

陈弘谟《继世余闻》：“严嵩籍没时，金银珠宝书画器物田产，共估银二百三十五万九千二百四十七两余。”严世蕃被斩后，严嵩被贬为平民，还因家产全部籍没，只好寄食于他在位时为自己修的墓舍之中。两年后，在旧疾新病交攻中死去。真可谓：

青词宰相太猖狂，恶业盈天胜虎狼。

捏造罪名诛大将，罗织事项戮忠良。

铲除异己江山暗，抢掠民脂社稷殇。

斩灭世蕃遭果报，贼身困死叹沧桑。

严嵩父子在历史上算得上“大奸臣”了，二人因一己私欲，祸害了许多忠臣良将，特别是他们对于直谏言官的迫害，可谓登峰造极。严世蕃更是利用严嵩把持朝廷的权力，大肆卖官鬻爵、鱼肉百姓。严氏父子罪行累累，杀人无数，等待他们的也必定不会是好的结果。贪索天下，到头来终无一物。

《吕氏春秋》：“善者得之，不善者失之，古之道也。”严嵩原本可以凭借自己的才能、学识施展一番作为，但真正得到赏识后他却不分“善恶”，为非作歹，放纵行恶，铲除异己，鱼肉百姓，最终失去了拥有的所有，仅剩墓穴遮风挡雨。所以说，人在做事时，要善辨黑白，分清是非善恶，做一个“善”者，自会得到应得的结果。

十六　营私结党　魏阉专权

魏姓少年游手闲，洞明世事唤忠贤。
离乡避祸无他嘱，躲债入宫先自阉。
迎送贵人编巧语，阿谀客氏吐花言。
熹宗厌政遭欺罔，结党营私擅大权。

魏忠贤（1568 年—1627 年），北直隶肃宁（今河北沧州肃宁县）人，少不耕读，目不识丁，为地方青少无赖之首。嗜赌如命，时间一长，赌债累累，赌徒们认钱不认人，逼债犹甚，他自知众怒难犯，被逼走投无路，恰听闻皇宫选招内宫宦佣，便愤然自阉，并改名李进忠，于万历年间应选入宫，逃脱了赌债。在宫中，他竭尽阿谀逢迎、残忍阴险、毒辣无赖之手段，历经明末四代皇帝，成为专擅朝政罪大恶极的大宦官，权倾四野，淫威朝野，狂极一时，最后被赐死，了结一生。

魏忠贤入宫之初，百般讨好他的顶头太监孙暹，逐渐得到信任。明神宗朱翊钧长孙朱由校幼年丧母，由乳母客氏抚养长大。魏忠贤由此与皇长孙（朱由校）的乳母客氏接触频繁。他凭年轻和极善拍马屁的功底，运用奸巧心思和投其所好的手段，博得客氏心欢，与客氏结成了“对食”（后宫中太监与宫女或明或暗结成的假夫妻）关系，奠定了他后来得以专权朝政、祸害天下的基础。

明神宗朱翊钧在位48年，在此期间，魏忠贤进宫后与客氏勾搭，对上讨好，对下收买，排除异己，在后宫中已有一定地位。明神宗死后，公元1621年，继位不到一年的明光宗朱常洛病死，由客氏抚养成人的朱由校继位，是为明熹宗，庙号天启。

明熹宗朱由校对乳母客氏分外感恩，继位不足一月，客氏便被封为奉圣夫人，她的弟弟、儿子都被授予锦衣卫千户的职位。客氏凭着皇帝的宠信，极力推举魏忠贤，把一个目不识丁的宦官破格提升为司礼秉笔太监（替皇帝用红笔初审处理意见是否可以执行）。魏忠贤的哥哥同时得到锦衣卫千户的职位，其侄儿则任锦衣卫佥事，由假名李进忠恢复其本名魏忠贤。皇帝在赏赐客氏田产时，同时给魏忠贤记功。天启三年（1623年）魏忠贤兼掌东厂（中国明朝时期由宦官执掌的特权监察、情报机构），权势显赫。魏忠贤因与客氏的“对食”关系，孳生出封建专制历史中“妻荣夫贵”的顶尖典型。

杀贬兼施，阉党专横。魏忠贤自与客氏结成对食关系后，合谋将客氏原来的假丈夫魏朝（本是魏忠贤入宫后所奉承巴结的太监头目之一）放逐出宫。又设计杀害后宫在太监中颇具好名声的另一头目王安，并将王安手下的全部太监驱逐出宫。在后宫中震动极大，就连职位在魏忠贤之上的司礼监掌印太监王体乾、礼监李永贞二人为求自保，也拜在魏忠贤和客氏手下，对他们言听计从，百依百顺。魏忠贤至此得到了两个能识字的羽翼心腹。

自1623年魏忠贤兼掌东厂后，利用手中掌握的大批间谍暗探，在宫廷内外实施了一系列栽赃陷害的捕杀活动。为扩充东厂特务，骗得皇上口谕，大量招收舞棍弄棒的地痞流氓，由他精选后组成了一万多人的内操军。在后宫内集中训练，出入宫禁，不受制约，作威施虐，无恶不作。这支所谓内操军，实际上就是魏忠贤的杀人工具。熹宗有好动斧锯及涂漆粉墨制作木艺的爱好。他一旦开始钻研，便终日不倦，不愿停手，这就给魏忠贤擅权提供了可乘之机。

因魏忠贤对皇上的阿谀逢迎，投其所好，加上明熹宗对客氏的宠幸，衍生出皇帝对魏的完全信任。魏忠贤往往借皇帝制作木器之时，去奏请他所要做的事。皇上只是随口应道："知道了，你好自为之。"事后便不闻不问。时间一长，魏忠贤的所作所为都成了"奉皇帝旨意"而为。

在后宫，魏忠贤篡改圣旨，将已故明光宗朱常洛的选侍赵氏赐死，阴谋杀害有孕在身的裕妃张氏，革除成妃李氏的封赏。施用奸计，迫使张皇后堕胎，致使明熹宗绝了子嗣（死后只好由弟朱由检继位）。在后宫杀害嫔妃、太监、宫人等甚众。在宫内外，魏忠贤网罗阉党，诬陷良善。顾秉谦：依附于魏忠贤，1621年任礼部尚书。顾率其幼子去拜魏忠贤，让幼子学喊爷爷，其幼子封为"尚宝丞"。

魏广徽：与魏忠贤同乡同姓，初自称"宗弟（同宗兄弟）"，后自称"侄儿"。

崔呈秀：初为行人官，后巴结魏忠贤，升任御史入阁。

已罢官在家的冯铨因在大路边跪拜魏忠贤，甘愿为义子，权倾一时，不久进入内阁……当时人们称之为“魏家阁老”。

由此，六部九卿，四方督府多有不顾廉耻，拜魏忠贤为父、为爷。这些干儿孙的门下走狗不可胜数，自然都成了阉党羽翼。后曾有人对此写成了《百子图演义》，以叙其事。

“魏家阁老”的形成，很快以魏忠贤的干子、干孙组成了一个庞大的阉党集团。阉党集阿谀逢迎（面对魏忠贤），诬蔑陷害（针对异己百官），随意封官（针对阉党亲眷），暗杀抓捕（针对公开对抗阉党的官员）于一身，借皇帝之名，行祸国殃民之实。阉党集团在魏忠贤的统领下，五虎、五彪、十狗、十孩儿、四十孙各司其职，祸害天下。

五虎：以崔呈秀为首。崔呈秀以御史巡按淮阳，贪污纳贿。地方官府新缉拿在狱的案犯头目，其亲属向崔行贿三千金即放，从犯行贿千金即放……左都御史高攀龙弹劾其罪，诏革职后勘。“呈秀大窘，夜拜魏忠贤乞为养子……忠贤恨相见晚，遂用为腹心，日与计划。”（见《春明梦余录》）崔呈秀成了魏忠贤心腹养子，被提升为工部右侍郎，后迁兵部尚书。并引荐田吉、吴淳夫等五文臣，下有大批魏的干子干孙爪牙，专司为魏忠贤出谋划策，陷害忠良，时人称“五虎”。五虎全部是魏的干儿，官位最小的都升到了御史。

五彪：以田尔耕（当时人称“大儿田尔耕”）、徐显纯等五人为头目，以掌管锦衣卫的田尔耕为首，专为阉党明斩暗杀异己官员。广布侦卒，大狱频兴，毒刑惨酷。田尔耕又是魏家阁老之一的魏广徽的亲家，是一批杀人不眨眼的屠夫。杨涟、左光斗等大批高官都死在他们手中。（见《田尔耕传》）

十狗：以吏部尚书周应秋为首。据《启祯两朝复刻录》中一小故事，可见周应秋对魏忠贤谄媚之至极：一天魏忠贤问周应秋，你们江南人“如何好粥”？魏本来是说你们江南人怎么喜欢吃稀饭，而周应秋却把“如何好粥”理解为何以喜欢竹？即写信回家：令其子将竹子砍尽，原因是魏上幺（忠贤）不希望江南人喜欢竹子。后来魏忠贤奉诏自尽后，周竟捧足而泣曰：“儿子如何过？”为天下人耻笑。作为有干爹为后台的吏部尚书周应秋“称官索价，每日勒足万金”。《三朝野史》中写道：都门有周日万之目。“十狗”之一的曹钦程，在任吴江知县时贪污索贿，案发夜拜忠贤，口称爸爸。“十狗”中个个无赖，（狗狗互咬，曹钦程后来为群狗所不容），魏忠贤无奈斥之为“败群”，责其回乡。在离别时，跪在魏的脚下说：“君臣之义已绝，父子之恩难忘。”絮泣而去。（见《曹钦程传》）

十孩儿：阉党中的十孩儿有兵科给事中李鲁生，提学御史李藩和周昌晋等，时人称“一周二李”，其权无比。二李有奶便是娘，先后曾投靠四位高官，最终为魏忠贤义儿。时人称“四姓奴”。更有御史石三畏等，都是阉党中卑鄙无耻的恶徒党羽。

四十孙：魏忠贤的干儿们得宠，其干孙自当受荣。诸魏家阁老之一的顾秉谦之幼子拜魏忠贤为爷爷，封官为“尚宝丞”。尚在襁褓中的婴孩魏良栋（三岁，封东安侯）、魏朋翼（两岁，封安平伯）封伯爵、侯爵，后加封为太子太保、少师，等等。对一批尚不知人间事的孩童就授以官爵，自然是阉党的继承人，但主要的原因则应是引诱更多的朝内外官员陷入阉党，为其助纣为虐。

阉党的狐狗：王绍徽，依附魏宦官后，一年之间，由左佥都御史升至吏部尚书。他一切听命于魏，造《点将录》，陷害良善。魏要升、贬官员，王都一一照奏。

徐大化，任大理少卿时，吏部侍郎左光斗、杨涟等被诬入狱，徐大化暗献奸谋，如果论及他罪，则证据不足，难以服众，只有定纳贿罪，则杀之有名。以此奸计冤杀杨、左等十余位官员。

总督仓场侍郎薛贞，“以草场救灾颂忠贤，迁刑部尚书，时称火逼尚书”。（见《枣林杂俎》）

御史梁梦环与刘志远为促成魏忠贤达到废除皇上裕妃张氏的罪恶目的，二人相互呼应，上疏对张氏和她的父亲张国纪进行诬陷，致使有身孕的裕妃被冤杀于后宫。

重用心腹，诬陷忠良。魏家阁老的阁臣专司谋划，魏广徽一次就开列应起用的心腹恶徒黄可缵、王绍徽等五六十人的名单。为了方便文盲魏宦官，在名字上做好记号，加三圈的重用、急用；加两圈的次之，同时开列数百人的异己名单，打三点的重处、急处，打两点的次之，名单交付后宫。魏忠贤的心腹（实又是后宫的头子）司礼监掌印太监王体乾、李永贞识字，由此二宦官掌管秉报，伺机实施提升或抓捕。

恶徒被起用后，继续向魏忠贤表忠心。如起用崔呈秀后（官升兵部尚书），崔又把对魏有意见的官员名单和他自己的心腹名单分别编为：《天鉴录》《同志录》（此书共列名单 300 余人），王绍徽又编造《东林点将录》（此书开列 109 人应受各种惩处）报到后宫，魏忠贤则“奏报皇上”，假传圣旨令大理寺丞判处发落。利用送名单的办法见效后，“阉党”头目纷纷效法。诸如郭巩，送报 50 余名，魏应嘉的《黟坏封疆录》共录

35人，邵辅忠的《启祯两朝复刻录》，岳和声、虞廷陛合谋作谈迁《枣林杂俎》合集，阮大铖的《百官图》，更有《东林籍贯》《东林朋党录》，等等。从在朝中为官者直至各州府县的官员名单开列计达千人以上（见《中国通史》）。在名字下分别注有死狱、重处、降级、革任、闲住……这伙歹徒都说所列人员是反魏忠贤的"东林党"；所应起用的都是拥戴魏的忠臣。所以献名单的都得到魏更加重用。狐狗越来越多，官职不够安排，魏就下令清查阉党中在位已久的弱势或稍有不满意的同党弃位，逐步补入还未上任的新狗，致使同党日夜倾轧，狗与狗相斗，竞相效忠魏宦一人，以保长久。

魏忠贤掌握的东厂特务机构是他的杀人工具。特务如蚁，遍布全国，四处捕杀黑名单上的异己和随意处置百姓。一日，京城有四个百姓夜饮，一人酒醉出真言，醉骂魏忠贤，被特务抓捕，押到魏处邀功领赏。魏下令把骂了他的人当场剥皮处死（见《中国通史》）。大长公主把皇帝赐予公主的御物收藏在丈夫老家李承恩处保管，暗探侦获后，魏忠贤诬陷为偷盗舆服御物，李被处死。中书吴怀贤读杨涟疏，击节称叹，特务告密，被杀，籍没其家。

阉党群恶竞相献媚于主子，愈演愈烈，不断上疏，请为魏忠贤修立祠堂，延安的魏忠贤祠盖的是琉璃瓦，犹如皇家殿宇。在开封建的魏祠，撤毁民房二千多间，状如皇宫。苏州的魏忠贤生祠所塑其像是"金身冕旒"，凡进祠不拜者即处以死刑。魏忠贤外游所到之处，地方官员必须组织官民遮道俯拜，口呼九千岁以迎送。更有不知羞耻者，跪拜于地高呼："九千岁！"还有更甚者，阉党中一些恬不知耻的党徒，吹捧魏忠贤当与孔子并坐并尊。他们把“孔子作《春秋》，忠贤作《要典》，孔子诛少正卯，忠贤诛东林党”相提并论。国子监生员陆万龄上疏请以忠贤配孔子，忠贤父配启圣公。更愿皇上赐碑铭文一道，勒名显扬。

司业朱之俊、生员曹代、何储奇等纷纷上疏，称说“上公（魏忠贤）之功，在禹之下，孟子之上”云云。更让人哭笑不得的是竟得旨：“即著鸠工举行。”（见《明季北略》卷三）人们熟知，在封建专制时代，孔子被尊为“万世师表”“至圣先师”，孔庙是历代君王都要觐谒之所，一个目不识丁的恶魁，竟被喽啰们捧到了与孔子并尊的地步。最终魏宦官的牌位被抬进了孔庙“配享孔子”之祀。如此败坏纲纪的荒唐事，竟然得旨“著即鸠工举行”。究竟是明熹宗不懂呢？还是魏宦官假传圣旨呢？总之，只有不知羞耻的异类，才会做出如此不知羞耻的事。

阉党对东林党的迫害。万历年间，当时有顾宪成和顾永成两弟兄在京为官，由于政见和当权人物不合，愤然辞官回乡。在江苏无锡的东林书院讲学，由于他们的经历和学识，加上品性与竞业相结合，在该院培育了大批学生，在历届的科考中榜上有名者众，时间稍长，在朝和各地为官的也越来越多，在地方和京都影响越来越大。这些学子因受该院学风影响，为官后，大有初生牛犊不畏虎的气质，对朝政多有议论指责，在不自觉中逐渐形成了一股看似有正气的官场流派。时间久了，也影响了一批不是从东林学院入仕的官员赞成附议，使在朝议中争论不休，议而不决，让这个在位时间长了（在位 48 年）的神宗皇帝十分恼火。而魏忠贤也是在此期间入宫，讨得神宗皇帝信任的。皇帝对政事疲厌，在位后期十多年间越来越不想与臣下见面，只看奏疏，下达圣旨，给魏忠贤结党专权提供了可乘之机。朝中议事，也就越来越明显地出现了两股势力，无形中朝内把依附于魏忠贤的视为阉党，对其有不同意见的（多以东林学院入仕）视为东林党。这就是明朝末年长达五十年的党争。

神宗皇帝死后，熹宗继位，魏忠贤几乎讨得皇上对他的绝对信任，当朝的阉党专政也到了顶峰。朝中事宜，无论巨细，必须先由魏忠贤认可才能办理。东林党也被戴上"邪党"帽子。东林党人对其胡作非为据理抗争，只好求助于皇上，不断上疏，结果是：熹宗天启四年（1624 年）副都御使杨涟、左光斗等上疏，揭露魏忠贤"自行拟旨，擅权乱政；斥逐直臣，重用私党；对其亲属滥加恩荫；利用东厂，陷害忠良，生活糜烂，穷奢极侈"等二十四大罪，杨涟被熹宗下旨痛责后，十月被罢官。

朝中魏大中等七十余官员轮番上疏对魏忠贤弹劾。1625 年魏大中被诬，以受贿罪，对杨涟等弹劾过魏忠贤的官员由东厂抓捕入狱，实施逼供拷打，仅五天，杨涟等五人被刑拷，致使顾大章受刑不过而自杀，其余被罢免流放。

1626 年，魏忠贤又捕杀上疏弹劾他的高攀龙等七人，另有已死的李三才被视为同党，削夺封诰。同时，对在过去大案中，凡是支持东林党意见的官员一律被视为"邪党"成员（魏忠贤当时尚无生杀大权）分别予以撤职、放逐、抓捕，有的受刑至死。

因当年争论而延续多年的"梃击案""移宫案""封疆案"

等，在魏忠贤捕杀东林党时，重翻旧账。熊廷弼被杀，熊的亲家吴裕中（御史）被杖杀。撤职逐出尚书李宗延等五十余官，受株连者难以数计。

在公开上疏和历史上有争论的官员被抓捕或杀害之后，魏忠贤就按照他的走狗们写的“黑名单”上的姓名，令东厂特务实施抓捕审问，由此无辜受害的朝内外各级官员难尽其详。

魏忠贤阉党专政，从神宗万历期间，经光宗到熹宗末年(1627年）明王朝已是庙堂之上，阉党为官，殿阶之间，禽兽食禄，政无纲纪，朝野怨愤。秋八月，熹宗驾崩，其弟朱由检即位，庙号思宗，以崇祯纪元。

明思宗在熹宗为帝期间，早已洞察阉党恶行而深恶痛绝。继位后，在戒备之中，欲静观朝野上下是否还有反对阉党的未烬余火。不久，杨所修以投石问路之法，上疏揭露魏忠贤阉党中罪大恶极的走狗头子崔呈秀的罪行，以探思宗之心，思宗未置可否。接着主事分别上疏，直接弹劾魏忠贤，思宗隐而不露。

接着嘉兴贡生钱嘉征弹劾魏忠贤十大罪状。思宗皇帝开始出手了：召见魏忠贤，让内官读其疏状，魏听后，在恐惧之中负隅顽抗，用重宝贿赂太监徐应元（明思宗的宫邸太监、魏入宫前的赌友）求他解救。思宗皇帝闻知，见其不思悔改，遂将魏忠贤发往凤阳安置。途中，魏仍豢养着一批亡命之徒。思宗皇帝闻报大怒，命锦衣卫前往将其逮捕回京。阉党恶徒李永贞派人密报，魏自知死罪难免，与同行恶魁李朝钦在阜城南关客氏旅店酒后一起上吊自杀。思宗下旨，令人肢解其尸，头悬于河涧府城门示众；将客氏鞭死于浣衣局（客氏即魏忠贤的“对食”之人，熹宗乳母）。

客氏魏阉伏诛，明思宗下旨严究阉党恶徒。经审理，魏忠贤、客氏专政事被定为“逆案”，当追查逆党。诏令：拘捕客氏弟、侄，魏氏斩首。捕捉“五虎”崔呈秀，籍没其家，崔闻讯自杀。其余的小喽啰分别按处斩、充军、坐牢、革职论处，有关魏阉的一切奖励收还，各种生祠尽行拆除，有关阉党所定全部冤案，一律纠正。从此阉党专政被永远地钉在了历史的耻辱柱上。

钱嘉征上疏，弹劾魏阉的十大罪状是：一、与皇帝并列；二、蔑视皇后；三、搬弄兵权；四、目无列祖列宗；五、削夺藩王封爵；六、目无圣人；七、滥加爵赏；八、掩盖边功；九、滥伤民财；十、交通关节。对魏忠贤的罪行以十条概括，意在十恶不赦！

还有人说，明神宗赐李进忠复其本姓本名，写的是：“复其本姓名‘伪忠贤’。”可谓名副其实。正是：

阉人得志勿猖狂，奸佞终归上吊亡。
掌握朝权贪富贵，罗织冤案害忠良。
江山离乱怎回首，国祚衰微好苍凉。
后世典籍书巨寇，不知自醒梦黄粱。

得到不该得到的，终究会还回去。魏忠贤获得了本不应该得到的权力和富贵，却为非作歹，欺压臣民，终究落得一场空。“从善如登，从恶如崩”就是这个道理，教育我们要知所进退、远恶扬善，做好事，做善事，好运和机遇就会像梯子一样慢慢向我们而来，人生才能一帆风顺。

十七　能征惯战　恶性泛滥

民不聊生八大王，攻城略地反朝堂。
连年征战孤村灭，千里清乡四野荒。
西蜀会戎张贼戾，成都称帝自心惶。
可怜百姓遭蹂躏，湖广填川历史详。

张献忠（1606 年—1647 年），陕西定边县人，明朝末年反明农民军首领之一。明崇祯十七年（1644 年）在成都建立大西政权，并称帝。

明朝天启末年（1627 年）张献忠自延绥镇从军，其间因犯军法，被责一百军棍驱逐回乡。当时陕西等地发生大旱，虫灾泛滥，致使民不聊生。加上明王朝朝政腐败，不管百姓死活，造成饿殍遍地。为求生存，偷抢升级，以致李自成等在米脂等地发动了大规模的武装暴动，直接提出了反明的政治口号，战火迅速燃遍了省内外。

1630 年，张献忠在家乡聚集了十八寨农民发起武装暴动，自号“八大王”。暴动之初，杀富济贫，百姓受益，深受拥护，队伍迅速壮大。张献忠率军转战陕西、黄河及江淮流域。

1633年，张献忠率军渡过黄河南下。1634年，张献忠首次入川，攻陷夔州（今奉节），进围太平，遭明军秦良玉父女夹击，被迫退走湖北。

1635年，各路农民军冲破官军围剿后，张献忠、李自成、高迎祥等形成联盟，分路对明官军发动攻击。张献忠部为东路军，他率部攻克占领了河南的固始和安徽的霍丘等州县，包围了明朝的中都凤阳，全歼守卫官军两万余人。处死朝廷命官，发动群众砍伐了明王朝十多代皇陵四周的几十万株松柏，拆毁与皇陵有关的所有建筑和朱元璋出家时所居寺庙皇觉寺，挖掘明朝皇帝的坟墓。同时，把凤阳的所有富绅杀得一干二净。接着挥师南下，攻克庐州（今合肥市）、安庆、滁州等城，一直打到江苏仪征一带，迅即又回师向西，经英山等地一路打到湖北麻城，进入河南，再入陕西，由商洛打回关中。

张献忠转战数千里，在无数场对官府、官军的征战中，逐步壮大了自己的队伍。1636年，他的军队已达十多万人。1637年在进袭南阳的战斗中被明军左良玉部打败负伤，得部将孙可望拼死救回后，遂退守谷城（湖北境内）。

1638年张献忠在官军的强大攻势下，接受了明兵部尚书熊文灿的招抚投明。投降后，他努力加强对部队的整顿、训练，并寻机积草屯粮，扩充兵员。几个月后，张献忠突然造反，发起对武昌、长沙的进攻，一鼓作气占领了湘赣广大地区。

1641年，拥有数十万军队的张献忠，在武昌自称“大西王”。当时，最大的反明武装集团首领李自成已在襄阳建立大顺国，自立为王，并派人致信张献忠，表示出对张占据武昌称王的不满情绪。由此，大西、大顺两股最强大的反明势力发生对抗，以致刀兵相见，张献忠派大将李定国领兵进攻李自成所占据的汉中，官军则趁机由东、南、西三面向张发动进攻。

1643 年 10 月，张献忠率军杀入广东，已死的明末兵部尚书杨嗣昌家乡已属大西军势力范围。张献忠下令挖掘杨氏坟墓，暴骨荒野，焚烧其房屋，诛杀其杨氏宗亲，悬赏“有捉杨姓一人者，赏银十两，捉其子孙兄弟者，赏千金”。此令一出，大西军中的恶徒，为求赏银八方抓捕豪绅富户、男女老少，以充杨氏宗亲领赏，被诛杀的无辜百姓难以数计。人人惶恐，百姓难安。八方缙绅互相暗中联络，有组织地对大西政权所封的地方官吏实施报复性刺杀。“有一县之内在三四个月中连杀十几个县官的。”（见《中国通史》2317 页）

1643 年，张献忠已陷入官军的围攻境地，更难以与李自成对垒，便率部南下湖南，以二十万重兵攻占岳州，攻取长沙。既而向江西占领萍乡。在袁州与官军的反复争夺战中，大西军最终失利，遂北上，在嘉鱼设伏，大败官军，乘势反攻，屡经血战，控制了湖南、湖北及两广大部地区。

1644 年，张献忠率兵大举进攻四川，占领梁山、忠州、涪州等地。于六月二十日占领重庆，七月分兵三路进攻成都，八月攻克成都，九月与此前入川的李自成激战，李军退回汉中。十月四川大部分地区已被张献忠控制。十一月十六日，张献忠在成都正式称帝，国号大西。称帝后，继续把李自成的大顺军作为主要敌人，并在四川实施前所未有的残暴统治。

残暴嗜血，严苛酷刑。张献忠进入成都以后，实行了严密的军事管制和特务统治。根据《蜀难叙略》记载：“城门出入，必有符验登号具结，犯则坐死。众入城者面上犹加印记，若失之，则不得出，其后惟听入而禁出矣。”同时对城内居民实行特务统治，广开告密之法，派人潜伏探查民间言论，“两三偶语，或夜中灯火，及夫妻子女语言间稍涉不吉，若未平、不稳、断绝、死败之类，次日并左右邻里十家皆斩之……其有不及报，而为他处发觉者，则并查当事人亦诛之……”同时，张献忠还立剥皮、连坐之类的酷刑，其刑法尤为残暴，已为变态。对行刑者，如果“剥未毕而死”，就连行刑者也一起给杀了。“凡有犯，始杖百笞千，次重割耳鼻，次重断手足，次斩，次凌迟，次割如鹅眼大，以五百刀为限，数满释之，极重剥皮……”手段如此残忍，让人对这个大西政权闻而生惧。张献忠在登基为帝后，大肆推行封建帝王的避讳之举，“凡碑碣坊梁以大明、大顺纪年者诛。及一方文字称谓有误及献忠一字者，十家连坐”。

专制暴虐，恣情滥杀。对于不愿归降的地主乡绅，张献忠毫不留情地给予镇压，对于已经归顺并在大西政权里担任职务的儒士，张献忠也不信任，常常恣情滥杀。“凡内外各伪文武官，偶有小过辄斩之。重则剥皮，实以稿而衣冠之。”《蜀碧》记载：担任张献忠大西政权的高级官吏，右丞相严锡命，家住在绵州。张献忠路过那里，“见宅第壮丽，即命斩之”。礼部尚书江鼎镇，“以郊天祀版不敬”，被杖责百下而死。兵部尚书龚完敬“以道不治，剥皮死”。这些高级官吏偶有小过即被诛杀，中下级官吏被诛杀的就更多了。其部将孙可望引兵从汉中还成都，有部分官员前往郊外，“连名状迓之于郊，献忠怒其沿前朝陋习，按名棒杀者两百”。“忽一日杀从官三百”，有人劝诫他不要杀得太多，张献忠说“文官怕没人做耶!”“祭酒某生辰，以受诸生仪一百钱，论死”。夹江生员王志道能一笔写出一个斗大的“帅”字，张献忠即说：“尔有才如此，他日图我者必尔也！”于是便杀了他来祭旗。如此情形，人人自危，有谁还能安心地为大西政权效命。张献忠得势后的所作所为不是一个农民领袖所应具有的特质，而是一个居于权力之巅的暴寇。

张献忠的科举取士也是带有强制性的。如果不去参加，要受到极严厉的处罚，“妻子没入营，十家连坐”。考试之后，“已中者不得宁家，未中者不得在乡居住。为避免秀才在乡造谣生事，并家眷尽驱入城中，十人一结，一家有事，连坐九家”。这种手段难以安抚人心。张献忠的所谓科举考试只是机械地模仿自己敌人（明朝）的做法，并无通过科举考试选拔人才以重用的打算。其称帝前在不到半年的时间内举行三次考试，虽有急需用人的现实需求，却也说明他对科举之事并不是很慎重，无所谓章法，随意且充满血腥味。《蜀碧》引《寄园寄所寄》说张献忠开科取士得武状元张大受，“年未三十，身长七尺，颇善弓马……仪表丰伟，气象轩昂”。张献忠见后喜不自胜，赏赐金银器皿并美女、田宅、家仆。然不到三天，张献忠便对臣下说，自己太喜欢这个状元了，喜欢得一刻也离不了，竟然派人去把这位新科状元与其赏赐的美女、家仆一并赐死。张大受死得不明不白。

大西军进入四川以后，严令辖区内的居民必须顺从大西政权。对于不合作的，常常给予极其严厉的惩罚。张献忠率大军长驱入川，以为这些知识分子必定会望风归顺，凭一纸檄书足以让他们俯首听命，因而除了武力，他没有用别的策略来缓和他与前朝士绅们的对抗，“搜求仕宦及起送卫所世职，皆杀之”。在《蜀龟鉴》一书中，我们可看到如下事例：“致仕按察祖浩正衣冠，骂贼以死；致仕大理寺正王秉乾骂贼死；新繁诸费经世与贼将有旧，欲官之，以坚辞见杀；汉州诸生陈元鹏，被贼执不屈而被杀；举人江禹泽偕妻陶氏并妇张氏携手骂贼死；儒生刘昌祚以不屈死……”

经济空白，暴戾施政。张献忠率几十万大军入川后，军政消费，基本上依赖没收和抢夺。“籍富民大贾，饬各州群籍内富民大贾，勤输万金，少亦数千金，事毕仍杀之。”

《蜀碧》记载：“又拘绅袍富室大贾，罚饷银皆以万计，少亦数千，不问其力足否，事甫毕，则又戮之如初。”劫掠完了还要残忍地将人杀害。同时还派军队四出打劫粮食，《蜀乱始末》记载：“献贼每五日十日发人采粮。”这样的举措对于一个新生的政权，不仅不利于恢复和发展社会生产，而且必然导致生产的萎缩和停顿。如此强盗作风，怎能不让人深恶痛绝！

身居权力之巅的张献忠，将自己和四川各阶层对立起来。他的残暴统治激起了民众的反抗，“逆（张献忠）残暴日甚，人知必死，凡有险阻，皆举义旗”“起义兵斩伪令者所在皆是”。残明武装如川南杨展部、川东曾英部也对张献忠施予了巨大的军事压力，张献忠几次派兵作战都没能取得胜利，反而损失巨大，“由是献贼图霸之心尽隳，剿民之心愈切”。在地主阶级的对抗面前，张献忠认为是“蜀人德不知怀，威不知畏”“是惟尽诛之，始不起义尔”“蜀人自我得之，自我灭之，不留毫末贻他人也”。于是他采取了尽数除灭的做法：“令闭郡邑城门，悉行斩戮”“屠成都民于中园”“沉金银于江”，并且诈称开科取士，将生员士子聚集成都青羊宫，一次就杀害了约五千人。甚至对自己的部下也“恶其党太多……欲汰（杀害）之”。造就了“其杀鳅奴死，雪鳅死，贯戏死，剞腹死，边地死，士尽矣！及匠佣，及妇女，及僧道，及兵卒，人尽矣！及犬牛，物尽矣！又焚其殿，碎其砌，毁其屋，堙其井，平其城，二年之间，骨积成莽，血流成渠”的现象。

张献忠在四川“施行了两年的恐怖统治，使人口和资源锐减。1645 年底，在四川已无法继续生存，张献忠向陕西进发，企图与清军争夺西安”。在北上的途中，张献忠中箭身亡，时年四十岁。

遗祸无穷。由于长期遍布全国的战争，张献忠的屠戮，更是雪上加霜。致使田地大量荒芜，百姓四处逃亡。大江以北，河南最甚，满目荆棘，人丁稀少，遗祸多年。江南各省，军兵所至，田舍一空。英山县人丁，原额一万一千一百三十五丁，到顺治八年（1651 年）只存五百四十二丁（幸存者不足百分之五，其他未死就逃）。原额田塘土地共一千一百九十五顷八十余亩，清初只有熟田二十六顷四十余亩（能耕者是原有的百分之二点四）。湖南、两广等地弥望千里，绝无人烟，长沙内外，尽皆瓦砾，凄凉之景，惨不忍睹。四川直到康熙十年(1671 年)，仍是既无可耕之田，也无耕田之民。

离战场远一些的民众，虽暂无流亡之苦，却饱受重赋徭役之难。据《清朝全史》载，在河南，“（因）王师屡出，河工告急，派粮料，派梢草，转运数百里之外，其一二仅存之孑遗。困于征输，颠仆道途，憔悴家室者不知其几何矣。”就是说未有征到战场上去的男丁，十人中仅存的一二人也被征去转运粮草，因此而死和破家的不知有多少。又云：“从北至南阅历数省，供应夫船米粮草豆，所费不赀，数省（闽、浙、云、贵）皆困，百姓受摊派之苦，十室九空。”“战乱不停，地荒丁逃，军需有增无减，赋税入不敷出。”天下百姓无不在死亡的边缘挣扎苟活。

“江南赋役，百倍他省，旧赋未清，新税又到。”顺治十八年（1661年），苏州、常州、镇江等四府常年拖欠税收已积数十万，时司农告匮。始十年并征，民力已竭，而逋欠如故。江宁巡府朱治国，将拖欠赋役的地主、绅士造册上报，所列欠税绅衿之由，尽行除名革职，发本处枷责，鞭扑纷纷，衣冠扫地。有一探花，因欠税一文，即革除功名，时盛传“探花不值一文钱”之歌谣。在职官员，凡有欠赋税者，纳清后，降二级调用……”。(《中国通史》第2318页载)

张献忠在撤出成都之前，除焚烧蜀王宫殿和城内民宅外，还将大量金银珠宝全部沉入江中，最后一刀杀死了他唯一的幼子。留给天下苍生的是无穷无尽的惨痛，让幸存者去承受。

大西皇帝丧天良，厉鬼投胎屠戮狂。
肆意割喉黥脸面，动辄剁手剐皮囊。
命根似草黎民怨，尸骨如山百姓殃。
财宝沉江杀幼子，四十阵殁见阎王。

张献忠嗜杀成性，亲生儿子也不放过，带给天下无尽伤痛。此种行为，须得强制惩治，实施制裁。人性中的恶被张献忠在特定的环境中淋漓尽致地表现出来，已经完全丧失了人性，自身必然会受到“恶”的反噬。

十八 阿谀逢迎 一代巨贪

佚饱诗书无雅操，不求正道学三要。
初为卿相知炎凉，渐取圣心投嗜好。
侍女逢迎雨露承，乾隆卧起云欢抱。
寿节筹办多奸谀，攀配皇亲父子笑。

和珅（1750 年—1799 年），满族各大姓氏中，钮钴禄氏是他的姓，原名善保，字致斋，满洲正红旗二甲喇人。父亲常保，时任福建副都统。和珅三岁时，母亲生产第二个男孩后去世，这个男孩就是和珅的弟弟和琳。和珅九岁那年，父亲常保病逝，家境陷于窘迫，继母乖戾异常，幸得家丁刘全和堂叔极力保护，两兄弟才免于被赶出家门。

和珅兄弟自小得私塾老师言教，饱读诗书，在圣人的遗教中精钻细研。在少小时代的心中，就已琢磨出一个常人一辈子都未曾有过的信条：“天下是一人之天下，官府是一人之官府。庶民荣辱系地方长官一人，朝廷命官荣辱系皇上一人。要想富贵，就要随时讨好一人之喜欢，要想得到一人之喜欢，就要知道这一人之所好。”怎样才能投其所好？他对“书中自有黄金屋”“世事洞明皆学问”深信不疑。从老师的言教中得知，当时最好的学校是咸安宫官学，便奋发努力，勤学好问，得到了老师的赞赏。和珅十岁那年，老师极力保荐，兄弟二人同时选入了咸安宫官学学府读书。该学府为官办，免学费，他们为筹措生活零杂开支，在家丁刘全的尽力帮助下，卖掉了保定十五顷祖上留下的官封地，进入官学读书。一读就是八年，在此期间，对四书五经、史地注疏、诸子百家、三教九流等学识无不通习，还精通了满、汉、蒙、藏等语言文字。学府开设的琴、棋、书、画、骑射、兵器等科成绩都很优秀，而且更具特色的是，和珅搜集乾隆皇帝的诗作文章，刻苦模仿其字体，从皇帝的诗文中揣摩其内心好恶，以“诗言志”发现皇帝的内心奥秘，在言谈举止中，特意习就阿谀逢迎，讨人欢喜之技巧，这些常人所不在意的冷门学科，和珅都是全才魁首。

1768 年，十八岁的和珅为自己圈定了一生只限于“三要”（要权、要钱、要女人）的个人准则而走出校门。其优秀成绩获得直隶总督大学士冯英廉的认可，成了冯氏门郎，冯大学士的孙女婿。

由于和珅苦苦钻营的是社会百科、逢场作戏的手腕，致使在科举考场名落孙山。

1769 年和珅因先父为官，以文生员承袭三等轻车都尉。他极富溜须拍马的手腕，务必了知皇上好恶的一切，务必了知天下大事的目的，开始派上了用场。

1772 年，授三等侍卫。他极善巴结上司，被挑选为粘杆处（上虞备用处，负责皇帝驾跸出入时的仪仗事宜，同时担任警卫）銮仪卫校卫。平时进行严格的体能武功训练，以备选为皇帝的贴身侍卫，许多将军也由此产生。

1773 年，和珅任仪仗队侍从。一次，护乾隆出宫。乾隆在舆中阅一奏章，得知四川农民造反，叹道：“虎兕出于柙，龟玉毁于椟中，是谁之过欤?”意思是说：“老虎犀牛从栅栏跑了出来，龟甲美玉在匣里毁坏了，这是谁的错呢? 乾隆是借此说责任是在负责监守的人，四川农民造反，责任在四川的地方官员，而不在朝廷（皇帝是从来不会有过错的)。”皇帝这一问，随从官员莫敢应对。这个和珅（幼犊不怕虎）仅是个侍卫，本能地讨好皇上，答道：“圣上明鉴，守土的地方官员负责一方的平安，监守的应负责所守之物器。”和珅这个马屁拍得乾隆浑身酥痒，把错误用人所造下的社会混乱之过失诿之于下。乾隆当众赞许和珅：“答得好!”从此和珅得到乾隆的赏识，得到不断的提升。

1775 年十月，和珅被擢升为乾清门侍卫。十一月升为御前侍卫，并任命为正蓝旗满洲副都统。

1776 年正月，和珅被任命为户部右侍郎，三月被任命为军机大臣，四月被任命为总管内务府大臣，八月调任镶黄旗满洲副都统，十一月任国史馆副总裁，赏一品朝冠，十二月任总管内务府三旗官兵事务，赐紫禁城骑马。

1777 年六月，任户部左侍郎，兼署吏部右侍郎，十月兼步军统领。

1778 年，监督崇文门税务，总管行营事务。

1779 年，命在御前大臣上学习行走。

超级献媚，别致取宠。和珅进入官场，接近皇帝后，在读书时代对乾隆皇帝喜好、性格的研究基础上再进一步琢磨，具有了超级献媚、别致取宠的手段。他利用乾隆好游乐的嗜好，在各个行宫所在，都分别增建了独特的殿宇，从自然风景，建筑造型，到殿内陈设，各具地方特色，且古色古香。特别是精心挑选的二八佳人，通过特殊演练，各怀绝技，与宫内嫔妃那种死板的工具玩物大相径庭。因地而异，各不相同，让乾隆每到一处都享受着各种在宫中得不到的风情与美色。

乾隆初巡江南时，和珅令心腹精选妙龄女郎，经专业训练出一批特色女角，供皇上欢心。

乾隆一生六巡江南，每次都充满着新鲜与满足。和珅不但从中大肆敛财，而且随心所欲地实现了他的“三要”准则中的第二要（女人）。更重要的是，得到了皇上对他的赞叹：“和珅尽心为朕，朕心亦为所感焉。”这就是乾隆不死，和珅不倒的根本原因。

和珅为乾隆出游，每次的修建都得到乾隆口谕，他借此从国库获得大量银两，窃为己有而大发横财。

1791 年，乾隆皇帝为筹办八十大寿庆典，命和珅和工部尚书金简为庆典工程总负责。乾隆在召见此二人时明确：“朕之万寿节，虽必隆重，却不可繁费。”和珅上奏：“皇上八十万寿节，亘古少有，吾皇日理万机，创下十全武功，今大清太平盛世，圣上万寿八十，正该热闹，与民同乐。拟庆典分三处进行：七月初七至七月二十三在承德避暑山庄；七月三十至八月十二在圆明园；八月十三日（乾隆生日）在太和殿举行庆典大礼，至八月二十一庆寿活动结束。至于所需银两财物，奴才为皇上筹措就是。现各省商人，踊跃急公，捐献颇多，银两充足，不费国库。”乾隆览奏大喜。

和珅的上奏得到乾隆肯定后，下令：“除商人捐献银两外，庆典所需银两在王公大臣、八旗各部院官员俸禄内酌扣，外省官员则于通省养廉银内扣交十分之二五（百分之二十五），其他各类官员则按级别分别交纳不同数目的银两。附带说明：议罪银也可使用（给官府留的纳银空间，议罪银是和珅提议设立的一项以钱顶罪的规定）。”早已得到皇帝绝对信任的和珅，对中央及地方上供的寿礼截留多多，其所得物品仅次于乾隆。三个地方的庆典活动和珅都是全程陪同，处处皆使龙颜大悦。

只要皇帝满意，没有办不成的事。他认为讨皇帝欢心，无大小事之分，不只是在朝堂上议政时使用，更要在生活琐事的点点滴滴中细致入微，才能取宠长久。一次，乾隆出巡时嗑瓜子解乏，嘴角不时流出涎水，和珅在一旁不停地为他轻轻擦去，乾隆吐出的瓜子皮，和珅躬身小心接住而不使落地。如此种种，和珅得到了百官所不敢想的宠幸：乾隆把他最疼爱的和孝固伦公主下嫁给和珅的长子丰绅殷德。和珅攀上了皇亲，并得到了优厚的嫁礼。一跃成为天下第一宠臣、权臣。他喜不自禁地对管家刘全说：“我不论在生活、官场、朝野上下奉行的‘三要’‘四知（知柔、知刚、知隐、知显）’法则，真是妙不可言。”

和珅虽已是富可敌国，官职也达到“一人之下，万人之上”的境地，但他还是不满足，继续疯狂敛财。江西饶广道台苏凌阿想从江西调到离京城近一点的地方做官，送和珅四千两白银外加金佛一尊。和珅不以为然，竟要收苏凌阿年方十四岁的女儿纳兰为干女儿。苏凌阿竟表现出求之不得的欢喜，连连称谢。

和珅把所谓干女儿带回和府后，苏凌阿不断行贿，官位也在不断高升，先升任吏部侍郎，后升任两江总督。不但使和珅羽翼更加丰满，而且财宝也源源不断地流向和珅府库。过了几年，和珅把“干女儿”纳兰下嫁给京城富商刘国泰。从此刘国泰的万贯家财也以另外一种形式充盈着和珅府库。刘国泰也由商场进入了官场，后升至山东巡抚之任，自然也心甘情愿地成为了和珅的聚宝盆。

和珅在乾隆出巡的管理上更是获利颇丰。1736 年，和珅负责避暑山庄扩建、改造工程，在已近竣工，贪银早已入库时，他想到离乾隆退位日近（乾隆自议在位六十年，当年为五十七年），遂劝奏皇上西巡，以显教化，并保证不动用国库银两。乾隆准奏，于是和珅又按例让官商等捐钱捐物，以备皇上行巡之需。所到之处，财物源源不断流入和珅手中。

和珅为了扩大田产，除皇帝给他的封地外，其他凡是想占为己有的良田，都想法弄到：他派出亲信爪牙，撺掇地主无故猛涨地租，又令另一批爪牙去支持不甘高租盘剥的农民上告地主无故涨租，使其两边都不惜倾家荡产地打官司，其结果是双方都为打赢官司而花钱，地主卖地行贿，农民借贷至卖身为奴。最终和珅成为最大受益者，靠此计谋获田产 8000 顷，以此收租……

和珅在农村收取地租，在城内则以经营当铺、钱庄、印局、赌局、药铺、酒店等牟利，“生意”做得风生水起。

和珅把搜刮来的金银珠宝、玉器古玩分别收藏进玉器库、珍珠库、金库等库中。除他安排的亲信掌管外，其他人就连他的儿子、媳妇都不得而知。有时，和孝固伦公主见到宫中都没有的珍玩宝器在公公（和珅）处出现，也会产生疑虑，但都被强势的公公压下去了。

一次，一位名叫孙士毅的总督，从安南（今天的越南）前线回京述职。总督被称作“封疆大吏”，掌管一省或几省的行政和军事，是朝廷中的大官，都是皇帝极其信任之人，他们在朝中的地位颇高，一般的官员对他们都非常敬畏。孙士毅前往金銮殿面君，在宫门之外偶遇和珅，和珅一眼就看到他手中拿着个东西，就向他要来一看，原来是一个用珠子做成的鼻烟壶，大如雀卵，雕刻精巧，晶莹剔透。和珅一见，便爱不释手，口中连连称赞，把玩了一会儿，就对孙士毅说：“孙大人如果不嫌弃在下的话，能否把这个玩意儿送给在下呀？”孙士毅见和珅竟然当面索要，不知如何是好，只得如实说道：“此物本为进献皇上，而且下官已经向皇上奏明了，和大人喜爱，本当赠给和大人，不过下官不好向皇上交代了，望和大人见谅。”和珅没想到孙士毅竟然拒绝了他，觉得很没面子，只好掩饰说：“我只不过是一句玩笑罢了。”孙士毅以为这件事就这样被搪塞过去了。谁料几天之后，孙士毅又在军机处见到和珅，和珅手拿一个鼻烟壶对他说：“孙大人，我也请你看一个鼻烟壶，比你那个如何？”孙士毅一见大惊，和珅手中所拿的鼻烟壶正是他进献给皇上的那个。和珅得意地笑道：“孙大人不必惊讶，此物乃是皇上所赐。”孙士毅经由此事明白了和珅在朝中的地位与权势，此后对和珅再不敢有半点不敬。实际上，在乾隆死后查明：这个鼻烟壶是和珅买通了一个太监从宫中偷出来的。

从那以后，文武百官，八方贡物都交由和珅转呈。为了要讨好和中堂，须尽力找到两件一样的宝贝，和珅自然要有一样。万一没有，也要用金银补偿。有时下属所贡皇帝珍稀玩物，和珅在过目时，秘而不报，就窃为己有。甚至连乾隆皇帝的儿子情急之时也有求于他。

一天，宫中的七阿哥哲亲王永琮把乾隆皇帝喜爱的一个碧玉盘打碎了，吓得不知所措。七阿哥的弟弟十一阿哥成亲王说："不要害怕，去找和珅，他肯定有办法。"于是，兄弟两个人找到和珅说明情况，要和珅想办法，和珅故作为难，说此物并非人间所有，我也无能为力啊。七阿哥急得直哭。成亲王将和珅拉到一边谈了一会儿，和珅答应想办法。第二天，和珅就给了七阿哥一个比原来的盘子还大还好的碧玉盘。和珅手中的珍宝之多我们就可想而知了。

乾隆皇帝下令大学士纪晓岚负责编纂《四库全书》，搜集整理散藏于民间的古今文学作品、诗词歌赋等书籍，如有不交出审查，即行抓捕。和珅（时任国史馆总裁）负责审稿。对当时认定为禁书的一律销毁，并追究作者的责任。和珅借此制造了大批文字狱。把反对他的一部分文人派一律诬陷为"私藏逆书"，或针对作品中的语句，断章取义，强加"多含反意""诋讪怨望"等作为谋反的罪证。如乾隆宠臣沈德潜所创《咏黑牡丹》中的一句"夺朱非正色，异种亦称王"，被认定为对清王朝轻蔑，大逆不道。和珅上奏乾隆皇帝，御批时沈德潜已死，却仍被"革其职，夺其名，扑其碑，毁其祠，碎其尸"。在另一本书中发现"日月大慈悲，光明照世间""清风不识字，何故乱翻书"的字句，和珅以"明朝遗孽，毁谤满清"之罪除之。诸如此类被冤杀的无辜文人，难以计数。

和珅依仗皇帝，狐假虎威，专权二十余年，尽管多数朝野官员、善良百姓都在如履薄冰中以求苟安，但也有不少官吏对其深恶痛绝，采取各种手段与其党羽抗衡，只不过付出的代价惨痛。

乾隆五十五年（1790 年），内阁学士尹壮图弹劾和珅在地方的党羽私挪库存银两，导致库存银两不足。乾隆大怒，派尹壮图到地方核查，和珅建议派户部郎庆成同往，郎庆成名义上是协同访查，实际上处处掣肘，每到一地，负责拖住尹壮图，让那些官员赶紧借钱填补亏空，结果尹壮图毫无所获，反而被定为诬告罪撤了职。

乾隆四十七年（1782 年），御史钱沣弹劾和珅党羽山东巡抚刘国泰（和珅干女婿）和布政使于易简。钱沣得左都御史刘墉在背后鼎力支持。乾隆帝命和珅、刘墉、穆诺清协同查办此案，刘墉把探听到和珅将派人去山东的消息，通报给钱沣，两人商量的结果是将计就计。钱沣提前化装南下，在北京不远的良乡遇到和珅所派的人。他暗中记下此人长相，快到济南时，见此人策马北归，钱沣当即命随从拿获，从他身上搜出刘国泰给和珅的回信。

到达济南，和珅主张当天抽查完事，他有把握国泰已补足了库存的银两。钱沣不同意，他命令贴上封条，次日继续查检，将所有的库银逐包拆开验收，结果发现银子成色不对，不符合统一的库银标准，而是商人的银两。钱沣贴出告示，宣布商人前来领取，否则罚没充库。商人们络绎前来，库银一空。乾隆闻讯大怒，将两人捉到刑部大牢，令他们自尽。和珅无计可施。钱沣索性再上一本，参劾和珅身为军机大臣，不到军机处办公，却独坐在以前值班官员的休息室内办公，除了阿桂之外，其他军机大臣都学和珅自己找地方办公。这种做法违反规定，乾隆帝命钱沣兼任稽查军机处一职。不久，钱沣遭和珅暗害，“暴病”身亡。和珅听说另一个御史管世铭要上章弹劾，不久管世铭也突然暴卒，死得更为蹊跷。

和珅的党羽吴省钦出任直隶学政、主管乡试期间，营私舞弊，按考生进献银两的数目排列名次，做得过于明目张胆，被李调元抓住了把柄，要向皇上弹劾他。李调元是乾隆朝进士，曾任考功员外郎，为人正直。他得知乡试的内幕之后，就写了一份奏折，向皇上揭发吴省钦。孰料奏折先落入了和珅手中，和珅也不禁有些担忧，因为吴省钦出任学政是他一手保荐的，吴省钦若是出了差错，他也逃脱不了干系。和珅急令吴省钦前来，设下了一个圈套。抓住京城钱库守护头目的把柄，要挟他们去偷库银，将装有库银的包裹趁李调元家人不备，丢入他的花园中，隐匿起来。他随即告谕官府，钱库被盗，有人发现李调元由钱库旁经过，鬼鬼祟祟，形迹可疑。知府带兵到李调元家中查抄，轻而易举地就找到了隐匿的包裹，打开一看，果然是失窃的库银。知府当即喝令手下兵丁把李调元捆绑起来押入大牢。和珅马上向乾隆上奏这件事，要求对李调元处以大辟之刑，置他于死地。乾隆素闻李调元才华盖世，深信李调元不会行窃，免去了他的死罪，改判为流放伊犁。和珅表面遵旨照办，暗地密令押役在押解到玉门关时将李调元折磨至死，幸得守关大将相救才得以活命。可叹堂堂才子，就这样不明不白地遭和珅陷害，流落于荒漠之中。

诸如此类与和珅作对而幸存的官吏，唯有乾隆喜其才智的刘墉（太子太保）、大学士纪晓岚和李调元三人而已。其余死于和珅之手的朝廷命官则难以计数。

“大道自然”果报不爽的自然法则，在万物不知不觉中默默有序不停地运转着。1796年，做了六十年皇帝的爱新觉罗弘历（即乾隆皇帝）禅位给儿子爱新觉罗颙琰，以嘉庆纪元，是为清仁宗。1799年，乾隆驾崩。第五天，嘉庆照例率百官往乾清宫殡殿为父皇哭拜上香之后，离去。侍从宣读立即逮捕和珅入狱的圣旨，就在乾隆殡殿之前抓捕和珅，押解入死牢，随即查抄和珅家产。

在查抄和珅家产期间，和孝固伦公主到尚书房，跪在嘉庆面前，求皇兄对和珅网开一面，却被嘉庆怒斥：“和珅贪污，中饱私囊，飞扬跋扈，网罗党羽，诬陷异己，胡作非为等数条罪状，条条罪大恶极，理应及时铲除。”公主无言以对，只得请求嘉庆皇帝善待其家人。

对和珅家产及遍布各地的产业清点后，清单送呈嘉庆帝，皇上看后愤怒非常。清朝一个著名外交家薛福成的《庸庵全集》，专门有一节叫《查抄和珅家产清单》记录了和珅家被抄的家产：房屋3000间，田地8000顷，银铺42处，当铺75处，赤金6万两，金10万两，银566万两。银锭900万个，洋钱58000元，制钱150万文，铜钱150万文，吉林人参600余斤，玉如意1200余柄，珍珠手串230串，绫罗绸缎14300匹，各种粗细兽皮56000张，铜器和锡器361000件，名贵瓷器10万件。奴仆606名，妇女600名……折合十多亿两白银，相当于清朝近二十年的税银收入总和。

对和珅的罪行审断，嘉庆亲自升堂，刘墉主审。最终和珅被抄家、赐死，时年49岁。据《清仁宗实录》记载，嘉庆皇帝宣布和珅二十条大罪如下：

一、朕于乾隆六十年九月初三日，蒙皇考册封皇太子，尚未宣布谕旨，而和珅于初二日，即在朕前先递如意，漏泄机密，居然以拥戴为功。

二、上年正月，皇考在圆明园召见和珅，伊竟骑马直进左门，过正大光明殿，至寿山口，无父无君，莫此为甚。

三、又因腿疾，乘坐椅轿，抬入大内，肩舆直入神武门，众目共睹，毫无忌惮。

四、并将出宫女子，娶为次妻，罔顾廉耻。

五、自剿办教匪以来，皇考盼望军书，刻萦宵旰。乃和珅于各路军营递到奏报，任意延搁，有心欺蔽，以致军务日久未竣。

六、皇考圣躬不豫时，和珅毫无忧戚。每进见后，出向外廷人员叙说，谈笑如常，丧心病狂。

七、昨冬皇考力疾披章，批谕字画，间有未真之处。和珅胆敢口称：不如撕去。竟另行拟旨。

八、前奉皇考谕旨，令伊管理吏部、刑部事务，嗣因军需销算，伊系熟手，是以又谕令兼理户部题奏报销事件。伊竟将户部事务一人把持，变更成例，不许部臣参议一字。

九、上年十二月内，奎舒奏报循化、贵德二厅，贼番聚众千余，抢夺达赖喇嘛商人、牛只，杀伤二命，在青海肆劫一案，和珅竟将原奏驳回，隐匿不办，全不以边务为事。

十、皇考升遐后，朕谕令蒙古王公未出痘者，不必来京。

和珅不遵谕旨，令已、未出痘者，俱不必来京。全不顾国家抚绥外藩之意，其居心实不可问。

十一、大学士苏凌阿，两耳重听，衰迈难堪，因系伊弟和琳姻亲，竟隐匿不奏；侍郎吴省兰、李潢，太仆寺卿李光云，皆曾在伊家教读，并保列卿阶，兼任学政。

十二、军机处记名人员，和珅任意撤去。种种专擅，不可枚举。

十三、昨将和珅家产查抄，所盖楠木房屋，僭侈逾制，其多宝阁及隔段式样，皆仿照宁寿宫制度。其园寓点缀，竟与圆明园、蓬岛、瑶台无异，不知是何肺肠。

十四、蓟州填茔，居然设立享殿，开置隧道，附近居民有"和陵"之称。

十五、家内所藏珍宝，内珍珠手串竟有二百余串，较之大内多至数倍，并有大珠，较御用冠顶尤大。

十六、又宝石顶并非伊应戴之物，所藏真宝石顶有数十余个，而整块大宝石不计其数，且有内府所无者。

十七、家内银两及衣服等件，数逾千万。

十八、且有夹墙藏金二万六千余两，私库藏金六千余两，地窖内并有埋藏银两百余万。

十九、附近通州、蓟州地方，均有当铺、钱庄，查计资本，又不下十余万（以首辅大臣，与小民争利）。

二十、伊家人刘全，不过下贱家奴，而查抄赀产，竟至二十余万，并有大珠及珍珠手串（若非纵令需索，何得如此丰饶）。

和珅悬梁自尽后，长子因家中搜出御用朝珠，被软禁至疯癫，后肺病交缠至死；和珅次子夭折于孩童时期；大儿媳和孝固伦公主于道光三年病逝。

和珅被处死前三天，在狱中写有诗：“百年原是梦，廿载（为官贪财二十年）枉劳神，暗室难换晓，墙高不见春（指狱中不见天日）。”不知道他的本意是想再重整旗鼓或是……

后有人步其韵叹之曰：

和珅三要梦，圆梦欺人神。因果当知晓，行善永是春。

《清代通史》中，萧一山对和珅有如下评述：

珅在政专肆，中外多其私党。朝士之持正者，亦噤口不言，任其恣睢，以故宠尤隆而势尤赫。时文臣中如纪昀，武臣中如海兰察，皆功业昭然，颇蒙帝眷者，徒以与珅不和，不得大用。而每预文字之役，则忮刻特甚。凡得卷非其属意者，先视笔误斡补处抉去之，其无笔误，则妄摘瑕疵，以指甲深画之。与诸大臣会同阅卷，珅辄专决，或取或舍，其气焰可想。嘉庆初元，珅自负拥戴功事详后节，鸱张益甚，外而封疆大吏，领兵大员，内而掌铨选，理财赋，决狱讼，主谏议，持文柄，大小臣工，顺其意则立荣显，稍露风采，折挫随之。及嘉庆二年，阿桂卒，和珅乃更肆无忌惮矣。珅专政既久，吏风益坏，卒酿成川楚教匪之变事具后章，为清室中衰之最大原因。彼复任意稽压军报，授意各路将帅，虚张功级，以邀奖叙，而己亦得封公爵。且于核算报销时，勒索重贿，以致将帅不得不侵克军饷，教匪乘之蔓延，几不可收拾。盖至嘉庆初年，而康、雍、乾三朝之元气，殆尽斫丧于和珅一人之手矣。

史载千秋奸佞人，大清首恶数和珅。
专挑媚眼妖娆体，哪管饥肠褴褛身。
污吏贪官托重任，忠臣志士化冤魂。
金银财宝巨十亿，枉法徇私生祸根。

“清酒红人面，财帛动人心。”钱财自古以来就是牵动人心、利益的一大重要原因，很多贪官污吏、有能之士都因为它抛弃志向，沉迷享乐，甚至为非作歹。和珅就是这样的人。

和珅利欲熏心，苦心钻营人心，贪欲肆虐，纵恶天下，成了“不善”之人，自然不得善终。这样的故事时刻提醒我们，德不配位，必有灾殃。

十九　借教起义　私欲膨胀

失途科举恨明君，假借天威起义军。
擒斩妖邪托昼梦，拯赎百姓验人心。
国无宁日飘风雨，民不聊生变鬼魂。
自毁长城封万岁，换来枯骨泪沾襟。

洪秀全，本名仁坤，字火秀。1814 年（嘉庆十八年）生于广东花县福源水村的一个农民家庭。1863 年去世于天京（今南京），时年 50 岁。

洪秀全 7 ~ 16 岁读私塾九年，一心只为当官。但一连几次赴考都名落孙山。1843 年，年已三十岁的洪秀全第四次赴广州赶考不中，归途中立在船头，抒发自己的豪情壮志："龙潜海角恐惊天，暂且偷闲跃在渊，等待风云齐聚会，飞腾六合定坤乾。"回乡后创立了"拜上帝会"。他动员表哥李敏芳、同乡冯云山等先后入会。他为了让大量不识字民众，诸如烧炭工、矿工、农民、挑夫等入会，首先散布出他梦见了"独一真神"的上帝。上帝头戴高边帽，身着黑龙袍，面上金须飘落到腹上，封他为“天王大道君王全”，为避天帝“耶火（和）华”的名讳，因此改洪火秀为洪秀全。为了让百姓深信不疑，他经常在“梦中”呼喊“斩妖”“手握乾坤东伐权，斩邪留正解民悬”等呓语，以让早期入会的会员广泛宣传。

1845 年，洪秀全撰写了《原道救世歌》等作为拜上帝会的理论基础。1847 年制定《十款天条》作为会员的守则。从创立该会之后，洪秀全、冯云山各自数次分赴广西等地秘密发展群众入会。到 1849 年秋天，以紫荆山为中心，东南西北大片地区的汉、客、侗、瑶等各族百姓已有大量民众入会，成为“拜上帝会”的会员，其中杨秀清、萧朝贵等已成为独当一面的骨干。

1850 年（道光三十年）七月，远近各地的会员遵洪秀全之命，纷纷赶到桂平县金田村来“团营”（即整编），公开喊出“斩邪留正”的口号，号召会员发动更多民众反对清朝统治。在整编集训期间，与地方武装不断发生激烈冲突。在连续的武装斗争中，形成了以洪秀全、杨秀清、石达开、萧朝贵、韦昌辉等为核心的领导集团。

1851 年（道光三十年十二月初十日）1 月 11 日，洪秀全在他三十八岁生日当天，在广西金田村建立“太平天国”，正式宣布起义，军队称“太平军”。将士用红布或黄绸包头，迅速武装占领大片地区，在反清民间组织“天地会”的配合下，大败清朝广西提督向荣率领的各省清兵。值此声威大震之时，在武宣东乡，洪秀全自立为“天王”。9 月 25 日，太平军再败向荣的万余清兵，攻占广西重镇永安州（今蒙安县）。在这里洪秀全颁布天历，制定制度，下诏封杨秀清为东王、萧朝贵为西王、冯云山为南王、韦昌辉为北王、石达开为翼王，象征着“太平天国”政权的建立。

1852 年四月，太平军经血战突围出永安州，在平冲等地伏歼清追兵五千人，击毙总兵四员。一路继续北进，攻克湖南许多州县，围攻长沙不下，南王冯云山、西王萧朝贵在战斗中负伤而亡。转攻岳州、宁乡，招得许多船户入军，建立了“水营”。

1853 年二月，号称数十万的太平军水陆并进，沿江而下，直克九江至和州。三月十九日攻破南京外城，杀死钦差大臣陆建瀛，第二天占领南京。三月二十九日洪秀全入城，改南京为天京，定为太平天国的首都。

洪秀全为反击清军的进攻，命令林凤祥、李开芳率领二万多太平军北伐，攻入安徽、河南、山西，打入直隶，威慑满清，京城官绅逃亡三万多户。北伐军与清军战斗不断，双方死伤惨重，因此百姓无辜受害者难以计数，一直持续到 1855 年五月，太平军北伐以失败告终。

1853 年北伐的同时，洪秀全令胡以晃、赖汉英率军西征，攻克安庆到汉阳诸多重镇。次年攻打庐州（今合肥），再次攻下汉口、武昌、湘潭等地，几乎全歼湘军水师。

1855 年一月，洪秀全命石达开率军西援，以解西征军被清军围攻。与清军大战于鄱阳湖口，太平军第三次夺回武汉三镇，到 1856 年，太平军占领江西七府一州五十余县。

1856 年六月，石达开、陈玉成攻破清军南北两大营对天京的包围。石达开在江西招募了大批天地会反清农民军进入太平军，攻克了许多州县，实力大增。整个形势对太平天国十分有利。同时，也暴露了太平天国诸王中，不只是洪秀全一人想当皇帝而兴兵的真面目。东王杨秀清在洪秀全指挥下，与清军作战中，斩杀清军将士，争夺城池，可谓战功卓著，造成数以十万计的生命在他及其他的属将们的刀剑之下成了冤魂野鬼，所过之处鬼哭狼嚎，哀鸿遍野，百姓流离，惨死荒郊。在胜利面前，杨秀清不以东王之位为满足，骄奢日甚，不但凌虐部属，而且自称是“天父”下凡。这个“天父”逼“天王”封他为万岁。北王韦昌辉对“天王”“天父”表面顺从，内心却怀不满。利用洪秀全与杨秀清争夺“万岁”的矛盾，突然举兵，杀死了东王杨秀清，同时诛杀杨部下将士两万余人。韦昌辉一不做，二不休，还把正在江西与清军激战的翼王石达开在京城的家属一并杀掉，以树他的淫威。此事引发太平军内部极大的惊恐和不满，集体要求洪秀全主持公道。洪秀全为息众怒，捕杀了这个想当皇帝而投军的北王韦昌辉。至此，在1851年洪秀全这个自立的天王所封的五个下属王中，只有在江西作战的翼王石达开幸存（在围攻南京战争中，负伤而死的两个，被北王韦昌辉杀死一个，天王又斩杀了北王）。

1856年九月至十一月，值太平天国内讧外困之际，洪秀全召回诸王中仅存的翼王石达开“提理政务”。加封为“电师通军义王”。同时又封自己长兄洪仁发为安王，次兄洪仁达为福王，以“两王”挟制“义王”，处处掣肘。洪秀全对石达开的疑忌全军了然于心。造成石达开这员在战争中历炼出来的功臣无用武之地，屡屡遭挤兑，最终于1857年夏天带领他的属军离开天京。石达开从天京出发，经浙江、福建、江西、湖广、云贵与清军进行了长期的武装战争，在清军的围追堵截中，辗转战斗了七年。于1863年六月，清军将围困于四川大渡河畔安顺场的石达开全军歼灭。石达开被清军所俘，押到成都，凌迟处死。1856年太平天国内讧之期，恰值天地会、捻军、白莲教等诸多反清军事武装集团也不断活动，打得清朝顾此失彼，穷于应付，加上第二次鸦片战争，各个战场从不同的角度有力地冲击使清军无法对太平军全力剿灭，让太平军有了医治内讧创伤之机，尚且能支撑危局和清军处于相持阶段。

1859年，洪秀全从青年将领中，封陈玉成为英王，李秀成为忠王，两军合作，再次解救了天京被清军的围攻。

1860年，太平军第二次西征。1861年英王陈玉成退守庐州。1862年六月，陈玉成所部被清军所灭，英王不屈而死，时年二十六岁。此时，忠王李秀成与李鸿章率领的淮军激战于上海附近青浦等地，与前来剿灭太平军的英法陆战队进行了殊死搏杀，法国舰队司令负伤后死亡。

1863年，曾国藩加紧了对天京的围攻。六月三日洪秀全在惊恐交集、悲恐攻心中死于天京。六月六日忠王李秀成奉洪秀全长子洪天贵福继位。六月十九日天京被清军所破，李秀成派人保护年幼的天王秘密出城，后在江西被俘杀。八月七日忠王李秀成被俘遇难，太平天国最终走向覆灭。洪秀全的一生所为给人们留下无穷的思考：

洪秀全是在多次科考不中，年已三十，最后一次赴试还是不中，当官无望，公开流露出“飞腾六合定坤乾”想当皇帝的野心后，才成立了拜上帝会。三十八岁兴兵，目的在于实现皇帝梦。换句话说，他在三十岁那年的科考中，如果榜上有名，当官就有望。如果当了官，“拜上帝会”就不会出现。那样他对其他反清武装军事力量，是作为朋友团结，还是奉命镇压呢？是可想而知的。

太平天国颁布的《天朝田亩制度》，实行耕者有其田，宣布要建立一个“有田同耕，有饭同吃，有衣同穿，有钱同使”“无处不均匀，无处不饱暖”的社会，这些纸上谈兵和空头口号，完全是麻痹广大劳动人民舍死参战的手段。太平天国经历14 年，东西争夺，南北烽烟，把十八个省引入战祸的惨境，不知有多少百姓流离失所，不知有多少无辜魂不归乡。天京被破后，清军放火屠城，秦淮河中尸首堆积，天京城中大火连天。“十年壮丽天王府，化作荒庄野鹤飞。”

洪秀全自称天王后，所封早期追随者的五大王在五年内，为争权夺位，自相残杀而死的两个，死于战争的两个，仅存的翼王正在外与清军血战，被召回京后也被猜忌，竟利用自己的兄长来挟制战功卓著（对太平天国而言当如是说，实际上也就是在争城夺地中杀人如麻）的翼王，逼迫其出走。可以想象，这个唯一的早期功臣如不带兵离开，无疑会早死在洪秀全的疑忌刀下。这个翼王在外作战，自己在京城的家属被北王所杀，洪秀全都无能保护，谁不寒心？事实证明，跟随他出生入死的功臣尚且如此，何谈天下苍生能享受到“有衣同穿，有钱同使”的待遇。

《中国通史》对洪秀全“无处不均匀，无处不饱暖”的空头支票有如下叙述：“太平天国军事形势一度好转，但政治日益腐败，纪律废弛，多次发生叛乱，将领各自为政，苦乐不均，败不相救。洪秀全深居宫内，不理朝政，刑赏不公，封爵冗滥，天京逐渐失去了权威，陈玉成、李秀成也受到猜忌……

清军从四面八方逼向天京。陈玉成又在皖北被俘遇害，太平军的西战场瓦解。李秀成既要抵抗李鸿章、左宗棠的猛烈进攻，又要和曾国藩作战，以解天京的围困，左支右绌，败局已定。他劝洪秀全撤离南京'让城别走'的建议，未被洪秀全采纳（洪秀全的天性所决定，哪能舍弃皇宫的淫乐），形势日益对太平天国不利，同治三年洪秀全在宫中病逝，六月清军攻破天京……太平天国农民起义宣告失败。"

举义号称田地均，横空出世太平军。
烧杀井邑品行劣，虏掠城池利欲熏。
兵祸连天挥热泪，疮痍满目起寒心。
民生凋敝阎罗怒，御笔批为短命君。

洪秀全聚集民众发起太平天国运动，以利驱人奋勇拼杀，自己却在建都天京后，沉迷享乐，丢失了信念。而且以洪秀全、杨秀清为首的领导集团也陷入了争权夺利、互相倾轧的境地，说明了以"利"聚集、缺乏核心主张的小农意识的历史局限性。

洪秀全在初期不失雄心壮志，大富大贵后却被名利所惑，变成农民心中厌恶的人，背弃了"太平天国运动"的初衷。由此看来，培养正确的人生观、价值观，是何等的重要。

二十　垂帘听政　丧权辱国

大清统治继十皇，由盛转衰国祚殇。
咸帝怀疾推政事，西宫代笔议朝堂。
内忧刀捻太天会，外患法英俄日狼。
慈禧垂帘为恶首，可怜百姓最遭殃。

垂帘听政者，系指历经晚清四代（咸丰、同治、光绪、宣统）皇帝的慈禧太后，居位西宫，故又称西太后。

慈禧太后（1835 年—1908 年），叶赫那拉氏，乳名兰儿。1852 年咸丰帝选秀时入宫，赐号兰贵人，后封懿嫔。1856 年生子爱新觉罗·载淳（同治），晋封懿妃，后升为懿贵妃。1861 年咸丰帝驾崩，因皇后无子，慈禧所生子载淳继位，尊皇后为孝贞慈安太后，尊生母为慈禧圣母皇太后。同治皇帝两宫并尊，慈安太后居长，位东宫，称东太后；慈禧居西宫，称西太后。咸丰帝体弱多病，执政时期，外有英、法、俄等帝国的入侵，内有小刀会、安徽捻军、广西天地会、云南回民、太平天国等无数反清军事武装，内忧外患，使之心力交瘁。故咸丰在批阅奏章时，就让善于书法的慈禧代笔，并和她共同探讨议论，使慈禧较早地接触到了国政事务。

1860 年，英法联军向离京城八里的要道——八里桥发动进攻，慈禧随咸丰逃往热河。

1861 年，咸丰帝在炮火连天、弹痕遍地之时，病逝于承德避暑山庄。临终前任命了怡亲王等八大王爷为赞襄政务王大臣（人称顾命大臣），辅佐其子载淳处理朝政。同时又钦赐两枚代表皇权的印章，分别交与慈禧和太子载淳，意在让他们相互牵制，共同商量处理军国大事。

载淳继位后，改元同治，并尊东宫、慈禧两皇太后。怡亲王等八位顾命大臣企图于乱中专持朝政，被慈禧察觉，暗与在京主持与列强和谈的恭亲王奕䜣（咸丰的弟弟）联手，于咸丰帝梓宫回京之机，同时逮捕了八位顾命大臣。其中三位被判自裁或处斩，余者革职，同时封奕䜣为议政王。

从 1861 年同治纪元开始，因载淳年幼（即位时仅 6 岁），清廷以东宫、慈禧二太后垂帘听政，恭亲王议政，同皇帝一起处置军国要务。此期间，对内镇压了太平天国等数十起反清军事武装力量，对外迫于英法等帝国主义发动的两次鸦片战争及沙俄入侵等外寇势力，与帝国列强签订了诸如《中英南京条约》《中英虎门条约》《天津条约》《瑷珲条约》《北京条约》等一系列丧权辱国的不平等条约，这样虽然暂时缓解了列强的军事入侵，却让外寇从中攫取甚多。除黄金白银外，仅《瑷珲条约》一项，中国就失去了六十多万平方公里的国土。国内暂且获得一时喘息之机。在自强、求富的方针下，出现了“同治中兴”的历史阶段。

1873 年，同治帝年满 18 岁，两宫太后归政。慈禧授意同治帝修复颐和园作为她的宫室。皇帝为了尽量减少慈禧太后对他的羁绊，不顾议政王等众多大臣反对，下旨开工建设，耗去了巨大财力。

1875 年一月，同治帝病逝，慈禧立同治帝的堂弟载湉为帝，以光绪纪元。光绪帝时年 4 岁，两宫太后继续垂帘听政。

同年慈禧采纳陕甘总督左宗棠建议，出兵新疆。至 1878 年收复了被中亚浩罕汗国侵占的新疆大部分领土。1881 年收复被沙俄侵占的新疆伊犁地区的领土。

1882 年—1884 年，沙俄对已经签订的《中俄伊犁条约》不满足，又迫使清政府签订了《伊犁界约》，分段勘定中俄边界，吞噬了中国七万多平方公里的领土。

1883 年—1885 年，法国侵略军从越南、云贵边境大举入侵，历经“中法山西之战”（山西位于河内以西百里），北宁战役，观音桥大战，基隆（台湾）保卫战，马尾海战，船头郎甲之战，谅山之战，临兆大战，镇南关大战等无数场惨烈激战，以冯子材等为代表的诸多爱国将领以“法兵不灭，无国就是无家，大家要努力用心，保卫国家”的口号激励将士，以“有退者，无论何将遇何军，皆诛之”为军纪，在交战线上树牌大书“我们将用法国人的头颅重建我们的门户”为决心，与法国侵略军展开了无数场殊死攻防战，付出了极大的代价，取得了一个又一个胜利，最终以签订《中法新约》暂时结束历时三年的中法战争。中国免享战胜国的利益，造成事实上的“法国非胜而胜，中国非败而败”的结局，使中华民族蒙羞。

1884 年，慈禧为独揽朝政（东宫太后已于 1881 年病逝），把以恭亲王为首的军机大臣全部撤换，至此进入西太后专政的阶段。

1885 年慈禧批准了李鸿章 1871 年就签订的《天津条约》，把藩属国朝鲜交与日本共管。

1885 年，中英签订《烟台条约续增专条》（九年前已签有《中英烟台条约》），1887 年，中国和葡萄牙在继《中葡里斯本草约》之后，又签订了《中葡和好通商条约》，致使葡萄牙扬扬得意地得到了对澳门的侵占权。

1888 年，光绪帝载湉 18 岁，慈禧不得已宣布归政，自己训政。但事实上朝野大事仍由她做主。

1894 年，日本大举进攻朝鲜，李鸿章拒绝了朝鲜急需清廷增援的请求，日军闯入朝鲜景福王宫，扯下了中国使馆的国旗。8 月，清朝对日宣战，当年为中国干支纪年的甲午年，故称中日甲午战争。当时军力比较：日本全国有军舰二十几艘五万多吨，中国有八十艘舰八万吨。但由于亲日卖国的李鸿章等以太后六十寿庆为借口，不对前线增援，造成海军将领邓世昌、林允升两艘军舰将士五百余人全部壮烈牺牲。大连守将不战而逃，日本兵未开一枪一炮就占领了大连。旅顺统帅逃亡烟台，日军占领旅顺，辽东半岛沦陷。日军所到之处，大肆焚抢，掳掠妇女，炸毁民房，屠城四天。战后清查，旅顺全城幸存者 36 人。有个叫阿伦的英国人，对屠城惨状的描述是："（日本兵）捉了许多逃难人，把辫子打了一个结，就慢慢地当作枪靶子打。有时斩下一只手，有时割下一只耳朵，有时剁下一只脚……所过街道，死尸堆积……在一个钱铺里，看见地板上铺满了死尸，有开膛破肚的，亦有斩作两段的，那柜台上的木栅尖上签着无数的人头，柜台旁边还有一个大钉子钉着一个几个月的小孩，地板上的血，足有三寸多厚，零零落落的手、脚、头，到处都是……”这是日寇残忍罪恶的铁证。（见《清朝全史》）

中日甲午战争的结果是：1895 年四月，李鸿章代表清政府与日本签订了丧权辱国的《中日马关条约》。其条约的主要内容是：割让辽东半岛、台湾和澎湖列岛给日本，赔偿军费 2 亿两白银，开沙市、重庆、苏州、杭州为商埠，日船可在各埠间航行，日商可在各埠设立工厂，日军暂驻威海卫等。

《中日马关条约》的后果：开启了世界各列强瓜分中国，在中国划分势力范围的大门，巨额赔款加重了中国人民的经济负担，使中国人民遭到更深重的外国资本家的剥削和压榨，是中国沦为半殖民地半封建社会的助推力。接踵而至的是俄、德、法联合对日施压，迫使中方签订《中日辽南条约》，中国再以三千万两白银赎回割让给日本的辽东半岛。

1897 年十一月、1898 年三月和七月，德、俄、法等国分别强占了胶州湾、旅大港和广州湾，英国趁机强占了威海卫和九龙。李鸿章为贪得三百万卢布的贿赂，与沙俄签订了《中俄密约》，帮助沙俄达到了掠夺东三省的罪恶目的。

1898 年六月，光绪皇帝宣布实施康有为等人七次上书所请求的“变法自强”国策。光绪帝下诏前，征求慈禧意见，西太后说：“皇上要办的事情，太后绝不阻拦。”当年以干支纪年为戊戌年，故史称戊戌变法。变法刚开始不久，一些守旧的官员预感会触动他们的利益。于是内务大臣立三领着一批满族重臣去颐和园慈禧那里告状，请求停止变法运动。庆亲王奕劻还和太监李莲英一道，同时跪在西太后脚下请求太后重新“训政”。

变法和反变法两股势力斗争激烈，九月，光绪帝革除了六名反变法官员，并把李鸿章撵出了总理衙门。反变法派制造使西太后震怒的谣言，说光绪皇帝要谋害西太后，使得慈禧干预变法。加上袁世凯在光绪帝及变法和反变法派中间互相挑唆，制造了不可遏制的矛盾。九月二十日傍晚，袁还直接向反变法的兵部尚书荣禄，当面挑拨造谣说光绪帝的变法党徒叫他带兵冲进颐和园，“在乱兵中结果太后的生命”。荣禄连夜赶往颐和园，将此情告知西太后，慈禧怒不可遏，亲自率兵回宫，直冲光绪帝寝宫，以“子杀父母，该何罪”！逼迫光绪帝下诏：“皇帝因病由太后临朝听政。”从此，光绪帝临朝坐在慈禧右边，朝罢回到瀛台，就被软禁了起来。

慈禧临朝，下令废除变法新政。九月二十八日主张变法的“军机四卿”和康广仁、杨深秀被杀于宣武门外，史称“戊戌六君子”。康有为事前逃往香港，梁启超逃往日本。戊戌变法自光绪帝六月二十一日下令开始至九月二十八日谭嗣同等六君子遇难，刚好一百天，故又称之为“百日维新”。袁世凯因造谣成功，从直隶按察使升为护理直隶总督，李鸿章起用为两广总督，在广东把梁启超的九十岁老母逼死在狱中，并挖了梁家祖坟。

1900 年，沙俄二世调兵十七万，入侵东北，很快占领了黑龙江东六十屯的中国领土。六月十日，八国联军从天津向北京进犯。面对国土沦丧，成立已久的义和团改“反清灭洋”为“保清灭洋”，对八国联军实施了沉重打击。慈禧对外亦改剿灭义和团为安抚利用，允许义和团入京抗敌。六月，西太后下令各国公使限期归国，发动了一时的反侵略战争，叫义和团攻打各国使馆，并宣布：杀一洋人者赏银五十两，杀一洋孩者赏银三十两，喜怒无常的西太后，一时性起，闻报董福祥的军里有人杀了一个洋人，她竟赏银五百两。

卖国求荣的李鸿章暗用奸谋，密令对义和团的方针是："借洋人之手剿灭之。"致使义和团在围攻各国使馆的56天、攻打教堂的63天中，荣禄不许借炮，不予给养补给。更有甚者，李鸿章派人背着义和团为外寇八国使馆送菜送粮，呈递王公大臣名片，把义和团彻底出卖给了洋人，为他与洋人讲和做好了铺垫。

八月十五月，慈禧扮作乡间农妇，令光绪帝穿上蓝布衣裤，带领一群亲随官兵逃出北京，多经辗转到达西安。在此期间不断催令李鸿章与外国洋人和谈。八国联军进入北京后，已知清廷的方针："剿平乱民，停战和谈。"这就使联军嚣张至甚。义和团被剿杀出京后，联军下令兵将公开抢劫三天。颐和园的珍宝古玩，联军骆驼队运往天津租界，持续了几个月才运完。中南海仪鸾殿的财宝被俄军抢运一空，有个叫樊国梁的传教士闯进户部尚书家，一次抢走价值一万余两白银的财物……他们滥杀无辜，把百姓撵进胡同，用机枪狂射，街头之上，尸骸枕藉；皇宫民宅，财物罄尽。八国联匪在瓜分中国的问题上，争论不休：八国联军总司令瓦德西（德国人）说："无论欧英日本各国，皆无此脑力与兵力，可以统治此天下生灵的四分之一。故瓜分一事，实为下策。"法国人也说："瓜分之说，不啻梦呓。"俄国外交官拉姆斯道夫说："我们只要打一场最够本的战争即可。"最终在慈禧授意下，李鸿章、奕劻代表清政府摇尾乞怜，签订了《辛丑条约》，向这群豺狼投去中国人民用生命和鲜血凝结成的无法计数的“肥肉”，才使他们无尽的贪婪和残忍暂时缓解。

《辛丑条约》内容是：清政府赔款带利计白银九亿八千万两，拆除大沽至北京间所有炮台，天津城外二十里内中国军队不得进入，北京和山海关之间12处战略要地由外国军队驻扎，在北京设立特殊使馆区，各国使馆驻进军队，惩办助战官吏……

1902年一月七日，《辛丑条约》签订后的第29天，慈禧从西安回到北京。

1903年，与英美日等国签订《通商行船条约》，让诸国在沈阳、长沙等诸多城市取得办厂、收税的特权。到1905年，又让英法取得云南、安徽、四川十多个府的采矿权，法国、美国和比利时又在上海设立银行，取得了财权，俄国、英国、比利时分别修了铁路，取得了路权。

1908年九月，慈禧颁布了《宪法大纲》，规定清朝皇帝统治中“万世一系，永永尊戴”。

对慈禧在朝纲国政外交方面的罪恶，我们已管中窥豹，接着再看看她个人生活的点滴。

1873年，慈禧归政于同治皇帝，她不顾多官反对，为准备六十寿庆，下令整修颐和园供她居住。同治帝命掌握海军衙门的醇亲王奕𫍽全权负责。该项工程历时之长（至1891年西太后入住，历时十九年的修缮仍在继续），规模之大，耗财之巨，后果之恶都令人愤慨：财力不足，奕𫍽为献媚求荣（他的儿子就是后来的光绪帝）长期挪用海军军费，致使户部下令两年内南北水师停购船舰和枪炮，是造成1894年中日甲午海战失败的重要因素。

1901年，八国联军侵入北京，慈禧带光绪帝出逃至西安。她个人的行李车就装了3000辆，沿途修路建宫，耗费白银一千多万两。她对光绪帝说："此次出京，得观世界，亦颇乐也。"

值此家国飘摇之秋，离京逃命之际，竟有如此心境，把国家人民的利益完全弃之不顾。到西安驻足后，亦沉醉于歌舞逸乐，时有人写下了"太后没有亡国忧，西安犹醉后庭花"对其做了概括。回京后，慈禧毫不顾及敌寇侵略对京城造下的灾祸，百姓流离，卖妻鬻子，城郊野外，腐尸遮道的惨景和《辛丑条约》带来的财库亏空，她居住的颐和园殿宇已达九千间之多，仍不满足，竟然花耗白银5000万两，在被毁的仪鸾殿遗址建修"海晏堂"备做西餐。

据接替李莲英的总管太监回忆：慈禧太后西宫费用一天大约四万两白银。按当时的价格，如果用于军事装备，两个月就可购买一艘超级主力舰，一年可装备一支强大的海军舰队。在此说明：据说康有为说过，皇宫、西宫在国库支付的银两，当时已暗中有了规矩：凡是为皇帝、太后宫中支付一万两白银中，下属各有关官吏按规提取据为己有的银两总和占七千两，也就是说报账数字中，用于宫中的只有百分之三十，其余百分之七十都被相关恶吏中饱私囊了。其腐败如此，真可谓"庆父不死，鲁难未已"；帝制不亡，民无宁日。

1908年十一月十四日光绪皇帝驾崩，因无子嗣，慈禧下旨以醇亲王奕谖为摄政王，其孙溥仪继帝位，以宣统纪元。

1908年十一月十五日，即光绪驾崩第二天，慈禧太后病逝于中南海仪鸾殿。

慈禧太后从同治元年（1862 年）起，至光绪三十四年（1908 年）几经垂帘听政、归政、训政，历时近半个世纪（47 年），也是中国几千年封建史中，外国列强侵略、瓜分中国最穷凶极恶的顶峰时期。以她拥有的帝王欲和残忍天性，把持朝政。对外，先后与十多个野蛮的入侵帝国签订了数十个丧权辱国的条约，“孙弃爷田不心疼”，始终施行割地赔款的方针，以使中国沦为半殖民地半封建社会的惨痛代价，换得她至高无上统治地位的苟延残喘；对内以其残忍狠毒的本性，对朝廷和地方官员罗织罪名，斩杀异己。屠杀有良知的仁人志士，甚至不惜勾结帝国主义，借用枪炮，剿灭有功于中华民族的反帝组织（义和团），妄图实现她在临死前还念念不忘的“万世一系，永永尊戴”的清朝至尊统治。

慈禧与生俱来的天性中，没有一个细胞是为了让中华民族有自立于世界民族之林的能力和有同自己的敌人血战到底的气概而存在。她使中华民族蒙受了前所未有的奇耻大辱，在华夏儿女的心中，留下了难以愈合的创伤。

八国联匪太猖狂，劫掠烧杀胜虎狼。
矿物路权集巨富，火枪刀剑戮忠良。
垂帘听政掌朝事，割地赔银媚列强。
费用日支几万两，颐和园内寿无疆。

慈禧本是为了协助政事而接触朝政，却逐渐滋生出权力欲望，长期把持朝政。但见识有限，造就了清末朝廷的腐败与无能。也正是她的无能与专制之举，使得近代中国深受压迫，人民生活在水深火热之中，而她自己却沉溺享乐，任由他人肆意践踏国土。慈禧的所作所为，是国之不幸，也是国之灾难。

《荀子》："为政不善，必曰吾命固失之。"慈禧为政时，对内剥削民众；面对外来入侵，一味委曲求全，割地赔款，完全丧失民族气节。此为政者，必不长久。果然，慈禧的作为加速了清廷的灭亡。

历史给我们的沉重教训：落后就会挨打！人性之恶必须收敛，执政者须以天下苍生为念。

二十一　包揽词讼　黑白颠倒

乡间自古育才英，包姓人家博誉声。
名落孙山生恶念，身怀机巧诈衙庭。
潜心悟性能拿下，大事化微包打赢。
笔变软刀堪妙用，士民皆骗闹纷争。

《虫鸣漫录·卷一》中载：有一个姓包的乡间读书人，一心想求功名，却屡考不中，只好在为乡民写书信和契约中获些微薄收入，以解生活之急。在为双方争斗写告状文书中渐渐熟知当时官府断案规律，凡经他手写的词状去告人，一告就赢。被告求他应诉之法，只要经他拨弄，也就大事化小。这个读书人知道自己科考不就，当官无望也就把毛笔变成了软刀（他的笔就似一把刀），从笔尖上挣钱变为赚钱，由赚钱变为诈钱。因此乡民送给他一个戏称："包打赢"（包打赢一切官司）。

一天，有一个无赖汉与他的舅舅发生争吵，把他舅舅的门牙打掉了。他舅舅一气之下，把被打掉的牙齿拿在手上，求包打赢写诉状把外甥（侄）告到官府（自然少不了写状的纹银）。

这个无赖汉殴打长辈，最轻也会受刑后收监入狱，自然十分着急，忙匆匆找包打赢求解救之法。起初包打赢佯装不允，待对方拿出一大笔钱之后，包打赢把无赖汉的一只手抓住，一口咬住他的衣袖，使之无法挣脱。转瞬之间，包打赢松口，把手一挥，让这个无赖汉回去，准备应诉。

不久，官府传押无赖汉至公堂受审。县太爷问：“你个无赖汉，把你舅舅的牙齿打掉是否属实?”无赖汉答道：“我和舅父发生争吵，本就有错，他是长辈，我岂敢打他。舅舅在与我争吵时，把我的手抓住，本想咬我的手，因我挣扎，他却一口咬住了我的衣袖，我奋力挣脱时，用力太猛，他的牙齿当时就落在了地上是实。请大老爷明鉴。”县太爷当即把原、被告双方，各训斥了一顿，过错各半，以此结案。

有一个叫余九思的人，与其婶娘贺氏通奸数年之后，有改过之意，久久不与贺氏行暧昧之事。贺氏再也捞不到侄儿余九思的好处，气愤之余，求“包打赢”写诉状把余九思以强奸罪上告官府，包打赢自然得了写状银两。余九思出高价求包打赢帮忙解脱。包打赢对余九思说：“你只咬定这是初犯，请老爷宽恕，便可无事。”

公堂之上，余九思又是哭泣，又是认罪。口称：“大老爷，小民被鬼迷心窍，一时冲动，仅此一次，确系初犯，请老爷宽恕，以后再不敢了。”

贺氏听得火冒三丈，口称“大老爷，这小子侮辱尊长，已有数年之久。戏弄我多次，当治大逆之罪，请老爷明察”。县太爷听得火起，惊堂木一拍道：“胆大奸夫淫妇，明明是通奸，竟敢以强奸告上官府，戏弄本官，各责五十大板，逐出，如有再犯，决不轻饶。”本案就此了结。

又有一个叫任勇的乡民，久闻包打赢的名声。他一心想报复一个与他有怨的人，不惜花大价钱，请包打赢按他的口述编造案情，把对方置身狱中。包打赢听了任勇所编案情，深知必定败诉。但见所拿银两多多，贪涎欲流。心想写诉状是有字可以查考，编织罪名必遭严惩。他略加思索，恶计心生。时值六月，他在屋中生起火炉，身着棉衣，外套厚厚的衣服，依来者所编案由，变化笔迹，匆匆握管，诉状一挥而就。任勇手持状纸，呈递官府，大老爷开堂审讯，结果任勇构成诬告罪。县太爷追问任勇：“是何人唆使你诬告他人？”任答：“是包打赢为我所写诉状。”县府急差人把包打赢传拘至公堂查问。包打赢矢口否认，问任勇道：“你说是我所写诉状，你把时间、地点、当时的情景如实向大老爷禀明，请老爷明断如何？”任勇当即把包打赢如何在他家中，烤着火炉，身着棉衣等情况如实说了一遍。县太爷听后大怒道：“刁民任勇，不但诬告良民，在公堂上，还继续作恶，编造谎言陷害他人，妄图蒙骗本官。哪有六月盛夏，身着棉衣，烤着火炉写状呈的？如不重处，法理不容。判本案原告任勇诬陷罪，包打赢无过回家……”

后有包打赢的朋友与他闲谈之中问道：“包兄，你说你是怀才不遇，你的所作所为似乎有点不合礼教吧？”包答：“当今嘉庆皇帝把和珅杀了后，官民都一致议论‘和珅打倒，嘉庆吃饱’，这该不是天理吧？你看官场如斯，众所周知。仁兄也不是常哼‘鸟为食亡人为财，赵巧只为送灯台’吗？”包的朋友戏谑之曰：“包兄，你如果科考及第，成了达官贵人，你该如何理政呢？我还能是你的朋友吗？”

包打赢说："仁兄，我可以毫不隐讳地说，人的心性决定人的行为。权力越大，恶性越恶，行为就越出轨。现在我只有顾及眼前，何须想那么多。至于'善恶之报，如影随形'之论，又有几人奉行？弃善行恶的人还少吗？"

外侄把舅牙磕落，谎报袖衣强扯脱。
余九乱伦愆己过，叔娘诬告自圆说。
身持歪论良心歹，口授机宜法理夺。
任勇挟嫌编假案，讼师烤火品行浊。

包打赢是非不分、善恶不辨的行为着实令人齿冷。虽说"做坏人容易，做好人难"，但坚持行善做好事，社会才会向前发展；作恶太多，污染社会，则会严重妨碍社会的进步。况且善恶有因果，在这些因果之下，作恶太多，必然不得善终。

二十二　刑讯审案　一鸟五命

画眉乖巧惹人嘻，东主骄矜众猎奇。
徽地富商徒羡慕，杭州沈某亦珍惜。
提笼架鸟赏西子，痛肚屈身躺岸堤。
箍桶匠工前报信，惟头不见后留尸。

明朝天顺年间（明英宗朱祁镇年号，1457 年—1464 年），杭州一个姓沈的人（人称沈鸟儿）养有一只善叫能斗的画眉，十分喜爱，常常提着鸟笼炫耀于街市之中。一徽州商人见之，爱不释手，愿以十两白银购买，沈鸟儿不答应，未能成交。此事当地许多人都知道。

一天早晨，沈鸟儿提着装有画眉的鸟笼到西湖边游玩，突然肚痛难忍，躺在堤岸上无法回家。此时，恰逢一个熟识的箍桶匠经过，沈鸟儿嘱托箍桶匠通知家属。好心的箍桶匠奔赴沈家告知其事，沈之家属急忙赶到西湖边，看见其亲人（沈鸟儿）倒在血泊之中，头颅已被人割下，不知去向，当即告到官府。经官府验尸，确定死者系凶手用箍桶刀所杀，沈鸟儿的家人随即把报信的箍桶匠扭送至官府，告其杀人后又至沈家报信。箍桶匠吓得魂飞天外，不住向官太爷叩头，连连喊冤。当官的见箍桶匠不招认杀人之事，即动用大刑，箍桶匠被打得死去活来，终因受刑不过，唯求早死。只好胡乱招供道："我把鸟卖给了一个不相识的人，把沈鸟儿的头颅割下来扔进了西湖。"官府派人到湖里打捞人头，久捞未得，只好把箍桶匠打入大牢。

此时官府和沈鸟儿的亲属都欲早结此案，分别以高价悬赏索取沈的人头。重赏之下，贪夫至也。几天后，以打鱼为生的余氏兄弟二人，提着一颗人头前来官府领赏。该人头经水浸泡，无法辨认本相，官府就以此结案。秋后，箍桶匠以杀人罪被处决。

几年后，杭州有一与沈鸟儿熟识的商人，在苏州看见沈鸟儿的那只画眉鸟笼，问其来历，对方说是杭州某人卖的。此杭州商人将其成交地点，其人特征等一一问明。回到杭州后，把在苏州见到鸟笼的事对沈鸟儿的亲属说了。沈家随即暗中探访出卖鸟笼的人，又将此事告至官府。官府拘捕嫌犯，初亦不招。官府用刑审案，嫌犯招供，追问其沈鸟儿的人头何在，嫌犯供认不讳，在湖边一株枯杨树的树洞中。官府派人去寻，果在树洞中取得一颗人头骨。官府立即将此杀人真凶打入大牢。

这个糊涂官已意识到已被处决的箍桶匠有冤，遂着人去把曾提人头来官府领赏的余氏兄弟拘来，追问其事实真相。一经用刑，余氏兄弟招认："当时，官府和沈家都在悬赏索要沈鸟儿的人头，恰值我们的父亲死了，我们想得到这笔赏钱，就割下父亲的头，借在湖中打鱼之机，放入湖水浸泡几天后，交到官府，领回了赏银。”

至此，沈鸟儿命案真相大白，官府随即将杀人真凶和割下父亲头颅骗取赏银的余氏兄弟绑缚集市，处死示众。

此案中沈鸟儿被人杀死，箍桶匠好心报信却被蒙冤处死，真凶偿命，贪财的余氏兄弟被处斩，五条人命竟为一只鸟和鸟笼丧生，岂不哀哉！

在这个故事中，被害人沈鸟儿自养的一只鸟，十两白银未卖，被凶手杀死后落得人、财、物尽空。好心人箍桶匠成了封建王朝时期地方官府穷凶极恶、刑讯逼供的牺牲品；真凶杀人，只不过为了价值十两白银的一只鸟和鸟笼，而害死了五条人命。他们身处底层庶民地位，其罪恶心性尚且如此，如果他们一旦大富或为官，又会做出些什么事呢？更有甚者，为了点赏银，不惜将已故父亲的头颅割下，交官骗赏，这种人唯利是图不惜一切，是他们的本性早已变了，变得坏到了底。换言之，就是人性探究的关系。这不能不说是小民也恶，无恶不作的人性悲哀。

最是可怜报信郎，衙前毒打大刑上。
官家门户索头急，余氏弟兄贪念长。
箍桶匠人含至冤，失颅老父作何想。
陡然笼鸟现苏州，恶棍终究落法网。

行善者因善惹来祸端，实乃一大悲哀。但“善不可失，恶不可长”。行善的目的就是利于他人，而不是为了其他目的。善并不是说一定要帮助他人，就算是帮助自己，也算是行善的一种方式，比如帮助积习难改的自己培养好习惯，等等，也是施行善举的一种。

某人一时之贪欲，便引来杀身之祸，故而我们说“多行善，远灾祸”，毕竟“祸由恶始”。

在本章中丧命的几人，有善有恶，同样是丧命，但在人们心中的地位是不同的，可谓“公道自在人心”。故作恶与行善，差之远矣！

二十三　兄弟讼田　理性断案

素来亲密两兄弟，长大成家常诡欺。
俗事偏畸夺产地，私心太重变泼皮。
从容规劝多结怨，反复争执无止息。
捏造遗书辨真假，幸得县令治顽疾。

《鹿州公案·偶纪止》载：已经去世的农民陈智有两个儿子，长子阿明，次子阿定。少年时在一起读书，成人后一起种地。兄弟两人友爱亲善。成家后，与父母分居，各自立家。他们的父亲死后，留下七亩地，兄弟俩都想独占，常常为此争吵，甚至打架斗殴。虽经邻里地保、亲戚朋友多方劝解，仍然未能平息。

原来陈氏兄弟二人各自都暗地模仿父亲的笔迹，伪造父亲的临终遗书。其内容都是老人所有七亩田产由他们其中一个继承，自然是长子所写的遗嘱由长子继承，次子所造的遗书由次子继承。兄弟二人各自心怀必得田产的恶念，最终上告到官府。在公堂之上，二人分别拿出伪造的遗书，呈递给县太爷过目。县令大怒曰："田土小事也，兄弟争讼，大恶也。本官不能断。你们两人各伸出一足来上夹棍，谁不喊痛，田产就归谁。你们各自可先选择一只上夹棍不痛的足来，合在一起，同时夹之。"陈氏兄弟异口同声在堂下答道："两只足都痛。"县令说："奇哉，何以两足都痛？你们的父亲生养你们二子，就如同他的左右足，为何汝父肯舍一足，而汝等不肯舍一足也？"接着县令问陈氏兄弟各有子女几个，二人俱答有两个，分别在十四五岁至十七八岁。县令心中有数，遂令衙役将此二恶徒解至牢房，同室而卧，候他日再审。并派人暗中观察，此二人在狱中，是否有转变。数日后，县官了知二人在狱中的变化，已知不是冥顽不灵之徒，于是再次升堂。县官在堂上对陈氏兄弟说："你们为田产之讼，本官认为，起因在你们的父母亲，他们不该生养两个儿子，如果只生一个，哪有今日之狱讼。本官为了免除你们今后为产业争讼的麻烦，故拟定：'你们弟兄二人，各有二子，每人只留下一个儿子，交出一个儿子，本官命差役将其押交养济院，或卖给乞丐作亲儿子，并具公文存档，因丐家无产业可争，能免他日祸患。你们画押具结后，本官即将此案判决。'"

陈氏兄弟听罢，在堂下叩头哭道："我们知罪矣，从今以后，我们弟兄二人保证永无口舌之争，绝无产业之讼，改恶从善，永相和好。"县令差人将陈氏邻里、族长、地保、妻、子一同传至公堂见证。陈氏及其亲属，八拜谢恩而去。

此案发生在封建专制时代，在难得的县令委婉化解下，使双方天良启动，涕泣相让，兄弟妯娌，友恭亲爱。在那"钱官司，纸道场"的社会，广大百姓对官府闻而生惧。此案却在百姓中留下了反响，纷纷议论，如果能多有几个这样的官，天下的恶人也不会有这么多，我们老百姓也知足了。

县令精明擅推理，洞察世事惩邪恶。
选足伸腿齐难堪，夹棍动刑均不悦。
须劝两家素性持，仅留一子狠心舍。
清官断案民风淳，痛改前非弟兄乐。

《菜根谭》：“待善人宜宽，待恶人当严，待庸众之人宜宽严互存。”

在本章中县令的做法很好，让当事人自己体会到痛苦，深入理解，才能明白真正的道理。县令的处事方法，体现在治案中严明，破案后宽容，使民众认清善恶得失，分清是非黑白，是值得称道的。

在我们的社会中，也不乏这样的人，将“善恶”看得分明，依法执政，以情容人。

二十四　淫贼杀人　报复良民

殒命城南逸老堂，湖州姚某戮身亡。
凶徒利斧伤头部，秦氏摧心认兆祥。
淫妇更兼行狗盗，夺妻最是泯天良。
周钟历险遭诬陷，无故蒙冤进监房。

湖州城（今浙江吴兴县）南逸老堂左侧路旁有一被杀死的人，身上、头上有五处被斧砍的伤痕。验尸几天后，长兴县民妇秦氏自认是她的丈夫姚兆祥。并向官府控告王文龙在几天前引诱姚兆祥外出。她指控王文龙一定与丈夫的死有关。官府即抓捕王文龙归案审讯。王文龙招供，他与秦氏通奸已久，杀姚兆祥的目的是霸占秦氏，害怕秦氏不允。故杀姚之事未让秦氏知道，只与周归正、钟良明二人同谋所为。官府将二人抓捕，经严刑逼供，周归正招认同谋属实，钟良明死不招认，连连喊冤。遂将王文龙等收监。恰在此时，县令离任，新来代理县令查阅案卷后认为：本案通奸只王文龙一人与秦氏有染，其他人未涉奸情，按常理，不可能同谋杀死秦氏之夫。遂对此案复审。秦氏的供词是：她与王文龙通奸属实，起因是她的丈夫姚兆祥和王文龙合伙偷窃，凡作了案，王文龙吃饭睡觉都在她们家，时间一久，即生通奸之事，但她绝无杀夫之心。她的丈夫是在王文龙引其一同出去的当晚被杀的。第二天王文龙告诉她，姚兆祥因犯夜行禁令被拘押，所以未回家。故心中生疑，为什么两人一同出去，却只回来一人。在追问愈加急迫时，王文龙支吾几句逃走。后听说逸老堂路旁有人被杀，去看后，才知道是自己的丈夫。

凶犯王文龙的供词是：杀了姚兆祥后，当晚至钟良明家借宿，钟见王身上有血迹，坚决不答应留宿。凶手对钟咬牙切齿，发誓报复。第二天，王文龙被秦氏追问急了，就逃到了以前合伙为贼的周归正家躲藏，只对周说是躲避盗案，未涉及命案，周收留了他。后来听说发生了命案，周遂将王文龙逐出。王在逃窜的路上，被官府捉拿。王文龙为报复钟、周二人不肯收留他的仇恨，故在被审讯时，诬陷其二人与他自己同谋杀人，使他们入狱。

此案经代理县令复审判定：凶手王文龙死刑，秦氏虽与凶手通奸，但无杀夫之心，尚能认尸举报，定为通奸罪；周归正年已六十开外，过去虽为窃，但多年来已经改恶从善，既往不咎；无辜受牵连的钟良明无罪释放。

当时，湖州一带的百姓议论纷纷：凶手王文龙与姚兆祥同伙为盗，食宿如同一家，却奸淫贼友之妻，大违“朋友妻，不可欺”之常理，最终发展为杀人欲霸妻的罪恶勾当。他从动机到结果，实为人所不耻，猪狗不如，罪有应得，死有余辜。周归正早年为贼，中年洗手，老了却被原贼友所诬，但尚能拒贼徒于门外，确已改邪归正，人性未泯，得善终亦在情理之中。秦氏可悲，丈夫被杀，奸罪自取，岂不哀哉！

阅案清官乃智贤，层层推理解谜团。
谬安乐土周钟泪，触犯刑名秦氏寒。
欲与私情凶焰起，竟无雅量世人嫌。
恶行败露遭天谴，王典昭彰偿命还。

天理昭彰，报应分明。因偷盗为起因，以贪念加剧恶性，最终得到恶报。王、钟、周、姚皆为偷盗之人，钟周二人虽已改邪归正，终也收到昔日偷盗之恶果，遭人诬陷。王、姚二人恶性不改，以致姚引狼入室，招来杀身之祸，王秦通奸，犯下弥天大祸。一切都是贪欲的因果。

《论语》有云："三人行，必有我师焉。择其善者而从之，其不善者而改之。"教育我们在交朋友时，不仅要慎重选择，而且要学他人之长，改自己之短。孔子的这段话，对于指导我们处事待人、修身养性、增长知识，是大有裨益的。

二十五 假尸诈银 恶仆害主

永嘉富户王生横，财大气粗欺善民。
强买生姜抢小贩，匡纠错误赠帛缗。
船家闻讯起邪念，尸位裹衣讹现银。
仆役借机挟制紧，贪得无厌害良人。

凌濛初（1580 年—1644 年）编著的《初刻拍案惊奇》中载：湖州（今浙江吴兴县）有个小客商，卖生姜时遇到永嘉县富人王生，货价未定，王生强行称姜。小客商说话触犯了王生。王生发怒，重拳打在客商后背（王生财大气粗），致使客商倒在门槛上昏了过去。王生竭力抢救，待其苏醒后，以酒食谢罪，又送给客商一匹上好绢帛（王生知错能改），双方言归于好。

小客商回家途中，到了渡河的船上。船家问及绢帛的来由，客商尚在兴奋中，滔滔不绝地把因祸得福的事情经过说了一遍，最后带上一句："差点做了他乡的鬼。"说者无心，听者有意。船家已知距此不远的河水上面有浮尸尚未打捞。恶从性中起，毒由心中生。便谎称他有急需，愿出高价买客商手中的绢帛和挑生姜的竹篮。客商自然济人之急，无心讨价还价，也就随便地和船家成交。

小客商上岸回家，船家划着渡船，把水上的浮尸拖到岸上，换上衣裤之后，将尸体拖至王生家附近，去敲王生的门。进屋后，故作惊慌地说："午后有一个湖州小客商经过渡口，说被你重拳击背，已经快要死了。请我报告官府，叫亲人为他伸冤，留下绢帛和竹篮为证。现在他已经死了，尸体就在离你家不远处。"王生全家听说发生命案，好在尚无别人知道，把船家视为恩人，哭诉着请其帮忙，求他把尸体埋在树林，不要声张，同时给船家白银二百两，船家讹诈成功，一走了之。

不久，王生的仆人以此要挟主人。仆人贪得无厌，致使王生无力满足，恶仆把主人王生给了白银二百两求船家掩埋小客商尸体之事上告官府，官府把王生抓捕入狱，为使证据充分，官府逼王生说出其埋小客商的具体位置。王生哪能说得清楚，官府遂严刑逼供，王生被百般拷打，最后死于狱中。

一年后，卖姜的小客商带着土产，前来拜谢曾经送给他绢帛的王生，并与王生家人讲述了他把绢帛卖给了船家的事。此时，王生家人才知道：小客商并没有死，船家恶意敲诈，仆人趁机害主，致使主人冤死狱中。王生家人即将船家和仆人告到官府，官府当即将罪犯捉拿归案，严加刑讯，结果船家和仆人在酷刑之下，都死于牢房之中。

本案的起因是：富人王生有点钱财，而待人有压倒之势，强买生姜，继之愤怒而出手打人，幸而人性未泯，尚能善后。哪知商人口无遮拦，无意中使船家心生恶念，敲诈客商；仆人恶性泛滥，趁机害主；官府滥刑，枉杀人命。设计给人们留下了“好善还须忍为首，无度行恶必丧生”的镜子。

年后贩夫来拜访，王生家院始听闻。
畏惊官府索尸体，忍受舟翁敲现银。
宵小贪财失善性，主人遭陷变冤魂。
奸谋败露自丢命，船汉恶仆奔鬼门。

王生恃强凌弱，好在善心未泯，及时挽救，才得以避免酿成大祸，后受人诬陷也得以有机会获得清白，但付出了生命的代价。船家和恶仆见利起意，最终得到应有的惩罚。这个故事说明了在生活中有的人表现得像恶人凶汉，却有着善心，尚能施德行善；而有的人外表无常，却心生恶意，见利起意。在社会交往中，要学会用心去看人，不要被外表欺骗了，将善人错认为恶人，将恶人当成朋友。

另外，在这个故事中，小客商的口无遮拦也起了推动作用，是故事恶行发生的牵引。此事告诫我们，在生活中要学会三思而后行，须谨言慎语，说话要分清场合，以免受到伤害或者产生不必要的麻烦。

二十六　连环骗技　店主入套

商铺北门桥市开，金陵老板赚钱财。
事由未了且装傻，贪墨便宜还卖乖。
既遇野翁行诈骗，又逢路客往怀揣。
假言捎带银十两，店主称来无妄灾。

金陵北门桥边有一银钱店。店主在经营中，常因贪占小便宜，与顾客发生争论，多有愤恨而去者。一天，有一老翁拿着几两银子到该店换钱。故意和店主比较争论银子的成色，双方争论得激烈异常，互不相让。这时一个少年从外而入，非常有礼貌地说："老伯，令郎在常州做生意，和我是同事，他托我给老伯带回银子和一封信，本该送往府上，没想到在此遇见你。"言罢，把银子和信交给老翁，作揖而去。老翁把信拆开，对店主人道："我眼昏花，看不清写些什么，请你给我念一下。"店主人给老翁念信，在几句通常问候言语之后写道："儿子托同事带回纹银十两，作爹爹请人打柴、挑水之花费，请酌量花用。"老翁听了信中言语，十分高兴地对店主人说道："我也不争论银子成色了，你把我刚才的银子还给我，把儿子带回的十两银子兑换给我吧。”店主把老翁刚接到手的银子一称，重十一两零三钱。店主窃喜，心中暗想，你这个老头刚才和我争论银子成色时气势汹汹，而你在不知不觉中却送了我一两多银子，真是活该。于是按当时的换钱规则，兑换成交。老翁拿着钱走了。

过了一会儿，有一旁观客人对店主说道：“老板该不是受骗了吧？这个老头是个老骗子，我离他家很近，不便当面戳穿。他在四处行骗，全是以假乱真，我看他来换钱，就猜着几分。”店主由暗喜变为惊慌，急忙拿出一块碎银，剪开一看，里面确是铝胎，悔恨之余，向这个客人询问换银老头的住址。客人说：“他家在某处，离此几十里地，你赶紧去追，还来得及。”店主再三请求客人带路帮他追赶。客人以邻居不便，害怕遭到报复为由，拒绝带路。店主拿出三两白银为酬金，并说只要见到老头，你即躲开，绝无后果。这样，这个客人似乎勉强答应了（店主又去掉白银三两）。他们一起赶路至城西门外，远远看见换银老头正在和几个人一起喝酒，带路人指给店主看后，随即离开，不知去向。

钱店店主径直闯入酒店，揪住刚去换钱的那个老头就打，众人齐将店主拖开，问明情由。老头怒吼道：“我儿子托人带回纹银十两，你当场过目过秤，怎说是假银？你手中的假银是几两？从何而来？你不自知，反来诈我，如不赔罪，我将告你到官府治罪。”酒店主人急忙拿出戥子称，称得银店老板手中假银重十一两三钱，直气得银店老板哑巴吃黄连，有苦说不出。在场众人怒骂之余，当即动起手脚，意在教训他一顿。银店老板为逃众怒，抱头鼠窜而归。一路不停地喃喃自语：为贪那一两三钱白银，失掉了十三两白银不说，还挨打挨骂一场。真是赔了夫人又折兵啊（贪小失大可谓报应之速）！

不久，行骗老翁在继续作案中被官府抓捕，经严刑拷打供出其同伙，官府遂将其一网打尽。行骗老翁在受刑后一病不起，死于狱中。

门外路民言伪钱，剪开银碎铝胎现。
野翁狡智觅人欺，阎老贪心遭鬼骗。
万感凄惶徒影偏，十年幽愤少吁叹。
多行不义自生灾，恶报必来众品鉴。

古话说："多行不义必自毙。"银店老板经商狡诈，老头巧言行骗，皆为不义之人。银店老板为贪得银两哄骗他人，结果因小失大亏钱挨打；行骗老头多次行骗，终在行骗中被抓捕，病死狱中。

两人皆为贪利行恶，银店老板欺骗客人，是为恶；老翁欺诈他人还伙同同伙暴打他人，亦是为恶。此二人皆为恶行，但结局的不同，也算自食其果了，多行不义之事必然会受到应有的惩罚。

二十七　历史长夜　善性星光

人世之初性本恶，以书为镜鉴清浊。

强食弱肉烽烟起，孤诣苦心兵甲夺。

王路荒淫欺百姓，圣言摇落洒锡箔。

二十五史斑斑泪，铁马金戈始秉国。

在五千年的历史长河中游弋的航船，由三皇五帝启航，驶入清王朝，到中国封建专制王朝的覆灭为止，进入了港口。虽可停泊，但不需急于上岸，让我们再把这一漫长行程中耳闻目睹的经历做一简要回顾：

在淫雨霏霏中，我们看到了“肉林酒池”“炮烙虿盆”，还看到了始皇陵、长生殿、圆明园……

在阴风怒号中，我们听到了历朝历代人喊马嘶、杀声震天和八国联军入侵中华的炮声……

在浊浪排空中，隐隐听到在海战中葬身鱼腹，“投鞭断流”中溺于肥水，赤壁大战中饮恨长江的冤魂还我人身的呼叫……

在山岳潜形中，我们感受到人类母系先人所受凌辱肆虐的苦痛：母女同侍一君，父子乱伦一妃，一帝淫乐四千宫女……原来“赔了夫人又折兵”根本不是孙权的发明。远在唐尧时，为了稳固政权，他把两个女儿同时下嫁给势力仅弱于他的部落首领舜，造成尧被舜囚禁，最终由舜接替了尧的王权，此类女儿被父亲利用成为其政治上的牺牲品的例子，不计其数。诸如曹操把三个女儿同时嫁给汉献帝；金宣宗把公主献与成吉思汗；忽必烈把女儿嫁给高丽王……结果都无一善终。

在日星隐曜中，我们更遥见到无数大智大勇前圣先贤用血汗铸成的丰硕成果交相掩映所发出的闪烁之光：

李冰父子：修建都江堰水利工程。

祖冲之：南朝时的平民，早于欧洲数学家1100年就把圆周率推算到小数点后第七位，他不但是闻名世界的数学家，而且还是编制《大明历》的天文学家。

郦道元：北魏末的平民，任过地方官吏，但为时不长。我国古代著名的地理学家，著有《水经注》等。

贾思勰：平民出身，我国古代著名的农学家，其巨著《齐民要术》是我国最早的农学著作。

华佗：平民出身，发明配制“麻沸散”，是世界上最早采用全身麻醉法的神医。

……

造纸术：

西汉时期（公元前206年至公元前8年），中国已经有了麻质纤维纸。东汉元兴元年（105年）蔡伦改进了造纸术。他用树皮、麻头及敝布、鱼网等原料，经过挫、捣、炒、烘等工艺制造的纸，是现代纸的渊源。这种纸，原料容易找到，又很便宜，质量也提高了，逐渐普遍使用。

造纸术，尤其是东汉蔡伦改进的造纸术（又称“蔡侯纸”），是书写材料的一次革命，它便于携带，取材广泛不拘泥，推动了中国、阿拉伯、欧洲乃至整个世界的文化发展。

印刷术：

雕版印刷术的发明始于隋唐时期，世界现存最早、标有确切年代的雕版印刷品，是唐朝僖宗六年，即公元 868 年刻印的佛经《金刚经》。到了宋朝，毕昇发明活字印刷术。400 多年后，欧洲才开始沿用。

美国著名学者罗伯特说：“如果没有从中国引进造纸术和印刷术，欧洲可能要长期停留在手抄本的状况，书面文献不可能如此广泛流传。”

指南针：

北宋时发明指南针，开始用于航海。近代称之为“罗盘”。

火药：

唐初古代炼丹家发明，后来用于军事，500 年后传入欧洲。

英国大文豪、哲学家培根认为：没有一个帝国，一个教派或一个赫赫有名的人物能比印刷术、指南针、火药在人类历史上产生更大的影响，它改变了整个世界的面貌。

这些在世界史上最早的发明都是出自民间，当时并没有得到统治阶级的弘扬。更为遗憾的是：这些为世界人民做出了永不磨灭贡献的伟大国宝，流入了西方。西方利用中华民族的精英历尽艰辛的成果，再反过来变为凶器侵我国土，杀我同胞。指南针用在他们满载着侵略军兵的军舰上，为他们漂洋过海来屠杀中华儿女领航，把制造火药的技术用来制造枪弹向发明者的同胞开炮。

在穿透层层阴霾雾瘴闪射出来的辉光中，隐隐看到仲尼作《春秋》；屈原赋《离骚》；老君驾青牛降于青羊；唐僧取真经回归长安；遥见韩非，《说难》《孤愤》；孙子，兵法修列……颗颗璀璨明珠通过烁烁闪光告诉我们：中华五千年文明史的车轮，不是在统治阶级发动战争，使朝代不断更替中前行的，更不是皇亲国戚、世袭官僚们的淫乐滥杀的结果。千千万万的人民群众，特别是他们中的精英，世世代代前赴后继、百折不挠、历经艰辛地锤炼所凝结而成的灿烂辉煌的中华文化才是真正的动力。

中华五千年的文明史中，历朝历代的更替都在血雨腥风中完成：统治者脚踏着人民的脊梁，驱使着普天下的劳苦大众，双脚淌着骨肉同胞的血流。人民双眼饱含与天地同悲的泪水，双手遍布使神经麻木的茧皮，在痛苦中，在血泊里挣扎着一步一步地推动着历史车轮前行。

中国传统文化博大精深，源远流长。从日星隐曜中透射出来的希望之光还告诉我们：在封建专制王朝时期，昏君首恶，奸臣大恶，贪官尽恶，小民学恶。为民者不恶不能为官，为官者不恶不能升迁，正可谓上有所好，下必甚焉。道家倡导修治本性（缮性）被斥为消极，佛家奉行三世因果，报应不爽，被视为迷信。

总之，以往“好善者受贫穷更短命”的人间悲剧，无数人为的人间灾难都是在人性异变，恶性当道中造成的。历史长河，大浪淘沙。中国古代文化历经了曲折而漫长的波滚滚、浪滔滔的冲刷洗礼之后，沉没了专制王朝。生命力极强的儒、释、道、兵、法形成了中国优秀传统文化的主干，是先人留给我们的无价瑰宝。让我们从漫游的航船上走上岸来，走进老祖宗给我们留下来的文化宝库，取宝吧！

真是那：

漫看婴儿降九州，初啼即恶语弗休。
性情道义人知省，风气纲常影寄留。
淹迹儒佛本心在，载名史册老怀讴。
平生善遇皆因果，且遣金樽对月钩。

中华文明源远流长，我们要继承优秀传统文化，发扬中华民族坚强不屈、努力拼搏的精神，融合当今文化、拓宽内涵，让它们在历史长夜中更加熠熠生辉。

我们应该摒弃片面的认知，全面地看待人性的善与恶，只要做好分内之事，终会利人利己、利国利民。

二十八　儒家思想　弃恶从善

孔孟古来尊圣贤，传承智慧几千年。
他山石好宜攻玉，吾辈徒闲可赠鞭。
梦里何尝无大雾，心中毕竟有蓝天。
儒家思想长存世，忘却征途苦与艰。

儒学文化，一直奉《易经》为经典。而《易》又分《连山》（即夏易），《归藏》（即商易），《周易》三易。孔子生活的年代，《周易》已问世五百余年，所以孔子对《周易》做了极为精细的研读，并为之作《易传》十篇，故《易经》属儒学“六经”之一。

孔子是儒家思想文化的创立人。

孔子：（前552年—前479年）春秋时期鲁国人。《史记·孔子世家》载：其父叔梁纥晚年与颜氏女子野合，祷于尼丘山而得孔子，故名丘［野合：绝不是野外苟合。这里的“野”是不合乎当时男婚女嫁“礼仪”中有关年龄的条款。那时人的生理发育一般为男十六岁时阳道通（始为能使女方受孕），六十四岁阳道绝（已无使女方受孕功能）。女人十四岁阴道通，四十九岁阴道绝。而孔子的父亲先娶施氏女为妻，生有九个女儿；再娶妾生了一个儿子却患足疾。最后求婚于颜氏徵在。而徵在恰值十四岁，年龄相差五十岁以上。时叔梁纥年近七十岁，颜氏徵在为少女，双方不是礼仪中婚龄期相结合的，故称之为“野合”]。叔梁纥与颜氏女子婚后，忧虑不能生子，故到兖州泗水县东南六十里的尼丘山去求神许愿，之后颜氏果有身孕，后生孔子。为感恩尼丘山神灵，取名孔丘，“丘”是“尼丘山”中的一个字。在兄弟间，其兄为伯，老二为仲，孔子排行第二，加上尼丘山名的尼字，故字仲尼。孔子出生后，其父去世。

孔子出身贫贱，稍长就以给人放牧、看管牧场为生。他在杂役中利用一切可以利用的时间求学求教。他依据周、鲁、宋、杞等国文献，经过多年研习《诗》《书》《礼》《乐》《易》《春秋》，并以此作为教材（后称“六经”），三十岁后自己办学。教书育人，实行“有教无类”（不分贵贱，同等接受教育），“因材施教”（分别以人的接受力施用不同的教育方法）。他教育人的志向和宗旨纲领是“修身、齐家、治国、平天下”。他所教学生三千，成贤者七十有二。学生们把他的言论记录成书，是为《论语》。孔子创立的学派，史称儒家学派，为世代儒士所推崇。51 岁那年，鲁定公封他为中都宰（邑长），此后接连升任至“大司寇”（治安司法长官），同时还代理过相国。诸侯争霸，礼坏乐崩犹如洪水泛滥。致使他为官不久，回家从教，继续宣扬“克己复礼”“礼以行义，义以生利，无礼则民无耻，无礼必亡……”，试图从教育着手，解救当时人类社会因性恶而失礼造下的灾难。

孔子在对《周易》的解释中，有“臣弑君，子弑父，非一旦一夕之故也，其渐久矣”（见《易·坤卦文言》）。在他写的鲁国编年史书《春秋》中记载：“弑君三十六，亡国五十二。”即春秋时期臣子杀死国君的有三十六起，国家灭亡的有五十二个。诸侯亡命逃走的无以计数。臣子杀君，儿子杀父由来已久，以致于国君不像国君，大臣们犯上作乱，被君王所杀，父亲不像父亲，没有伦理道德。儿子不像儿子，不孝敬父母。这些是天下最大的过错。而做出该四种过错的人都以为自己在做好事。实际上是因为不懂礼仪，在处理日常事务时不知道采用恰当的办法，遇到意外的事情不知道变通，必然得到恶贯满盈的名声。司马迁道：“《春秋》者，礼仪之大宗也！”就是说《春秋》这部书，是礼仪的根本法则。礼的作用是在坏事发生之前便加以制止。孔夫子要天下人“克己复礼”的礼仪尽在《春秋》之中，所以司马迁告诫人们务必通晓春秋大义，以实现“采善贬恶”的德治、礼治社会。这足以说明早在春秋之前，人性恶就已泛滥成灾了。

汉代天文学家壶遂说：“孔子作《春秋》的原因是‘上无明君，下不得任用’。”而司马迁认为孔子是为了宣扬自己的政治主张。总之，孔子创立的儒家学派是以说服当时的统治阶级“为政为德，任官为贤，明知不可为而为之的举措。国有圣人而不能用，欲以求治，是犹却步，而欲求及前人，不可得已”（见《孔子家语·儒行解》）。

司马迁说：“孔子布衣，传十余世，学者宗之。”“自天子王侯，中国六艺者皆宗于夫子，可谓至圣矣！”（见《孔子世家》）后有受业于孔子之孙子思的孟轲（即孟子），他要求人们通过修心养性，努力使仁、义、礼、智这四种品质扩而大之，继承孔子关于仁政的学说。最后与他自己的门人万章等一起著书《孟子》七篇，以宣扬孔子思想，儒家思想文化体系得以形成。到了宋代以后，儒家学派称孟子为“亚圣”，儒学也就被称为“孔孟之道”。

儒家倡导“仁、义、礼、智、信”五德。

仁：

孔子说：“仁者莫大乎爱人，天下之至仁者，能合于天下之至亲也。”（见《孔子家语·王言解》）荀子对“仁”的析义同样是“仁者爱人。”（见《荀子·议兵篇》）用我们现在的话说，（仁者）能称之为“仁人”的人，他的心理思维即心性和行为没有比爱别人更重要，更大的事了。这就是要做“仁人”的起码条件。而能让普天下百姓所公认的真正完全的“仁人”（至仁者），那必须是能把普天下百姓都作为自己最亲近（父母、夫妻、子女）的人一样对待。他的心性作为中的一切行动都必须能合乎融于天下人的共同利益。在此如果把“莫大乎爱人”勉强地视作“仁人”的起码资格，为“利己”的析义，那么被天下人公认的“仁人”就是把他的一生奉献在“利他”的事业上。但是二者不可分离，一言以蔽之，“仁人”就是一生都利己利他的人。

汉代黄石公在《素书·原始》中说：“仁者人之所亲，有慈惠恻隐之心，以遂其生成。”解读黄老先生的话。“仁者人之所亲”，其意思是“仁人”不是自己认为自己是“仁”了，而是别人、天下更多的人都亲近你，都视你为亲人。而“仁”的起码条件就是具有慈悲惠施的言行，面对有苦有难的人同情接济，不遗余力地去帮助（恻隐），以成就自己是“仁者”的称号。

宋代许棐在《樵谈·序》中对“仁人”的定义是：“读孙吴之书而不嗜杀者，仁人也。”这里的“孙”指中国古代著名兵法家孙武（齐国人，著有兵法十三篇）与孙膑（孙武的后裔，著有名闻天下的《孙膑兵法》）。至今人们称的“孙子兵法”就是指的这两部用于战争的兵书。“吴”指吴起（春秋时齐国人，著名军事家，著有《吴起兵法》）。太史公评述吴起“以刻暴少恩亡其躯”。就是说，吴起因刻薄、凶暴，对人无慈悯，不施恩典而丧命。因他已知会被人杀害时，还十分巧妙地用全身遮伏在楚悼王的尸体上（以痛哭悼王为表象）。射杀吴起的乱箭，同时也射中了楚悼王之尸。悼王之子继位后，下令以弑君罪斩尽射杀吴起的楚国宗室大臣贵戚。结果参与射杀吴起的官吏有七十余家被灭族。“坐（定罪义）射起而夷宗死者七十余家。”（见《史记·孙子吴起列传》）

“读孙吴之书而不嗜杀者，仁人也。”就是说专好研读孙子、吴子的兵书却不好杀戮生命的人是“仁人”。许棐对仁人的定义与先于他的刘向“仁人不害生”（见汉·刘向《说苑·说丛》）的观点是一致的。“不嗜杀”“不害生”不单是指不杀害人，它包括所有有血肉之物种的生命。

“仁人”和“勇士”的区别是：“仁者不忧，勇者不惧”（见《论语·子罕篇》），这是指心性思维上的区别。就是说“仁人”他在心理上没有忧虑，因为他自己爱人不害生，就不担心别人害他。勇士是在心理上一直处于战胜别人的人，所以明知道有生命之危的事，他去做，但他心理上没有畏惧。

“仁人”和“富人”的区别是：“富贵者送人以财，仁人者送人以言。”（《史记·孔子世家》）这是指行为上的区别。因为仁者不一定有很多的钱财，不一定有很大的权力。他在与人们相处上的慈惠恻隐之心主要是表现在用语言（多以逆耳之言），讲道理引导人们走出窘境，息事宁人，化干戈为玉帛，和睦相处。而富贵者在处理一些人际关系时，就可能会以钱财或以其他方式予以补偿性地解决，以化解矛盾，平息事端。

综上所论，“仁”就是爱人，爱众生（仁人不害生）。爱人就要有慈惠恻隐之心，要视天下之所有人为亲人。对那些需要得到物质帮助的人，尽力所及施之以物，对那些精神上需要得到帮助的人，则动之以情，晓之以理，明之以义，让这部分人从迷蒙中走出来。送之以言，不仅是语言导化，还要著书立说，广泛宣传，让更多的人通情达理。哪怕是研读孙吴兵书，也不滥杀苍生。兼爱无私，就是对他人，不论是物质上或者精神上的帮助都无私心，不图报。这就是“仁”的本意，尽力去做到这些并有所作为的人，就是“仁人”。

义：

孟子曰：“仁，人之安宅也；义，人之正路也。旷安宅而弗居，舍正路而不由，哀哉！”（《孟子·离娄章句上》）孟子的意思是说，仁，就是人们应该有好的房子居住。义，就是人们行动应该走的正路。如果把本应居住的好房子闲置下来而不居住，舍弃正路而不走，这是何等的悲哀啊！

荀子曰：“君子苟能无以利害义，则耻辱亦无由至矣。”（《荀子·法行篇》）荀子时代的“君子”，是指地位高的人，随着社会的发展，对儒学文化的推崇，“君子”的范围渐渐扩大，而把人格高尚的人统称为君子。荀子的“君子苟能无以利害义……”这句话的广义就成了不论贫富贵贱，只要不去为一己之私利而不走正道（害义），那么一定不会遭受任何耻辱。因为耻辱都是在邪路上和阴暗的角落里等待与失去起码道德、人格的小人交朋友。长期不走正路的人，耻辱将会是他的终身伴侣。这就正如《吕氏春秋·卷二·贵生》中所言：“辱莫大于不义。”古先圣前贤警示：“多行不义，必自毙。”（《左传·隐公元年》）所以今人多有尊崇“有财不义，惟家之殃”（《古今图书集成·家范典》）的古训而仗义疏财，乐善好施。这种举动成为义举。起心动念不瞒心昧已，不欺诳他人，不论亲疏，不惧艰难，施恩不图报，义举不贪功的人就是义士仁人。这就是古人所说“仁不异远，义不辞难”（《汉书·武帝纪》）的训诫。

“羞恶之心，义也。”

“义”的基本要素就是“羞恶”之心。人与动物的起码区别就是动物无羞耻之心。如果一个人不知道什么是羞耻，他就已经成了动物世界的成员。“羞恶之心”的“恶”字义，就是对一切违背“法、理、情”的行为十分讨厌，乃至极力反对。俗话说的“路见不平，拔刀相助”乃勇士所为，其实这不完全是“义”的真实本义。如果不拔刀也能化干戈为玉帛，这才是有智慧的“义”。人与人之间的行为中之义为“小义”，民族、国家之间的事为大义，小义务必服从大义，这才是真正的“义”。“义士不欺心”是指讲“义”的人，不起心动念去想或做伤害他人的事。一个真正具有“仁义”的人，“不惧天地倾”，就是说什么也不畏惧，也无忧虑了，因为他所行的“仁义”既不是图建功业，也不是图别人报恩。由于他从未做亏心之事，自然也无所谓鬼敲门，终归是邪不胜正。所以“仁义从来为国宝”。

礼：

礼是社会生活中由于风俗习惯而形成的为大家共同遵守的行为规则。它因国家、民族、地域的不同而各有区别，也因时代的变迁、社会的发展而随着不断变化、改进。古人说：“故礼，上事天，下事地，尊先祖而隆君师，是礼之三本也。”弘一大师说：“礼者，人道之极也。”“足恭伪态，礼之贼也。”这说明礼在人们行为规范中的极端重要性，而那些虚伪，装模作样以应付讲假礼的行为是礼的“敌人”。

礼的形成由来已久。远在三皇历史时期，由于人事往来，人性由善逐渐变恶，人与人之间、部落与部落之间的贪欲逐渐升级，因而需要用礼制来规范人们的各种行为。从礼规初始起，先人根据实际情况，随顺时代的适用性而增减。“观三代（夏、商、周）损益（删减、增补），乃知缘人情而制礼，依人性而作仪，其所由来尚（久远）矣。”（《史记·卷二十三·礼书第一》）

礼的核心是与人为善，引导人们和睦相处。“礼之义，和为贵。”（《论语·学而篇》）

在人性逐渐恶变的过程中，在国家的法律尚未产生之前，礼就是用来约束人的，它彰显出后来法律的威力。《资治通鉴·后周纪二》对礼的定义是：“礼义，治人之大法。”如果不立礼仪，则人会互相斗，善性不能战胜恶行，人们则不知从善的路径和方法。“礼义立，则君子轨道而让与善。”（《晋书·郤诜列传》）故前人说：“不学礼，无以立”“无礼则民无耻”“人而无礼，焉以为德”，是说人无礼必丧德。《左传·昭公二十五年》中说“无礼必亡”，把礼推上了最高峰。

“礼者士所归，赏者士所死，礼赏不倦，则士争先。”（《新唐书·李峤列传》）意思是说，以礼待人，则人必归附，重金悬赏去做某一件事，则勇士会不惜性命去完成使命，如果不断地以礼赏结合，天下人则会争先恐后地聚集在周围听命。而讲礼、尊崇礼是不分贵贱贫富的。如果达官贵人率先以礼待人，以自己行端坐正来昭示百姓，那么天下就没有不崇尚礼节的人。“帅人以正，孰敢不正？敬人以礼，孰敢不礼？”（梁·孝元皇帝《金楼子·戒子篇》）荀子面对当时的社会情景，总结了礼的功用和重要：“人无礼则不生，事无礼则不成，国家无礼则不宁。”（《荀子·修身篇》）就是说人没有礼就不能生息繁衍，事情没有礼就办不成。国家没有礼就不安宁，天下就不太平。1273 年，元世祖忽必烈数次派使臣去缅甸觐见缅王，由于使臣不肯脱靴，被缅王处死，因此引发大规模的战争，这就是违礼所致的灾难。礼是在人的恶性蔓延，贪欲膨胀，相互为争夺利益造成纷乱的情况下，为了防止因人们的欲望无穷，而穷尽社会的物质，国家才制定的礼规，使有限物养有限的欲，达到物欲二者平衡，滋养物欲二者相待而长久。礼由人起。“人生有欲，欲而不得则不能无忿，忿而无度量（无止境限量）则争，争则乱。先王恶其乱，故制礼仪以养人之欲，给人之求，使欲不穷（尽也）于物，物不屈（竭也）于欲，二者相待而长，是礼之所起也。故礼者养也。”（《史记·卷二十三·礼

书第一》)

礼在国家的法律产生之前，它引导人心向善，制约恶性泛滥，在礼规无力使人类和睦相处，社会纷乱的情况下，产生了法律，它的作用是帮助天下的人止恶行善。可以这样认为，如果人人都尊崇礼仪、礼节、礼规了，就没有人犯罪了。所以说“礼义，治人之大法”“礼者禁于将然之前，而礼之所为生难知也”（清·王聘珍《大戴礼记解诂·礼察》)。就是说人们在即将为非作歹时，只要想到遵守礼仪，他的恶行就必然会停止。

“礼”是社会生活中人们所应共同遵守奉行的规则，它以人与人、集团与集团、国家与国家之间的交往中、从言行中表现出来。礼的本质是以和为贵，表象是谦恭。知礼、讲礼必然恭敬，因恭敬必然有尊让。礼的形成是因为人性中的善恶二性时时相互争斗，互不相让，为了抑制恶性而产生的。因为人性中的恶性往往以贪得无厌的形式表现出来，贪不得生恨，恨生争，争生乱。为了防止乱象蔓延，故制礼仪以抑恶扬善，这就在人际关系上出现了礼尚往来，而以牙还牙就不是“礼”了。儒学五常中的礼虽然包含有过去几千年奉行的“君臣之礼”和尊卑差别之礼等，但礼是随着人类进化、社会进步而不断变化的。例如刘邦称帝后要他生父在见他时行君臣之礼，这不能说刘邦是在“讲礼”。而武则天称帝后，对年岁比她长的宰相狄仁杰说：“老爱卿年事已高，见我时不必参拜”，这也不能说武则天是“违礼”。

古人在奉行礼时，曾有“握发”“吐哺”“倒屣”之事。

握发：古人蓄长发。此处说的是有一个人正在家中洗头发，恰值有客拜访，他慌忙用一手握住头发而出到客堂迎客叙坐；

吐哺：说的是恰值主人正在饭堂吃饭，听说有客登门造访，急忙把嘴里正在咀嚼的食物吐到自己的饭碗里，去客堂迎客叙话；

倒屣：说的是一个正在洗脚的人，听说有人求见，害怕客人久等，在慌忙中穿鞋时，把左右脚的鞋都穿颠倒了。

这些都是以谦恭之礼待人的典范。

但也有一些人，待人之道却与此大相径庭。他们是看来人的贫富尊卑而选用不同的待人方法。大概是受到过这种“礼遇”的一位儒生用了十二个字为其画了一幅活生生的像：“坐，请坐，请上坐；茶，上茶，上好茶。”本文以此态为礼之贼也。

智：

“智者利仁。”（《论语·里仁篇》）“学不厌，智也。”（《孟子·公孙丑章句》）“智者知人。”（《荀子·子道篇》）“智者如水之无穷。”（《四部丛刊续编子部·张子语录中》）“智者不怀。”（《论语·子罕篇》）“智者莫大乎知贤，贤政者莫大乎官能。”（《孔子家语·王言解》）“知贤，智也；推贤，仁也；引贤，义也。”（汉·韩婴《韩诗外传》）“智人不诈。”（《国语·晋语六》）“智仁勇三者，天下之达德。”（宋《陆九渊集》）“苛察岐疑，智之贼也。”（弘一大师《格言别录》）“智者不危众以举事。”（《后汉书·窦融列传》）“是非之心，智也。”“仁莫大于求旧，智莫良于用众。”（《苏东坡集·除吕公著特授守司空》）

孔子说“智者莫大于知贤”（《孔子家语·王言解》），就是有识别善、恶、贤、愚能力的人才是有大智慧的人。荀子的

"智者知人"的定义与孔子相同。常人能成为智者是通过长期学习、实践成就的。"学不厌，智也。"（《孟子·公孙丑章句》）苏东坡说："是非之心智也。"与先圣一脉相承。有是非之心，有知贤、知人能力的智者。他们的"智慧如水之无穷"，那么应该把自己的智慧用在什么地方呢？《论语·里仁篇》中说："智者利仁。"古人有言："推贤，仁也。"由此已得出智者就应把有智慧的贤才向国家、向人民推举出来，以使贤能之士有用武之地，把自己的智慧和被推举出来的贤才之智结合起来，造福社会和人民。这就是苏东坡所说的"智莫良于用众"。

真正的智者不奸巧、不欺诈。"智人不欺诈"（见《国语·晋语六》），只有不把自己的智慧本领用在危害社会和人民的事情上去的人才是真正的智者，这就是古人说的"智者不危众以举事"（《后汉书·窦融列传》）。

总而言之，"智"就是聪明的意思。一个人的聪明程度超过了许多人，他的知识见解、行为都与众不同，自然所作所为的结果也与众不同，这个人就被称为智者。智者的聪明即智慧源于学而不厌，就是聪明在于积累。具有超人大智慧的人就是圣人。智者最大的功能就是知贤。举贤就是仁者，引导人为贤就是义。将智慧转化为自利利他的力量，这才是真正的智慧。反之，如果有了一定的聪明才智，而处心积虑地去骗取，满足自己的贪欲，谋求私利，去沽名钓誉，干害人利己的事。此种聪明就是奸巧，其结果必如孔圣人所言："积不善之家必有余殃。"

信：

人与人之间、团队与团队之间或团队与人之间各自履行相互约定的事情就是信，即守信，讲信用。因守信用而得到的名声就是信誉。信用和道义结合就是信义，信仰某一宗教、某一学派主义或主张的人就是信徒。

“人而无信，不知其可也。”（《论语·为政篇》）就是说只要是一个人，就要讲信用、守信用，履行约定承诺。说白了，就要说话算数，说到做到，如果人言而无信，说的话不履行，该做的事也不去做，或者不该说的，做不到的他偏要违礼去做，违心去说，最后的坏结果是难以想象的。管子说的“小利害信，小怒伤义”指的是贪图小利的人会毁掉信誉，爱动小怒的人会失掉义气。韩非子说“小信诚则大信立”，就是教诲人们哪怕是鸡毛蒜皮的小事都必须去履行承诺，时间长了，再大的事也就都会讲信用了。《晁氏客语》中说“与人不以诚，则是丧其德而增人之怨”。就是说人与人之间往来共事，不讲诚信，就丧失了为人的起码道德，而增加人们的怨恨。《二程集·粹言·论学篇》说得更明白：“进学不诚则学杂，处事不诚则事败，自谋不诚则欺心而弃己，与人不诚则丧德而增怨。”用我们现在的语言来表述就是当你启蒙拜师读书时，今天到学校习字，明天又习画画，接着又学打猎，接下来石、木、泥等工匠什么都去学一下，当他已知不识字的害处，又返来学认字，刚能认识自己的名字时，他又要捕鱼捉蟹，结果什么都想学，什么都未学成，是因为他对自己务必要学会的不诚心，这就是“进学不诚则学杂”的意思。在做事上，如果不诚心专一，事情就会失败，自己心中想要做的事情自己又朝秦暮楚，反复无常，那就是自己心口不一，自己抛弃自己，终归一事无成。再者不只是在与他人交往中要诚信，就是在六亲眷属中同样要守信用。就是武则天在《臣规下·诚信章》中所指出的“兄弟不信，则其情不亲”的意思。“祸莫大于无信，无信则不知所亲，则左右尽已之所疑”，这是前人反复告诫的人与人之间不守信用必生大的祸端。而荀子则指出：“养心莫善于诚。”这就是自己生活在世上，自己对自己都不能欺心害已，而必须善于诚信养心。

前人说，成就圣人的方法和路径就是“圣人之道无他，至诚而已”。还说，“天失信，三光不明；地失信，四时不成；人失信，五德不行”（唐·张弧《素履子·履信》）。就是说上天如果失去信用，日、月、星都会失去光明；大地如果失去信用，春、夏、秋、冬都会错乱；人失去信用，五德都会丧尽，假若这样，那将是一个什么样的世界呢？因此我们每一个人都当守信：“赖有忠信存，波涛孰敢辱。”心信其可行，则移山填海之难，终有成功之日。总而言之，人生之于世，信守五德，求真务实，这是做人的起码规矩。因为五德的潜力功用不单是能使社会进步，人类和谐，而更为重要的是能让信守五德的每一个人都最终获得意想不到的快乐、美感和满足。

忠、孝、友悌、好善尊师。

忠：

忠，就是说人立之于世务必对国家、人民忠心不二，在言语行动上忠实于国家和民族的事业。在与他人交往中不但要有忠心，在特定情况下还要有忠言，即诚恳劝导的话。为官者做到“不欺君，不卖法，不害民”就是忠良之官。“忠良者国之宝，奸邪者国之蠹。”（《明通鉴·卷八》）如果欺君、卖法、害民，就是暗藏在器物内部，从内向外慢慢地咬食器物的虫子，水滴石穿，时间长了整个器物就会被蠹虫掏空，奸邪之官就是祸害国家和人民的蠹虫。忠奸的区别是："忠益者莫大于进人，进人者各务其所尚。"（《诸葛武侯集》）就是说忠良之官向国家和社会推荐贤能之士，让德才兼备的人在不同的各个岗位上为国为民发挥出他们的智慧，施展出他们的本领，以推动社会的进步。奸邪之徒，则嫉贤妒能，无休止地打压、排挤乃至陷害贤良，他们看似对上司俯首帖耳，忠心不二，其实这是他们献媚讨好上司的手段，他们见风使舵，哪个上司能给他利益，给他升官，他就讨好哪个，一旦这个上司无力满足其贪欲了，他马上就去拍另一个能给他升官发财上司的马屁了。总之，奸邪国蠹之辈永远不会在能给他升官发财的上司面前说出有利国家和人民的逆耳之言的。

韩非子以公元前500年（东周时期）越国著名的良医扁鹊治病为喻，高度赞颂了忠良之士敢进忠言，久福在国的历史功勋。他说："扁鹊为人治病，用刀去刮病人的骨头（如三国时华佗为关羽刮骨疗疾），病人当然感到很痛，而那只是人生中的短暂之痛，病治好了，病人得到的是身体长久健康的好处。圣人治国、救国的方略，是逆耳之忠言，虽然听着心里不舒服，而忠言可使国家长久获福。"（见《韩非子·安危》）"扁鹊之治其病也，以刀刺骨，圣人之救危国也，以忠拂耳。刺骨，故小痛在体，而长利在身；逆耳，故小逆在心，而久福在国。"

总而言之，儒学瑰宝中提倡的"忠"，就是忠于国家，忠于人民的事业。在民间百姓中，千年前的"岳母"，就把忠的内涵精华提炼出来，刺在岳飞的身上，忠的最本质的精华就是报国，故刺“精忠报国”四字。

孝：

从“孝”字的结构看，是“老”字的上半部分加入“子”字。子字在古代有多解：一是专指儿子，如长子、次子等。二是特指有学问的人有“先生”义，如孔子、孟子、夫子等是美称。三是作“你”解，如以子之矛攻子之盾。这个“子”字与“老”字的上半部分组合后，成为“孝”字，组合成“孝”字的“子”字，在古代特指儿子，后来逐渐进化，这个子字就把“子”“女”都融合其中了。而“孝”字把“老”字的下半部分“七”取掉加入“子”字又是为什么呢？“七”是短剑、短刀的称呼，“匕首”。这是炎黄子孙的先人们发明汉文字之后不知多少年的事。在发明文字之初，“匕”字的本身就是当时人们用以取食的器具，先人们把当时取食的器具命名为“匕”，并逐渐演变为后来的汤匙之类。不论老幼病残，人都必须吃东西，人老了，不能劳动了，生活没有来源，手脚也不灵便了，就是食物在身边，也无法用“匕”这个餐具。总不能眼睁睁地看着老人饿死不管。先人们认定，老人的生活生存保障必须由他们的子女无条件地担当，没有生活来源该由儿女负责。不能动用“匕”（汤匙），该由儿女替代，“孝”字由此而生。先人们把子女承担老人生活起居的一切称之为孝。中华儒家文化的先圣们非常看重老有所养的孝敬、孝顺，世世代代不断发扬光大。

儒家文化的种子在滋生之前，经历了不知多少风霜雪雨。在“孝”字，孝顺奉行之初始，根据当时的初衷，本局限于子女对父母双亲的孝敬供养，之后发现没有子女的老人，在深陷老、病、残时，失去孝顺之人，无人照顾，十分凄惨，故先人们把“孝”的范围扩大，同时相应把父母对子女的慈爱范围也扩大。所以早在三千年前就已成书的《礼记》，经后来孔圣精研细究之后，成了儒家文化的重要组成部分被传承了下来。

《礼记》对孝慈作了最精确的释义。“故人不独亲其亲，不独子其子。使老有所终，壮有所用，幼有所长。鳏寡孤独废疾者皆有所养。”就是说，早在三千年前，先人们就说，尽孝不能只孝敬自己的父母（亲指父母），对未成年人的慈爱也不能仅限于自己的子女，不是只管自己的老人有所养，幼有所长。而是使所有的鳏夫（无妻或丧妻）、寡妇（死了丈夫的妇女）、孤儿（幼年丧父母或父母双亡的）和年老没有儿女的人（独），尽皆得到供养。使其好好生存，到老善终。自然而然，当我们每个人在对不是自己的六亲眷属担负履行慈孝责任的同时，自己的六亲眷属也得到了孝敬供养和慈悯。这就是我们中华民族儒家孝慈文化的博大胸襟。本文坚信，只要是炎黄子孙知道了我们的先人世世代代都在奉行发扬光大“为人子者，孝悌以肃”的优良美德，是一定不会做出辱没祖先，忤逆不孝之事的。

友悌：

友指友爱、友好。广义上是指每一个人对他人都要团结和睦，亲近友善，友好相待。狭义上是指特别亲近的人为朋友。儒家文化是从广义上倡导人们在相互交谈中，要把对方作为好友，交之以心，待之以诚，近之如亲。悌是指弟弟敬爱哥哥。《古今图书集成·家范典》中有“兄须爱其弟，弟必恭其兄。勿以纤毫利，伤此骨肉情”的教诫。《管子·五辅》告诫人们：

“为人子者，孝悌以肃，为人兄者，宽裕以诲，为人弟者，比顺以敬。”孔圣人说：“人道之兴，必由夫妇。”先圣前贤把人们家庭中的父子、夫妻、兄弟之间的相处方法说得明明白白。在家庭之外的人际交往中注入亲近友善、友好相待的和睦力，那就不会有“父慈而子逆，兄友而弟傲，夫义而妇凌”的可悲现象出现。

好善尊师：

好善尊师，是儒家文化精华中的重要组成部分。仁、义、礼、智、信是儒学中的“五德”。怎样才能使用自己的智慧做有益于天下百姓的事。首先必须要有德，怎样去做才是积德而不会失德、丧德？《尚书·商书》中只用了“德无常师，主善为师”八个字就给我们指明了方向。那就是好善、行善。那又怎样才能使自己生起善心，乃至行善事、善举，直至以善为师呢？那就只有通过艰苦的辛勤劳动（包括脑力和体力）。勤耕（工）苦读之后，一旦有了收获，自己就会思考收获来之不易，这样好善、行善的心意就滋生起来了。如果贪图逸乐享受，不劳而获就会放纵骄奢（淫逸）之心，因淫逸就忘记、丢失了善心，恶心歹意就应运而生了。这是先秦时鲁大夫公父文伯的母亲敬姜在《敬姜论劳逸》中对儿子进行教诲“劳则思，思则善心生，逸则淫，淫则忘善，忘善则恶心生”。由此观之，善缘于舍（劳动），恶生于贪（不劳而获）。

乐善、好善、行善即善举，有精神的善事。即好言劝导，使其化干戈为玉帛，使恶人止恶，回头是岸。也有物质的善事“急人之厄，周人之乏”“好善之人，只行善，莫问果”（即为善不图名，不图报），也不分善事大小，不论自己付出多少，只要是有益他人，有益于社会的事都随遇而行，尽力而为，虽然“积善三年，知之者少（本不应贪名声），而为恶一日闻于天下”“小善虽无大益，而不可不为；细恶虽无近祸，而不可不去（除去、去掉之意）”（语见东晋·葛洪《抱朴子·君道》）。清代钱泳在《履园丛话·示子》中警示后人：“勿以小善为无益，小善积的多便成大善；勿以小恶为无伤，小恶积的多，便是大恶。”

有人问孟子：“天下事众多，哪些是大事，哪些事应该最先去做呢?”孟子答曰：“好善优于天下。”就是说，好善、行善是天下首先应该去做的事。

孔子经过反复研习、探究“六经”之一的《易》后，对《易》的奥义、奥理，结合当时社会的实际情况，面对人类贫富贵贱的极大差异，做了诠释，在对《坤》卦所做的注释中他说，地藏万物而化育广大，坤道是顺。地承奉天道按时行动。积善的人家，虽然不图回报，但在随顺自然不知不觉中，所得到的喜庆、吉祥之事，远远比他在行善过程中所付出的代价多得多。行善的人所得到的自然回报（绝不是索取），他在当世一定享受不完，所剩部分自然是他的儿孙和他自己来世享用。行恶之人与之相反，其所造下的恶孽，他自身受到恶报后，仍然不能清债，必定会有孽，而这种余孽恶报，一定会对作恶者的子孙和他的来世带去无穷的灾难和祸殃。既然善恶果报如此，必然而准确无误。为什么在各类人群体中还有那么多的人为非作歹呢？孔子得出的结论是：“由来已久。”根本原因是，在他之前，没有人能把天道、地道即大自然的运行规律弄清楚，也没有人能够把人道中，前人留给我们的文化瑰宝，（包括《易》在内的六经等）解析出来，以教化百姓。

子曰（上述内容孔子的原话摘录）：“坤道其顺乎，承天而时行。积善之家必有余庆，积不善之家必有余殃，……非一朝一夕之故，其所由来渐矣，由辨之不早辨也。”（孔子《易·坤·文言》）

“古之学者必有师。”千百年来，几乎成了人们的口头禅。本文试对从师之道的不朽文章《师说》解读一二，以为引玉之砖。

“学者”不是指具有很高专长学问的人，而是指所有求学、学艺的人。即凡是想得到自己不懂的某些知识技艺的人，都必须尊敬已懂得、已有这些知识技艺的人，拜他为师，向他学习。所以，一切求学的人，都是靠老师来传授道理，教导知识，释疑解难（传道、授业、解惑）的。求学（学者）自当尊重老师，否则将会学不到东西。学到知识以后，更不能忘记老师。

“三人行，必有我师”是昌黎伯（韩愈57岁那年于唐敬宗年间任京兆尹时去世。两百多年以后，宋神宗追封为“昌黎伯”，后世称其为“韩昌黎”）在《师说》中引用《论语·述而》的话。原句是：“三人行，必有我师焉，择其善者而从之，其不善者而改之。”韩昌黎还说孔子曾经向郯子请教过关于官名的事，曾向苌弘请教过音乐的事，向师襄学弹琴，向老子问礼。这里突出了孔子的尊师之道：不论什么人，只要有一点有益于自己增长知识的长处，都应该尊其为师，即“择其善者而从之”。但不是拿来主义，对不适用的则不学，即“其不善者而改之”。

韩昌黎先生对社会上从师、尊师的不良风气给予了有力的抨击。他说那些自以为有学位和官位（士大夫之族）的群体，耻笑他人见到巫师、乐师、医生、百工百艺的人自称弟子，尊敬对方为师的行为。（原文：“巫医乐师百工之人，不耻相师，曰师曰弟子云者，士大夫之族，则群聚而笑之。”）为什么呢？因为士大夫之族对年龄、学位差不多的人不屑一顾，更不会尊其为师，对官位、学位、年龄都低于自己的人，不论有多大学问，都视为卑贱，对官位大于自己的人，不但尊其为师，而竭尽阿谀拍马之能事。这些做法已使师道不复存在了，真让人感到悲哀呀！（原文：“彼与彼年相若也，道相似也。位卑则足羞，官盛则近谀。呜呼，师道之不复，可知矣。”）

昌黎伯所奉行的尊师之道是：不分年龄长幼，不论其贵贱，只要有我所要学的知识、技艺都奉为老师而尊敬。“生乎吾前……吾从而师之；生乎吾后……吾从而师之……是故无贵无贱，无长无少，道之所存，师之所存也。”（我要学的知识在谁身上，谁就是我的老师）由此得出尊师之道的结论：“圣人无常师。弟子不必不如师，师不必贤于弟子，闻道有先后，术业有专攻，如是而已。”（《师说》）意思是：圣人并不是只有固定的一个老师，一旦遇到有精于某事、某艺的人就以为师。学生没必要一生学业成就都在老师之下，老师也没有必要希望学生终身都在己之下，因为在人类群体中，得到知识有先后之别，对某些知识技艺有专长之术。人类就是这个样子。

“德无常师，主善为师。”《尚书·商书》的师道理论与“圣人无常师”“择其善者而从之”的师道理论是一致的。

“经师易求，人师难得。”（《周书·儒林列传》）“经师”

是指人们反复实践中，把各类知识用文字整理记录下来成书。其经典之作称之为“经”。儒学文化中的“四书五经”（六艺）之类。以书为师，读了会让你得到相应的知识技艺理论，如果没有这些书可以想办法搜集。故“经师易求”。而面对面传道、授业、解惑的德才兼备的老师就不好求得了。这就是“人师难得”。这也是“德无常师”的内涵，也许是孔圣人说“其不善者而改之”和“主善为师”的真谛吧。

面对世风日下，人性中的恶性横溢。在漫长的历史岁月中偶遇特定环境，师道步入误区在所难免。故宋人许棐在《樵谈·序》中大声疾呼：“庸将误器，器可他求，庸妇误衣，衣可别制，庸师误子弟，子弟可复胚乎？”意思是：技艺低下的工匠在做家具、器皿时，做出来的不能使用（如水缸漏水，桌椅不能平稳之类），可以另外请技艺高超的师傅再做。没有缝补技术的妇人做出来的衣裳不能穿，可以另请人再做一件。而无德无才的老师，不能为学生传道、授业、解惑。学生们读了几年乃至十几年的书，结果没学到东西，把学生的宝贵年华耽误了，这些学生们还能重新回到启蒙时的少年时代吗？还能重新来一次由幼年、少年到青年的生命之旅吗？宋人许棐发出了警惕师道步入误区的呼声，对这类庸师，人们恐怕该早早奉行“其不善而改之”了。

尊师是儒学文化的重要组成部分之一，师道和尊师之道是相辅相成的，“尊师则不论其贵贱贫富”“师之教也，不争轻重，尊卑贫富，而争于道（道：风尚义）”（《吕氏春秋·劝学》）。古人说：“知足以为源泉，行足以为表仪，问焉则应，求焉则得，入人之家足以重人之家，入人之国足以重人之国者，谓之师。”（汉·贾谊《新书·官人》）“三岁学，不如一岁择师。”（汉·桓潭《桓子新论》）现代教育家陶行知一语中的：“教师的成功是创造出值得自己崇拜的人，教师的职务是千教万教，教人求真，教员的天职是变化、自化、化人。”他还说：“做教师的如不能放弃权力斗争或不能维持专业精神是最可耻的。”（《陶行知文集·四年前的这一周》）

中国儒学这株文化古树，上顺天道之自然，树冠覆盖中华大地，中立人类之纲常，树干矗立，举世瞩目；下纳大地之灵气，盘根错节，深入人心。历经两千多年，虽是伤痕累累，至今仍郁郁葱葱，不断地向人类世界散发出“修身、齐家、治国、平天下”的幽香，是教导人类一步步走向文明的宝藏。此宝取之不尽，用之不竭。让同愿、同行游荡历史长河的朋友们，把取得的儒学瑰宝无私地奉献给世人。依时代之所需，使人类不断向善。“公天下之身，公天下之物，其唯至人矣。”（《列子·杨朱》）

春秋礼坏战国延，父子君臣相互残。
孔孟双鸿心似火，纲常五凤笔如椽。
讲台迢递传佳讯，书室虔恭诵锦篇。
立雪圣门弘大典，福泽后世向云边。

《名贤集》：“善与人交，久而敬之。”孔子在与人交流之时，往往都以最真诚的心去面对。孔子孜孜不倦，因材施教，在三千弟子中，教导出贤者七十二人，其成就非凡。他在周游列国时，面对别人的嘲笑、侮辱，也从不生气，以最大的诚意去游说各国执政者为政须“仁”，孔子大“爱”天下，不可谓不善。故自儒家文化兴盛以来，孔子在中国的地位无可撼动，一直都处于“至圣先师”的崇高地位。孟子同样在弘扬儒家文化之时，将“仁爱”的深刻内涵融入了儒家思想，成为中国文化史上的“亚圣”。

二十九　佛教文化　止恶行善

浮屠立处起高枝，点化吾人悟有时。
梦里销残憎与怨，佛前证得喜同悲。
半生碌碌应相避，三载茫茫幸不随。
日月林泉皆寂寞，禅机玄妙寸心持。

佛教起源于印度，创教者是释迦牟尼。公元前623年五月的圆月日（传入中国后，佛教界确定为中国夏历的四月初八）出生在古印度（今尼泊尔边境迦毗罗卫城到提婆河城之间的蓝毗尼园一株盛开的娑罗花树下）。他的父亲是刹帝利种族的国王，史称净饭王。其父王为他取的名字是乔达摩·悉达多。长大后，立为太子。二十九岁时，这位学识渊博，合格的王位继承人的夫人生下第一个（也是唯一一个）儿子的当天，太子舍弃王位，告别妻儿，毅然出家，开始了六年的苦行生活。三十五岁那年的十二月初八（中国夏历）大彻大悟，通达了宇宙人生的真谛。对宇宙间万事万物的生灭，即生生不息的根源，觉而不迷，明心见性，也就是成了佛，接着创立了佛教。乔达摩·悉达多就是佛祖，尊号释迦牟尼佛（又称“佛陀”），意为释迦族璀璨的明珠。佛祖从此在观世音等众多菩萨的协助下，开始向人们宣扬教义、主张，讲经说法，度化众生。他讲经三百余会，说法四十五年，完成了他立教度人的使命后，涅槃（去世）了。

西汉哀帝元寿元年（公元前2年），大月氏（音肉之）国（现新疆境内）使者伊存到长安，向当时朝廷办的学校学生（称呼是博士弟子）景卢口授佛经。从此，佛经开始了在中国上层的口传，慢慢地由上而下传播到部分地区。六十六年后，东汉明帝刘庄夜梦金人飞行于殿庭。汉明帝醒来后，认为这是吉兆，是佛陀对自己的召唤。于是派遣中郎将蔡愔率十多人的外交使团去西域大月氏取经。历经三年，请回印度国的高僧迦叶摩腾和竺法兰两人，所请回的佛经、佛像用白马驮回洛阳。汉明帝下诏在洛阳城雍门西修建寺院，为纪念首批佛经是白马驮回的，故命名中国第一座佛寺为白马寺。中国佛教界称白马寺为“祖庭”“释源”。白马寺建成后，朝廷下令由请回的高僧负责，带领中国儒士开始翻译佛经，仿制佛像，礼佛诵经。随着时间的推移，中国产生了许多佛经翻译家，最著名的四大译师是鸠摩罗什、真谛、玄奘、不空。

佛教是外来宗教，是由口授到翻译，由上层逐渐传至民间的。在此发展过程中，许多人对佛教教义、佛教经典知之甚少，故在意识上与土生土长的道教、儒学产生出不间断的起伏式的对立。五百多年后，隋文帝以调和三教思想为治国国策。他说：“门下法无内外，万善同归，教有深浅，殊途同致。”这就调和了三教，使佛教进入了繁盛期。到了唐朝，玄奘到印度取经，历经十七年回国后，受到唐太宗隆重礼遇，在李世民的支持下，这位大德高僧把取回的佛经做了大量精准的翻译，对佛教在中国的传播、发展做出了不可磨灭的贡献，为外来佛教逐步完成中国本土化，使之成为中国佛教奠定了基础。经过儒、释、道三教先贤们的艰苦努力，互相借鉴，最终完成了外来佛教本土化的转变，形成了中国佛教。再经过近现代佛教界无数高僧大德的全身心付出，倡导“人间佛教”。从此，中国佛教界就在构建人间佛教的探索中服务于社会，引导人们不断向善。

佛教是从古印度传入中国的。教祖是释迦牟尼佛，也称释佛、佛祖、世尊等。佛所说的法即佛经就是佛法，是众生求得大自在、大解脱（永远离苦）的方法。我们读到的佛经是梵文翻译的，原经文难读难懂。我们现在信奉的佛教已经中国化（本土化），称中国佛教。为方便易懂，权且用近现代的高僧大德，智者的话加以解读。

“诸恶莫作，众善奉行，自净其意，是诸佛教。”重点在对“诸”“众”“净”字义的理解。“诸”“众”就是一切，大小之义。“净”就是净化、干净，“自净其意”就是自己净化心性，达到意念丝毫没有恶意、邪念，唯有的就是善性、善意的境地。也就是释迦创立佛教的本意，是要引导众生断除烦恼，获得快乐，得到解脱，解决人的生老病死等根本性问题，认识生命的本意究竟是什么。

北京大学教授楼宇烈说：“佛教文化也归属人文体系，以儒治国，以道治身，以佛治心。释佛理论充满了重视人类依靠自身的智慧和毅力来自我解脱的人文精神。”这就是说要通过研习释佛所说的佛法修治心性，自己从内心行善止恶，自己解脱自己。

人民大学教授方立天说："佛教主张人人皆有佛性，人人都可成佛。佛教的终极世界观是无神的。而在信仰实践上，则是多神的。如十方诸佛、菩萨、护法神灵……是多而开放的信仰崇拜体系。佛教重视人生、老、病、死的痛苦及解脱的方法。"

梁启超说："佛教是东方的心理学。"

尽管中外科技界、教育界等不少富有智慧的精英对佛教的认识论如此地精准有力，但因佛教是外来宗教，传入之初，与土生土长的中国文化具有的差异性受到排他性的冲击，这不能感到奇怪。时间一长，佛教以其自身直指人心、引人止恶行善的这一特异功能，逐渐与中国本土文化相融合，两千多年来已为相当多的人逐渐接受。

佛教的终极目标是成佛即"涅槃"。"涅槃"的本质不单是指"死了"，而泛指摆脱了轮回，熄灭了所有的痛苦和烦恼所达到的境界。进入涅槃境界的人就是佛，与佛最接近的果位就是菩萨，菩萨还会继续不断帮助其他人以追求达到涅槃境界。所以中国佛教界近现代正在努力探索并为之奋斗的绝不是要人人都出家当和尚，而是主张每一个人在人生旅程中，在各有所归的岗位上不断"修治心性"，止恶行善，首先自己做到利己利人，在自觉的过程中，只做有利于人民，有利于国家的事。当一个人今天毫无一丝杂念，一心都在为天下做善事，这个人今天就达到涅槃境界，就是菩萨了。天天坚持下去，直到生命的最后一息都是在为天下人做善事，不造恶业，这就是人们所说的活菩萨。这个人死后就会转生到六道中的天道，得大自在，不再受轮回之苦。如果人人都这样，则人人都是菩萨。所以佛教认为人人都具有佛性，人人都可成佛，成菩萨。佛在人间，菩萨在人间。这就是人间佛教的真相。

佛教认为，众生本来就是平等的。人的高低贵贱并不是由人的出身决定的，而是由人的行为决定的。

佛教认为人们的种种恶行都是由自身的恶性驱使所致。它把人性中的恶性总称为“三毒”，即“贪、嗔、痴”。三毒为一切烦恼的根本。对世俗社会中有益于我的东西无限地贪恋和追求就是贪；当自己的贪欲不能满足时，就生愤恨、嗔恚之心，这就是嗔；而产生贪和嗔的根本原因就是无知，这种无知就是愚痴。而要想摆脱轮回之苦，达到菩萨境界，就要努力去除灭三毒。佛教告诉我们除灭三毒的方法就是克己三学：戒、定、慧。戒：戒律，就是学佛的人都应遵守的规则。在家学佛的人需遵守五戒：不杀生、不偷盗、不邪淫（出家人为不淫）、不妄语（不说假话，不搬弄是非）、不饮酒。受持五戒最圆满者，死后可为天人，最少下世仍可为人身，免受地狱三恶道之苦。定：就是通过克己持戒约束行为之后，约束内心世界的心念，不生发邪恶的念头（即想法）。慧：就是通过戒定之后，逐渐达到认识人生真谛，彻底灭了三毒获得大智慧，再不遗余力地度化众生，一心向善，就是人间的活菩萨。

佛教倡导布施。布施就是把属于自己的财物施舍给确实需要得到救助的众生和公益事业。布施包含财（物）布施、法布施（用佛法去引导人止恶行善）和无畏布施（见义勇为，不惜躯命）。佛教认为布施不但可以消除已经造下的恶业，而且积福、积德、累功，可免受堕入恶道之苦。既福及儿孙，又遗福来世。

关于财物布施，在此顺便一提，佛教界对僧人个人接受信众的财（物）的布施是有规定的。要具有一定的僧腊（出家的年数），相应的戒腊（秉持受戒的年数）和在修持佛法的进程中所获得教内相应的等级才能接受信众（团体）的财物布施，必须是经国家批准开放的寺院才有收授权，否则是不合法的。真正合法的寺院在一般情况下，不会派人走街串巷，四处进行所谓的“化缘、结缘”。若逢拜金主义泛滥的时段，一些恶性膨胀之徒，窃用诸佛菩萨的慈悲功能，利用百姓崇尚佛教的善心，求平安的心理，身穿袈裟（和尚特有的衣服），手持佛像，伪造印章，在街头闹市，乡间民居四处骗取钱财。这不但是对菩萨的亵渎，也是对佛教的伤害，更是恶徒自己造罪，害及良善。这些恶徒在骗取相应的财物之后，身着袈裟招摇撞骗，无恶不作，故意诋毁佛教的形象，造成大量民众对佛教的误解。其恶徒必去受罚，但百姓亦当防骗。

万物芸芸气自华，纯良天性见贤达。
损人利己生涯毁，作恶贪渎名望塌。
恶念消除身免祸，淫邪扑灭虎关匣。
宅心仁厚济贫弱，佛佑世间慈善家。

佛教具有净化人的心灵、提升人的道德观和责任感的功能。佛教信仰不仅使人有所敬畏，而且其提倡的克制私欲和贪心，有助于淡化人们只顾追求金钱而忽视道德的不良倾向；佛教的自责、自督、自尊等戒律，提倡慈悲、怜悯、博爱，有助于社会稳定和谐，降低犯罪率；佛教主张物我一体，普敬一切动植物，有助于创造和谐优美的社会环境和自然环境；佛教的利他主义、无我精神，有助于人们树立理性意识，提高修养、遵纪守法。在儒、释、道的中国历史文化结构中，佛教虽有一席之地，但因其局限性，不占主导地位。所以，在止恶行善方面，佛教的地位是超然的。

三十　道家道德　去恶修善

斗转星移亿万年，大哉智慧始于聃。
功名利禄府君累，日月林泉山客牵。
如履薄冰知进退，似临深坎护危安。
道德劝世抒鸿记，见素抱朴出至言。

道家学派的创立人是老子。

《史记·卷六十三》载：“老子者，楚苦县厉乡曲仁里人也，姓李氏，名耳，字梆，周守藏室之史也……老子修道德，其学以自隐无名为务……老子乃著书上下篇，言道德之意五千余言（即《道德经》）而去，莫知其所终。老子隐君子也……盖老子百有六十余岁，或言二百余岁，以其修道而养寿也。”

据《列仙传·老君》载：“老子者，太上老君也。于武丁庚辰年二月十五日卯时降诞苦县濑乡曲仁里（武丁是商朝第二十二代国君，在公元前十二世纪之前）。累世化身，而未有诞生之迹。姓李名耳，字伯阳，又号曰老聃。周文王为西伯侯，召为守藏吏，武王时迁为柱下吏。乃游四极，号古先生。昭王二十三年驾青牛过函谷关，度关令尹喜，授其《道德经》。尽传尹喜内外修炼之法（后尹喜修道成仙，号文始先生，位为无上真人）。”二十五年，降于蜀青羊肆。后来道教为纪念老子现身，在那里建起了弘扬道教的道场“青羊宫”。至今参谒者络绎不绝。会尹喜同度流沙胡域。至穆王时复还中夏（此时已历经周王朝六代国君）。

赧王九年（周王朝最后一代国君，前314年—前256年），复出散关，飞升昆仑。秦时降泱之滨号河上公。授道安期生（琅琊阜乡人，卖药海边，时人皆呼千岁。秦始皇与公语三夜，赐金帛数万，安期生不受而去）。汉文帝（刘恒，前179年—前156年）时号广成子。文帝遣使问老君道法。广成子曰：“道尊德贵，非可遥问。”汉文帝命驾诣之。帝曰：“域中有四大王居一也。子虽有道，犹朕民也，不能屈，何乃高乎？朕足使贫贱富贵。”广成子乃拊掌坐，跃冉冉在虚空中，如云之升，去地百余丈而止于玄虚。良久，俯答曰：“今上不至天，中不类人，下不居地，何民之有？陛下焉能令富贵贫贱乎？”帝悟，方下辇礼谢。授帝《道》《德》二经。盖无世不出，先尘劫而行化，后无极而常存。隐显莫测，变化无穷，普度天人，其可具述云。《列仙传》记载的七十余仙中，尹喜、铁拐李等都是太上老君亲传而得道成仙的。

老子在《道德经》中说：“心中不自悟则道不能停留，向外不能印证则道不能推行。”名声是公众使用的器皿，不可以多取（不要贪名）。以显赫为追求对象的人，就不可能给人名声；以财富为追求对象的人，就不可能给人利禄；迷恋权柄的人，就不可能给人权柄。怨恨、恩惠、获取、施予、谏争、教化、生存、杀戮，这八种方法全是纠正他人的工具（就是说首先没有用在对自己的矫正上)。自正的人，才能正人。如果内心认为不是这样，那么心灵的门就不会打开了。

当孔子谈论仁义时，老子说:“簸糠进入眼睛(播糠眯目)，天地四方看来位置方位就像颠倒了。你如果要让天下改变，除掉恶性，寻找回本来的善良(本真)，就应依风而行，顺应自然，不要急急地去做‘播糠眯目’的事。现在善性离人而去，就好像孩子不心服于严父的家教而出走躲起来了，你却组织了一批人，打着大鼓，吆喝着抓孩子回来，你追得越急，你的孩子会离你越远(若击鼓而求亡子焉)。名声和荣誉都是身外之物，不值得张扬。”

老子说:“圣人无常心，以百姓心为心，善者吾善之，不善者亦善之(将人等同看)”“圣人恒善救人，故无弃人，恒善救物，故无弃物(这就是道家博大慈爱的胸怀，相通于《礼记》中“货恶其弃于地也”的思想)”。

老子指出了人类养生长寿需要注意的是:“五色令人目盲，五音令人耳聋，五味令人口爽，驰骋田猎令人心发狂。”他说:“天地之所以能长且久者，以其不自生，故能长生。”“上善若水，水利万物而不争，处众人之所恶(最低下处，而凡俗人是人往高处走)。故几于道。江海所以为百谷王者，以其善下之(处于低下的位置)。”

老子厌恶达官贵人恣情纵欲，生活奢侈，主张“见素抱朴，少思寡欲”。痛斥不关心民间疾苦的官僚“朝甚除，田甚芜，仓甚虚”，而他们却“服文彩，带利剑，厌饮食，财货有余”。此种情景“是为盗竽，非道也哉!”……

在先秦时期，最圆满继承和发展老子《道德经》学说的是庄子。《史记》载:“庄子者，蒙人也(战国中叶，宋国蒙城为今河南商丘县东北一带)，名周（字子休)。”周尝为蒙漆园吏与梁惠王、齐宣王同时。其学无所不窥，然其要本规于老子之言。故其著十余万言，以明老子之术。其言洸洋自恣以适己，故自王公大人不能器之。庄周的生卒年月，至今尚无确考。

庄子学识渊博，学问本自老子，厌弃功名，鄙薄高官厚禄，追求心灵的解脱和精神的绝对自由。《史记》中记载：“楚威王闻庄周贤，使币迎之，许以为相。庄周笑谓楚者曰：‘千金重利，卿相尊位也。……子亟去，无污。我宁游戏污渎之自快。无为有国者所羁，终身不仕，以快吾志焉。’”上文所言著十余万言者即《庄子》一书。唐代道教兴盛，奉庄周为南华真人。其《庄子》一书就成了传世的《南华真经》。

《庄子》一书是他思想的集中表述，把玄之又玄的哲理与生动风趣的形象相结合，全书分《内篇》《外篇》《杂篇》。内七篇代表庄子及其道家思想要求适性解脱及其解脱的方法。《外篇》《杂篇》则包括了中国的帝王学、军事学、谋略学等学术。它影响了中国文化几千年，是所有一切谋略学的鼻祖。它对我们人生的启发，修“道”的启发非常巨大。

什么是“道”?“故通于天者，道也；顺（以无为的态度去做就叫顺应）于地者，德也；行于万物者，义也”“无为为之之谓天（看似无为而无所不为，叫天道)，无为言之之谓德（天地之德即无为而无不为)，爱人利物之谓仁，不同同之之谓大（让各种不同的事物回归同一的本性就叫做大)，行不崖异之谓宽（行为不与众不同叫宽容)，有万不同谓之富（心里包容着万种差异就叫做富有）……不利财物，不近富贵，不乐寿，不哀夭，不荣通，不丑穷，不拘一世之利以为己私分。万物一府，死生同状。通于一而万事毕，无心得而鬼神服（不贪图财物，也不追求富贵，不把长寿当成快乐，不把夭折看为悲哀，不把通达看作荣耀，不把穷困看成羞耻，不把谋求举世之利，作为自己的职分，万物最终必定归于同，死和生必定同样存在。贯通道而万事可成，无心贪得而鬼神敬佩、服从）”（《庄子·天地》）。

全书以《逍遥游》开篇。“逍遥”一词是庄子的发明，更是道家思想赋予全人类的共有享受权。“逍遥”不是指一时的快乐自在，而是指人生求得解脱后（永远离苦得乐）的大自在。宗教观点看待人生是痛苦的积累，把所有痛苦都灭除了，才能得到逍遥。所以此处的逍遥即代表了道家修道的理想和终极目标——成仙。全书以道家的理想传于世人。在庄子看来，天地万物与人界本来就是不齐（不平等）的。如果要达到大解脱、大自在的仙果，必须先要齐物（万物平等）。要达到齐物，只有修道养生。所以道家主张通过修炼，摆脱功、名、利、禄、权、势、尊、位的束缚，逐步达到天、地、人合一，天地与我并生，万物与我为一的境界，就齐物平等了，就无苦无忧了，就得道“逍遥”了。

庄子要人们戒贪心，存善心。他说，人类失去善性的原因有五种：“一曰五色乱目，使目不明；二曰五声乱耳，使其不聪；三曰五臭（指羶、薰、香、鯹、腐五种气味）薰鼻，困惾中颡（刺激麻痹嗓喉中脉）；四曰五味浊口，使口厉爽（五辛之物败坏味觉，使口舌受到损伤）；五曰趣舍滑心，使性飞扬，因爱，却又得不到，因而产生恨，迷乱心神，使得心情轻浮躁动，此五者，皆生之害也。”（《庄子·天地》）

庄子所说“失性有五”，意思是人们在受到外界物质环境影响下，使眼、耳、鼻、舌、身（五识）发生变化，导致使

"性飞扬"，即使人性发生异变。庄子继续说道，那些受着人生这五害就像绳索捆绑一样的束缚，而用尽心力想出人头地的人，自以为有得，我并不认为那是有所得。因为这种不自由自在的所获，如果是有所得，"则是罪人交臂历指，而虎豹在于木槛，亦可以为得矣"。意思是好比罪犯被反绑着双手，虎豹被关在兽牢里，也可以算是自得了。

庄子说："悲乐者德之邪，喜怒者道之过，好恶者德之失。故心不忧乐，德之至也；一而不变，静之至也；无所于忤，虚之至也；不与物交，淡之至也。无所于逆，粹之至也。"（《庄子·刻意》）庄子这段话的意思是：悲哀与欢乐是背德离性的邪辟；喜悦与愤怒是违反大道的罪过，爱好与憎恶是内心的失误，所以内心不忧不乐，才是德性的最高境界，操守专一，不朝秦暮楚，才是宁静的最高境界，不与外物抵触，才是虚无的最高境界，不受外物左右，才是恬淡的最高境界，不与大自然相违逆，才是纯粹的最高境界。

"众人重利，廉士重名，贤人尚志，圣人贵精。纯素之道，唯神是守。与神为一，一之精通，合于天伦。纯也者，谓其不亏其神也，素也者，谓其无所与杂也。能体纯素，谓之真人。"（《庄子·刻意》）

庄子这段话的意思是：普通人注重私利，廉洁的人注重名声，贤能的人崇尚志节，圣人贵重精神。纯粹质朴的道理，就是保守精神，和精神融合为一，纯一的精通，和于天伦。伦：理。天伦：天道自然之理（后来，人们常用"天伦之乐"来描述年纪大的人所应得到精神生活的享受）。纯：没有亏损自然赋予的物，素：没有含异物。能够体察纯和素的就是真人。

"故不为轩冕肆志，不为穷约趋俗，其乐彼与此同，故无忧而已矣!”(《庄子·缮性》)意为:所以不要为荣华高位而恣意放纵心志,不要因穷困窘迫而趋附世俗,要把贫富贵贱等同对待,时时都感到快乐,就自然没有忧虑了。为什么呢?庄子说:“轩冕在身,非性命也,物之傥来,寄也。寄之,其来不可圉(音如),其去不可止。”因为人的荣华富贵,一切身外之物都不是性命(性:人的心性,命:生命体),都不是出自本有的自然而然,而是一种寄生在人体的寄生物。它们来时不可抵御,去时不能强留。应该怎么办呢?庄子说:“圣人之生也天行,其死也物化。静而与阴同德,动而与阳同波。不为福先,不为祸始。感而后应,迫而后动,不得已而后起。去知与故,循天之理。故无天灾,无物累,无人非,无鬼责。其生若浮,其死若休。不思虑,不豫谋。光矣而不耀,信矣而不期。其寝不梦,其觉无忧。其神纯粹,其魂不罢。虚无恬淡,乃合天德。”(《庄子·刻意》)庄子教化我们,要学圣人生于世间顺应自然而运行。死亡时和万物融化,平静时和月亮大地一样宁静,行动时像太阳一样自然地放射出有益于苍生万物的能量。去除刻意追求的手段,遵循自然的常理,就不会有天灾,无外物的拖累,没有人非议,没有鬼神责罚。生在世间如随波漂浮,死离人间时就像疲劳和休息一样。心神纯净精粹,灵魂从不休止。不知疲厌,虚无恬淡,这就是符合天道的自然德性——道德。

庄子认为不懂得无为法,一生都在为追求极大的欢乐,而最终都是在贪得无厌的忧愁痛苦中死去的人是最大的愚昧。他说:“夫天下之所尊者,富贵寿善也;所乐者,身安、厚味、美服、好色、音声也;所下者,贫贱夭恶也;所苦者,身不得安逸,口不得厚味,形不得美服,目不得好色,耳不得音声。

若不得者，则大忧以惧，其为形也亦愚哉！”这段话的意思是：人世间所尊崇的是富有、显贵、长寿、好名声；所喜爱的是身体的舒适安逸、尽有美味、华丽的衣服首饰、绚丽的色彩、悦耳的声音；所轻视的是贫穷、卑贱、夭折、恶名；所忧苦的是身体得不到安逸，口里得不到想有的美味，外形得不到华丽的装饰，眼睛看不到缤纷的色彩，耳朵听不到赏心悦耳的音乐，就大为忧愁、苦恼以至害怕。这样不是太愚昧了吗？

“夫富者，苦身疾作，多积财而不得尽用，其为形也亦外矣！夫贵者，夜以继日，思虑善否，其为形也亦疏矣！……故曰：‘忠谏不听，蹲循勿争。’故夫子胥（伍子胥）争之，以残其形；不争，名亦不成。诚有善无有哉？”（《庄子·至乐》）即富人疲苦身心，勤勉劳动，积累了许多钱财而不能完全享用。达官贵人夜以继日地忧虑着不断增加本已优厚的俸禄和升迁权位。这不是与常性越来越疏远了吗？所以说当你的忠言劝谏，不被接纳时，就应退却，不要以死相争。伍子胥忠心苦谏而遭残戮，浮尸江中，当然成就了他的名声。这究竟是不是完美完善呢？

庄子的“无为”观：“天无为以之清，地无为以之宁。故两无为相合，万物皆化生。芒乎芴乎，而无从出乎！芴乎芒乎，而无有象乎！万物职职，皆从无为殖。故曰：‘天地无为也而无不为也。’‘人也孰能得无为哉！’”（《庄子·至乐》）

庄子的意思是说：上天无为而自然清虚，大地无为而自然宁寂，天地无为相结合使万物在恍恍惚惚中生化出来，自己却不知道来于何处，又找不到生化出来的痕迹。所以繁多的万物都是从天地自然相合，无心作为中生生不息的。我们人类哪个能做到无为呢？庄子所说的“无为”绝不是什么事都不做。他是教化生于世间的人们要在顺应天道的自然德性——“道德”中，去做顺天理、灭恶欲的事。凡事不能强求，看似无为，实际上达到无所不为的效果。

老子说：“上德不德，是以有德。下德不失德，是以无德。上德无为，而无以为。下德为之，而有以为。”（《道德经·处厚章》）意思就是最有道德的人，他做了许多善事，但他不想有所做善事的荣誉，而不自吹自擂，也不想收取回报而让受益者知道是他做的好事。做了就做了，在他人的心目中好似没有做（无为），这就是真正有道德的人。而一些虽然有一点德行（下德）的人，他做了些许善事，因为害怕收不到回报而四处宣扬，时间一长，这种人仅有的一点德行就会失灭而变为无德了。一句话，怀着私欲而为“善”就是有为，毫无私欲去做事，就是无为，无为的结果就是无不为。因为无私欲，他什么善事都做，已成了惯性，故无不为。

庄子的生死观：“生者，假借也。假之而生生者，尘垢也。死生为昼夜。”（《庄子·至乐》）

庄子说：“身体本来是外在物质元素假合而成。一切借合他物而产生的生命体，就像灰尘微粒依附在其他物品上一样。死和生就是白天和黑夜的交替运转……”

道家文化渊源上承黄帝、老子（史称黄老之学），自庄子之后，又称老庄哲学。

经逐渐发展，在东汉时期正式立为宗教。尊奉道家学派的创始人老子为教主，史称道教。东汉后期，道教形成了张陵（后称张道陵）创立的五斗米道和张角创立的太平道两大支派。道教既是宗教，也是文化，它集生活、经济、政治、军事、科学、哲学、心灵、养生等于一体，三千年来对中华文明产生着极为广泛的影响。老子昭示世人的“万物负阴而抱阳，冲气以为和”即一切物质均由阴、阳两种物质组成。孔子得老子的真传得道而叹：“朝闻道，夕死可矣！”可见其道家文化之精深和潜藏力量之强大。李宇林先生在重刊《道德经》中说：“弘扬太上至理之言，又实为至善之举也，其德泽今世，功在千秋。”只要我们把已汲取的道教文化瑰宝运用在人生利己利他的践行中去，学做真人，人法地，地法天，神仙尽在人世间的美景就一定会呈现。

道德法力大无边，日月经天宇宙间。
星斗依稀若流水，江山缥缈似云烟。
平生俗陋七十载，旷世奇闻卅万言。
荣辱兴衰付一笑，回归往复亦悠然。

道教在中国发展的几千年来，形成了自己特有的道教文化。其中一部分已演化为民间世俗，成为劳动群众精神生活的组成部分。

道家讲究“道法自然”“无为而治”，也就是说在讲求自然的环境下，一切顺应自然，不刻意强求，皆是自然留下的最好的安排。

“道”存在于我们每个人的身边，只要用心，就有机会发现和掌握其规律，按照规律来做事，一切就会是最好的样子。

三十一　依法治人　诛恶扶善

吾辈常思古与今，公平秩序法中寻。
秦时吏治商鞅令，日下家和琴瑟音。
倘若个个依律则，自然处处得民心。
投身建设新城市，社会文明胜万金。

倡导法治天下，由来已久。前人说法的作用是："礼者禁于将然之前，而法者禁于已然之后。"就是说待人以礼，言行恭谨。礼义立，则君子轨道而让于善，它是预防人犯罪作恶的手段和方法。如果有人不遵礼教，不受礼的束缚而越轨作奸，则必须受到惩罚，该受到什么样的惩罚，就要视其作恶的情节程度来度量，度量的依据标准就是法。法是用来对已然造恶者的惩治，目的是使未犯者不犯，已犯者不再犯。也就是："化之以德，理之上也。则人日迁善而不知；施之以政，理之中也，则人不得不为善；惩之以刑，理之下也，则人畏而不敢为非也。"（汉·马融《忠经·政理章》）

战国时期，产生了一大批思想家，形成众多的学派，史称

“诸子百家”。各家聚众讲学，著书立说，相互批评，激烈辩论。名副其实的“百家争鸣”始于战国。这些学派中，最著名的是儒、道、墨、法、兵、农和纵横家等。赵国的荀卿，字况，是儒家学派的典型代表人物之一。他不但主张人性恶，只有通过后天的教育才能转善，也接受道家的自然观，同时还宣扬法治主张，大声疾呼：必须把“礼”和“法”结合起来，才能治理好国家。李斯和韩非都曾以师事荀子。荀子在家探索儒、墨、道的主张及成败得失，“序列著数万言而卒”（《史记》）。

继荀子之后，韩国贵族子弟韩非在研读“黄老”学说的基础上，总结了韩昭侯的宰相申不害以刑名法长期治理韩国，使国家富裕，军队强大，没有国家敢侵犯韩国的经验，加上师从于荀子所学，面对韩国逐渐衰弱的情景，多次上书，劝谏韩王，治国须修明其法制，任用贤能之士，以利富国强兵。不能宠信那些徒有虚名的邪枉之臣，使廉洁正直的人得不到信用。著书《孤愤》《说难》等十余万字传世。司马迁说：“韩子著书，传于后世，学者多有。”在战国“百家争鸣”中，韩非承上启下形成了法家学派，他是法家的杰出代表。

重温前贤主张法治天下的教诫，我们定能受益于法宝：

“以法诛罪，则民就死而不怨。”（《管子·明法解》）这是前贤对“以法治人”所得到良好结果的定论。国家向天下颁布了法令，让天下人务必守法，一旦触犯法律，就必须依法治罪。当一个犯了罪的人，用法律去对他的行为量刑后，告诉他：根据某法规定，你已经构成了死罪，这一罪犯听后，自己俯伏就斩，内心也不会对被杀而心生怨恨。因为罪犯明白，这是罪有应得。自然那些被依法收监坐牢的罪犯，也会明白自己是咎由自取而心服口服，并生出悔过之心。这就是以法治人的功效。正如孔圣人在《孔子家语·五刑解》中所言："上有制度，则民知止，则不犯。"

国家所颁布的法律，在颁布之前肯定是人制定的。一旦颁布，它就代表国家。制定法律的人一旦触犯刑律，也当依法治罪，引颈就刑，流传了多年的"请君入瓮"就是典型例证。

既然国家颁布了法律，那么在法律限定范围内，群臣吏民都当共同遵守。两千多年前《韩非子·八说》就指出："有伪必诛，故无重臣。""重臣"就是指位高权重，不受任何制约，令人闻而生惧，任意为非作歹的高官。韩非指出"有伪必诛"，就是只要触犯了律令的人，无论是官是民，都必须绳之以法，杀人偿命，欠债偿还，这样就不会有特殊的所谓"重臣"出现。用我们现在的话来说，就是"在法律面前，人人平等"。

在两千多年封建专制王朝立法、执法过程中，由于专制制度形成的历史事实，皇亲国戚一般居于法律之外的特殊地位，不受法律制约，由此造成了"杀戮虽繁，民不畏也"（《管子·法法》）的祸乱局面。由此，前人总结，吸取了历史教训，大声疾呼："万事皆归于一，百度皆准于法。"（《尹文子·大道上》）意思是，普天之下度量一切人的行为是过错还是犯了罪的标准都应以法律为准绳。《元史·布智儿列传》更是一针见血地指出："犯法者治之，当自贵人始。"意思是要依法治理天下，就必须治人，要使人就死而不怨，就必须首先惩治那些目中无法，以势乱法，强权犯法的"贵人"。这里的"贵人"就是直指皇亲国戚，当然"达官"自在其中。只有这样才能体现"立法令者以废也，法令行而私废"（《韩非子·诡使》）的立法为公废私的目的，进而达到“法明则忠臣劝（同勤），罚必则邪臣止”（《韩非子·饰邪》）的功效。

“法令者，所以诛恶，非所以劝善也。”（陆贾《新语·无为》）是说国家颁布的法律是诛灭恶人、恶事的，它不是宗教。宗教是用各种善巧方便的方法劝化引导人心向善。它没有强制功能，是信则灵，心诚则灵，不信也就算了，只好以“善有善报，恶有恶报，不是不报，时候未到，时候一到，所有全报”示警。而以法治人，依法治国，是立竿见影的事，不分时间、地点、对象，一旦触犯刑律，就必须立即绳之以法。如果“令不行，禁不止”，就一定会造成“小人纵恣，善良吞泣”（清·梁章钜《退庵随笔》）的恶果。这样，法律再多，而有法不行，法令就成了纸上谈兵的废纸空文。

国家制定颁布了法律，人们明白了法律的功用，还必须要有一批执法的专业型队伍，就是一般都称其为法官的官吏。古人说：“有良法，又须有良吏，乃能成。”（明·吕坤《呻吟语选》）前人对人群中能够作为法官使用的人才早有论述：“能法之士，必刚毅而劲直，不劲直，不能矫奸”（《韩非子·孤愤》）“忠直可使理狱，廉平可使赏罚” （《诸葛武侯集·称姚先教》）。忠就是必须忠实于法律，直就是不弯不曲，廉平就是不贪赃、不徇私。只有在精通法令的法义后，在执法过程中忠实于法律，在有上下左右，六亲朋友的压力和干扰情况下仍然不偏不倚、不弯不曲。只有在名利仕途、金钱美女的诱惑中，廉洁奉法、德才兼备的人才能做法官族，才能成为“善持法者，亲疏如一”（《资治通鉴·汉纪六》）的好法官。因为“奉法者强则国强，奉法者弱则国弱”（《韩非子·有度》）。这就一针见血地指明了法官的重要性。只有国家造就了一批忠直、廉平的法官队伍，才不会出现“同罪异刑，非刑也”（《左传·襄公六年》）的现象。如果有几个罪犯都犯相同的罪，而判罪的结果出现杀、关、释放、无罪等不同的处罚，这就不是在执法，而是执法者在违法。

有法必依，执法必严。古人说：“严而用之当，则严亦宽也；若宽而用之不当，其害民何可言哉”（明·陈于陛《意见·宽严》），“威之以法，法行则知恩”（《诸葛武侯集·答法正书》），“威武加则刑罚施，刑罚施则众奸塞”（《诸葛武侯集·便宜十六策·喜怒》）都是明确执法必严，而恩在其中的警语。

从严执法，恩在其中，这是已被无数事实所证实了的。以法治人的目的是使已犯罪的不敢再犯，救了一批有犯罪动机的不敢犯，“刑罚当则奸人消”，这就是法的恩典。历史事实是：在犯罪的群体中有“前科”或“屡有前科”的例子可谓多多。这应当是在执法过程中宽而用之不当，误导其再犯罪所造成，这种“宽”对于罪犯来说，当时认为是“法外开恩”，最终却继续作恶，害人害己。遗憾的是：在几千年来的法治长河中，随着物质文明的快速发展，犯罪率更是超速提升。执法者宽严不当虽然是一个原因。但最根本的症结恐怕是“法官族”队伍的顽疾与政府官员权大于法结合在一起所至。

法官在审理案件过程中，上司软硬兼施，直接干预法官审案办案，法官为保饭碗，贪图升迁，死罪变活罪，有罪也无罪的事代代升级，犯罪者居高位屡见不鲜，冤假错案比比皆是。

法官队伍的一些人受到权、利、色、欲的诱惑，忘记、背离了法律，恶性膨胀构织成网络让罪犯从大门入狱，小门出监；甲地入狱，乙地服刑，丙地“保释”；甚至甲犯罪，乙坐牢；等等。

百年前，从西方传入中国的诸多事物中，有几句话是总结西方社会丑恶现象的：“医生希望家家病人多，律师希望家家打官司……”耐人寻味。它冲击着中华民族医务界救死扶伤的善行和“但愿人间永无病，何愁药柜常生灰”的善良心愿。而律师们却对宋司马光“法制之设，贵于简要”的主张不太认同。他们希望法越多越好，有时法网帮助律师提供了以法治法的机会。但律师们也有畏惧：害怕法网抵御不了众多网络的进攻。人情网有时也可冲破法网；金钱、名利网也随时向法网痛下杀手。更要法网命的却是权力网，当人情网、名利网、权力网同时发起冲锋，法网显得苍白无力，最终成为俘虏时，律师网也就不复存在了。

古人说：“明制度于前，重威刑于后。”（《尉缭子·重刑令》）意思就是在法令施行之前，必须要使天下之人守法，要使天下之人守法，就必须使人人懂法，不知者不为过只限于人们通常小事的交际中，不适用不懂法而犯法的案例。所以，国家在制定颁布法律之后，就要大力普及法律法规的宣传教育，使人人懂法、守法而不犯法。不是只局限于社会法治教育，还应倡导家庭教育，让人们从小在身体健康成长的过程中，以心灵上的健康为伴，逐渐增长社会、科学、文化知识，从中汲取识别善恶的智能。让人人明白：“以规矩为方圆则成，以尺寸量长短则得。”以打上遵纪守法的烙印，确立守法护法之心。

国家“以法教治民则安”（《管子·形势解》）。立法施教，莫大于赏罚，“诚有功，则虽疏贱必赏。诚有过，则虽近爱必诛”（《韩非子·主道》）。“家有常业，虽饥不饿，国有常法，虽危不亡。”（《韩非子·饰邪》）以法治人的事，如果常常出现赏罚颠倒，势必丧失民心。只要真正做到“赏一人而千万人悦，罚一人而千万人畏”，则人心顺而天下平也。

人初由恶再从善，依律治国是关键。
执法如山束吏官，匡时似海歇刀剑。
惟其公正写峥嵘，所以忠诚书璀璨。
盛世尤需勤护基，淬磨人性太平现。

在强大的国家机器面前，在威严的法律法规下，惩恶扬善，减少犯罪行为，可以为社会长治久安提供有力保障。

依法而治，是政治走向文明的标志，也是惩恶扬善走向更加理性之路的标志。

三十二　正义之师　除恶护善

兵法叹服孙子篇，奇谋韬略世间传。
择机运用收明效，执令告知取谨严。
征战无名莫征战，屯田有利应屯田。
将军百胜非仁者，戈刃停息解倒悬。

在百家争鸣中一批影响历史进程，名留中外，崇兵尚武的兵法家、军事家应运而生。让我们在中国传统文化的宝藏中，兵库拾贝、采撷兵家之宝，领略但看“武功”的方略。

孙武，春秋末期（公元前500年左右）齐国人，著有兵法十三篇，后世称《孙子兵法》。孙武为显其才能，将兵法十三篇献与吴王阖闾，阖闾读后为试探该兵法的实用价值，让孙武把王宫中美女一百八十人作为训练对象，看是否能将其训练成能征善战的军士。孙武慨然应允，吴王登台观看。孙武将其宫中美人分为二队，由吴王的宠姬二人各为队长，所有人各自手持长戟，列队受训。

孙武在队前问道：“你们知道心脏与左、右、手、背各自的方位吗?”妇人们齐声答道:“知之。”孙武重申:“我让你们向前看就看心脏,向后即视背,向右视右手,向左视左手,一定要服从命令。”讲完后,即发令向右看。众宫女皆嬉笑失态。孙武以“用兵之法,教戒为先”讲道:“约束不明,申令不熟,将之罪也。”继而三令五申之后,孙武发令向左看。众妇依旧大笑之。孙武曰:“约束已明,申令已熟,不听号令者,吏士之罪也。”孙武拔剑欲斩二队队长。吴王急派人传令孙武曰:“寡人已知将军能用兵矣。愿勿斩此爱姬,寡人非此二姬,食不甘味也。”孙武以兵不可玩,玩则无威曰:“臣既已受命为将,将在军,君命有所不受。”正可谓“杀一人而三军震者必杀之”。遂斩队长二人以正军法。另指定二人各为队长。继续操练,所有宫女于口令中,左、右、前、后、跪、卧各项动作无不如一,未有一人出声。孙武向吴王交令,吴王命之为将,按其兵法西破楚界,入郢,北威齐晋,名显诸侯。

对真正的军事家,孙武的度量标准是:“百战百胜,非善之善者也;不战而屈人之兵,善之善者也。”(《孙子·谋攻篇》)

鬼谷子,春秋时人。姓王名诩。常入云梦山采药,得道后,颜如少童,居青溪之鬼谷。苏秦、张仪往问道,三年辞去。子遗之书曰:“二足下功名赫赫,但春花至秋,不得久茂。今二子好朝露之荣,忽长久之功。轻乔愁之永年,贵一旦之浮爵。夫女爱不极席,男欢不毕轮,痛哉!”鬼谷子处人间数百岁,后不知所之。有《阴符》《鬼谷子》二书流行于世。(见《列仙传》)

孙武后一百年,他的后人孙膑拜师鬼谷子先生学习兵法。

孙膑学成后，齐国大将田忌十分善待孙膑，使其得有用武之地。孙膑首先小试牛刀，帮助田忌在诸公子逐射比赛中获胜。田忌遂引荐于齐威王以孙膑为用兵之师。后来，孙膑著书《孙膑兵法》名扬天下。

古兵圣贤哲有关兵战之论，值得后人引为鉴戒的可谓多多："圣人之用兵也，亡国而不失人心。"（《庄子·大宗师篇》）意为正义之师，虽灭其国而不失人之心。"用兵之道，攻心为上，攻城为下，心战为上，兵战为下。"（《诸葛武侯集·南征篇》）"好战者亡，忘战者危，不好不忘，天下之王。"（《太平御览·兵部二》）"杀人得地，何益于国。"（《元史·塔本列传》）"兵为凶器，不得已而用之。"（《六韬·文韬·指武》）"兵不可玩，玩则无威，兵不可废，废则召寇。"（《说苑·指武》）"兵出无名，事故不成。"（《郭孝恪列传》）"天下虽兴，好战必亡；天下虽安，忘战必危。"（白居易《策林·议兵》）"非仇不怨，非敌不战。"（《便宜十六策·治军》）"战有四：有道战，有德战，有谋战，有力战。道战以心，德战以政，谋战以智，力战以卒。"（庄元臣《叔苴子·外编》卷一）"凡用兵，先论理之曲直。我若不直，兵决不当用。"（《宋史·苏辙列传》）"主不可以怒而兴师，将不可以愠而致战。"（《孙子·火攻篇》）

前贤之论，确为师表。把养兵的目的喻为医生救治病人。"医以生人，而庸工以之杀人；兵以杀人，而圣人以之生人。"（陈继儒《安得长者言》）陈先生指出，医生是使人得以延长寿命的，但无才无术的庸医却把不该死的病人误杀了。兵虽然是杀人的凶器，但圣人却会把它用来延长人类的生命。就是说，用兵要采用用兵之法。“善用兵者，屈人之兵而非战也。”就是说打败敌人，使人屈服，战争不是解决问题的唯一办法。因为“不义之兵，至于伏尸流血而不服也”（唐·马总《意林·文子》）。那么养兵的目的是什么呢？其一，“以战止战，虽战可也”（《司马法·仁本》），养兵打仗是用来制止战争，乃至消灭战争的。其二，“宁弃千军，不弃寸土”（《金史·始祖以下诸子》），养兵是用来保卫国家，守卫疆土的。其三，“兵者，所以禁暴除害也，非争夺也”（《荀子·议争篇》），兵战是用来“禁暴”（除灭歹徒祸国殃民的暴乱）、“除害”（对敌国入侵予以消灭）的。兵法云：“百战百胜，非善之善者也，不战而屈人之兵，善之善者也。”（《孙子·谋攻篇》）孙子兵法是否与荀子的“兵者所以禁暴除害也”，与“定祸乱者，武功也”（《新唐书·钱徽列传》），与“为国之道，其要有五：一曰文德，二曰武功……”（《魏书·游雅高闾列传》），与“五政”中“立武备以秉其威”（荀悦《申鉴·政体》）等观点相对立呢？首先，孙子论的是善于用兵之法，其他诸子论的是国泰民安，国强民富的条件必须是以“武功”为保障。“定祸乱”“立武备”“禁暴除害”都必须要有强大的军事力量，如果国家出现内乱，就必须要用兵战去镇压。怎样才能预防内乱的发生，就必须要用“文德”。“德不足怀，威不足制，而欲服人也难矣。”（《辽史·耶律滑哥列传》）“用兵之法，教戒为先。”（《吴子·治兵》）但外敌进犯，就必须用兵去战胜而消灭敌寇。“无事如有事提防，才可能弭意外之变。”（金缨《格言联璧》）这就是富国必须强兵之道。用文德教化国民，用爱国利民教化军民，教化官兵，务必使“文臣不爱钱，武臣不惜死，则天下太平矣”

（《宋史·岳飞传》）。务必使全军上下一致，做到“将受命之日则忘其家，临军约束则忘其亲，战鼓之急则忘其身”。有了这样强大的除暴安民的工具，天下的太平才有保障。

一个国家的疆界周边或有多个邻国。假如有一天，敌国兴师入侵，就用自己强大的军事力量把它消灭掉。如果自己的军事力量弱了，战争将会连续不断，乃至亡国。侵略者在入侵之前了解我国军事力量无比强大，被本国武备之威所震慑。就不得不收敛其侵犯的野心。就完全达到了富国强兵，用战争消灭战争的战略目标。这才是我们继承和弘扬中华民族优秀传统文化中兵法瑰宝的真正目的。

立国笃定把军建，保境安民非等闲。
天下废兴弗墨守，世间离乱怎周全。
恶邪诸事无情葬，正义之师众口宣。
镇御顽敌时警惕，和平盛况万斯年。

掠夺和战争是让人厌恶的。中华民族是爱好和平的民族，“以战止战”非本意，但面对虎视眈眈的侵略者，必须自己强大，才能使生灵免于涂炭，才能使人民安居乐业，才能更好地弘扬善性，让世界更加美好。

三十三　德善天下　福泽众生

人类之初元本恶，五千文化似幽兰。
传承仪范幼儿卷，识破功名老我篇。
礼佛端行轻事往，尊儒崇道览溪山。
从来三教皆扬善，护佑万民国祚延。

“不登高山，不知天之高也；不临深溪，不知地之厚也；不闻先圣之遗言，不知学问之大也。”至此，我们攀登了中华人类文明史的巅峰，又游历了传统文化的长河，也重温了先圣的遗训，还解剖了人性善恶的变易，不但知道了天高地厚，更由此向前迈了一步。“天法道，道法自然。”从中感悟到天地之间，万事万物无论是处在顺境或是逆境都必须顺应自然大道。

古圣前贤的言传身教，激励着我们在景仰怀念之余，在为人性向善，社会进步的人生之旅中，立足当下，以效法先辈们披荆斩棘、历经艰辛的思想探索，用行动继承弘扬中华优秀的传统文化。

文化的内涵，不单是识字、写文章，而是人类在社会历史发展过程中所创造的物质财富和精神财富的总和。精神财富包括政治、经济、文化、艺术、教育科学、理想信仰等。

中国传统文化就是中华人类在发展过程中，特别是在春秋战国时期“百家争鸣”中躁动而出的各家学派，及后来从印度传入中国的佛教，经历了反复的相互碰撞、摩擦之后，各自以坚韧的生命力，走出了唇枪舌剑、口诛笔伐的窘境。以行善止恶，自利利他的共性；以大海般的包容胸襟，迈出了唱和之声不绝，激荡之气常融的步伐；以抑扬激荡，气贯长虹之势最终凝结成以儒释道为主干，包括兵、法、墨、医、农等诸子百家所创造的物质财富和精神财富的总和。本文所指的中华优秀传统文化重在“美人之美，美美与共”的精神物质部分。

儒家提倡“五常”——仁、义、礼、智、信，及忠孝友悌、美善廉耻。

佛教主张“五戒十善”：“不杀生、不偷盗、不邪淫（出家为不淫戒）、不妄语、不饮酒。”“不杀生、不偷盗、不邪淫、不妄语、不两舌、不恶口、不绮语、不贪欲、不嗔恚、不愚痴。”“惟佛之为教也，劝臣以忠，劝子以孝，劝国以治，劝家以和。”（《广弘明集·卷十四》）

道家宣扬：“善行无辙迹，善言无瑕谪，善计不用筹策。”（《道德经·袭明章第二十七》）“正旦放生，示有恩也。”（《列子·说符篇》）“慈心于物”“昆虫草木犹不可伤”“忠孝友悌，敬老怀幼”（《太上感应篇》）等都体现出儒、释、道思想主张的相通和共性。

对于善恶有报的因果观，儒家宣扬“为善者，天报之以福，为不善者天报之以祸”（《荀子·宥坐》），“世论行善者福至，为恶者祸来”（王充《论衡·福虚篇》）。

道家认为：“祸福无门，惟人自召，善恶之报，如影随形。”（《太上感应篇·明义章》）

儒、道的观点主张都与佛教的“万法皆空，因果不空”的真谛相通。正如道教中创立全真教的王重阳所总结：“儒门释户道相通，三教从来一祖风。”（《孙公问·三教》）武当派的创始人张三丰更是认为：“三教之同，此一道也。儒离此道不成儒，佛离此道不成佛，仙离此道不成仙。”（《张三丰全集·大道论》）

如果每个人从小在家就受到各教各家先圣们用心血凝结而成“美美与共”的传统文化教育，让人们从幼小时起，在稚嫩的心灵上就打上“积善之家必有余庆，积不善之家必有余殃”（《易·坤》孔子语）的烙印，国家对所有国民实施“有教无类”的教化，使人们认识到人生价值的使命和责任就是对社会、对众生做有利的事，是尽力帮助更多的人得到快乐。那么在此基础上，不断增加和丰富各种知识，在各有所归的行业实践中人尽其才，各得其所。以爱和感恩与家人、同事等周围的人相处，就会逐渐培育起强大的自律能力，并以此化解“名利”这把直刺人心的双刃剑，远离对金钱和物质永不满足的贪欲，在自觉和不自觉中，把自己拥有的精神和物质财富奉献给社会和那些急需得到帮助的人，这就是孟子所说的“好善优于天下”。长期坚持下去，自性中的恶性就会消磨，善性就会强大。不但不会去为名利互相倾轧而心苦，而且会像太阳那样光热无穷，只是给予，不想索取。久而久之，自己因无愧于人，就不畏于天，也不畏于官。为官者忘却自家，而为民为国尽力。人世间将会以“悯人之凶，乐人之善，济人之急，救人之危，遏恶扬善，推多取少”去取代“因求利而失礼，因求名而失信”的状况，则国治而民乐也。

诚然，以礼、以德的思想武器去教化引导人们行善止恶的方法，对绝大多数人的转化是行之有效的。但大道自然中的阴、阳，天、地，高、低，昼、夜，人性中的善恶和由它表现出来的忠奸、好坏等都是相对而存在的。俗话说，同树之果有酸有甜，同是人类有愚有贤。对少数个别不接受教化，为追逐个人名利而不顾惜一切人伦道德异化了的人，一旦为非作歹，干出弃法受贿，杀人取财，好侵好夺，巧诈求迁之事，国家就应毫不留情地对其实施刑罚，予以制裁，杀人偿命，欠债还钱。古人说：“可杀而不杀，大贼乃发。”（《六韬·文韬·上贤》）“刑过不避大臣”（《韩非子·有度》），说的是以法量刑，哪怕是大官有罪，同样“刑诛无赦”。做到“赏一以劝百，罚一以威众”“善有赏，虽贱赏也，恶有衅，虽贵罚也”“赏一善而天下人悦，罚一恶而天下之恶皆畏”，达到无人犯罪而天下安也。

有国必有主，富国必强兵。“天下虽安，忘战必危”，这是伟大诗人白居易的提醒。尽管文治、法治已使天下安定，但仍然不能忘记欲长治久安，须时刻要有强大的兵马及军事力量做保障。在国内用以预防镇压敢于冒天下之大不韪而纵暴杀伤，扰乱国政的暴徒团伙，更要对外防御、抵抗和歼灭犯我中华、杀我同胞的外敌，使敢于入侵之寇有来无回，让存有入侵欲望之敌闻风丧胆，断灭其恶念。那么由中华民族优秀传统文化的教化力，法治的震慑力，兵强马壮的威慑力凝聚浇铸而成的一个既无内忧，也无外患，天下相亲，繁荣昌盛的中华文明大国，必将永远屹立在人类世界的东方。

中华民族优秀传统文化一定会不断放射出璀璨希望之光，引导更多的不同种族的人群去把先圣在《礼记·礼运第九》中勾画出的蓝图——“选贤信能，讲信修睦，故人不独亲其亲，不独子其子，使老有所终，壮有所用，幼有所长。鳏、寡、孤、独、废疾者皆有所养。男有分，女有归。货恶其弃于地也，不必藏于己；力恶其不出于身也，不必为己。是故谋闭而不兴，盗窃乱贼而不作，故外户而不闭，是谓大同”变为现实。

大道之行，德善人间；人类大同，福泽众生。

儒释道家携手合，先贤圣语起嵯峨。
律规新制将身往，法令高悬弹剑歌。
富教齐驱迎远客，恩威并举去沉疴。
泽被后世苍生幸，国泰民安颂大德。

“知止而后有定，定而后能静，静而后能安，安而后能虑，虑而后能得。”这就是德与得的要义吧。在善恶的分辨中，用心观察，即可清晰明白。善恶的内容，涵盖方方面面。归纳之，唯有德善天下，方能福泽众生。

无论是儒释道，还是墨兵法，他们对于善的弘扬都是秉持同样的理念，但对于“恶”都是持惩治、驱除的态度，只是手段不同罢了。

后记

儒家重教，五常共尊。
修身养性，道德二经。
诸恶莫作，悲悯苍生。
众善奉行，净化人心。
传统文化，滋养心身。
法治纲纪，贵贱不分。
立足当下，遗福子孙。
天下太平，尽得长生。

老子曰：“万物作焉而不辞，生而不有，为而不恃，功成而弗居，夫惟弗居，是以不去。”（《道德经》）就是说真正为天下建立了大功德的人，他做了许多有益于民族、国家乃至苍生的事后，还是觉得自己没有做，因为他是不居功的。往往在大功告成之后，因不居功自傲而功成身退。由于不居功，反而使他的功德永远地存在，不会磨灭。

古人说：“为惠而望报，不如勿为。”“善不以名而为，功不以利而劝。”……作者在对先圣前贤的金玉良言敬信之余，感悟到：天道自然，日月之光合为天地之明，永照人间。自开天辟地以来，日月二星对万事万物的奉献，其功绩可谓第一了，但它们并不是为了得到歌颂才无我利他。相反，当面对云遮雾障、日月之蚀的欺辱时，他们逆来顺受，若无其事。尽管人间私语，天闻若雷。但对有人诅咒太阳照射给他带来的不舒服时，有人埋怨月亮太明给他（特殊的干夜行活动者）带来不方便时，日月二星听耳不闻，同样坦然。对赞颂和怨恨都同等对待。孔圣人说："丹漆不文，白玉不雕，宝珠不饰，何也？质有余者不受饰也。"（《孔子家语·漆雕氏》）个人鉴于对圣人上述思想理念的崇拜，对善不以名而为的崇高品德的敬仰，故对无数先圣前贤，民族精英在推动社会发展，为人类进步中所做出不可磨灭的贡献，所付出毕生精力，乃至生命的代价，虽然有些早已载入了史册，但更多的是默默无闻。本书对这些人和事没有大书特书，权且以此作补遗之言吧。

或者说，本书作者自知无评论历朝历代功过之智，也无评价诸多历史著名人物是非之能，但认定所记几千年人类因受恶性驱使，分别造下不同程度恶的事实，是人性中的恶性通过人的眼、耳、鼻、舌、身、口、意表现出来的。自然，在叙述某历史事件时，为叙事方便有序，自然牵涉到某些历史人物。

既然是历史事件，历史人物，毕竟已过去成百上千年了。本书绝不是对这些人物进行功过是非的评论，来让人们去仇恨某一个人。因为那样，是绝没有任何实质意义的。而是为了从这些恶性事件中，找到产生这些事件的根源是人性中的恶性，从根本上认识到任由恶性愈演愈烈，则会祸国殃民。从而让我们痛定思痛，不断警醒、教化人们内心向善，沿着福泽苍生的路径前进，促使社会不断进步，才是本书目的所在。

最末一章对本书作结。贯穿全书的思想观点全是源自个人认识，也可说是个人一生的感悟。家庭是人类繁衍生息的基本社会单元，一个人要想有作为就要为家，要想有大作为就要为大家，要想有永远的作为就要为国家。而爱国家就是为大家，为大家就必然会收到是在为自家的良好效果。大道之行也，天下为公！如果每一个人的人生价值是利己利他，并为此去圆满自己的一生，那该是多么美好啊！

衷肠倾诉：作者本人无夺人所爱之心，也无强人所难之意。万望各位朋友不吝指正本书在所难免的错谬，个人以闻过则喜而等待，以旧义新涵而感激！积善之家必有余庆，积不善之家必有余殃。

抑恶扬善，势在必行；去人恶欲，存人善性；立足当下，教育子孙。儒家思想，弃恶从善；佛教文化，止恶行善；道家道德，去恶修善；依法治人，诛恶扶善；正义之师，除恶护善；德善天下，福泽众生。

谨此记之在后。